REICHENBURG

Dieses Buch ist ein Roman. Handlungen und Personen sind frei erfunden. Ähnlichkeiten mit lebenden oder toten Personen sind nicht gewollt und rein zufällig.

SILVIA GÖTSCHI

REICHENBURG

Kriminalroman

emons:

Bibliografische Information der Deutschen Nationalbibliothek
Die Deutsche Nationalbibliothek verzeichnet diese Publikation in der Deutschen Nationalbibliografie; detaillierte bibliografische Daten sind im Internet über http://dnb.d-nb.de abrufbar.

MIX
Papier | Fördert gute Waldnutzung
FSC® C083411
FSC www.fsc.org

Umschlagmotiv: istockphoto.com/stsmhn
Umschlaggestaltung: Nina Schäfer, nach einem Konzept von Leonardo Magrelli und Nina Schäfer
Umsetzung: Tobias Doetsch
Gestaltung Innenteil: DÜDE Satz und Grafik, Odenthal
Druck und Bindung: CPI – Clausen & Bosse, Leck
Printed in Germany 2023
ISBN 978-3-7408-1947-7
Originalausgabe

Auf Erden herrscht die Liebe, im Himmel die Gnade,
und nur in der Hölle gibt es Gerechtigkeit.

Anaklet II.

Die losgebundenen Furien der Wut ruft
Keines Herrschers Stimme mehr zurück.

Friedrich Schiller

Es gibt zwei Arten von Menschen, die bestialisch morden:
Psychopathen und Krimiautoren.

Unbekannt

Die Bettdecke ist zerknittert und weiß. Kalt fühlt sie sich an, und ich liege wie in einem Sarg voller Eiskristalle. Wenn ich die Augen schließe, sehe ich mich in einem fernen Leben, das abrupt aufgehört hat zu existieren. Ich friere. Nachts vernehme ich dieses Wimmern und die Wagen, wenn sie über den Linoleumboden rollen. Manchmal höre ich eine Tür zuschlagen, dann streift ein Windhauch mein Gesicht. Der Tee ist noch warm und schmeckt nach Kräutern. Die Leere zieht mich in die Realität.

Da sind die Augen dieser Fremden wie ein Fenster zur Seele. Oder in den Abgrund, dem ich entweichen will. Ich kann nicht mehr, möchte schlafen, möchte sterben, mich nicht anstarren lassen mit diesem gekünstelten Mitleid. Die Frau hat keine Ahnung, wie mein Inneres zerreißt. Wie sich alles auflöst, was hoffnungsvoll begonnen hat.

Die Decke liegt flach auf meinem Leib. So schnell können Träume vergehen, als zerriebe man die Flügel einer Motte zwischen den Fingern. Zurück bleibt nichts als ein Odem von Staub. Und unglaublich rasch verschmelzen die letzten Bilder zu einem einzigen schwarzen Brei. Ich nenne es Perspektivlosigkeit.

Jemand hat für mich entschieden.

Da sind Stimmen, Lachen, Geräusche, die nicht mir gehören. Man hat mich dieser Selbstverständlichkeiten beraubt, mir gedroht und alles genommen, wofür es sich zu leben gelohnt hätte.

»Du bist eine Schande für die ganze Familie!«

Die Worte hallen in mir nach. Eine Schande! Für die ganze Familie! Als hätte keiner vor mir jemals Schande über die Familie gebracht, in der Liebe ein Fremdwort ist. Vater wäscht seine Hände in Unschuld, zitiert Bibelverse und geht sonntags zur Kirche. Unter der Woche will er seine Ruhe, die Glotze am

Abend, ein Bier. »Du kannst nicht hierbleiben. Was würden die Nachbarn von uns denken?« Mein Vater, wie er die Hände in die Seite gestemmt hat. »Mutter habe ich es noch nicht gesagt. Gnade dir Gott, wenn sie es erfährt. Du Schlampe! Du hast es nicht verdient, eine Sekunde länger bei uns zu sein.«

Die Haut hängt schlaff. Ich müsse etwas dagegen tun, hat man mir geraten, als würde es jetzt noch einen Sinn ergeben, schön auszusehen.

Alles fremd. Die Energie ist aus mir gewichen. Da ist dieses Pochen in meinem Leib und der warme Fluss, in dem ich zu ertrinken drohe. Blut, viel Blut. Es sickert aus mir wie das Leben. Wenn ich den Atem anhielte, würde ich gehen können. Sterben, denke ich, ist der letzte Akt auf der Bühne dieser Verlogenheit. Ich will es, ich will es nicht. Ich hadere, hole tief Luft. Sterben geht nicht, strengt mich an.

Bewegungen wie der Flügelschlag eines Schmetterlings – alles vorbei. Was bleibt, ist ein Phantom.

Der Schmerz und die Leere.

Und nachts dieses Weinen. Ich weiß nicht, ob es bloß in meinem Kopf ist.

Die Hölle muss sich besser anfühlen.

EINS

»Ich bin Tomaso Cavadini vom Fahndungsdienst der Kantonspolizei Schwyz.« Er wies sich aus, nachdem die Frau die Tür geöffnet hatte, zeigte auf seine junge Kollegin und stellte sie vor. »Guten Tag, Frau Bruhin.«

Die Frau auf der Türschwelle nickte. Sie war von zarter Statur mit dunklem Haar. Ihr Gesicht war aufgequollen mit roten Flecken, als hätte sie geweint. »Ich weiß, wer Sie sind.«

»Wir kommen noch einmal wegen Ihrer Tochter.«

Ein Mädchen von siebzehn Jahren wurde vermisst. In Tomasos Unterlagen war sie mit »Akte 1123/5« vermerkt. Ein Schicksal, welches eine nichtssagende Nummer bekommen hatte, mit einem Hinweis auf den Monat und das Jahr.

»Haben Sie Scarlett gefunden?« Frau Bruhin bewegte sich nicht von ihrem Platz, verschränkte die Arme und blickte ihn an. »Gibt es endlich Neuigkeiten?«

Tomaso kommentierte es nicht. Er hatte gelernt, Fragen zu ignorieren. Wenn jemand fragte, dann war er es. »Dürfen wir eintreten?« Er warf einen Blick in den von der Herbstsonne durchfluteten Flur. Innerthal lag über neunhundert Meter über Meer. Das Dorf am Wägitalersee blieb meistens vom Nebel verschont. Jetzt im November leuchteten die Farben besonders klar, die Häuser wie gezeichnet auf einer Postkartenidylle. Ein Mädchen verschwunden? Unmöglich.

»Haben Sie sie gefunden?« In Frau Bruhins Stimme lag kaltes Entsetzen. »Lebt sie?«

Tomaso betrat das Haus, welches unweit der Kirche Santa Katharina am Hang lag. Das Hausinnere wirkte einladend und verspielt. Der Küchentisch war aufgedeckt für drei Personen, mit geblümtem Porzellan, im Brotkorb befanden sich Croissants. Trotzdem lag über allem etwas Düsteres, nicht Ausgesprochenes, ein Hauch Melancholie. »Dürfen wir uns setzen?«

»Bitte.« Frau Bruhin wies auf die Stühle. Sie selbst blieb stehen und vermochte nicht zu verbergen, wie nervös sie war. Sie zupfte am Saum ihres unifarbenen Pullovers, bis sich ein Faden löste. »Sagen Sie mir die Wahrheit. Grundlos sind Sie nicht hier ... Ist sie tot?«

Tomaso presste ein Rüschenkissen an die Lehne, ließ sich nieder. Seine Kollegin blieb stehen. Er kam sich hilflos und unfähig vor. »Wir haben sie nicht gefunden.« Er startete sein Tablet. Sie hatten Scarlett Bruhin im internen Datennetz der Polizei ausgeschrieben und aufgrund der erhobenen Daten in den sozialen Medien nach ihr gesucht. »Es gibt noch Fragen.«

»Das ist nichts Neues. Ich sehe einfach keinen Fortschritt.« Frau Bruhin ließ enttäuscht die Arme sinken. »Seit Tagen lässt man mich im Ungewissen.«

»Ihre Tochter ist bald volljährig«, ließ Tomaso die Bemerkung fallen und wusste im gleichen Moment, wie unangemessen und unsensibel sie war.

»Bald.« Frau Bruhin schnaubte. »Sie sagen es. Bald heißt nicht, dass sie es jetzt ist. Und solange sie unter meinem Dach lebt, trage ich die Verantwortung für sie. Haben Sie wenigstens eine Spur von ihr?« Sie wies auf das Tablet. »Oder was bedeuten Ihre Notizen?« Endlich setzte sie sich auf den Stuhl und fuhr sich mit der Hand über die Augen.

Tomaso kam sich schäbig vor. Vor gut einer Woche war eine völlig aufgebrachte Mutter an den Polizeihauptposten in Schwyz gelangt und hatte Meldung wegen ihrer verschwundenen Tochter erstattet. Eine erste Spur war im Sand verlaufen. Aktuell hatten sie nichts. Sie wussten auch nicht, ob es sich beim Verschwinden von Scarlett um ein Verbrechen handelte oder ob sie freiwillig untergetaucht war.

»Mum! Ist alles in Ordnung?«

Tomasos Blick wanderte zur Küchentür, wo sich ein junger Mann aufgebaut hatte.

»Das ist mein Sohn Paul. Ja, Liebling. Es ist alles in Ordnung. Sie sind wegen Scarlett hier.«

»In Ordnung? Scarlett ist verschwunden, und du nennst es ›in Ordnung‹?« Er wandte sich an Tomaso. »Meine Mum sitzt hier seit Tagen wie auf Nadeln.«

»Und du?« Tomaso sah ihn an. Er hatte die weichen Gesichtszüge seiner Mutter. Sein Körper war schlaksig und etwas ungelenk. Dunkle Stirnfransen verdeckten halb sein Augenpaar.

»Ich fuhr mit meinem Rad alle Wege ab, die Scarlett jeweils ging, bevor sie verschwand. Ich besuchte die Kneipen und Bars, in denen sie manchmal herumhing. Ich fragte mich zu Tode, das können Sie mir glauben.«

Jungen und Mädchen in diesem Alter verschwanden häufig und tauchten wieder auf. »Es ist nicht so, dass wir eine Vermisstenmeldung ignorieren. Aber auf Panik machen wollen wir nicht.«

»Ich hatte einen etwas anderen Eindruck«, wehrte sich Frau Bruhin. »Ich machte Ihren Kollegen klar, dass meine Tochter mir immer eine Message hinterlässt, wenn sie später als vereinbart nach Hause kommt. Man vertröstete mich, ich solle mich noch ein wenig gedulden.«

Paul setzte sich an den Tisch. »Mum, du kennst doch Scarlett. Wenn sie wütend ist, dann sieht sie rot. Es war nicht das erste Mal, dass sie von zu Hause weglief.«

»Erklären Sie mir das näher, Frau Bruhin.« Tomaso fiel auf, wie sich Paul in Widersprüche verstrickte.

»Das ist so, aber nach einem Tag war sie stets zurück. Jetzt sind bereits neun Nächte und acht Tage vergangen, an denen wir kein Lebenszeichen von ihr erhalten haben. Ihr Handy ist aus. Und sagen Sie nicht, sie könnte bei einer Freundin oder einem Freund sein. Wir haben alle Möglichkeiten bereits geprüft. Scarlett ist wie vom Erdboden verschluckt worden. Ich habe den Eindruck, Sie nehmen mich nicht ernst.«

Tomaso versuchte, bei den Fakten zu bleiben. »Da steht, dass Sie geschieden sind.«

»Was hat das damit zu tun?«

»Könnte Ihre Tochter bei Ihrem Ex-Mann sein? Oder ihren Großeltern oder anderen Verwandten?«

»Seit acht Tagen, Herr Cavadini, und seit neun Nächten vermisse ich meine Tochter«, erwiderte Frau Bruhin. »Wäre das Kind einer Berühmtheit verschwunden, würden Sie gewissenhaft nach ihm suchen. Wir sind bloß einfache Leute in einer Zweiklassengesellschaft, und man lässt es uns immer wieder spüren.«

Tomaso warf seiner Kollegin einen verzweifelten Blick zu. Trost spenden war nicht seine Stärke, und wenn er angegriffen wurde, nahm er es persönlich. In der Fahndung war er per Zufall gelandet, weil vor zwei Jahren Personalmangel geherrscht hatte. Man hatte ihn vom Wachdienst in Schwyz als sogenannte Überbrückung nach Biberbrugg geholt. Als die Stelle weiterhin unbesetzt war, entschied er sich zum Bleiben. Er belegte Kurse und arbeitete sich in die Materie ein.

Frau Bruhin mäßigte sich. »Wir haben auch mit meinen Schwiegereltern gesprochen. Scarlett war nicht dort, auch nicht in einem Spital oder so. Mein Ex-Mann sucht auch nach ihr, und glauben Sie ja nicht, er könnte mir ihre Anwesenheit bei sich verschweigen. Wir sind zwar geschieden, aber reden ab und zu miteinander, vor allem über die Kinder.«

»Die Chance, dass ein vermisstes Mädchen nach einer Woche wieder zum Vorschein kommt, verringert sich von Tag zu Tag«, sagte Paul und leerte eine Mischung aus Getreideflocken in die Schale vor ihm. Er goss Milch dazu, bevor er den Mix umrührte und den Löffel hineinsteckte.

Tomaso sah ihm eine Weile zu, während er innere Bilder an sich vorüberziehen ließ. Zwei Kinder im Alter von sechzehn und siebzehn, eine nervös wirkende Mutter, die möglicherweise kämpfte, ihren Lebensunterhalt zu verdienen. Warum hatte er das Gefühl, hier fehlte es, trotz der romantischen Einrichtung, an Herzlichkeit? War Frau Bruhin so durch den Wind, dass ihr Inneres erstarrt war? »Schildern Sie mir die Situation, als Sie Scarlett zum letzten Mal gesehen haben.« Tomaso legte sein Tablet auf den Tisch.

»Warum? Ich habe alles gesagt, was ich weiß.«

»Vielleicht ist Ihnen noch etwas eingefallen, das wichtig für uns ist.«

Frau Bruhin strich sich die Haare nach hinten. In dieser Geste lag pure Resignation. »Das war vorgestern vor einer Woche, am Donnerstag. Wir saßen um den Küchentisch. Wir hatten gegessen und tranken Tee … ich wiederhole mich.«

»Wie war Ihre Tochter?« Fragen halfen Tomaso aus dem Dilemma. Er schämte sich, weil er keine Neuigkeiten hatte und er die Mutter der Verschwundenen nicht zu trösten vermochte. Wenn er es noch gekonnt hätte, es hätte nichts genützt.

»Ein wenig nervös. Aber das ist sie immer, wenn am andern Tag Prüfungen anstehen. Sie sagte, sie müsse wahrscheinlich die ganze Nacht lernen, um eine genügende Note zu holen.«

»Trotzdem ist sie ausgegangen?«

»Das wusste ich nicht. Nach dem Essen kehrte sie in ihr Zimmer zurück. Ich wähnte sie dort. Als es halb elf war, ging ich nach oben, um ihr eine gute Nacht zu wünschen. Sie war nicht da.« Frau Bruhins Stimme stockte. »Mir fällt ein, dass sie in letzter Zeit oft wie abwesend war. Mit ihren Gedanken anderswo. Sie kam später als gewöhnlich von der Schule zurück, schrieb mir aber *immer* eine Nachricht. Wenn ich sie nach dem Grund fragte, verschloss sie sich. Sie besucht in Lachen die Kaufmännische Berufsschule. Sie ist im zweiten Lehrjahr, nachdem sie nach dem neunten Schuljahr ein Zwischenjahr eingeschoben hatte.« Frau Bruhin hielt inne. »Das habe ich alles Ihrem Kollegen erzählt. Tun Sie endlich etwas. Finden Sie meine Tochter!«

»Ein Zwischenjahr? Ging sie auf Reisen?« Tomaso hatte schon oft von jungen Leuten gehört, denen die schulischen Pflichtjahre zu viel geworden waren und die sich eine Auszeit gönnten, bevor sie das Studium begannen oder in die Berufslehre einstiegen.

»Sie hören nur, was Sie wollen. Ich sagte …« Frau Bruhin winkte ab. »Ich schickte sie in die Westschweiz, um Französisch zu lernen. Wie *ich* damals …« Ihre Lippen umspielte kurz ein Lächeln.

»Kam sie verändert zurück?«

»Hm … wenn Sie mich so fragen. Natürlich hat sie sich in dem einen Jahr verändert, ist fraulicher geworden, auch reifer, wenn Sie das meinen. Aber mir fiel es positiv auf.« Ein Schluchzen schüttelte ihren Körper.

Tomaso fragte nach der Familie, dem Ort, der Dauer und in welcher Schule Scarlett gewesen war.

»Sie lebte bei einer jungen Familie mit drei Kindern. Zweimal pro Woche ging sie zum Unterricht.« Frau Bruhin erhob sich und schritt zum Küchenschrank. »Zum Glück schreibe ich die Ereignisse jeweils in den Kalender.« Sie holte aus einer Schublade mehrere kleine Bücher, sah sie durch und legte zwei davon auf den Küchentisch. Sie nahm das erste Buch, welches mit »2021« beschriftet war, und blätterte es durch. »Hier … Scarlett reiste am 20. August 2021 nach Verbier und«, sie griff nach dem zweiten Buch mit dem Titel »2022«, »kehrte am 30. Juni im Jahr darauf zurück.«

»Hat sie noch immer Kontakt zu den Leuten, bei denen sie lebte?« Tomaso notierte den Namen und die Adresse der Gastfamilie.

»Sie ist, glaube ich, nicht so erpicht darauf. Scarlett hat durchblicken lassen, dass sie dort ziemlich ausgenutzt wurde. Sie war erst fünfzehn, als die Familie sie aufnahm. Aber sie scheuten sich nicht, ihr die drei Kinder unter die alleinige Obhut zu geben, wenn Monsieur und Madame arbeiteten. Scarlett musste den Haushalt machen und kochen und gleichzeitig drei Kleinkinder in Schach halten … und das für mickrige siebenhundert Franken im Monat.«

»Das hätte sie bei der zuständigen Stellenvermittlung melden sollen«, brachte sich Tomasos Kollegin ins Gespräch.

Frau Bruhin sah sie mit leicht geneigtem Kopf an, realisierte augenscheinlich erst jetzt, dass es da eine zweite Person gab. »Scarlett hatte sich auf ein Inserat beworben. Es gab also keine

Rückendeckung. Das, was sie gemacht hat, hat mit dem Modell des zehnten Schuljahres, wie es heute in der Westschweiz angepriesen wird, nichts zu tun.«

Blauäugig, dachte Tomaso. »Aber im Sommer darauf ist Scarlett wohlbehalten zurückgekommen.«

»Ja, und, wie schon erwähnt, erwachsener. Es hat ihr nicht geschadet, eine Zeit lang untendurch zu müssen. Unsereins musste es auch.«

Wie die Mutter, so die Tochter. Vielleicht war Scarlett den Fängen ihrer Mutter entflohen, hatte sich von deren Projektionen gelöst. Tomaso hätte es verstanden. »Hat Scarlett Probleme in der Schule?«

»Sie gehört zu den mittelmäßigen Schülerinnen. Ihre Probleme sind Sprache und Mathematik. Dagegen ist sie im Zeichnen sehr gut, aber das bringt ihr nichts, ist kein Fach im KV.«

»Hat Ihre Tochter etwas mitgenommen?«

»Natürlich, ihre Tasche und den Mantel. Ich …« Frau Bruhin warf wiederum einen zerknirschten Blick zu Paul. »Du hast doch gesagt, dass ihre Tasche fehlt.«

Paul nickte.

»Hatten Sie Streit mit Ihrer Tochter?« Tomaso streckte seinen Rücken. Trotz des Kissens schmerzte sein Kreuz. Das hier hatte er nicht gesucht. Er hatte von oben die Order bekommen, sich die Geschichte wegen der vermissten Scarlett Bruhin noch einmal anzuhören. Am Abend des 2. Novembers war das siebzehnjährige Mädchen spurlos verschwunden. Eine erste Vermisstenmeldung war drei Tage später in den Medien erschienen. Landesweit wurde nach der jungen Frau gesucht.

»Das Übliche«, insistierte Frau Bruhin. »Ich muss mir von meinen Kindern nicht alles gefallen lassen.« Sie stöhnte auf. »Hätte ich gewusst, dass sie sich Minuten später davonschleicht, hätte ich sie besser kontrolliert.«

Genau unter dieser Kontrolle musste Scarlett gelitten haben und war vielleicht deshalb ausgebüxt. Tomaso erhob sich und schritt zum Fenster. Der Blick auf den Wägitalersee war atemberaubend. Wie ein dunkelblaues Juwel lag er zwischen den Bergen. Die rot und orange verfärbten Bäume spiegelten sich. »Was für eine Aussicht.«

»Wie man's nimmt.« Frau Bruhin war ebenfalls aufgestanden und kam an seine Seite. »Früher war der Wägitalersee ein Seelein mit einem Badehaus in der Nähe der Hundlochquelle. Meine Urgroßmutter mütterlicherseits war dort als Wäscherin tätig. Dann kamen die Zürcher und wollten eine Staumauer bauen. Ein ganzes Dorf wurde dabei zerstört. 1924 sprengte man die Kirche und flutete das Badehaus. Für die Einwohner von Alt Innerthal war es eine Katastrophe. Man hatte sie buchstäblich aus ihren Häusern vertrieben, die zum Teil abgetragen und an erhöhter Lage wieder aufgebaut wurden. Viele von ihnen wurden jedoch im Wasser versenkt. Das Haus, in dem wir nun wohnen, wurde von den Zürchern finanziert. Es ist ein Generationenhaus. Aber die Kirche, die gibt es so nicht mehr. Wohl entstand ein neues Gotteshaus, aber ich glaube, es ist mit einem Fluch belegt. Ich gehe dort nicht hin.«

Tomaso musste ein paarmal leer schlucken. »Leben Ihre Eltern unter dem gleichen Dach?«

Frau Bruhin seufzte. »Sie sind während der Pandemie gestorben.«

Hinter seinem Rücken räusperte sich seine Kollegin. »Wir sollten gehen.«

Tomaso war froh um diese Aufforderung. Er wandte sich noch einmal an Frau Bruhin. »Das tut mir leid.« Eine gebeutelte Familie. Das Schicksal hatte wiederholt gnadenlos zugeschlagen. Dies warf ein anderes Licht auf sie. »Wir werden nichts unterlassen, um Ihre Tochter zu finden. Und bitte, hören auch Sie sich um.«

»Was glauben Sie, was ich den ganzen Tag und die endlosen Nächte tue?«

»Notieren Sie, was Ihnen zu Scarlett einfällt, was wir nicht besprochen haben.«

Frau Bruhin drückte ihm die Hand, als hätte sie einen

Schraubstock um seine Gelenke gelegt. »Finden Sie meine Tochter.«

***

»Ist da die Polizei?«

»Sie sind mit dem Polizeiposten Siebnen verbunden. Wie kann ich Ihnen helfen?« Wachtmeister Züger sah auf den Monitor vor ihm. Soeben war er schachmatt gesetzt worden. Das hinderte ihn nicht daran, in den vor Fett triefenden Berliner zu beißen.

»Sie müssen sofort … Es ist etwas Schreckliches passiert.« Eine weibliche Stimme. »Kommen Sie zur ›Spukvilla‹ zwischen Wangen und Tuggen. Bitte beeilen Sie sich.« Sie teilte die Adresse mit.

Züger notierte mit der rechten Hand den Straßennamen und die Nummer, während er mit der linken Korporal Egloff an seine Seite winkte. Vom Pfannkuchen stob Zuckerstaub auf. Vor zwei Stunden hatten sie ihren Dienst auf dem Polizeiposten im Außenbezirk von Siebnen angetreten, den Samstagsdienst, den niemand gerne mochte. Samstage waren wie die Sonntage, lang und trostlos und meistens dazu da, Pendenzen abzuarbeiten. »Wo befinden Sie sich?«, fragte er mit vollem Mund, während Konfitüre auf das Pult tropfte.

»Im Flur …«

»In welchem Flur? Geht es genauer?« Züger schniefte und verdrehte die Augen, was Egloffs Interesse weckte.

»Bitte beeilen Sie sich.«

»Bleiben Sie, wo Sie sind. Sie sind also im Flur dieser Villa? Wir werden jemanden hinschicken. Und nennen Sie mir bitte Ihren Namen.« Es klickte in der Leitung. Züger behielt den Hörer eine Weile am Ohr, als könnte er die Anruferin zurückholen, allein durch seine Gedanken. Doch sie war weg. Nur ein nerviger Ton blieb hängen.

»Kennst du die Spukvilla in Tuggen?« Züger starrte auf die

Fensterscheibe, die sein Büro vom Rest der Welt abtrennte. Die Gebäude gegenüber versanken in einem umbrabraunen Licht. »Ich selbst erinnere mich vage an ein Geisterhaus. Aber ist es dasselbe?«

»Ich war noch nie dort, aber ich weiß, um welches Haus es geht. Es steht seit Jahren leer. Man wollte es abreißen, aber der Denkmalschutz hat sich gewehrt. Wegen Belle Époque oder so.« Egloff hatte sich das Halfter mit der Pistole umgebunden. »Ich nehme an, das ist ein Einsatz für mich. Ich werde die Streife auf dem Weg aufbieten. Bernie und Kurt schieben Verkehrsdienst.«

»Ich komme mit. Die Streife brauchen wir nicht.« Für Züger hatte nie nur ansatzweise eine andere Option bestanden. Endlich kam Bewegung in den Morgen, der bis anhin einschläfernd auf ihn gewirkt hatte. Das Schachspiel mit dem unbekannten Gegner war bloß zum Zeitvertreib. Er vergewisserte sich, dass seine Pistole am Gurt befestigt war, schob gleichzeitig sein Hemd in die Hose und regte sich über seine Wampe auf. In den Frust essen war nicht gut für die Linie. Herrgott, vor einem Jahr hätte er dies nicht zugelassen, obwohl seine Ehe schon damals auf der Kippe stand.

Etwas Schreckliches sei passiert. In der Stimme der Anruferin hatte so viel Verzweiflung gelegen, wie er sie kaum zuvor bei jemandem gespürt hatte. Er hatte davon gelesen, von diesem Haus in der Nähe des Kieswerks. Damals, als es von einer Erbengemeinschaft veräußert worden war. Man munkelte, es seien absonderliche Dinge darin geschehen. Was genau, hatte Züger nie erfahren. »Belle Époque. Das war um die vorletzte Jahrhundertwende, oder?«

»Nehmen wir meinen Wagen?« Egloff überging die Bemerkung seines Kollegen, zog sich die Jacke an und setzte die Mütze auf.

Züger kniff den Mund zusammen, warf einen Blick auf die Wanduhr, die seit Jahr und Tag dort tickte. Einmal in der Woche musste sie um fünf Minuten zurückgestellt werden, was der

Aspirant erledigte. Dieser saß an seinem Platz, würde für die nächsten Stunden den Telefondienst übernehmen. Es war ein Viertel nach zehn.

Züger sah wieder zum Fenster, auf den schmalen Streifen Himmel über den Hausdächern. Es war neblig, wie die Tage zuvor. Ab und zu drang ein Sonnenstrahl durch das Grau.

Sie gingen zu Fuß nach unten, weil der Aufzug außer Betrieb war. Man müsse an allen Ecken und Enden sparen, hieß es. Der Polizeiposten in Siebnen rentierte nicht. In eine Renovation zu investieren lag nicht drin. Das war nicht nur die Meinung der zuständigen Behörde.

Draußen schlug ihnen ein unangenehmer Wind entgegen. Egloff ging zügig zu seinem Wagen, einem ausgedienten weißen Subaru, den er für nichts auf der Welt wieder hergeben wollte, ein Streifenwagen, der ihn bislang nicht im Stich gelassen hatte. Widerwillig ließ sich Züger auf der Beifahrerseite nieder. Der Sicherheitsgurt klemmte wie üblich. »Wann lässt du deine Karre endlich flicken?« Dass der Subaru das Vorführen bei der Motorfahrzeugkontrolle in diesem Frühjahr noch bestanden hatte, konnte niemand nachvollziehen.

Egloff drehte den Schlüssel. Der Wagen sprang an und scharrte im Getriebe, als er ihn vom Parkplatz auf die Stachelhofstraße fuhr. Er betätigte das Martinshorn. »Wie geht's Lisa?«

»Ist das eine rhetorische Frage?« Züger sah geradeaus, auf die fast leere Straße. Der Samstagmorgen schien die Hektik und den Lärm unter der Woche geradezu zu kompensieren. Aber in dieser Ecke des Kantons ging sowieso alles ein wenig ruhiger vonstatten. »Sie ist ausgezogen.« Er zögerte. »Willst du das Horn wirklich eingeschaltet haben?«

»Man soll uns nur hören, auch die Langschläfer, wenn wir am Wochenende arbeiten müssen.« Egloff gab Gas. »Was ist mit Lisa?«

»Wir haben uns nichts mehr zu sagen.«

»Ist es so schlimm?«

»Willst du mich aushorchen?« Züger war es nicht recht.

Egloff war zwar sein Freund, aber wenn es um Lisa ging, beschränkte sich sein Mitteilungsbedürfnis auf das Wesentliche. Lisa hatte da keinen Platz. Das Letzte, was sie vor einer Woche zu ihm gesagt hatte, fühlte sich noch immer wie eine Ohrfeige an. Ihre Worte waren genauso unerwartet auf ihn hereingeklatscht wie eine kalte Hand, die einen roten Abdruck auf seiner Wange hinterließ. Sie habe ihn nie geliebt, hatte sie ihn angeschrien. Es sei ein Fehler gewesen, ihm vor zwölf Jahren ins nordöstliche Kaff im Kanton Schwyz gefolgt zu sein. Immerhin hatte sie es zwölf Jahre neben ihm ausgehalten und von seinem Lohn profitiert. Zum Arbeiten außerhalb der Wohnung fand sie sich zu schade.

Sie rasten schweigend Richtung Wangen, an grauen Feldern entlang, vorbei an fast nackten Bäumen mit dem letzten bunt gefärbten Laub, wie eine Hommage an den vergehenden Herbst, ein untrügliches Zeichen dafür, dass alles vergänglich war. Bei der Loreto-Kapelle kreuzten sie die Autobahn über eine Brücke, kamen vorbei an Häusern bis zum Kieswerk. Aufgeschürfte Erde, einzelne Höfe und ein Stück Wald vervollständigten das Bild einer einsamen Gegend. Egloff zweigte links ab auf die Straße, die nach Girendorf führte. Der Wagen schwankte bedenklich, während die Reifen quietschten. Ein Jogger kam ihnen entgegen, ein paar Meter weiter hinten ein alter Mann, der stehen blieb und ihnen nachsah.

»Wir könnten heute Abend in die Frohsinn-Bar gehen«, sagte Egloff und setzte dem Schweigen ein Ende. Offenbar wollte er etwas gegen Zügers Stimmungstief unternehmen.

»Warten wir ab, was sich heute ergibt.« Nach Feiern war ihm seit einer Ewigkeit nicht zumute. Der Besuch einer Bar hatte meist ein unkontrolliertes Besäufnis zur Folge. Irgendwie musste Züger sein Elend ertränken. Es war aber nicht die Lösung. Vielleicht würde Lisa wieder zurückkommen, wenn er um sie kämpfte. Meistens morgens überwog die Hoffnung, am Abend wurde sie vom Zweifel niedergewalzt.

Die Spukvilla lag am Ende eines Feldwegs, etwas versetzt

neben einer Gruppe heruntergekommener Häuser, bei denen man nicht wusste, ob sie einmal zueinandergehört hatten. Baufällig sahen sie alle aus, zogen bestenfalls die Kids an, die an den aufgerissenen Wänden mit Spraydosen und Farbe ihre Wut auslebten. Ein Drittel der Fassaden war mit Graffitis besudelt. Ein Baugespann, sicher schon Jahre da und teils von Wind und Wetter in Schräglage gebracht, ließ vermuten, dass ein Bauvorhaben noch hängig war.

Eine überfüllte Abfalltonne versperrte die Durchfahrt zum Haus. Egloff umfuhr sie rasant und fluchte.

Das verwahrloste Haus fiel in der Umgebung nicht auf. Die Fassade schien in der Vergangenheit noch mehr gelitten zu haben. Trotz allem musste das Haus einmal sehr einladend gewesen sein. Noch zeugte ein breiter Eingang mit Reliefs von der einstigen Eleganz. Jetzt allerdings vergruben sie sich hinter wuchernden, verdorrten Rosenranken und ungeschnittenen Büschen, welche die Vorderseite zur Hälfte verdeckten. Die Natur hatte sich ihren Anteil zurückerobert, die historische Schönheit sowie die aktuelle Hässlichkeit verschlungen. Im ersten Stock schien sich ein Balkon mit Balustraden befunden zu haben, die abgetragen waren. Wie Skelette ragten die Streben ins Leere. Darüber das Stockwerk mit schmalen Fenstern, einige von ihnen durch Jalousien verschlossen. Ein rostiges Abflussrohr hatte sich von einer defekten Dachrinne gelöst. Wirklich baufällig, ging Züger durch den Kopf, und nicht sehr einladend.

Egloff fuhr in die Nähe des Eingangs neben einen Land Rover, der neueren Datums war. Er wirkte wie ein Fremdkörper vor der Kulisse einer verflossenen Epoche. »Bist du sicher, dass man dich von hier aus angerufen hat?« Egloff drehte den Zündschlüssel, worauf der Motor mit einem Seufzer erstarb.

»Überzeugen wir uns.« Züger verließ den Beifahrersitz. Er fotografierte das Nummernschild des Wagens mit seinem Smartphone und vergewisserte sich, ob die Motorhaube warm war. War sie nicht.

Aus der Nähe sah das Haus noch verfallener aus als aus der

Ferne. Seine vielen Wunden wurden sichtbar. Sonne, Wind und Niederschläge hatten es zerfressen. Wie aufgeschürfte Haut lösten sich die Farbreste von den Mauern.

Züger ging zur Tür. Er fühlte sich in das Haus hereingezogen, in ein Interieur, das mehr als hundert Jahre überdauert hatte. Er griff nach seiner Pistole, einer Glock. Er wusste nicht, was ihn dahinter erwartete. Kein Laut war zu vernehmen außer dem aufgeregten Piepsen eines Vogels, der sich im sich lichtenden Dickicht eines alten Baumes verfangen hatte. Züger schaute nach oben, wo die arme Kreatur versuchte, sich durch ein unermüdliches Flattern zu befreien.

Die Tür war angelehnt. Züger stieß sie mit der Schulter auf.

»Polizei.« Er umfasste die Pistole mit beiden Händen, streckte sie nach vorn auf Achselhöhe. Vor ihm öffnete sich ein langer Korridor.

Egloff, der nach ihm ins Haus getreten war, suchte nach einem Lichtschalter, kippte ihn nach unten. Im Flur blieb es dunkel. Die einzigen Lichtquellen waren die Tür und ein offen stehendes Fenster gegenüber. Züger holte eine Taschenlampe hervor, die er sich in den Gurt gesteckt hatte. Standardausrüstung. Er knipste sie an und ließ den Lichtkegel über die Wände streifen.

Der Korridor sah nicht modern, doch sauber aus, was man hier zuletzt erwartet hätte. Im Salon war niemand.

»Wir wurden verarscht«, stellte Egloff verärgert fest. »Jemand hat sich einen Jux erlaubt, uns Polizisten aus einem geruhsamen Samstagsdienst zu reißen.«

»Genau, und ich habe mich von meinem Schachkollegen in Übersee matt setzen lassen.« Züger sah sich um, ohne den Salon zu betreten. Es machte den Anschein, als hätte sich vor Kurzem jemand darin aufgehalten. Ein Odeur von einem Parfum so flüchtig wie ein Schmetterlingsatem hing in der Luft, wo man Moder erwartet hätte. Das Innere des Hauses widersprach dem Eindruck der Außenansicht. Gepflegte Sessel, zwei Sofas und ein niedriger Beistelltisch, wenngleich aus einer vergangenen Zeit, verliehen dem Salon eine beinahe gemütliche Note. Das war aber auch alles. Vor der rechten Wand stand eine leere Vitrine. Auf dem Boden lagen Tücher, die einst zum Abdecken der Möbel gedient hatten.

»Sei still!« Züger drehte sich nach der Treppe um, die ein Geschoss höher führte.

»Ich habe nichts gesagt.« Egloff musterte ihn.

»Hörst du das auch?« Züger stieg die Wand entlang nach oben, hielt den Atem an und war auf alles gefasst. Er erreichte einen weiteren Flur, von dem ein paar Türen weggingen. Ob die unbekannte Anruferin *diesen* Flur gemeint hatte? »Pssst, da tönt Musik. Woher kommt die?«

Auf dem ersten Stock herrschte eine bleierne Stimmung, diesig und gespenstisch, und dort, wo der Lichtstrahl der Taschenlampe und das Licht von außen hinreichten, tanzten Staubpartikel in der Luft wie Plankton im Meer.

Auch Egloff hatte die Etage erreicht. Er ging die Wände entlang, öffnete die erste Tür. Züger befand sich hinter ihm, lauschte, vergaß zu atmen. Die Stille im Haus bedrückte ihn, verhieß nichts Gutes. Die Ruhe vor dem Sturm? Die Musik war so schnell weg, wie sie in seine Ohren gedrungen war. Vielleicht hatte Egloff recht, und man hatte sie veralbert. Oder man hatte sie in eine Falle gelockt.

Egloff ging in entgegengesetzter Richtung weiter. Züger gelangte in ein Badezimmer. Drinnen befand sich eine altmodische frei stehende Badewanne auf Goldfüßen, welche sich wie Klauen an einer flauschigen Langflorteppichvorlage festkrallten. Das einzig Intakte. Lavabo und Toilettenschüssel wiesen Risse auf. Der Spiegel war verschmiert. Hier waren außer Zweifel Vandalen am Werk gewesen.

Der Unterschied zwischen außen und innen wollte in Zügers Kopf keinen Platz finden. Hier musste erst noch jemand eingezogen sein und sich trotz des Chaos breitgemacht haben. Aber wer, um alles auf der Welt, war so verrückt, hier zu wohnen? Oft kam es vor, dass Jugendliche, von zu Hause ausgerissen, sich in solchen Häusern eine vorübergehende Bleibe suchten.

Manchmal wurden abbruchreife Gebäude von Alternativen besetzt, was zu politischen Scharmützeln führte.

Züger verließ das Badezimmer in dem Moment, als vom andern Ende des Korridors ein heiserer Ausruf ertönte. Züger spurtete in die Richtung, aus der er gekommen war. Hinter der letzten Tür vernahm er wieder Musik, die von einem anderen Ton übertüncht wurde, ein Würgen, dann ein Husten. Kurz darauf torkelte Egloff aus dem Zimmer. Er wischte sich Erbrochenes vom Mund. Kraftlos und vornübergebeugt stützte er sich am Türbalken ab. »Geh da nicht rein! Verdammt! Erspar dir diesen Anblick.«

***

Seit Tagen hielt sich in Küssnacht der Nebel hartnäckig. Bäume und Sträucher standen wie konturenlose Wesen in dieser Trostlosigkeit. Es wurde auch am Mittag nie richtig hell. Im Rücken drückte das Rigimassiv, vorne der Vierwaldstättersee, den man von hier aus nicht sah. Aber er zog das Trübe geradezu an. November, der Monat der depressiven Stimmung, eine Nichtzeit zwischen dem vergehenden Herbst und dem beginnenden Winter. Valérie Lehmann hätte ihn am liebsten aus dem Kalender gestrichen.

Sie hatte es sich im Wohnzimmer mit einer Tasse Kaffee gemütlich gemacht und genoss den Besuch ihres Sohnes Colin. Eine schöne Abwechslung in ihrem ansonsten hektischen Polizeialltag. Eine Seltenheit. Colin streckte die Beine von sich, verschränkte die Arme hinter seinem Kopf, mit verwuschelter Frisur, und hinterließ den Eindruck, etwas auszuhecken. Keine fünf Minuten war es her, seit er geläutet hatte. Valérie hatte gerade Kaffee gemacht und war auf dem Weg ins Wohnzimmer, als Colin durch die unverschlossene Tür trat. Gut gelaunt und aufgedreht und zu einer Zeit, zu der er normalerweise noch schlief.

Nun saßen sie sich gegenüber, und Valérie fragte sich, was

der Grund für die Euphorie ihres Sohnes war. Sie kannte ihn sonst als eher stillen Beobachter, der alle andern sprechen ließ, bevor er den Mund aufmachte. Seit zwei Jahren war er ausgelernter Informatiker. Die Stelle in Freienbach gefiel ihm, aber er liebäugelte, das wusste Valérie, schon lange mit der Polizeischule in Hitzkirch.

»Falls du etwas zu trinken möchtest, du weißt, wo der Kühlschrank ist.«

»Danke, später. Ich … ich muss dir etwas erzählen.« Er kam mit seinem Oberkörper nach vorn und stützte seine Ellenbogen auf den Oberschenkeln ab.

»Hoffentlich nichts Schlimmes.« Wie sehr sie ihren Sohn liebte, wurde ihr einmal mehr bewusst.

»Nein, ich gehe davon aus, du freust dich mit mir. Ich habe Emilio versprochen, es dir persönlich mitzuteilen.«

»Stopp, du hast es Emilio bereits gesagt? Was gesagt? Was? Und warum ihm zuerst?« Valérie war es gewohnt, hinter ihren Männern anzustehen. Die beiden waren wie ein eingeschworenes Team, was ihr zwar nichts mehr ausmachte. Zanetti und Colin verstanden sich einfach gut. Es hätte nicht besser sein können. Aber dass Colin Neuigkeiten vor allem Zanetti anvertraute, kam ihr oft in den falschen Hals.

»Ich habe eine neue Freundin.«

»Ach.« Ihre Augenbrauen verselbstständigten sich nach oben.

»Ist das alles, was du dazu zu sagen hast?« Colin verdrehte seine Augen. »Sie ist vier Jahre jünger als ich und studiert an der ETH Zürich im ersten Jahr Architektur. Du wirst sie mögen, wenn du sie siehst.«

»Ich freue mich für dich.« Valérie freute sich wirklich. Dass sie es nicht zeigen konnte, lag an Colins verflossener Liebe, dieser Angela, die ihr während ihrer Beziehung mit Colin ein echter Dorn im Auge gewesen war. Zu dominant, unverhältnismäßig viel älter als er, mit allen Attributen, mit denen eine schöne Frau nur gesegnet sein konnte.

Colin grapschte in seiner Gesäßtasche und holte sein Portemonnaie daraus hervor. Er öffnete es, zog ein Foto aus einem der Fächer und streckte es Valérie hin. »Et voilà, das ist Lea.«

Fast wäre ihr »Das ist ja noch ein Kind« über die Lippen gekommen. Im letzten Moment unterließ sie die Bemerkung. »Hübsch, ja, sie sieht sympathisch aus.« Brünett, blaue Augen, Schmollmund, kindlich. Auf beunruhigende Weise schön. »Ein älteres Foto?«

»Nein.«

»Ist sie denn schon volljährig?«, konnte Valérie sich dennoch nicht verkneifen. Kurz war der Verdacht aufgekommen, Colin hätte wie sein Vater ein Faible für mädchenhafte Frauen. Doch diese Vermutung versickerte im Angesicht der einstigen Beziehung zu Angela.

»Vor einem Monat ist sie achtzehn geworden. Wir haben ihren Geburtstag im Sertig gefeiert.« Colin setzte ein verschmitztes Lächeln auf. »Nur wir zwei. Ihre Eltern leben in Zürich und besitzen auf einem Maiensäß in der Nähe von Davos eine Hütte.«

»War es nicht zu kalt in dieser Jahreszeit?« Auch das noch, ein Maiensäß. Valérie spürte, wie kleine unbedeutende Dinge vor ihr emporwuchsen. »Dort oben wird es bereits geschneit haben.«

»Wir hatten Glück. Der Winter lässt dieses Jahr auch in höheren Lagen auf sich warten.«

»Und wann stellst du sie uns vor? Deine … deine Lea?«

»Wenn nichts dazwischenkommt, am nächsten Samstag.«

Ihr iPhone klingelte. Valérie nahm es vom Salontisch, sah, dass Zanetti sie suchte. Er hatte am Morgen früh das Haus verlassen, er habe im Büro zu tun, sei aber auf den Mittag zurück, damit sie gemeinsam etwas unternehmen konnten, hatte er ihr zwischen Tür und Angel mitgeteilt.

Valérie wischte über den Touchscreen und meldete sich.

»Es gibt Arbeit.« Zanettis Stimme klang belegt.

»Logisch, ist ja Wochenende.« Valérie erwiderte Colins fragenden Blick mit einem Schulterzucken. Dass sie in den meisten Fällen am Ende einer Woche ausrücken mussten, war wie ein ungeschriebenes Gesetz. »Wo?«

»Kurz vor Tuggen, in der Nähe des Kieswerks.«

»Und warum erfahre ich das von dir?«

»Ich habe das Ermittlungsverfahren eingeleitet. Gian Luca steht aber neben mir.« Zanetti räusperte sich. »Möchtest du ihn sprechen?«

»Nein, nicht nötig. Wir sehen uns.« Valérie bedauerte, ihren Sohn wiederholt enttäuschen zu müssen. Sie hob Schultern und Augenbrauen und kniff den Mund zusammen.

»Schon okay«, sagte Colin verständnisvoll.

»Wenn du jetzt losfährst, bist du in einer Stunde hier.« Zanetti teilte ihr die genaue Adresse mit.

»Geht es um Mord?« Seit dem Fall im letzten Winter waren sie bis heute verschont geblieben. Häusliche Gewalt, Prügeleien, Messerattacken, Angriffe aus dem Nichts heraus – aber keine Toten.

»Um ...« Zanetti musste es sich offenbar überlegen, was er sagen wollte. »Ein Blutbad.«

***

Daniel Christen von der Notrufzentrale war im Begriff, in die Mittagspause zu gehen, als ihn ein Anruf erreichte. Ausgerechnet jetzt. Er hatte sich mit einer Kollegin verabredet. Zudem hatte er Hunger.

»Ich möchte eine Meldung machen.« Dem Klang nach zu urteilen, gehörte die Stimme einer älteren Frau.

Christen versuchte nach einem Notizblock zu greifen. »Wie ist Ihr Name?«

»Gisler. Frau Gisler.« Ungefragt teilte sie die Adresse mit, worauf Christen sie notierte. »Der Briefkasten von Lisette Britschgi wird seit einer Woche nicht geleert. Das kommt sonst nicht vor. Die junge Dame ist sehr gewissenhaft.«

»Alles der Reihe nach, Frau Gisler.« Christens Magen knurrte so laut, der Anruferin konnte es unmöglich entgehen. »Haben Sie bei ihr geläutet?«

»Ja, aber sie öffnet nicht.«

»Vielleicht ist sie in den Ferien.«

»Unmöglich, das hätte sie mir erzählt. Zudem steht es um ihre Finanzen nicht rosig. Die vermag im Moment keine Ferien zu machen, hat sie mir erst noch erzählt. Und der Coop hat ihr gekündigt. Sie ist jung, kommt mir manchmal etwas unbeholfen vor. Aber sie ist nett und geht für mich einkaufen. Wissen Sie, meine Beine tragen mich nicht mehr optimal. Im Haus gibt es keinen Lift.« Frau Gisler atmete heftig. »Könnten Sie jemanden herschicken? Ich mache mir Sorgen.«

Christen stieß Luft aus. Schon wieder jemand, der sich wichtigmachte. In letzter Zeit hatten ihn unzählige Anrufe erreicht von gelangweilten Rentnerinnen, die versuchten, ihre Zeit totzuschlagen. Tagein, tagaus saßen sie am Fenster oder inspizierten die Umgebung ihres Wohnorts und schlugen Alarm, wenn Alltägliches anders war. Dagegen musste er immer wieder staunen, wie leichtgläubig ebendiese Generation war, wenn es um Enkeltricks ging. Trotz vermehrter Prävention häuften sich die Fälle, und die alten Leute gingen den Betrügern gehörig auf den Leim.

»Sind Sie noch dran?«, fragte Frau Gisler.

Künstliche Arbeitsbeschaffung, sinnierte Christen. Und trotzdem musste man dem nachgehen. Unter fünfzig Fällen konnte einer ernst sein. »Ich werde jemanden vorbeischicken. Um wen geht es, haben Sie gesagt?«

»Um Lisette Britschgi. Sie ist siebzehn Jahre alt.«

ZWEI

Valérie realisierte vorerst nicht, was sie sah. Die Szenerie kam ihr gestellt vor, wie ein dreidimensionales Gemälde. Vier Körper um einen runden Salontisch. Ihnen haftete etwas Puppenhaftes wie Eingefrorenes an. Sie saßen aufrecht, starrten in die Mitte mit vor Schreck aufgerissenen Augen. Jeder hielt etwas in seinem Mund, das wie eine Zigarre aussah. Ein Theater des Grauens. Eine Inszenierung.

Auf den ersten Blick.

Aber da war mehr, sehr viel mehr. Etwas Verstörendes, das jenseits des Begreifens lag. Etwas, das ein klar denkendes Gehirn nicht zu verstehen vermochte. Etwas abgrundtief Böses.

Die Halogenleuchten fluteten den Raum, was jedes Detail hervorhob. An der Decke ein Lüster, der nicht brannte. Glühbirnen, wie Edison sie erfunden hatte, Glasperlen dazwischen, die fünf Arme miteinander verbunden, Spinnweben wie filigrane Fäden. Valérie überwand sich, hinzusehen.

Da war Blut. Viel Blut. Am Boden, an der Wand hinter dem niedrigen Tisch, auf dem Tisch selbst, ein Muster ineinandergeflossener und verspritzter roter Farbe, wie das beklemmende Kunstwerk eines Menschen, der seiner kranken Seele hier Gestalt gegeben hatte. Mit den Händen, den Füßen, mit dem Herzschlag. Ein pulsierendes Ausschleudern aus vier Richtungen. Und dieser Geruch. Ein Mix aus Alkohol, Magensäure und menschlichen Ausscheidungen. Valérie würgte. Zäher, bitterer Speichel bildete sich in ihrem Gaumen und drängte nach außen. Sie wich einen Schritt zurück. Entsetzt über sich selbst und ihre Reaktion. Entsetzt über das Blutbad. Die Bilder überwältigten sie.

Valérie stand vor einer vierfachen Hinrichtung. Und das, was sie als Zigarren vermutet hatte, enthüllte sich bei genauerem Hinsehen als eine Art Holzpfähle, die den Toten in den Mund gerammt worden waren. Valérie vergaß alles, was sie in den letzten Jahren an Erfahrungen gesammelt hatte und dass man selbst in einer solchen Situation einen kühlen Kopf bewahren musste. Das war leichter gedacht als getan. Ein solches Massaker hautnah zu sehen *und* zu riechen war neu. Valéries Blick wanderte über die Gläser auf der Tischplatte, in deren Mitte sie einen Hundekopf ausmachte, ein pelziger Schädel, die Schnauze halb geöffnet und fletschend, die spitzen Zähne, als hätte das Tier vor seiner Enthauptung versucht, den Gegner anzugreifen. Valérie kniff die Augen zusammen, öffnete sie wieder, fokussierte das, was sie nicht für möglich hielt. »Was zum Teufel ist das?«

Niemand antwortete ihr. Die Beine der Leichen waren angewinkelt in der sitzenden Haltung, die Hosen bis zu den Knien hinuntergelassen. Dem Mann rechts, auf dessen Geschlecht Valérie den Blick zwang, vielmehr auf die blutverklebte offene Wunde, fehlten der Penis und die Hoden. Sie fehlten bei allen, was der rote See unter dem Tisch, die Tropfen und unzähligen Spritzer bewiesen, als hätte man sie bei lebendigem Leib verstümmelt. Wer immer das hier veranstaltet hatte, er hatte sich an der Blutorgie berauscht.

»Sie wurden alle entmannt«, sagte Louis hinter ihr. Valérie drehte sich zu ihm um. Was sie sah, waren Furcht und Unbehagen auf seinem Gesicht. »Ich hatte gerade ein Gespräch mit unseren Kollegen aus Siebnen, die sie gefunden hatten«, sagte er stockend. »Sie bekamen einen anonymen Anruf, den wir bislang nicht zurückverfolgen konnten.« Louis räusperte sich ein paarmal nervös. »Da muss jemand sehr wütend gewesen sein.«

Valérie taumelte in Richtung Tür. Dort stützte sie sich mit dem Rücken am Rahmen ab, ohne ihn mit der Hand zu berühren. Kalter Schweiß drang aus ihren Poren. Allein die Vorstellung, dass jemand einem Mann die Geschlechtsteile entfernt hatte, war dermaßen abartig. Durchatmen. Die Mitte finden. Ruhig werden. Konzentration auf sich selbst. Ein Mantra. *»Om mani padme hum.«*

»Was für eine Riesenschweinerei!« Louis nahm Valérie die

Wörter aus dem Mund. »Das sieht schlimmer aus als in einem amerikanischen Hardcore-Thriller, entsetzlicher als David Finchers Film.« Ob Louis mit dieser Bemerkung den Schock überspielte? »›Seven‹ sagt dir doch etwas. Die Entmannung ist das eine, und der Hundekopf auf dem Tisch sieht aus, als hätten die Männer vor ihrem Tod … nein, ich darf nicht daran denken. Krank ist das, krank.«

Valérie griff sich an die Schläfe, rief sich ihre Fälle in der Vergangenheit ins Gedächtnis. Es war, als würde sie vom Abscheulichen verfolgt. Als sie vor achteinhalb Jahren die Stelle im Korps der Schwyzer Kriminalpolizei angetreten hatte, wurde sie gleich zu Beginn mit einem Fall betraut, der drei Todesopfer gefordert hatte. Neulich hatte man sie gefragt, wie viele tote Menschen sie im Zusammenhang mit ihren Ermittlungen habe beklagen müssen. Sie hatte die Anzahl genannt und kannte deren Namen. Solche Verluste vergaß man nicht. Zurück blieb immer das Gefühl des Versagens. Der Gedanke, man hätte etwas verhindern können, erschwerte das Aufarbeiten solcher Dramen. Manchmal half es Valérie, sich einzusuggerieren, dass sie noch mehr Opfer verhindert und Menschenleben gerettet hatte.

Sie schloss einen Moment die Augen. Bitte, lasse es nicht wahr sein. Wenn sie die Lider wieder hob, würde es ein ganz normaler Tag sein. Sie hatte vieles mit Colin zu besprechen. Sie wollte sich Zeit für ihn nehmen, ihm zuhören und das nachholen, was sie in den letzten Jahren nicht genug getan hatte. Ihre Beziehung war zwar wesentlich besser geworden, doch noch immer fehlte es Valérie an Zeit und Muße für ihren Sohn. Jetzt war er erwachsen, und sie hatte es heute wieder versäumt.

Louis holte sie in die Gegenwart zurück, als würde er einen Schleier von ihr wegnehmen, der sich dicht um ihre Seele gelegt hatte. »Dr. Stieffel ist da.«

»Was ist mit denen da?« Valérie wies von der Tür aus auf den Tisch, den Boden, an die Wand, wo eine Vielzahl an Kerzen stand, in hohen, schlanken Haltern. Das Wachs zeichnete bizarre Formen.

»Die hätten noch gebrannt, sagte Züger, einer unserer Kollegen, und ein Musikstück habe in der Wiederholung gespielt …«

»Und sie haben sie ausgelöscht? Schuler wird keine Freude haben … Was war da noch? Ein Musikstück?« Valérie fröstelte. »Eine Komposition?«

»Nicht von Wagner.« Louis verzog den Mund, als hätte er in eine saure Gurke gebissen.

Scheusal, dachte Valérie, obwohl ihr genau dieser Gedanke gekommen war. Ihr erster Tatort in Schwyz, die drapierte Leiche, Tannhäuser.

»Von The Black Eyed Peas: ›Shut up‹. Züger hat die CD gestoppt. Schuler hat sie eingepackt.«

»Sie könnte eine Bedeutung haben.« Valérie sah sich um. »Alles hier könnte eine Bedeutung haben.«

»Ach du liebe Scheiße, was für ein Gemetzel.« Stieffel zwängte sich an Valérie vorbei in die Folterkammer. Er trug einen sterilen Anzug und hatte weder Augen für Valérie noch für die Leute des Kriminaltechnischen Dienstes, die mit aller Sorgfalt die Spuren sicherten und Täfelchen mit Nummern platzierten, die auf Indizien hinwiesen.

Wenn sich der Gerichtsmediziner dermaßen unflätig ausdrückte, hatte dies weniger mit seinem Charakter zu tun als mit einer Art imaginärem Schutzschild, welchen er vor sich hielt. Anders war das hier nicht zu ertragen, auch für den resistenten Stieffel nicht. Er schüttelte ein paarmal den Kopf, bevor er sich den Leichen näherte. »Ach du liebe Scheiße.«

Valérie schnappte wiederholt nach Luft, ging zurück und sah ein zweites Mal auf die Toten. Gefasster. Manchmal bedurfte es, sich von der Realität abzugrenzen. Valérie versuchte, die Szene wie durch eine Brille zu betrachten. Sie bildete sich ein, sie sähe den Ausschnitt eines Films, was es erträglicher machte. Wäre nicht dieser Gestank gewesen.

Was war hier geschehen?

Während Franz Schuler mit seinem Team schweigend arbeitete, betrachtete Valérie erneut das Gesamtbild. Ein Tisch mit vier ockergelben Ohrensesseln, deren Stoff das Blut aufgesogen hatte. Die Männerkörper waren mit Seilen daran befestigt. Seemannsknoten, fiel ihr auf. In einem früheren Leben hatte sie Bekanntschaft damit gemacht.

Louis trat an ihre Seite.

»Der Täter hat sie alle mit dem gleichen Knoten am Sessel befestigt.« Valérie nickte in Richtung des Toten, der sich ihr am nächsten befand. »Der Palstek, siehst du das?« Sie wies auf zwei der vier Fauteuils. »Zudem sind es ziemlich dicke Seile, die er dazu verwendet hat, über den Daumen eineinhalb Zentimeter Durchmesser.« Taue, um die Taille der Toten gebunden und ebenso um deren Hals, je vier Stränge, die an der Rückenlehne festgezurrt waren. Daher der aufrechte Sitz. »Da waren mehrere am Werk«, sinnierte sie laut. »Oder man hat ihnen vorher etwas eingeflößt.« Ihr Blick blieb an den langstieligen Gläsern hängen, in denen Reste von Wein waren. »Der Inhalt muss ins Labor. Gibt es Kampfspuren?«

Schuler machte den Weg für Stieffel frei. »Sie können mit Ihrer Arbeit beginnen. Wir sind im näheren Umfeld der Toten so weit fertig mit der Spurensicherung.« Er machte Fotos, der Auslöser der Kamera klickte im Sekundentakt, und zog sich vom runden Tisch zurück. »Wenn *Sie* fertig sind, würden wir uns dann gern dem Rest widmen.« An Valérie gewandt sagte er: »Keine Kampfspuren. Es sieht danach aus, als hätten die Opfer das Desaster über sich ergehen lassen.«

»Habt ihr die Geschlechtsteile der Opfer irgendwo gesehen?« Stieffel sah kurz auf. Schwer zu sagen, wen er angesprochen hatte.

Niemand erwiderte etwas.

»Kann ich beginnen?« Stieffel nahm sein Diktiergerät in Betrieb und beugte sich über den Toten unmittelbar neben der Tür. »Erstbeurteilung der Leichenlage.« Er stoppte, runzelte die Stirn, als wollte er das hier nicht glauben, bevor er fortfuhr. »Rücken gestreckt …«

Valérie hörte mit halbem Ohr zu, schnappte das Alter der

geschätzten vierzig Jahre auf und schließlich: »Alkoholisierung gering, keine weiteren Auffälligkeiten.«

Stieffel richtete seinen Körper auf. »Die Leichen müssen auf den Seziertisch. Unter den gegebenen Umständen ist eine vollständige Legalinspektion nicht möglich. Ich werde die Totenscheine erst nach Bestätigung der Identität der Toten ausstellen.« Er widmete sich der zweiten Leiche.

Schuler sah Valérie kritisch an, nachdem er sie eine Weile angestarrt haben musste. »Alles okay?«

Valérie wandte ihren Blick von Stieffel ab und Schuler zu. Nein, war es nicht. Die Ordnung zerfiel in dem Moment, als Valérie bewusst wurde, was hier tatsächlich geschehen war. Ein Vierfachmord im Kanton Schwyz, in einer Gegend, in der man eine solche Abschlachtung zuletzt vermutete. Nichts anderes war es, ein Blutvergießen, wie es nur ein Psychopath hatte anrichten können. Sexuell motivierte Morde, ging ihr durch den Kopf, oder eine Bluttat, die auf etwas Sexuelles hindeutete. Eine rituelle Handlung? Henry Vischer, der Polizeipsychologe, würde es vielleicht bestätigen. Noch war er nicht da, und Valérie zog ihre eigenen Schlüsse. Die amputierten Penisse und Hoden, die Pfähle in den Mündern. Der abgetrennte Hundekopf. Das alles musste etwas bedeuten.

Valérie spürte eine Berührung auf ihrem Arm. Sie wandte sich brüsk um, hatte ihn nicht erwartet. »Emilio!«

Die Situation machte ihn verletzlich. Sie wäre dennoch am liebsten in seine Arme gesunken, hätte sich von alldem hier distanziert. Sie war Polizistin, eine Ermittlerin, es war ihr Beruf, ihre Berufung. Aber sie war nicht dazu geboren worden, ein solches Blutvergießen zu ertragen. »Sie sind jünger als wir.«

»Ich weiß.« Zanetti wies auf vier Ausweise, die in Asservatenbeuteln steckten. »Diese lagen auf dem Tisch, als wollte der Täter, dass man sofort sieht, wer die Opfer sind.«

»Und?« Valérie zog sich Vinylhandschuhe über, froh um jede Ablenkung. Sie hatte sich einen Cremebalsam mit ätherischen Ölen um die Nasenhöhlen gestrichen, um den Geruch auszuhalten. Jedes Mal war das Betreten eines Tatorts eine Tortur. Jeder Leichengeruch war anders, konnte mit nichts verglichen werden.

Zanetti reichte ihr die Ausweise. Sie sah die Identitätskarten der Reihe nach an. »Mettler-Jenni Matthias, geboren 1980, Fuchs Jan, 1981, Hurni-Fischer Oliver, 1979, und Grüniger Nils, 1981.« Valérie rief Louis an ihre Seite. »Anhand dieser Ausweise müssen wir sofort die Adressen ausfindig machen. Bitte übernimm du das.« Sie zögerte. »Und bitte achtsam. Die Ausweise sind mir zu wenig sicher. Wir werden nicht darum herumkommen, eine Identifikation durch die Angehörigen vorzunehmen, oder wir warten die DNA-Tests ab.«

Sie beobachtete, wie Stieffel dem einen Toten den Pfahl vorsichtig aus dem Mund entfernte, was sich als schwieriges Unterfangen herausstellte. Stieffel kommentierte seine Handlung, sprach erneut auf Band. »Das Kiefergelenk lässt sich nicht verschieben. Die Leichenstarre ist ausgeprägt. Der Tod muss vor sechs bis acht Stunden eingetreten sein …« Er hob den Pfahl gegen das Licht. »Kennt jemand die Bezeichnung dafür?«

Valérie fuhr zusammen, als sie es erkannte. »Das ist ein Leckpfropfen.« Sie musste leer schlucken, während eine Abfolge von Bildern durch ihr Gehirn schoss. »Man verwendet ihn zum Stopfen von Lecks auf Booten.«

»Er ist konisch.« Stieffel drehte das Holzteil vor seinen Augen herum, als würde er nach etwas suchen.

»Es gibt verschiedene Sorten. Die einen sind stumpf, die anderen spitzig.«

»Und warum bist du dir so sicher?«

Sollte sie Stieffel erzählen, dass ihr Ex-Mann ein eigenes Boot besessen hatte? Valérie ließ es bleiben. Dieses Thema gehörte hier nicht hin. Sie selbst war nie gern auf dem Boot gewesen. Nicht, weil sie das Wasser scheute. Aber Willy Lehmann hatte sie herumkommandiert, Lehrer gespielt und sie gemaßregelt, wenn sie einen falschen Handgriff tat. »Ich weiß zufällig, dass es zur Standardausrüstung auf einem Segelboot gehört.«

»Ihr hattet doch eine Yacht.« Louis brachte sich ein.

»*Willy* hatte eine, das ist ein Unterschied.« Valérie fragte sich, ob sie Louis einmal davon erzählt hatte.

Louis merkte offenbar, dass die Erwähnung ihres Ex-Mannes nicht erwünscht war. »Du redest von einem Palstek, ein Knoten, der in der Seefahrt verwendet wird, und willst nun ein weiteres Requisit erkennen, welches mit Schiffen in Zusammenhang steht?« Die Frage musste kommen. Louis' Kombinierungsgabe schlug durch. »Was hat aber ein Hundekopf mit alldem zu tun?«

»Was haben diese Morde mit dem Segeln zu tun?«, erwiderte Valérie. Ihr kam es gelegen, sich dem Sachlichen zu widmen. Nach den anfänglich heftigen Emotionen versuchte sie, den klaren Gedanken mehr Platz einzuräumen.

Louis schien ebenso wie sie einen Anhaltspunkt zu suchen, einen Faden, an dem sie sich festhalten konnten. »Vielleicht will uns der Täter damit einen Hinweis geben.«

»Das scheint mir allerdings weit hergeholt. In welche Richtung denkst du? Jemand, der mit Schiffen zu tun hat, ein Schiff besitzt? Dies müsste sich eher auf die Toten beziehen. Aber das ist vorerst ein lautes Denken. Wenn wir die Opfer kennen, können wir eingrenzen.« Eine Idee, ein paar Worte, um dem Unbegreiflichen entgegenzuwirken. Valérie wusste selbst, wie schwierig es war, mit dem ersten Eindruck etwas anzufangen. Die Erstbegehung eines Tatorts war, als würde man ein unbeschriebenes Buch aufschlagen und darin die leeren Seiten mit all dem füllen, was sich an Bildern und Indizien bot. Mit Ausnahme der Bilder hatten sie nichts. Der Seemannsknoten und die Leckpfropfen konnten Hinweise sein, die man in Betracht ziehen musste, sich darauf zu versteifen war verfrüht. Der Hundekopf mit den glasigen, gebrochenen Augen passte nicht. Was sich ihr präsentierte, war wie der Beginn einer schockierenden Reise in die tiefsten Abgründe der menschlichen Seele. »Ich überlasse es dir, Louis, der Identität der Männer nachzugehen«, wiederholte Valérie. Sie sah auf die digitale Uhr auf ihrem iPhone. »Schon bald zwölf?« Das Vorhaben, mit Colin zu Mittag zu essen, musste sie sich abschminken. Sie hatte soeben den normalen Alltag verlassen und war in etwas Ungewisses und Unbekanntes eingetaucht. »Wir sehen uns um zwei im Sitzungszimmer des Stützpunkts.«

Sie verließ das Zimmer und ging auf den Flur. Neben dem Badezimmer lehnte sie an die Wand und betrachtete ein aufgehängtes Bild gegenüber. Nichts hier wollte zusammenpassen. Es sah aus, als hätte man über die Jahre vieles aus dem Haus entfernt und neue Objekte hereingetragen. Jugendstil vermischte sich mit Elementen aus den siebziger Jahren, und unten, wo das Wohnzimmer lag, sahen die Möbel eher nach Biedermeier aus. Den Zerfall der Hülle ließ das Intakte im Innern nicht zu. Unter Ausschluss des Badezimmers war hier vieles unversehrt, wenn auch mit einer Staubschicht überzogen. Selbst die Küche im Parterre machte den Eindruck, gut erhalten zu sein. Valérie kam zum Schluss, dass hier möglicherweise jemand oder Handlungen nicht entdeckt werden wollten. Ob es so war, würde die Spurensicherung an den Tag bringen.

Caminada erschien unter dem Türrahmen zur Küche, wo Valérie die Schränke begutachtete. Außer ein paar Gläsern stand nichts auf den Regalen. »Hallo, Valérie, gut, bist du da. Ich konnte bereits den Halter des Land Rovers draußen ausfindig machen. Er gehört Nils Grüniger, wohnhaft in Lachen.«

»Hi, Gian Luca. Nils Grüniger, sagtest du? Er ist eines der Opfer. Wir haben seine Identitätskarte.«

»Der Wagen kommt zum KTD nach Schindellegi.«

Valérie sah ihn nachdenklich an. Ihr war Caminadas ernstes Gesicht bekannt, aber im Moment versetzte seine Mimik sie in Angst und Schrecken. »Ich ahne, was dich bedrückt. Mir ergeht es nicht anders.«

Caminada schüttelte den Kopf. »Ich habe bereits eine Großfahndung ausgelöst. Ist vielleicht für die Füchse, denn der Täter könnte bereits über alle Berge sein. Und wonach wir genau suchen, ist zurzeit nicht bekannt. Da bräuchten wir mehr Informationen vom KTD.« Er fuhr sich nervös über die Stirn und berührte kaum spürbar Valéries Arm. »Nach Rücksprache mit der Staatsanwaltschaft werde ich dir den Fall übergeben.«

Valérie hatte es erwartet. Aber Colin musste wieder einmal hintenanstehen. Vielleicht würde er endlich von seinem Vorhaben wegkommen, zur Polizei zu gehen. Er musste ja sehen, welche unregelmäßigen Arbeitszeiten seine Mutter hatte. Und ungefährlich war der Job nicht. Er war schrecklich, hässlich, unbegreiflich. Colin war nicht geeignet für diesen Beruf, fand Valérie. Sie würde es ihm schon noch austreiben. »Okay, dann werde ich mal nach Biberbrugg fahren und die Sitzung vorbereiten. Solange die Spurensicherung im Gange ist, habe ich hier sowieso nichts mehr verloren. Bis um zwei sollten wir zudem die ersten Resultate aus der Rechtsmedizin haben.«

»Stieffel ist noch da. Kann er diese nicht gleich aushändigen, zumindest die ersten Eindrücke?«

»Ich glaube, es ist keine gute Idee, ihn unter Druck zu setzen.«

***

Die katholische Kirche Sankt Laurentius stach am frühen Nachmittag ungewöhnlich hell aus den Nebelschwaden wie ein leuchtender Quader in diesem diesigen Licht. Es mochte an der gelben Farbe liegen, mit der die Mauerelemente und Einfassungen von Tor und Fenstern gestrichen waren. Das 1885 erbaute Gotteshaus fiel anhand des prominenten Standorts auf. Es thronte auf dem Burghügel unweit der Hauptstraße, die durch Reichenburg führte, und war deshalb ein Wahrzeichen.

Yvonne Hurni war auf dem Weg zum Friedhof. Sie grüßte den Pfarrer, der über die Treppe kam, und tauschte ein paar Worte mit ihm. Vor zwei Wochen hatte er die Totenmesse für ihren Schwiegervater gestaltet, dessen Urne nun neben der seiner verstorbenen Frau stand, eingeschlossen in einer mit Astern geschmückten Mauer. Yvonne hatte es zu ihrer Aufgabe gemacht, die beiden Urnengräber zu pflegen. Seit ihre beiden Söhne in Lausanne studierten und bloß hie und da an den Wochenenden nach Hause kamen, hatte sie genug Zeit. Sie arbeitete fünfzig Prozent in der Metzgerei eines befreundeten Ehepaars, was ihr nicht die berufliche Befriedigung brachte, so doch die Gelegenheit, unter Leuten zu sein. Ihr Haus an der Landhofstraße hielt sie innen im Schuss, war es doch nebst dem Heim für eine vierköpfige Familie auch Treffpunkt für die Freunde ihres Mannes. Dann kochte und bewirtete sie und zog sich nach ausgeführter Arbeit gern in ihr eigenes Zimmer zurück, wo sie ihrem Hobby, dem Stricken, frönte. Jahrein, jahraus war gezeichnet vom gleichen Trott, Routine in allem, was Yvonne tat. Manchmal gut gelaunt und euphorisch, meistens miesepetrig, weil ein erfülltes Leben in ihren Augen anders aussah. Sie war zweiundvierzig und glaubte, die Zukunft habe ohne sie begonnen.

Ihr Handy klingelte. Sie griff danach, bat den Pfarrer um Entschuldigung. »Da muss ich ran«, sagte sie, obwohl sie die Nummer nicht kannte. Aber sie hatte kein Bedürfnis, sich noch länger mit dem Priester zu unterhalten. Er war ein redseliger Mann und erzählte gern Geschichten im Wiederholungsmodus. Sie wandte sich ab und nahm den Anruf entgegen. Mittlerweile hatte sie die Urnengräber erreicht. Sie mochte es, zwischen den Grabsteinen zu gehen und die künstlerischen Gräber zu betrachten, die gusseisernen Kreuze und selten schönen Steine, die man mit Hingabe beschriftet und gestaltet hatte. Die Blumen sahen noch frisch aus. Die kühle Luft und der Nebel hatten sie konserviert. »Yvonne Hurni.«

»Kantonspolizei Schwyz, Louis Camenzind.«

Polizei! Yvonne wunderte sich. War sie zu schnell gefahren? Die Radarkästen standen jeweils an den unmöglichsten Stellen. Bestimmt war sie geblitzt worden. »Worum geht es?«

»Ich müsste Sie sprechen.« Camenzind artikulierte langsam, als dächte er, die Wörter kämen nicht bei ihr an.

»Ich bin zurzeit auf dem Friedhof, kann aber in absehbarer Zeit zu Hause sein.« Yvonne musste schlucken. War etwas mit ihren Söhnen? Nein, sie schminkte sich die Bedenken gleich ab. Sollte sie zu schnell unterwegs gewesen sein, würde sie eine Rechnung aufgebrummt bekommen. Von dem Polizisten persönlich übergeben? Heutzutage war alles möglich. »In zehn Minuten, okay?«

»Ich warte vor Ihrem Haus.«

Er hat eine angenehme Stimme, ging Yvonne durch den Kopf. Trotzdem wurden ihre Gedanken erneut von der Idee überschattet, es könnte etwas wegen ihrer beiden Jungs sein. »Geht es um meine Söhne? Haben sie etwas angestellt?« Sie wollten heute in Lausanne bleiben.

»Es geht um Ihren Mann. Aber das möchte ich Ihnen persönlich sagen.« Camenzind verabschiedete sich.

Yvonne steckte ihr Smartphone in die Tasche. Nun war auch ihr Wissensdurst geweckt. Was konnte so geheimnisvoll sein, dass die Polizei ihr am Telefon keine Auskunft geben wollte, dass sie sie überhaupt suchte? Yvonne kehrte zu ihrem Auto zurück, das sie unterhalb der Kirche geparkt hatte, einen hellgrauen Ford Fiesta, den sie zu ihrem vierzigsten Geburtstag von ihrem Mann bekommen hatte. Er bedeutete ein Stück Freiheit, obwohl sie hinter dem Geschenk das schlechte Gewissen ihres Mannes vermutete. In den letzten vier Jahren hatte er sich öfter rargemacht. Es sei wegen der Arbeit, war er ihr ausgewichen. Sie hatte das Argument gelten lassen. Sie stieg ein, zog die Tür zu, startete den Motor und fuhr langsam zur Hauptstraße, wo sie sich in den flüssigen Verkehr einordnete. Was war mit Oliver? Ihr Herz begann zu rasen, und sie malte sich schreckliche Szenarien aus. Er hatte einen Unfall gehabt, war vielleicht nicht ansprechbar. Die Polizei hatte seinen Ausweis gefunden und musste ihr nun die Nachricht über… Yvonne zwang sich zur Raison. Nicht an den Worst Case denken. Sie horchte in sich hinein. Gleich würde sie alles erfahren. Sie drückte den rechten Fuß aufs Gaspedal.

Bis zu ihrem Grundstück war es kein Kilometer. Sie hätte auch gehen können. Aber in dieser Jahreszeit war es unangenehm kalt. Und sie zu bequem.

Dem Polizisten schien die Kälte nichts auszumachen. Er lehnte an einem grauen Kombi. Sie hielt auf seiner Höhe an und kurbelte die Fensterscheibe herunter. »Herr Camenzind?« Einen Asiaten hatte sie zuletzt erwartet. Und Camenzind klang nicht gerade nach Fernost.

»Richtig. Demnach müssten Sie Frau Hurni sein.« Er grüßte formell. Seine Stimme klang sympathisch. »Bitte, lassen Sie uns drinnen reden.«

»Sie machen es spannend.« Mit geöffnetem Fenster fuhr Yvonne in den Carport neben dem Haus. Sie stieg aus und ging auf den Eingang zu. Vier nebeneinanderstehende Pflanzenkübel voller verrotteter Geranien erweckten keinen gepflegten Eindruck. Was musste der Polizist von ihr denken?

Aber der hatte augenscheinlich anderes im Kopf, als sich umzusehen. Er wirkte nachdenklich.

Yvonne schloss die Tür auf. »Bitte, nach Ihnen.« Zumindest konnte sich das Hausinnere sehen lassen. Sie hatte den ganzen Tag schon aufgeräumt und war mit dem Staubsauger durch jedes Zimmer gegangen, als hätte sie es geahnt, heute Besuch zu empfangen. Nichts lag herum, und Yvonne rühmte sich für ihre vorbildliche Ordnung. Sie führte Camenzind ins Wohnzimmer und bot ihm etwas zu trinken an. Doch er lehnte ab. Ihrer Aufforderung, sich zu setzen, kam er nicht nach.

»Es geht um Ihren Mann. Oliver Hurni-Fischer, richtig? Wir haben bei ihm die Identitätskarte gefunden.«

Yvonne setzte sich auf das Sofa. Es war, als trügen ihre Beine sie nicht mehr. Da war diese Vorahnung. Sie brauchte Camenzind nur anzusehen, um zu ahnen, dass er ihr gleich etwas Schlimmes mitteilen würde. »Was … was heißt das, Sie haben die ID bei ihm gefunden? Ist ihm etwas zugestoßen?«

»Wann haben Sie Ihren Mann zuletzt gesehen?«

»Wie bitte?« Yvonne wollte die Antwort hinauszögern.

Sie musste nicht überlegen. Gestern Mittag hatte Oliver ihr mitgeteilt, er würde das Wochenende mit ein paar Freunden auswärts verbringen. Wo, hatte er nicht gesagt, und sie hatte nicht danach gefragt. Nichts Ungewöhnliches. Yvonne war es gewohnt, wenn er durch Abwesenheit brillierte. Er nannte es offene Beziehung, zog selbst jedoch den größten Profit daraus. Sie hatte gelernt, beide Augen zuzudrücken. Schließlich hatte er ihr den kleinen Ford gekauft. Offenbar auch, damit sie keine unnötigen Fragen stellte. Als Miteigentümerin eines Hauses musste man kulant sein, wollte man es nicht verlieren. Ihre Ehe war gegen außen intakt, keine Frage. Man sah sie an den wichtigen Anlässen immer zusammen, und Yvonne machte gute Miene zum bösen Spiel. Da gehörte auch eine gewisse Großzügigkeit gegenüber dem Ehepartner dazu. Viel hatten sie nicht mehr zu reden miteinander, aber für sie war das kein Verlust.

Camenzind wiederholte die Frage, als sie nichts erwiderte.

»Am Freitagmittag.« Sie rang sich endlich zu einer Antwort durch. »Er fuhr in die Sägerei. Dort wollte er sich mit Freunden treffen. Es ist alles, was ich weiß. Sagen Sie mir endlich, was los ist?«

»Er war in der vergangenen Nacht nicht hier, ist das so?« Hatte der Polizeibeamte einen Fragenkatalog, den er Satz für Satz durcharbeitete? Zwischen seinen schmalen Augen entstand eine Furche.

Wollte er ihr unterstellen, von den Seitensprüngen ihres Mannes keine Ahnung gehabt zu haben? Darum ging es doch. Oliver hatte sie wieder einmal betrogen. Darunter verstand er die offene Beziehung, dass er die Frauen wechselte wie Yvonne ihr Unterhemd. Sie selbst war der schützende Hafen, wenn Oliver von den Nächten zurückkehrte, die er in den Armen einer Angebeteten verbracht hatte. Sie hatte die herabwürdigende Aufgabe, ihm dann die Wäsche zu waschen und die Hemden zu bügeln. »Nein, er war nicht hier. Das kommt jedoch öfter vor.« Yvonne erhob sich und ging zum Buffet, wo die harten

Drinks standen. Was immer Camenzind ihr mitteilen würde, sie brauchte einen Gin. Trocken, ohne Eis. Während sie die Spiegeltür mit dem Rautenmuster öffnete, kam Camenzind auf sie zu.

»Kennen Sie das Geisterhaus in der Nähe des Kieswerks in Tuggen?«

Yvonne hielt inne. »Die Spukvilla? Wir nennen sie *haunted mansion*. Klar, da hatten wir als Kinder oft gespielt. Aber damals war sie bewohnt und eine ansehnliche Villa. Sie gehörte den Eltern von Olivers Freund Matthias.«

»Matthias?« Camenzind machte Notizen auf seinem Tablet. »Und wie weiter?«

»Mettler.«

»Mettler-Jenni?«

Yvonne zögerte. »Ja.«

»Bitte, setzen Sie sich. Ich muss Ihnen leider eine traurige Botschaft überbringen.«

Und um das zu sagen, hatte er mehr als fünf Minuten gebraucht. Yvonne ließ die Ginflasche dort stehen, wo sie hingehörte, und kehrte zum Sofa zurück.

»Ihr Mann wurde heute Morgen möglicherweise im betreffenden Haus tot aufgefunden.«

»Möglicherweise?« Sie spürte, wie sie langsam erstarrte, während die Worte nur verzögert bei ihr ankamen. Es begann mit einem Ziehen in ihrer Brust und breitete sich nach unten aus. Sie formte ihre Hände zu Fäusten und grub die Fingernägel tief in die Haut. Sie spürte keinen Schmerz. »Was bedeutet das?«

Camenzind legte ein schwarzes Portemonnaie in einem Asservatenbeutel auf den Tisch. »Ist das der Geldbeutel Ihres Mannes?«

Yvonne beugte sich darüber. Sie erkannte es sofort. Es war ein Weihnachtsgeschenk gewesen. Schwarz mit roten Streifen. »In der Villa, sagten Sie? Das kann nicht sein. Sie steht seit Jahren leer.«

»Da ist noch etwas.« Camenzind schien ihre Bemerkung zu schlucken. »Haben Sie einen Hund?«

»Warum einen Hund? Wir hatten nie einen.«

***

Valérie stellte den Kaffeebecher, den Zanetti ihr zwischen zwei internen Terminen gebracht hatte, auf den Tisch. Vor einer Stunde waren sie zusammen auf dem Stützpunkt in Biberbrugg eingetroffen. Valérie hatte mit den Vorbereitungen für die Teamsitzung begonnen, nachdem Louis ihr die Adressen der vier Opfer per WhatsApp übermittelt hatte. Mit dieser Geschwindigkeit hatte sie nicht gerechnet, und sie beeilte sich nun, die Personen im Internet zu suchen. Es gab bald niemanden mehr, der im digitalen Kosmos nicht erfasst war. Die an Dummheit grenzende Selbstdarstellung einiger Zeitgenossen machte es nicht nur der Polizei einfach. Oftmals waren es aber genau die Personen, die sich über einen Überwachungsstaat empörten, die ihm im Gegenzug mit ihrer Sorglosigkeit persönliche Daten in die Hand spielten.

Vier Freunde, die miteinander verbandelt gewesen und Opfer eines Massakers geworden waren, war das traurige Fazit des Vormittags. Sie im Netz zu finden war ein Leichtes, und sie hatten nicht verheimlicht, untereinander befreundet zu sein. Sie tummelten sich auf verschiedenen Social-Media-Kanälen, von LinkedIn bis YouTube, von Twitter bis Instagram. Ihre Porträts machten sie lebendig. Zeit ihres Lebens waren sie erfolgsverwöhnt und Objekte des Neids gewesen, was den vielen Bemerkungen zu entnehmen war. Es machte den Eindruck, als hätten sie sich gegenseitig hochgeschaukelt, angetrieben und wettbewerbstauglich gemacht. Sie hatten sich vermutlich dem Täter auf dem silbernen Tablett präsentiert.

Valérie druckte Bilder aus, kopierte Berichte, die sie als wichtig erachtete, und heftete alles an die Pinnwand. Sie war kaum fertig, als die Tür aufging und ihr Team sich wie eine losgelassene Schafherde im Sitzungszimmer ausbreitete. Binnen Sekunden waren die Plätze um den langen Tisch belegt.

Valérie grüßte in die Runde. »Tja, mit dem geruhsamen Wochenende wird wohl nichts. Wir haben es mit einem Vierfachmord zu tun.« Sie ließ den Satz nachwirken. »Mit entsetzlichen Hinrichtungen«, schob sie nach. »Mit einer Bluttat, die wir so noch nie erlebt haben.« Sie wies mit einem Stift auf die Pinnwand. »Die Identität der Ermordeten ist bis jetzt anhand ihrer Ausweise klar. Wir dürfen Überraschungen nicht ausschließen.« Sie umkreiste mit dem Stift in der Hand das Porträt des ersten Opfers. Eine ins Blassrosa gehende Gesichtsfarbe mit einer Tendenz zum Ungesunden, feist mit listigen kleinen Augen. Valérie hatte ein hochaufgelöstes Bild auf LinkedIn gefunden. »Jan Fuchs, Milchtechnologe, wohnhaft in Siebnen. Ihm gehört ein Bauernhof mit vierhundert Milchkühen und eine Käserei. Er ist zweiundvierzig Jahre alt, geschieden, hat keine Kinder. Er brüstet sich im Internet mit seinen Milchprodukten und diversen Frauenbekanntschaften.«

»Was ich mir bei seinem Aussehen schlecht vorstellen kann«, brachte Louis sich ein.

Er erntete ein Raunen von den Kollegen.

Valérie überging es geflissentlich und wandte sich an Res Stieffel, der sich bereit erklärt hatte, der Besprechung beizuwohnen – das erste Mal seit Langem. »Ich werde dir die Fotos per Mail senden. Vielleicht nützen sie dir, um einen optischen Abgleich zu machen, bevor wir die DNA haben.«

Valérie wartete die Erwiderung des Gerichtsmediziners nicht ab. Sie wies auf dunkelblondes, schütteres Haar, eine Adlernase und blaue Augen, das einzig Anziehende im Gesicht, wie sie fand. Aber ihre Meinung war hier nicht gefragt. Sie musste sachlich bleiben und sich nicht von Sympathie oder Antipathie beeinflussen lassen. »Das zweite Opfer heißt Nils Grüniger, ebenfalls zweiundvierzig. Ihm gehört das Herrenmodegeschäft Grüniger in Lachen. Er ist geschieden, hat keine Kinder. Des Weiteren haben wir Matthias Mettler-Jenni.« Valérie wies mit dem Stift auf einen Mann mit dunklem Teint, fast schwarzen Augen und einer angesagten Frisur. Ein Bro Flow, der über den Backen- in einen Vollbart mündete. »Dreiundvierzig, verheiratet, eine Tochter, Schlosser von Beruf mit eigener Schlosserei in Altendorf. Zuletzt Oliver Hurni-Fischer, vierundvierzig, verheiratet, zwei Söhne im Alter von achtzehn und neunzehn Jahren. Er ist früh Vater geworden. Ihm gehört die Sägerei am Hirschlensee in der Nähe von Reichenburg.« Dieses Porträt sprach sie am ehesten an. Freundliches Durchschnittsgesicht, blaugraue Augen, braune Haare, ein markantes Kinn. Jetzt waren sie tot, von einem Ungeheuer aus der Mitte ihres Lebens gerissen. Sie hatten Familien hinterlassen, Frauen, Kinder, Freunde. Sie waren aus dem Geschäftsleben verschwunden, verursachten auch da Lücken.

»Ich habe heute bereits mit Frau Hurni gesprochen.« Louis richtete sich von seiner gewohnten Schräglage auf. »Sie machte nicht den Eindruck, über seinen Tod sehr erschrocken zu sein.«

»Was hast du erwartet?«, fragte Henry Vischer, der auf Valéries Wunsch an der Teamsitzung teilnahm, »dass sie zusammenbricht und schreit? Man muss zuerst den Schock verdauen. Ich gehe davon aus, du hast sie mit Einzelheiten nicht verschont, hast die Anzeichen eines Schocks richtig deuten können und ihren Arzt angerufen?«

»Henry?« Valérie sah ihn an, begriff seine Bemerkung nicht.

»Alles gut«, antwortete der Polizeipsychologe. Der verbissene Blick, den er Louis zuwarf, entging ihr nicht.

»Sie sprach von einer offenen Beziehung, die sie mit ihrem Mann gelebt hatte«, fuhr Louis unbekümmert fort. »Weshalb er in der Nacht auf den Samstag nicht nach Hause gekommen war, konnte sie nicht klar beantworten. Es sei öfter vorgekommen.« Louis äugte zu Vischer hinüber. »Schätzt du mich so ein, die Witwe mit Einzelheiten geschockt zu haben?«

Vischer schwieg.

»Okay.« Valérie kehrte zu ihrem Platz zurück, nachdem sie ihre beiden Kollegen einen Moment ins Visier genommen hatte. »Wir müssen noch heute die nächsten Hinterbliebenen der Opfer besuchen, bevor es die Presse tut. Ich habe den Verdacht, da ist schon einiges durchgesickert. Zu viele ungebetene Zaungäste am Tatort.« Sie sah auf. »Hat man diese schon befragt?«

»Ja«, sagte Louis. »Als Zeugen sind sie unbrauchbar.«

»Wir werden zeitnah eine Pressekonferenz abhalten. Am besten, wir beraumen sie auf den Dienstagvormittag an. Bis dahin haben wir hoffentlich mehr Informationen. Checkt die Lebensläufe und den Leumund der Opfer. Überprüft Familien, Freunde, Bekannte und in welchen Kreisen die vier Männer verkehrten. Gab es in der Vergangenheit Ereignisse, die für uns relevant sind, unzufriedene Kunden aufgrund verspäteter oder mangelhafter Lieferungen und Angebote. Die Opfer waren alle Dienstleister. Wer hatte einen Hund, wo wird ein Hund allenfalls vermisst. Last, but not least will ich wissen, was es mit diesem Baugespann auf sich hat und wer das Grundstück erworben hatte.«

»Frau Hurni hat eine Bemerkung fallen lassen«, sagte Louis, »dass die Villa, in der ihr Mann umgebracht wurde, einst Matthias Mettlers Eltern gehört habe.«

»Also weiß sie noch nicht, dass ihr Mann einer von *vier* Toten ist?«

Louis verneinte.

»Okay, dann fahre du doch gleich zu den anderen Hinterbliebenen. Nimm Fabia mit.« Valérie kannte Louis' Aversion gegen das Überbringen solcher Nachrichten. Es hatte sie verwundert, als er, ohne groß darüber zu diskutieren, bei Yvonne Hurni vorbeigegangen war. »Ich hoffe, wir bekommen dadurch möglichst schnell verwertbare Informationen. Des Weiteren brauchen wir die Besitzerin des Handys, von welchem der Polizeiposten in Siebnen angerufen wurde.«

»Die Nummer stammt von einem Prepaidhandy«, sagte Louis. »Das habe ich dir bereits gesagt. IT-Müller ist dran.«

»Wurden die Handys der Opfer gefunden?«

»Nein.«

»Wir benötigen die Nummer jedes einzelnen. Fragt in den Familien nach, Freunde … Wenn wir die Nummern kennen, können wir eine Standortabfrage beim Netzprovider starten und herausfinden, wo sich die Opfer unmittelbar vor ihrem Treffen befunden und mit wem sie in den letzten Tagen telefoniert haben. Dazu bedarf es den Antrag der Staatsanwaltschaft beim Zwangsmaßnahmengericht.« Valérie drehte sich nach der Pinnwand um. »Vier Männer im ähnlichen Alter, vier Freunde, die sich in einem abgelegenen, auf den ersten Blick unbewohnten Haus trafen. Wir müssen den Grund für ihr Treffen in Erfahrung bringen. Wer hatte die Villa bewohnt, nachdem die Eltern von Matthias Mettler sie verlassen hatten? Wie lange stand sie leer, wenn überhaupt?« Valérie wandte sich an Fabia. »Darf ich dir diese Aufgabe zusätzlich übergeben?«

»Selbstverständlich.« Fabia steckte sich einen Kaugummi in den Mund und ließ ihn zwischen den Zähnen und der linken Wange verschwinden. »Ich kann aber erst am Montag aufs Grundbuchamt.«

»Es ist Wochenende, ich weiß.« Wieder einmal würde sich alles hinauszögern. »Vielleicht wissen die Familien der Toten etwas darüber.« Sie fuhr sich mit den Fingern an die pochenden Schläfen, wies auf einen Asservatenbeutel auf dem Tisch. »Hier drin befindet sich ein Stück der Seile, mit denen die Opfer an die Sessel gefesselt waren. Findet heraus, woher diese stammen. Fragt in Boots- und Klettershops nach, in Baumärkten in der näheren Umgebung. Macht das Gleiche mit den Leckpfropfen. Solches hat man nicht automatisch im Haushalt. Und dann wäre da noch die Single-CD von The Black Eyed Peas. Wann war das Stück aktuell, wann kam die Single raus?« Valérie sah auf die Uhr, dachte, dass etwas Gewaltiges, nie Dagewesenes auf sie zukam, und versuchte trotzdem, ihre Leute zu motivieren. »Morgen will ich die Hinterbliebenen befragen. Für heute wisst ihr, was zu tun ist.«

DREI

Valérie hatte in der letzten Nacht kaum geschlafen. Immer wieder waren die bizarren Bilder vor ihrem inneren Auge erschienen, die geschändeten Körper und eingerammten Pfropfen. Wider ihre Gewohnheit hatte sie zur Beruhigung zwei Whiskys getrunken und versucht, mit kräftigen Schlucken sowohl dem Kloß im Hals als auch den Tränen den Garaus zu machen. Und das Schreckliche aus ihrem Kopf zu vertreiben. Es war ihr nicht gelungen. Am Samstagnachmittag hatten sich die Ermittler später als vorgesehen voneinander getrennt, nachdem einige waghalsige Spekulationen die Runde gemacht hatten. Aber es gab einen Unterschied dazwischen, etwas zu befürchten und etwas zu wissen. Von Missgunst war die Rede gewesen, von einem Racheakt, einer Abrechnung im Rotlichtmilieu. Nichts, das hinter dem Blutbad einen Sinn erkennen ließ. Aber man musste auch diesen Verdächtigungen nachgehen, vor allem letzterer. Dass es auch in der March eine »Szene« gab, war nichts Neues, nicht so offen wie zum Beispiel in Zürich oder Genf. Unter dem Deckmantel harmloser Vergnügungen fanden sie Nährboden. Die Ordnungshüter waren in der Vergangenheit oftmals ausgerückt. Illegale Spiele in Hinterhöfen, Drogenkonsum bei Musikveranstaltungen, Alkoholausschank an Minderjährige, Sexorgien, bei denen es nicht selten um Vergewaltigungen ging. Die Delikte hielten sich in Maßen, aber es gab sie.

Am Abend hatte Valérie mit Henry Vischer gesprochen und mit ihm einen Termin heute vor dem Mittag vereinbart, weil er in Eile gewesen war, mit der latenten Hoffnung, der Polizeipsychologe könne die Stunde null antreiben. Auch vierundzwanzig Stunden nach dem Verbrechen gab es keine Anhaltspunkte. Bis spät in die Nacht hinein hatte man die Familien der getöteten Männer aufgesucht, ihnen die Hiobsbotschaft überbracht und sie gebeten, anderntags auf den Polizeistützpunkt für eine längere Befragung zu kommen.

Valérie öffnete die Tür zu Zimmer drei. Ihre ambivalenten Gefühle der letzten Nacht waren einer wilden Entschlossenheit gewichen, den Fall mit jener Konsequenz anzugehen, für die man sie rühmte. Am hell beleuchteten Tisch saß Stephanie, die Witwe des ermordeten Matthias Mettler. Eine Frau um die vierzig, brünett, schlank. Sie trug ein dunkelblaues Kostüm und machte einen gepflegten Eindruck.

Valérie setzte sich und stellte sich vor. »Danke, dass Sie unserer Bitte um ein Gespräch nachgekommen sind, Frau Mettler. Mein aufrichtiges Beileid.« Sie ließ ein paar Sekunden verstreichen, in denen sie schwieg. Es war jedes Mal ein schwerer Gang, wenn Valérie die Angehörigen belästigen und auf ihr Arbeitstempo pochen musste. Je früher sie die Aussagen der Hinterbliebenen hatte, umso größer war die Wahrscheinlichkeit, möglichst schnell ein Opferprofil zu erstellen. Dieses war genauso wichtig wie ein Täterprofil. »Fühlen Sie sich in der Lage, mir ein paar Fragen zu beantworten, die Ihren Mann betreffen?«

Stephanie Mettler nickte, während sie ihre schmalen Lippen zusammenkniff. Das Zucken um den Mund bezeugte, wie sehr sich die Frau zusammenreißen musste, um nicht zu weinen. Die roten Flecken auf ihrem sonst blassen Gesicht sprachen Bände. Sie fuhr sich mit beiden Händen nervös ins kinnlange Haar, während ihre Augenlider hinter der groben Korrekturbrille flatterten. Es war der falsche Zeitpunkt, sie zu befragen. Doch wann war der richtige?

Valérie setzte das Aufnahmegerät in Betrieb. »Frau Mettler, wann haben Sie Ihren Mann zuletzt gesehen?«

»Am Freitagabend um halb fünf. Ich weiß es so genau, weil er unsere vierzehnjährige Tochter zum Turnverein brachte. Sie ist dort aktives Mitglied in der Gymnastikriege.«

»Hat Ihr Mann Ihnen gesagt, mit wem er den Freitagabend respektive die Nacht verbringen wollte?«

»Ja, wir haben keine Geheimnisse voreinander. Er wollte sich mit seinen Freunden für ein verlängertes Weekend in Muotathal treffen.«

»In Muotathal?« Nicht in der verfallenen Villa? Aber das dachte sie nur. War es möglich, dass Matthias Mettler seine Frau angelogen hatte? Musste er wohl. Offenbar hatte es doch Geheimnisse zwischen den Eheleuten gegeben.

»Kennen Sie die Adresse?«

»Nein.«

»Nein?« Valérie griff nach der Karaffe, die neben zwei Gläsern auf dem Tisch stand. »Möchten Sie Wasser?« Das Nein musste sie zuerst verdauen. Kaum begonnen, erkannte sie Widersprüchliches.

Stephanie Mettler winkte ab. »Man hat mir gesagt, dass man meinen Mann in der einstigen Villa meiner Schwiegereltern gefunden hat. Ich kann mir keinen Reim darauf machen.«

»Das heißt, er war sonst nie dort?«

»Nicht dass ich wüsste.«

»Was hätte Ihr Mann denn in Muotathal machen wollen?«

»Er und seine Kumpels waren begeisterte Höhlengänger. Das Hölloch im Muotatal gehört zu ihren Favoriten.«

»Aber soweit ich weiß, ist diese Höhle von Anfang November bis Anfang April nicht zugänglich.« Valéries Gedanken schweiften ab zu dem Fall an der Starzlen vor fünfeinhalb Jahren. Damals war ein Kind aufs Brutalste aus dem Leben gerissen worden.

»Keine Ahnung, vielleicht für die Gruppen. Oft trafen sich die Männer mit ihrem Guide zu einem Nachtessen oder zum Austausch ihrer Erfahrungen.« Stephanie Mettler runzelte die Stirn. »Im letzten Sommer waren sie zusammen in Georgien und erkundeten die Voronya-Höhle. Matthias erzählte, sie sei mit über zweitausend Metern die tiefste Höhle der Welt. Höhlen sind eine große Leidenschaft meines Mannes … waren«, korrigierte sie. Sie vermochte nicht mehr, ihre Tränen zurückzuhalten. »Wissen es seine Freunde schon?« Sie schluchzte auf.

Valérie hatte diese Frage erwartet. Sie wunderte sich jedoch, weshalb Stephanie Mettler die Nachricht nicht von einer der Frauen erhalten hatte. Waren sie sich, im Gegensatz zu ihren Männern, nicht so nah? Valérie sah auf ihre Dokumente auf dem Tisch. »Ihr Mann, Frau Mettler, war nicht das einzige Opfer in dieser alten Villa. Er wurde zusammen mit Jan Fuchs, Nils Grüniger und Oliver Hurni ... ermordet.« Das Wort »brutal« verkniff sie sich. »Es ist wichtig, dass Sie mir alles erzählen, was Sie wissen, über die Freunde Ihres Mannes, über dieses Haus.«

»Was?« Die Worte schienen erst jetzt bei ihr angekommen zu sein. Ein Zittern fuhr durch ihren Körper, sie verschluckte sich und hustete, versuchte offensichtlich, diese Nachricht zu verdrängen, indem sie ihre Hände zu Fäusten ballte.

Valérie ließ ihr Zeit, bis sie von allein zu sprechen bereit war.

»Als ich erfuhr, dass es das Elternhaus meines Mannes war ...«, sie schluchzte kurz auf, »und er seine Kindheit darin verbracht hatte, befand es sich bereits im Nachlass von den Eltern meines Schwiegervaters Markus. Damals, als dessen Eltern noch lebten, wohnten Markus und seine Frau Dora zur Miete. Markus' Schwestern leben im Ausland und zeigten kein Interesse an dem Haus. Und Markus konnte es nicht übernehmen, da er nicht über die finanziellen Mittel verfügte, seine beiden Schwestern auszubezahlen. Die Erbengemeinschaft musste die Villa verkaufen.« Stephanie ließ ein tiefes Seufzen vernehmen. »Matthias hätte es gern zurückgekauft, als wir es uns hätten leisten können und das geplante Projekt wegen diverser Einsprachen nicht umgesetzt werden konnte.«

»Es hat Einsprachen gegeben?« Valérie bekundete Mühe mit dem Gedanken. Die Villa stand zwar inmitten anderer Gebäude, aber diese waren ebenso heruntergekommen. Und der nächste Hof lag mindestens fünfhundert Meter davon entfernt.

»Der Käufer wollte einen Freizeitpark erstellen, so ähnlich wie der Vergnügungspark in Rust. Das kam bei der Bevölkerung nicht gut an.« Stephanie Mettler hielt inne, als ihr offensichtlich einfiel, dass ihr Mann im einstigen Elternhaus sein Leben verloren hatte. »Weiß man schon, wer ihm das angetan ... wer sie alle umgebracht hat?«

»Wir stehen erst am Anfang unserer Ermittlungen.« Valérie beobachtete ihr Gegenüber, das zwischen Sich-Zusammenreißen und Sich-gehen-Lassen schwankte. Tausend Fragen mussten Stephanie Mettler auf der Zunge liegen, die auszusprechen ihr schwerfiel. »Sie sagten, Ihr Mann hätte die Villa gern zurückgekauft. Warum hat er es nicht getan?«

»Er befand sich bereits in den Verhandlungen mit den Architekten. Diese erklärten sich bereit, das Grundstück mit den Häusern darauf zu verkaufen. Matthias war bei der Bank. Er hätte den Kredit ohne Weiteres bekommen. Eines Tages kam er heim und sagte, er habe sich nun anders entschieden.«

»Kennen Sie den Grund?«

»Nein. Ich war selbst sehr baff, hing er doch an der Villa wie kein anderer. Alles kam so spontan.«

»War er anders als sonst, als er Ihnen davon erzählte?«

»Niedergeschlagen war er, ja, daran erinnere ich mich. Während einer Woche redete er nur das Nötigste mit mir.«

Für heute wollte es Valérie dabei bewenden lassen. Sie musste der Frau Zeit lassen, auch dafür, mit ihrer Tochter eingehend darüber zu sprechen, warum sie keinen Vater mehr hatte. Was für eine traurige Welt. »Eine zweitletzte Frage, Frau Mettler. Gibt es Fotos von der Villa, als Ihre Schwiegereltern sie bewohnten? Existieren Bilder, auf denen man das einstige Zimmer Ihres Mannes sieht?«

Stephanie Mettler fuhr sich mit beiden Händen über die Augen. »Ein Fotoalbum. Mein Mann und ich hatten es öfter angesehen. Ich fand die Villa schön und wollte erfahren, wie Matthias früher gelebt hatte. Aber von seinem Zimmer? Nein, ich glaube nicht.«

»Ist es trotzdem möglich, mir dieses Album auszuhändigen?«

»Wenn Sie ... wenn Sie damit das Verbrechen aufklären können, muss ich es wohl hergeben.« Sie hielt kurz inne. »Was ist die letzte Frage?«

»Hatten Sie einen Hund?«

»Nie im Leben.«

***

Louis befand sich im Vernehmungszimmer vier. Ihm gegenüber saß die geschiedene Frau des Milchtechnologen Jan Fuchs. Fabia hatte sie spätabends in der alten Spinnerei in Siebnen gefunden, wo sie die Reinigung des Lokals nach einer Veranstaltung beendete. Die Nachricht über den Tod ihres Ex-Mannes hatte sie mehr mitgenommen, als sie gegen außen zeigen wollte.

»Ich habe ihm alles Schreckliche gewünscht«, sagte sie geradeheraus, jedoch sichtbar betroffen, »aber dass er einmal so enden würde ... nein, das geht nicht in meinen Kopf. Weiß man schon, wie er umgekommen ist?«

Louis hatte einen Ordner mit den Tatortbildern vor sich liegen. Er dachte nicht daran, sie Nevena Fuchs zu zeigen. »Dazu kann ich Ihnen noch nichts sagen.«

»Ich verstehe, laufende Ermittlungen. Ich nehme an, Sie möchten von mir wissen, was für ein Mensch Jan war.« Mit diesen Worten dokumentierte Nevena Fuchs ihre Bereitschaft zur Beantwortung der Fragen und dass sie eine ungeduldige Frau war.

»Sie tragen noch immer den Namen Ihres Mannes.« Louis ließ sein Visavis nicht aus den Augen.

»Aus reiner Bequemlichkeit und weil es in der Schweiz, vor allem im Kanton Schwyz, noch immer besser ist, einen typisch schweizerischen Nachnamen zu haben als einen serbischen. Alles erlebt, als es darum ging, mir nach der Scheidung eine Anstellung zu suchen.«

Jovanović, entnahm Louis den Unterlagen. Die Frau sprach perfekt Schwyzer Dialekt. Aber auch er wusste, wie voreingenommen die Gesellschaft mancherorts war, was die Secondos und Terzos betraf.

»Immerhin bekam ich einen Job bei einer Reinigungsfirma. Wenn es ums Putzen geht, ist unsereins willkommen. Als ich meinen Mann kennenlernte, stieg ich in seinem Betrieb ein, was mir später zum Verhängnis wurde.« Nevena Fuchs hob ihre breiten nachgezeichneten Augenbrauen. »Sie sind sicher auch nicht von hier.«

»Ich wurde in der Schweiz geboren.« Für Louis war das Thema somit vom Tisch, und er wies Nevena Fuchs darauf hin, bei den Fakten zu bleiben. Fehlte noch, dass sie ihn seiner Herkunft wegen ausfragte. Ein wenig geschmeichelt fühlte er sich trotzdem. Zumindest konnte er ihr Handeln nachvollziehen. Er selbst hatte als Kind darunter gelitten, als seine Schulkameraden ihn aufgrund seines exotischen Aussehens gehänselt hatten. »Tom Yam Gung« hatten sie ihn genannt.

»Hatte Ihr Ex-Mann Feinde?«

»Mich.« Nevena Fuchs setzte ein verbittertes Lächeln auf, fuhr augenblicklich mit den Händen an ihren Mund, als hätte sie den Fehler bemerkt. »Sorry, damit belaste ich mich selbst. Ist mir so rausgerutscht. Aber hallo? Wir sind seit vier Jahren geschieden, hätte ich ihm etwas antun wollen, hätte ich es früher getan, nicht wahr?«

Louis ließ sie weitersprechen.

»Wissen Sie, ich war es, die die Scheidung wollte. Mir wurde alles zu viel, der Haushalt, das Haus, der Hof, die Käserei. Ich bat Jan oft, er solle den Bestand der Kühe verkleinern. Aber er kaufte immer mehr dazu. Bei jeder Viehschau war er zugegen und fand immer wieder eine Kuh, die noch mehr Milch produzierte. Er hatte eine richtige Kuh-Manie.«

»Wie hatten Sie sich kennengelernt?« Louis war sich bewusst, dass er mit dieser Frage auch für seine Maßstäbe zu weit ging. Nevena Fuchs traute er keine solche Tat zu, wie er in der Villa gesehen hatte. Und welchen Grund hätte sie gehabt, alle vier Männer zu töten, sie überhaupt so hinzurichten?

»Im ›District 28‹, dort, wo ich nun als Putzfrau meine Brötchen verdiene. Wer hätte das gedacht? Da sieht man wieder einmal, wie ein Kreis sich schließt. 2014 war es, als der Club aufging. Jan und ich mochten beide Livemusik von Blues bis Rock 'n' Roll und kamen dort voll auf unsere Kosten. Wir tanzten ab. Eine Woche später machte mir Jan einen Heiratsantrag. Heute ist mir klar, warum. Er brauchte eine billige Arbeitskraft. Ich gab mein Studium auf und zog zu ihm auf den Hof. Und jetzt möchten Sie sicher wissen, weshalb ich nicht wieder studiere.« Sie lachte verhalten. »Ha, zu viel Zeit ist vergangen. Und da wir Gütertrennung hatten, blieb am Schluss nichts für mich. Jan hatte es nicht einmal nötig gefunden, mich angemessen zu entlöhnen und bei den Sozialversicherungen anzumelden. Ich bin selbst schuld. Ich hatte ihm vertraut. Glauben Sie mir, ich hätte ihm bei der Scheidung den Hals umdrehen können. Heute denke ich anders darüber, bin froh, seinem stinkenden Bauernhof entkommen zu sein. Und nein, ich habe ihn nicht umgebracht.«

»Kommt Ihnen jemand in den Sinn, der Ihrem Ex-Mann Böses wollte?«

»Da fragen Sie mich etwas, das ich auf die Schnelle nicht beantworten kann. Mir fallen einige Kerle ein, die ihn wegen seines Besitzes am liebsten auf den Mond geschossen hätten. Ich meine, Jan war mit dreißig bereits ein gut situierter Bauer. Er hatte das große Glück, den Hof seiner Eltern zu übernehmen, nachdem er das Studium als Milchtechnologe erfolgreich abgeschlossen hatte. Er hörte das Gras wachsen, investierte dort, wo er Marktlücken erkannte, was in der heutigen Zeit eine Leistung ist. Ach ja, wenn man Abstand hat vom Ganzen, sieht man immer rosarot. Im Grunde genommen war er ein … Kotzbrocken, gelinde ausgedrückt ein widerliches Schwein.«

Louis erinnerte sich an Fuchs' Porträt und musste ihr insgeheim recht geben, was sein Aussehen betraf. Doch Vorurteile halfen in den wenigsten Fällen, und im Gesicht eines Menschen Gut oder Böse herauslesen zu können war schlicht nicht möglich. Louis hatte schon Typen kennengelernt, hinter deren freundlichem Gesichtsausdruck sich der niederträchtigste Charakter verbarg. »Was wissen Sie über seine Vergangenheit?«

»Bevor ich ihn kennenlernte?« Nevena Fuchs lächelte wieder. »Er war schlanker. Nein, ehrlich, nach der Hochzeit ließ er sich gehen, also äußerlich. Sie fragten mich nach seiner Vergangenheit … davon habe ich keine Kenntnis.« Sie ließ ein paar Sekunden verstreichen, in denen sie schwieg und auch Louis nichts sagte. »Als ich herausfand, dass er in den Puff ging, brachte es das Fass zum Überlaufen.«

Louis erwiderte nichts darauf, machte sich aber Notizen. Ob diese Tatsache ein Indiz war? Führten die Spuren doch ins Milieu? »Sagen Ihnen die Namen Nils Grüniger, Matthias Mettler und Oliver Hurni etwas?«

Nevena Fuchs griff sich an die Stirn, als hätte sie eine Erleuchtung. »Klar, Oli, Matthi und Nils. Sie waren Busenfreunde, kannten sich seit der Schulzeit. Aber das ist das Einzige, was Jan mir von früher erzählt hat. Sie frönten einem gemeinsamen Hobby. Sie teilten die Leidenschaft für Höhlen.«

»Und für das Segeln?« Louis wollte wissen, ob es eine Verbindung zum Palstek und den Leckpfropfen gab, die sie am Tatort gefunden hatten.

»Segeln? Wie kommen Sie denn darauf? Nein.«

Louis nahm es enttäuscht zur Kenntnis. Er hatte noch nie begriffen, weshalb ein Ehepaar oder Partner, die zusammenlebten, so wenig voneinander wussten. Sie teilten sich den Tisch, das Bett, das Bad, gingen gemeinsam in den Urlaub, aber sie kannten sich nicht. Wenn es darauf ankam, den am nächsten stehenden Menschen zu beschreiben, kam da nichts.

Vielleicht hatte Nevena Fuchs ihren Ex-Mann auch einfach aus dem Gedächtnis gestrichen.

***

»Treten Sie ein, Herr Cava… Cava…« Frau Gisler hielt die Tür weit auf.

»Cavadini.« Tomaso betrat eine kleine Wohnung in Reichenburg. Er hatte sich die Frau nicht so alt vorgestellt. Sie musste gegen die achtzig gehen, hatte schütteres graues Haar und über ihrer Oberlippe einen Damenbart, welcher einen komischen Kontrast zu den Fältchen bildete, die um ihren Mund tanzten. Sie sah ihn an mit einem milchigen Blick, in dem der graue Star seine ersten Spuren hinterließ.

»Gott sei Dank sind Sie da. Lisette ist nicht wieder aufgetaucht. Der Briefkasten ist am Überquellen, und die Fenster sind seit Tagen geschlossen. Dabei sollte man in dieser kalten Jahreszeit besonders darauf achten, dreimal täglich durchzulüften. Bitte nehmen Sie doch Platz.« Frau Gisler wies auf einen grünen Ohrensessel, der bestimmt schon bessere Zeiten gesehen hatte. »Ich habe mir erlaubt, eine Illustrierte und Briefe an Lisette aus dem Briefkasten zu holen. Man weiß nie, welches Gesinde überfüllte Briefkästen anziehen. Aber so viel Post, wie ich dachte, kommt bei ihr nicht an.«

Tomaso blieb stehen und vergewisserte sich auf seinem Tablet, wie die vermisste junge Frau hieß. »Wann haben Sie Frau Britschgi zum letzten Mal gesehen?«

»Vor etwa einer Woche, aber so genau weiß ich es nicht mehr.«

»Hat Frau Britschgi keine Verwandten?«

»Ich glaube, ihre Mutter ist im letzten Jahr an dem Virus gestorben, und von ihrem Vater hat sie nie erzählt. Lisette hat wahrscheinlich nur mich.«

»Sie ist eine junge Frau, siebzehn, haben Sie gesagt. Da wird sie sicher Freunde haben.«

»Sie wird bald achtzehn. Also, einen Freund hat sie nicht. Das wäre mir aufgefallen.« Frau Gisler strich sich über die Cordhose, die ihr eine Nummer zu groß war, und zog darauf die Wolljacke enger um ihren Oberkörper. »Ich habe ein ungutes Gefühl. Seit meine Schwester gestorben ist, suchen mich regelmäßig solche Vorahnungen heim. Meine Schwester kam bei einem Unfall ums Leben. Wir hatten zusammengewohnt. Ich vermisse sie. Sie war eine Gute, hat mich immer zum Lachen gebracht. Heute gibt es nichts mehr zu lachen.« Frau Gisler schüttelte energisch den Kopf. »Die Welt hat sich verändert. Für unsereins ist es nicht mehr einfach. Wissen Sie, ich habe ein Handy, verstehe die Technik nicht so recht. Lisette muss es mir immer wieder von Neuem erklären.«

»Haben Sie ihre Nummer?«

»Natürlich, ich habe sie schon mehrmals von meiner Festnetzstation aus angerufen. Aber sie nimmt nicht ab. Auf meine Nachrichten auf dem Anrufbeantworter reagiert sie nicht. Es muss etwas Schlimmes geschehen sein. Ich spüre es.« Sie machte eine gewichtige Pause, in der sie Luft holte. »Werden Sie etwas unternehmen?«

»Haben Sie zufällig ein Foto von Lisette?« Tomaso entschied, die junge Frau beim Vornamen zu nennen.

»Ein Foto?« Frau Gisler sah ihn entgeistert an, als hätte er ihr etwas Unverschämtes gesagt. »Nein, kein Foto. Aber ich weiß, wie sie aussieht. Sie ist etwa eins siebzig groß, hat kurze blonde Haare und dunkle Augen. Sie ist unterernährt … ich sage Ihnen, die isst kaum etwas. Ich habe sie schon oft darauf aufmerksam gemacht. Diese jungen Frauen heutzutage hungern sich zu Tode. Zu unserer Zeit schauten wir nicht auf Kalorien. Ein Butterbrot war ein Butterbrot. Meistens streuten wir noch Zucker darauf.«

Tomaso versuchte, ihren Redefluss zu stoppen, indem er eine weitere Frage stellte. »Sind Sie im Besitz eines Zweitschlüssels zu ihrer Wohnung?«

»Nein, so nahe sind wir uns dann doch nicht. Aber ich glaube, der Hauswart hat einen. Oder dann die Verwaltung. Aber die ist an einem Sonntag nicht erreichbar. Und den Hauswart habe ich heute Morgen früh wegfahren sehen.« Frau Gisler überlegte. »Sie müssen die Tür aufbrechen.«

»Das liegt leider nicht in meiner Kompetenz.«

»Vielleicht liegt Lisette tot in ihrer Wohnung.«

Davon ging Tomaso nicht aus. »Wir sollten ihr noch etwas Zeit einräumen, bevor wir handeln.« Er stieß innerlich einen Seufzer aus. Bereits die zweite junge Frau, die verschwunden war. Das konnte auch Zufall sein. Aber wenn er an Scarlett Bruhin dachte, lief es ihm kalt über den Rücken. Sie war im selben Alter und seit mehr als einer Woche verschwunden. Er vertröstete Frau Gisler mit den Worten, alles zu unternehmen, um Lisette Britschgi zu finden. Stereotype Phrasen, die seiner Ohnmacht Aufschub gaben. Er nahm die Personalien auf und notierte alles, was Frau Gisler wusste. Viel war es nicht. Ihr Interesse an der jungen Frau rührte daher, jemanden in ihrer Nähe zu wissen, sollte sie selbst einmal in eine prekäre Situation geraten.

***

Kaum Zeit für ein Sandwich, ganz zu schweigen von einer kleinen Pause, in der sie einmal richtig durchatmen konnte. Valérie hatte soeben ein Gespräch mit den Eltern von Nils Grüniger geführt. Nach diesem war sie fix und fertig in ihr Büro zurückgekehrt. Nils Grüniger war geschieden, seine Ex-Frau lebte heute in den Staaten, wo sie hergekommen war. Die Ehe habe von Anfang an unter einem schlechten Stern gestanden. Nils habe sich in die Arbeit gestürzt und ein Herrenmodegeschäft eröffnet, mit einem Angebot im oberen Preissegment. Sogar die Zürcher Schickeria habe bei ihm eingekauft. Nils habe als Insider gegolten. Seine Adresse sei in den höchsten Kreisen herumgereicht worden. Was er allerdings in der Freizeit gemacht hatte, konnten seine Eltern nicht sagen. »Wir haben geahnt, dass er einmal so enden würde«, hatte Grüniger senior verlautbart. Seine Aussage zu begründen war am Weinkrampf seiner Frau gescheitert.

Valérie sah sich die Rapporte der Befragungen durch und verglich sie miteinander. Das, was sich seit Anbeginn der Ermittlungen herauskristallisiert hatte, bestätigte sich: Die vier Opfer hatten einander gut gekannt, Jan Fuchs und Nils Grüniger sogar die Primarschule gemeinsam besucht. Ihre Wege hatten sich aufgrund verschiedener Schulen und Ausbildungen getrennt, Freunde waren sie geblieben. Später hatten Matthias Mettler und Oliver Hurni das Quartett komplettiert. Ihre Leidenschaft war die Begehung außergewöhnlicher Höhlen gewesen. Keine der befragten Personen erinnerte sich an ein gemeinsames Hobby auf dem Wasser. »Segeln?«, hatte sich Fuchs' Ex-Frau gefragt. »Nicht zu meiner Zeit.«

Vier Freunde, die nun in der Leichenhalle der Rechtsmedizin lagen. Vier Männer, aus der Blüte ihres Lebens gerissen und abgeschlachtet. Bislang gab es kein Motiv.

Valérie versuchte, den Todestag zu rekonstruieren. Die fehlenden Smartphones der Opfer erschwerten die Arbeit zusätzlich. Der Täter musste die Handys mitgenommen haben. Um Rückverfolgungen zu verhindern? Aus einem Grund hatten sich die Männer in der alten Villa getroffen, heimlich, was Yvonne Hurnis Aussage vermuten ließ.

Matthias Mettlers Eltern hatte man bislang nicht erreicht. Es hieß, sie seien auf einer Reise, wo, war nicht bekannt. Sie hatten sich offenbar mit dem Hausverkauf ein schönes Sümmchen auf die Seite geschafft und konnten es jetzt, nach der Pensionierung, genießen. Enkelkinder gab es nur eines. Valérie blieb nichts anderes übrig, als sich bis Montag zu gedulden. Erst dann würde sie erfahren, wer das Haus der Erbengemeinschaft abgekauft und wer vorgehabt hatte, einen Vergnügungspark zu bauen. Vor allem wollte sie in Erfahrung bringen, wer sporadisch dort gewohnt hatte. Sie hätte auch an einem Sonntag darauf drängen können, Auskünfte einzufordern. Aber dies war aufwendig.

Valérie holte aus ihrem Schrank einen Papierbogen und breitete diesen auf dem Pult aus. Sie musste sich in erster Linie noch einmal eine Übersicht über die Namen der Opfer verschaffen, über die Angehörigen und wo sie gearbeitet hatten. Sie wiederholte die Notizen, die sie in der Teamsitzung auf dem Flipchart notiert hatte. Sie verglich die verschiedenen Berufe: Zimmermann mit eigener Sägerei, Schlosser mit eigener Werkstatt, Milchtechnologe mit Bauernhof und Käserei, Herrenmodegeschäft. Nils Grüniger fiel aus dem Rahmen. Valérie umkreiste mit dem Schreibstift »Modegeschäft«. Einmal. Zweimal. Es wollten sich keine Gedanken einstellen, nicht die kleinste Idee, was hinter den Morden stecken könnte. Dreimal. Sie kam auf keinen Nenner. Die Aktion produzierte keine Einfälle. Sie war nicht bei der Sache.

Vier Männer waren tot. Sie hatten sich, wie es den Anschein machte, in der alten Villa zum Weintrinken verabredet. Etwas anderes als Wein hatte man nicht gefunden. Der Hundekopf war bestimmt im Nachhinein dort platziert worden, als die vier bereits gefesselt waren. Valérie notierte »Hund« und umkreiste auch dieses Wort. Wie ein Flimmern kam es aus dem Dunkeln, ein Schwingen, das allmählich Gestalt annahm. Fünf Kreise, sechs, sieben ... Der Hund im chinesischen Horoskop. Nein, das war ein falscher Ansatz. Das hier hatte nichts mit Hilfe und guten Ratschlägen zu tun. Über das Tierkreiszeichen Hund sagte das Horoskop aus, die in dieser Zeit Geborenen neigten zu Angst und Sorge. Achter Kreis. Es führte in die Irre. Valérie legte den Schreibstift ab.

Über ihre Zusammenkunft hatten sie geschwiegen. Weshalb? Hatten sie sich in der Vergangenheit öfter in der Villa getroffen? Oder hatte der Mörder sie in der Freitagnacht dort hinbestellt?

Valérie war gezwungen, sich in Geduld zu üben. Sie wartete auf die Auswertungen der Spuren sowie die Resultate aus dem Labor. Von Res Stieffel hatte sie bis anhin nichts gehört. In der Regel lud er sie in die Rechtsmedizin ein, um der Obduktion beizuwohnen. Er hatte ihr versprochen, sich so rasch wie möglich zu melden. Ob er es vergessen hatte? Valérie hielt bereits den Telefonhörer in der Hand, als es klopfte und kurz darauf die Tür aufging.

Louis steckte den Kopf herein. »Störe ich?«

Valérie setzte ein Lächeln auf. »Wenn du mir bei meinen Überlegungen Gesellschaft leisten willst, bitte, nur zu. Ich kann jede Hilfe gebrauchen. Ich bin leer, komplett leer.«

Louis legte ein A4-Blatt auf ihr Pult und besah sich gleichzeitig die Notizen. Eine Antwort wartete er nicht ab. »Die Telefonnummern der Opfer sind bekannt. Ich habe den Provider darauf angesetzt. Die Resultate sind bereits hier.« Er wies auf das Papier. »Weder Fuchs noch Grüniger, weder Mettler noch Hurni hatten vor ihrem Treffen in der Villa Umwege gemacht. Ihr zweitletzter Standort war ihr Zuhause, der letzte in der Villa. Dort muss jemand die SIM-Karten entwendet und vernichtet haben.«

»Trotzdem wurden die Smartphones mitgenommen?« Valérie hob ihre Augenbrauen und stieß Luft aus. »Und ich dachte, du bringst mir verwertbares Material. Wie bist du so schnell an den Provider gekommen?«

»Carla kennt jemanden, der jemanden kennt, der bei Swisscom arbeitet. Es brauchte zwei, drei Anrufe.«

»Danke … nur leider hilft uns das kaum weiter.«

»Wir haben auch die Gesprächslisten durchgesehen. Keine Auffälligkeiten. Viele Anrufe, keiner, der verdächtig wäre.« Louis wies auf ihre Skizzen und Notizen. »Clusterst du?«

»Ich versuche es. Ich habe mich überdies im Internet über Rituale schlaugemacht, bei denen Pfropfen in den Mund der Toten gerammt …«

»… und sie gleichzeitig entmannt werden?«, beendete Louis den Satz. »Und was ist mit dem Hundekopf?«

»Auch wenn meine Vorstellungskraft aktuell überreagiert, ich habe nichts dergleichen gefunden.«

»Aber dass es bei den Morden um eine Art Ritual geht, daran zweifelst du nicht.«

Valérie wandte sich ab. »Wir brauchen Anhaltspunkte. Eine klitzekleine Idee, an der wir anknüpfen können. Himmel noch mal. Ein Ritual. Es ist verrückt, überhaupt an ein Ritual zu denken. Wenn jemand tötet, tut er das aus einem Impuls. Ein Ritual setzt eine lange Vorbereitungszeit voraus.«

»Die Opfer wurden kastriert. Das wurde vorbereitet.«

»Wie bei Uranos und Agdistis in der griechischen Mythologie. In diesen Fällen ging es um Entmachtung. Im Altertum war die Entmannung keine Seltenheit. Es gibt antike Autoren wie Ammianus Marcellinus, deren mythische Königin Semiramis die erste Herrscherin war, die sich Eunuchen hielt.«

»Sie hatte wohl Angst, die Typen würden ihre Dienerinnen bespringen.« Louis' Augen drohten aus den Schlitzen zu glupschen. »Du befasst dich mit solch schrecklichen Geschichten?«

»Allgemeinwissen.« Valérie verzog ihren Mund zu einem Schmunzeln und ahnte, wie komisch es aussah.

»Nehme ich dir nicht ab, nicht die griechische Mythologie.«

»Es ist nicht lange her«, wich Valérie aus, »da kastrierte man Knaben, damit sie die hohe Singstimme behielten. Bis zu Beginn des 20. Jahrhunderts beschäftigte man Kastratensänger im Päpstlichen Chor der Sixtinischen Kapelle. Man munkelt, bei den Wiener Sängerknaben sei es zu Kastrationen gekommen.«

»Eunuchengesänge?« Louis hob die Brauen. »Unsere Ahnen waren keinen Deut besser. Schon früher gab es Abartiges, wahrscheinlich mehr als heute.«

Valérie kommentierte es nicht.

»Angenommen«, ereiferte sich Louis, »die Opfer waren zeit ihres Lebens potente Männer, könnten sie …« Er zögerte. »Nein, falscher Gedanke.«

»Was?« Valérie sah ihm an, dass ihm etwas auf der Zunge lag, und als er sich nicht weiter äußern wollte, ließ auch sie es dabei bewenden. »Warten wir ab, was Stieffel dazu sagt. Er wird uns mitteilen, ob die Kastrationen fachmännisch oder laienhaft durchgeführt wurden, ante oder post mortem. Ich selbst habe gestern nicht so genau hingeschaut.«

***

Robert Kistler konnte es sich auch an diesem Abend nicht nehmen lassen, im Landgasthof »Frohmut« an der »Metzgete« teilzunehmen. Sie war der Höhepunkt seiner Bemühungen, das Sahnehäubchen seines Schaffens. Schließlich waren es seine Schweine, die er zur Schlachtbank geführt hatte. Er galt in der March als Großbauer mit einem Bestand von über zweihundert Zuchtsauen und rund tausend Mastschweinen. Er belieferte diverse Großverteiler, und im Herbst lud er, zusammen mit seinem Bruder, dem »Frohmut«-Wirt, zur Schlachtplatte ein. Natürlich nicht gratis und franko, wäre ja noch schöner. Die »Metzgete« im »Frohmut« war über die Kantonsgrenze hinaus bekannt. Bereits im Spätsommer gingen die Tischreservationen ein. Sie dauerte von Mitte Oktober bis Anfang Dezember und gehörte zur Tradition der Familie Kistler, welche die Würste selbst herstellte. Im Angebot standen Blut- und Leberwürste mit Sauerkraut, Speck, Salzkartoffeln und Senf – Roberts Leibspeise. Er mochte es deftig.

An diesem Abend war die Stimmung durch nichts getrübt. Während Wein und Bier in Mengen flossen und die Gäste sich zufrieden verköstigten, spielte sich die Ländlerkapelle »Hopp de Kistler« durch ein Potpourri bekannter Musikstücke. Der Name der Kapelle war vor Jahren per Zufall entstanden und eine Wertschätzung an die zwei Brüder, die in der March Rang und Namen hatten.

Die Kellnerin brachte Nachschub. Robert vertrug eine weitere Blutwurst. Er hatte sich bei deren Herstellung besonders Mühe gegeben und diesmal nebst Schweinekopf mit Schweinekinn, Schwarte und den herkömmlichen Gewürzen neue Geschmacksrichtungen ausprobiert. Er strich sich wohlgefällig über den Bauch, als er in seinem linken Augenwinkel eine gestikulierende Bewegung wahrnahm. Jemand rief seinen Namen.

»Robi! Kommst du mal?«

Robert legte die Serviette neben den Teller, rückte den Stuhl nach hinten und erhob sich.

»Schon fertig?«, fragte die Frau an seiner Seite und liebäugelte mit der Blutwurst auf seinem Teller. »Die wird kalt. Darf ich?« Und schon lag die Wurst vor ihr.

»Ich glaube, mein Typ ist gefragt, bin gleich zurück.« Robert ging zur Tür, wo sein Bruder Hannes auf ihn wartete. Hannes war nicht nur der Gastgeber, er kochte auch selbst. Nach der Kochlehre in einem Zürcher Nobelhotel hatte er die Hotelfachschule besucht und durfte sich eidgenössisch diplomierter Hotelier nennen.

»Wo brennt's?«, fragte Robert.

Hannes nahm ihn beim Arm und zog ihn nach draußen vor das Gasthaus. Durch die Straßen blies ein kühler Wind. Der Nebel lag bodennah und so dicht, man vermochte kaum fünfzig Meter weit zu sehen. Wie warm und gemütlich war es doch in der Wirtsstube.

»Oliver ist tot«, sagte Hannes.

»Was … Oliver ist tot? Ich habe erst noch mit ihm gesprochen.« Robert fuhr sich mit den Händen an die Stirn. Der schmerzhafte Stich in seiner Brust kam unerwartet. »Das ist ein Scherz.«

»Nein, kein Scherz. Yvonne hat mich soeben angerufen.«

»Du hast Zeit, Gespräche entgegenzunehmen? Hast du gesehen, was in der Wirtsstube los ist? Die Leute wollen ein Supplement.« Er merkte, wie unsinnig die Bemerkung war, im Angesicht dieser Schreckensmeldung.

»Zum Glück stehe ich nicht allein in der Küche.« Hannes pausierte bedeutungsvoll. »Es wird noch besser. Nebst Oliver sind auch Jan, Nils und Matthias tot.« Er machte eine Halsabschneiderbewegung. »Tot, verstehst du? Sie wurden umgebracht, alle vier … Mensch, Robi, was hat das zu bedeuten?«

Robert spürte, wie ihm übel wurde. Die Blutwurst lag ihm plötzlich schwer auf, die Zwiebeln, das Blut, von dem man sagte, es mache aggressiv, wenn man es trank.

»Hat Oliver dir gesagt, wo er sich mit den Freunden treffen wollte?« Hannes' Stimme hatte einen krächzenden Klang angenommen.

»Klar hat er es mir gesagt. Fast wäre ich mitgegangen.« Robert drängten sich Erinnerungen auf, wie er Oliver hatte enttäuschen müssen. Zu viel Arbeit im Moment. Kein passender Zeitpunkt für Besprechungen. Er hatte vorgeschlagen, diese in den Dezember zu verschieben. Und an einer Diskussion hatte er kein Interesse. Die Sache war geregelt, es gab nichts zu debattieren.

»In die Villa?«

»Ja, verdammt. Wurden sie in der Villa umgebracht?«

»Ja, aber Yvonne war nicht in der Lage, über Details zu sprechen.«

»Weiß sie etwas über unsere Vereinigung?«

»Nein, ich habe ihr nichts davon gesagt.«

»Du ahnst, was das bedeutet? Wir haben saumäßig Glück gehabt.«

»Wir sollten uns mit der Polizei in Verbindung setzen.« Hannes holte aus seiner Kochschürze ein angebrochenes Päckchen Zigaretten, entnahm ihm einen Glimmstängel und zündete ihn mit einem Feuerzeug an. »Willst du auch?«

Robert winkte ab. »Ich muss einen kühlen Kopf bewahren.« Er konnte jetzt nicht schnell entscheiden, es musste überlegt sein, um sich nicht in den Schlamassel zu reiten.

Hannes inhalierte tief, bevor er den Rauch heftig ausstieß. »Glaubst du, jemand hat davon Wind bekommen?«

»Wovon Wind?«

»Tu nicht so, als wüsstest du nicht, was ich meine. Ausgerechnet in der Villa. Hast du jemanden in Verdacht?«

Robert hustete einen Kloß im Hals weg. »Man wird doch wohl noch Pläne schmieden können. Nachdem Banner und Maihofer abgesprungen sind, liegt es an uns, etwas aus dem Grundstück zu machen.«

»Du redest, als wären unsere Freunde noch am Leben.« Hannes schnippte die halb abgebrannte Zigarette auf den Boden und zerdrückte sie mit dem linken Schuh. »Wärst du hingegangen, stündest du jetzt nicht hier. Geht das in deinen

Schädel?« Hannes tippte ihm an den Kopf. »Ich bin dafür, dass wir uns bei den Bullen melden.«

»Nein, auf keinen Fall. Wenn es Zeit ist, werden die von allein daraufkommen.«

»Das wäre unterlassene Hilfeleistung.«

»Mach dich nicht lächerlich. Willst du, dass uns etwas angehängt wird? Stellen wir uns einfach dumm, warten ab, was geschieht. Und den lieben Frauen Yvonne und Stephanie werden wir selbstverständlich einen Kranz fürs Grab schicken.«

***

Valérie schloss die Tür auf. Auf dem Weg zur Garderobe zog sie die Schuhe aus und warf den Schlüsselbund auf das Sideboard. Nicht daneben. Sie freute sich auf ein heißes Bad. Sie rief nach Colin. Doch dieser war bereits abgereist, obwohl sie ihm angeboten hatte, länger zu bleiben und seine freien Tage bei ihr auszukosten. Schuhe und Winterjacke waren weg. Sie durfte es ihm nicht verübeln. Einerseits bedauerte sie seine Abwesenheit, andererseits war sie froh, allein zu sein. Sie war aufgewühlt und zitterte, was sie dem fehlenden Schlaf zuschrieb oder einer Übersäuerung ihres Körpers. Heute würde sie wieder einmal eine Schlaftablette schlucken. Sie musste ausgeruht sein und durfte keine Fehler machen.

Der Vierfachmord nahm ihr ganzes Denken ein. Sie hatte Mühe, die schrecklichen Bilder zu vertreiben. Immer wieder sah sie das Blut, welches den Boden des halben Zimmers bedeckt hatte, die Spuren an den Wänden, den Tisch in der Mitte mit dieser grausigen Inszenierung.

Im Badezimmer ließ sie Wasser in die Wanne laufen, schüttete von dem Badesalz hinein und zog sich aus. Auf der Suche nach einer CD von Richard Wagner streifte ihr Blick den Spiegel. Sie blieb davor stehen und musterte sich. »Zu was hast du es in all den Jahren gebracht?«, fragte sie sich laut, um zu spüren, dass sie existent und es nicht ein Traum war. Sie streckte den

Arm aus, berührte den Spiegel. Er fühlte sich kalt an … und echt.

Wo war das Lachen geblieben, weswegen man sie als Kind sympathisch gefunden hatte? Das Lachen war ihr früh vergangen, aber es hatte immer wieder Lebensabschnitte gegeben, in denen sie fröhlich und unbeschwert sein durfte. Was wäre aus ihr geworden, wenn sie nach dem Studium der Rechtswissenschaften einen anderen Weg eingeschlagen hätte als den, zur Polizei zu gehen? Retrospektiv glaubte sie, dass dieser Job sie hart gemacht hatte. Sie hatte verlernt, Gefühle zuzulassen. Es erschreckte sie. Sie fuhr sich mit der linken Hand über die Narbe in ihrem Gesicht. An manchen Tagen hasste sie sich dafür, diesen Makel noch immer offen zur Schau zu tragen. Dabei gab es heute so viele Möglichkeiten, ihn zu beseitigen. Aber wäre sie dann noch die Frau, die sie war? Ihre Seele hatte oft Schaden genommen. Die Narben in ihrem Innern waren genauso geblieben wie diejenige zwischen Augenbraue und Mundwinkel. Vielleicht das sichtbare Zeichen ihrer Verletzlichkeit, wenn sich ihr Herz schon einen Panzer umgelegt hatte.

Valérie schob die Scheibe in den CD-Player. Colin hatte sie letzthin ausgelacht deswegen. Sie sei altmodisch, hatte er gemeint. Heutzutage hörte man Musik online. Als wäre sie hinter dem Mond. Sie prüfte die Wärme des Wassers und stieg in die Wanne. Sie tauchte bis zum Hals ein, schloss die Augen und ließ sich von den schweren Melodien des deutschen Komponisten berieseln. »Der Ritt der Walküren«. Es beruhigte sie und regte sie gleichzeitig an. Das warme Wasser umschmeichelte ihren Körper, zog sie herein in den Strudel aufgewühlter Sinneswahrnehmungen. Sie ritt auf den Wellen, tauchte unter, ließ es geschehen, den Rhythmus, das Pochen, und vergaß.

Es mochten Sekunden, gar Minuten vergangen sein, ehe sie aus ihren Träumen aufschrak. Wagner verstummte. Neben ihr stand Zanetti mit einem Frotteetuch in den Händen. »Ich störe dich ungern.« Seine Stimme verhieß nichts Gutes.

»Bist du schon lange hier?« Valérie war baff. Noch spürte sie ein Nachbeben in sich.

»Eine halbe Stunde. Ich ließ dich eine Weile entspannen. Aber jetzt ist genug.« Auf seinem Gesicht erschien ein Anflug von einem Lächeln, das jedoch gleich wieder verschwand. »Aus dem Labor sind die ersten Auswertungen gekommen.«

Valérie erhob sich und griff nach dem Badetuch. »Von Schuler? Er muss diesmal den Turbo gezündet haben.«

»Ich hoffe, ihm ist kein Fehler unterlaufen.« Zanetti half ihr aus der Wanne.

»Was heißt das?«

»Eine DNA, die man am Tatort sichergestellt hat, findet sich in der Datenbank wieder.«

»Der Täter ist registriert?« Valérie rubbelte sich trocken. Sie fühlte sich in einem ambivalenten Zustand, sie genoss es und hatte gleichwohl ein schlechtes Gewissen.

»Es sieht danach aus. Es handelt sich um eine Minderjährige, die in Martigny lebt. Im Unterwallis ist sie keine Unbekannte. Verschiedene Ladendiebstähle, Schlägereien auf dem Pausenplatz, Drogen … das ganze Programm eines verpfuschten jungen Lebens. Sie ist siebzehn Jahre alt und lebt bei ihren Eltern.«

»In Martigny?« Ausgerechnet. Valérie schluckte leer, erstaunt darüber, wie sehr sie sich alles zu Herzen nahm. »Martigny«, flüsterte sie. Sie ging ins Schlafzimmer, suchte frische Unterwäsche heraus. »Meinst du, es ist eine erste Spur?« Sie hoffte, Zanetti würde es als Irrtum abtun.

»Wir sollten sie nicht aus den Augen lassen«, fand er. »Morgen werde ich die Staatsanwaltschaft in Martigny um Amtshilfe anfragen. Heute erreichte ich leider niemanden.«

»Ich könnte doch hinfahren.« Valérie zog ihren Hausdress an. Sie sah zu Zanetti hinüber, während sie den Zipper schloss. »Wir gehen heute nicht mehr aus, oder?« Sie versuchte zu lächeln, was ein erneuter Kloß sogleich erstickte. Was war bloß in sie gefahren? »Ich könnte doch hinfahren.« Wie schnell war ihr dieser Satz über die Lippen gekommen, als hätte sie mit einem Bein noch immer im Unterwallis gestanden, dort, wo ihre Wurzeln lagen.

»Nein, wir bleiben daheim. Wir müssen zwingend ein paar Dinge besprechen, bevor wir morgen ein erstes Statement an die Presse abgeben.«

»Nehmen wir seit Neuestem die Arbeit mit nach Hause?« Es sollte ironisch klingen.

Zanetti reagierte gereizt. »Ich war nicht untätig. Ich habe mich über die alte Villa in Tuggen schlaugemacht.«

»Schieß los!« Valérie verließ das Schlafzimmer und ging hinter Zanetti über die Treppe hinunter in die Küche. Dort war bereits für zwei Personen aufgetischt. Er hatte sogar im Schnellzugtempo das Nachtessen zubereitet. Bresaola mit Rucola und Parmesanscheiben. Genau das, was Valérie umstimmte, doch etwas zu essen.

Zanetti schenkte Rotwein in die bereitgestellten Gläser. Dann setzte er sich Valérie gegenüber. »Ich hoffe, das ist nach deinem Gusto.«

»Perfekter könnte es nicht sein.« Sie hatte das Bedürfnis, etwas Nettes zu sagen. »Danke. Das ist lieb von dir.« Sie hauchte ihm einen Kuss zu. »War auch gar ein hektischer Tag.«

»Wir haben es mit einer neuen Art von Gewalt zu tun.« Zanetti hob sein Glas. »Auf dass wir diesen Täter bald zur Strecke bringen. Das tönt jetzt etwas abgedroschen. Aber mich plagt das bange Gefühl, dieses Kapitalverbrechen könnte erst der Anfang von etwas Gewaltigem sein.«

»Sag so etwas nicht.« Valérie fuhr es eiskalt über den Rücken. Wenn Zanetti bei einem Fall von Gefühlen sprach, hörte es sich so an, als könnte er hellsehen, oder er wusste etwas, worauf er dies begründete. »Ist das eine Vermutung?« Valérie nippte am Weinglas.

»Das Grundstück mitsamt Villa und den umliegenden Häusern wurde nach dem Tod von Matthias Mettlers Großvater von der Erbengemeinschaft an die Architekten Banner und Maihofer verkauft. Sie rechneten damit, die Häuser abzureißen und einen Vergnügungspark zu bauen. Das Volk hatte dagegengestimmt –«

»Aber das wissen wir doch«, fuhr Valérie Zanetti ins Wort. »Was willst du damit sagen?« Sie stach mit der Gabel in Fleisch und Käse, stocherte darin herum. Der Geruch nach Trüffelöl stieg in ihre Nase.

»Was bislang nicht bekannt war, ist die Tatsache, dass die Brüder Robert und Hannes Kistler das Grundstück den Architekten abgekauft hatten. Die Villa plus die Häuser daneben sind heute im Besitz der Kistlers, die in Reichenburg und Umgebung großen Einfluss haben. Robert hat eine Schweinezucht und stellt nebenbei Wurstwaren her. Seinem Bruder Hannes gehört das Gasthaus ›Frohmut‹ mitten in Reichenburg. Sie wollen günstige Wohnungen bauen.«

»Woher hast du diese Neuigkeiten?«

»Von Louis.« Zanetti aß genüsslich von dem Bresaola.

»Ach, und das sagt er *dir*?«

»Er wollte es wohl auf dem kürzesten Weg loswerden. Yvonne Hurni hatte ihn deswegen angerufen. Da warst du bereits weg.«

»Also haben wir noch nichts Konkretes in der Hand.«

»Aber einen ersten Anhaltspunkt.«

»Okay, ich werde morgen die beiden Herren besuchen.«

»Das wird Louis tun.«

Valérie legte Messer und Gabel neben den Teller. Ihr war der Appetit vergangen. »Hinter meinem Rücken?«

»Vorher sagtest du, dass du nach Martigny fährst.«

»Als du Louis mit der Aufgabe betraut hast, wusstest du es noch nicht.« Valérie schluckte den Ärger hinunter.

»Stimmt. Du machst mir Sorgen.«

»Bitte verschone mich mit deinen gut gemeinten Ratschlägen. Caminada hat mir den Auftrag gegeben, die Ermittlungen zu leiten. Dann lass mich das auch tun. Ich denke, du hast selbst genügend Arbeit.«

»Ich verbitte mir diesen Ton.« Zanettis Gesicht drückte Zorn aus. »Du machst es dir verdammt leicht. Dein Egoismus ist manchmal fast nicht auszuhalten. Was ist nur aus dir geworden? Es ist für alle schwierig, für dein Team, für dich, für mich. Aber ich kann doch einen gewissen Respekt erwarten.«

Valérie verstand die Welt nicht mehr. Es war das erste Mal, dass sie sich stritten.

»Entschuldige, ich meine es nur gut.« Zanetti senkte den Blick, offensichtlich überrascht über seine Reaktion. »Das war dumm von mir. Wir sind alle gefordert.«

Valérie war im Begriff, vom Stuhl aufzustehen.

»Bleib sitzen. Wir sollten in aller Ruhe essen und den köstlichen Wein genießen.«

»Es fällt mir gerade etwas schwer.«

»Im Übrigen war ich noch nicht fertig. Frau Hurni verriet auch, dass die Kistler-Brüder mit allen vier Opfern im Clinch wegen der Villa waren.«

VIER

Als Valérie am Morgen erwachte, war Zanetti bereits fort. Sie hatte ihn nicht gehört, erst ihr iPhone riss sie aus einem Schlaf voller abstruser Träume. Sie tastete nach dem Gerät, blinzelte darauf und nahm den Anruf entgegen. Stieffel. »Res.« Sie räusperte sich und brauchte eine Weile, bis ihr bewusst wurde, wo sie sich befand. In ihrem Kopf drehte sich alles.

»Habe ich dich geweckt?«

»Nein, das Telefon hat geklingelt.« Wieder musste sie husten, was sie den Auswirkungen der Schlaftablette zuschrieb. Sie hatte mehr als zehn Stunden nonstop geschlafen. Der Streit mit Zanetti hatte sie nachdenklich und traurig gemacht. Sie ertrug es nicht. Mit ihm Versöhnung zu feiern, dazu war sie nicht aufgelegt gewesen. »Schön, von dir zu hören«, schmeichelte sie Stieffel und versuchte gleichzeitig, richtig wach zu werden. »Ich hoffe, du hast Neuigkeiten.« Sie schwang die Beine auf den Boden, tappte in den Flur und ging nach unten in die Küche.

»Und ob ich die habe. Können wir uns sehen?«

Klar, etwas anderes hatte Valérie nicht erwartet. »Geht's auch durchs Telefon?« Bloß keine Fahrten mehr als nötig. Sie ließ einen starken Kaffee aus der Maschine, rührte zwei Würfelzucker hinein und setzte sich an den Tisch. »Ich bin unter Zeitdruck.«

»Na hör mal, ich habe dich vor der Obduktion verschont, da könntest du mir schon etwas entgegenkommen. Dr. Fähnrich und ich haben fast die ganze Nacht durchgearbeitet.«

Valérie seufzte. Sie musste die Vorbereitungen für die Pressekonferenz treffen und mit Caminada wegen des Besuchs in Martigny sprechen, denn ohne Weiteres würde er sie nicht gehen lassen. Es würde ihrerseits Überzeugungskraft brauchen. Möglicherweise hatte er aber ein Gespräch mit der Walliser Polizei bereits in die Wege geleitet, oder Zanetti hatte ihm die

Dringlichkeit erklärt. Emilio. Sie hatte sich ihm gegenüber falsch verhalten.

Trotz allem erachtete Valérie es als Priorität, mit Stieffel die Resultate anzusehen. Von ihnen hing alles ab. Die Schlaftablette war vielleicht doch keine gute Idee gewesen. Sie war es nicht mehr gewohnt, Chemie zu schlucken, und reagierte demzufolge heftiger als gedacht. Die Tablette hatte eindeutig auf ihre Stimmung geschlagen. Valérie musste sich zusammenreißen, um die schlechte Laune nicht an Stieffel auszulassen. »Okay, treffen wir uns. Wo?« Sie hörte ihn atmen. Es vergingen ein paar Sekunden, in denen er schwieg.

»Um zwölf zum Mittagessen?«

Dieser Schuft! »Gut, ich bin einverstanden. Aber ich sage, wo.«

»Mir ist alles recht.«

»Gehst du damit nicht ein Risiko ein?«

»Das nehme ich gern in Kauf, mit der Aussicht, dir endlich meine andere Seite zu zeigen als die des Leichenbeschauers.«

»Ausgerechnet jetzt.« Valérie konnte sich ein Lachen nicht verkneifen. Stieffel: Hätte es ihn nicht gegeben, hätte man ihn erfinden müssen. »Wir treffen uns am Mittag im Gasthaus ›Frohmut‹ in Reichenburg.«

***

Tomaso legte in Biberbrugg konsterniert den Telefonhörer auf die Station zurück. Nicht zu fassen. Soeben hatte ihn die Nachricht um eine weitere vermisste Person erreicht. Der dreizehnjährige Leon, Sohn des ehemaligen Direktorenpaars eines Kinderheims, Melina und Beda Thüring, wurde seit Sonntagabend vermisst. Anders als bei Scarlett Bruhin und Lisette Britschgi beschloss Tomaso, den Jungen sofort zur Fahndung auszuschreiben. Er wollte sich im Nachhinein keine Vorwürfe anhören, er habe zu langsam reagiert. Dazu bedurfte es ein eingehendes Gespräch mit den Eltern. Er hatte sie auf neun Uhr vorgeladen.

Seltsam, gleich drei Vermisste innerhalb von zehn Tagen. Eine Seltenheit im Kanton Schwyz, obwohl in der Schweiz jährlich rund fünftausend Vermisstenmeldungen eingingen. In der Regel verwendete die Polizei wenig Zeit auf die Suche nach ihnen. Die meisten Verschwundenen kehrten innerhalb der ersten achtundvierzig Stunden zurück, oder sie wurden aufgegriffen. Darauf verlassen wollte sich Tomaso nicht. Ihn plagte das schlechte Gewissen. Nicht nur Scarlett Bruhin war verschwunden, auch Lisette Britschgi. Beide im Alter von siebzehn Jahren. Nicht mehr Kind, jedoch auch nicht volljährig.

Er wählte Valérie Lehmanns Nummer. Er hatte seit Dezember vorigen Jahres nichts mehr mit ihr zu tun gehabt. Ab und zu kreuzten sich ihre Wege. Zu mehr als einem Hallo oder kurzen Small Talk hatte es nie gereicht. Valérie war für seine Begriffe etwas abgehoben. Auf jeden Fall kam sie ihm so rüber. Sie wirkte kühl und unnahbar, manche in seiner Abteilung behaupteten, hochnäsig. Tomaso musste es lange klingeln lassen, bis sie sich meldete.

»Tomaso?«

Hatte sie seine Nummer gespeichert? »Hi, Valérie.«

»Wie geht es dir?« Ihre Stimme klang sympathisch und ruhig.

Das hatte er nicht erwartet. »Danke, gut, außer dem Stress, aber den kennst du ja auch.«

»Kaum Zeit zum Durchatmen, selbst die Wochenenden fordern unsereins. Hast du etwas für mich?«

»Ich habe gehört, was in Tuggen passiert ist. Ich dachte, ich sollte dich über etwas informieren, was mir keine Ruhe lässt.«

Valérie schwieg.

»Ein Vierfachmord«, fuhr Tomaso fort. Wie schlimm es war, wollte er sich nicht vorstellen. »Galten die Männer vorher als vermisst ... also bei den Ehefrauen, ihren Familien?«

»Nein, ich habe bislang nichts dergleichen gehört.«

»Wir haben hier drei Vermisste zu melden. Ich finde es ungewöhnlich. Ich dachte, ich muss es dir mitteilen. Drei Vermisste in der March.«

»Siehst du einen Zusammenhang?«

»Zwei junge Frauen im Alter von siebzehn Jahren werden seit rund zehn Tagen vermisst. Heute früh bekamen wir eine neue Meldung. Gestern Abend sei der dreizehnjährige Sohn einer Familie aus Schübelbach nicht nach Hause gekommen. Bei vermissten Kindern mache ich mir andere Gedanken als bei Erwachsenen.«

»Zufall?«

»Ich dachte, du solltest es wissen.« Plötzlich hatte er das Gefühl, überreagiert zu haben. Valérie hatte bestimmt genug um die Ohren, als dass sie seine Probleme anhören musste.

»Danke, Tomaso. Ich muss leider los. Sollten die Vermisstenfälle relevant sein, werde ich mich bei dir melden.« Sie machte eine Pause. »Halte mich auf dem Laufenden, was den Fall des verschwundenen Jungen betrifft.« Sie verabschiedete sich freundlich und wünschte ihm einen schönen Tag.

Tomaso verließ sein Büro und wollte sich einen Kaffee aus dem Etagen-Automaten holen, als er bemerkte, dass er defekt war. Wahrscheinlich hatten zu viele seiner Kollegen mit dem Schuh an den Kasten gekickt, weil er hin und wieder nicht richtig funktionierte. Kaffee war in diesem Gebäude eine Glückssache.

Er ging den Korridor entlang bis zu den Fenstern und riss eines davon auf. Die Novemberkälte schlug ihm entgegen, der Nebel wie eine Wassertropfenwand, durch die man kaum weiter als bis zum Bahnhof sah. Auf dem Parkplatz unterhalb des Fensters fuhr ein weißer Mercedes zu und parkte. Kurz darauf stiegen ein Mann und eine Frau aus. Die Frau sah die Fassade empor. Tomaso blieb stehen. Ihre Blicke trafen sich, bevor das Paar auf den Eingang zuschritt.

Tomaso ahnte, der Vormittag würde nicht glimpflich vergehen.

Kurze Zeit später traten die beiden mit einer Aufsicht aus

dem Aufzug. Die Frau machte einen gehetzten Eindruck, der Mann reichte ihm die Hand. »Beda Thüring«, stellte er sich vor. »Das ist meine Frau. Herr Cavadini?« Thüring nahm der Aufsicht augenscheinlich die Wörter aus dem Mund. »Haben wir uns mit *Ihnen* verabredet?«

»Korrekt. Folgen Sie mir in mein Büro.« Tomaso schritt zur Tür und stieß diese auf. »Bitte nach Ihnen. Ich kann Ihnen leider keinen Kaffee anbieten. Der Automat ist defekt.«

»Wir sind nicht zum Kaffeetrinken hier.« Melina Thüring lachte hektisch und sah ihren Mann an, als erwartete sie eine Erwiderung von ihm.

Tomaso wies auf die Besucherstühle vor seinem Pult. »Nehmen Sie Platz.« Die Leute waren ihm von Anfang an unsympathisch.

Thüring blieb stehen, während seine Frau sich setzte. »Ich habe am Samstag von dem vermissten Mädchen gelesen. Heute Morgen war die Rede von einer weiteren Vermissten im selben Alter. Nun verschwindet unser Sohn. Wollen Sie meine ehrliche Meinung hören?« Er ließ Tomaso nicht zu Wort kommen. »Das verursacht ein mulmiges Gefühl.« Er klatschte ein Foto auf den Tisch. »Sehen Sie sich diesen Jungen an. In der Blüte eines vielversprechenden Lebens. Er besucht das Gymnasium, ist blitzgescheit.«

»Dreizehn, haben Sie gesagt?«

»Er wird in einem Monat vierzehn. Ich habe nichts von seinem Alter gesagt.«

Tomaso musterte die Eltern. Thüring machte den Eindruck, bald in Rente zu gehen. Sein Gesicht war zerfurcht, sein Haar grau, und die Sorge um seinen Sohn steuerte das Ihrige bei. Etwas jünger schätzte Tomaso dessen Frau, eine drahtige Person mit strengen Zügen, blauen Augen und einer Kurzhaarfrisur, die sie bieder aussehen ließ.

Frau Thüring beseitigte seine Zweifel. »Wir haben Leon bekommen, da war ich vierundvierzig. Damals mussten wir uns entscheiden. Karriere oder Kind.«

»Ihr Mann sagte, Sie hätten das Kinderheim ›Sternenhimmel‹ in Vorderthal geführt.«

»Das ist richtig«, antwortete Thüring anstelle seiner Frau. »Seit einem Jahr bin ich pensioniert. Wir wollen beide etwas kürzertreten, damit wir für unseren Sohn mehr Zeit haben. Meine Frau arbeitet nur noch vierzig Prozent für das Heim … Früher hatten wir ein Kindermädchen für Leon«, ergänzte er ungefragt. »Wir wohnen heute in Schübelbach.«

»Ich brauche die Anschrift dieser Frau.«

»Glauben Sie, sie hat mit dem Verschwinden unseres Sohnes etwas zu tun?«

Thüring nahm seine Frau am Arm. »Die Polizei muss alle Leute im Umfeld unseres Sohnes checken.«

»Vor allem werden wir sofort alle erforderlichen Maßnahmen in die Wege leiten«, sagte Tomaso und hoffte, damit Frau Thüring etwas zu beruhigen. »Haben Sie bei seinen Freunden schon nachgefragt?«

Thüring bejahte. »Viele gibt es nicht. Leon ist ein Einzelgänger.«

»Hat er eine Freundin?«

»Dazu ist er zu jung«, sagte Thüring, ohne zu zögern. Dass er im Haus das Sagen hatte, war offensichtlich.

»Gibt es Freundschaften zu Lehrpersonen?«

Thürings Augen wurden zu Schlitzen. »Nein. Ich habe keine Ahnung, worauf Sie hinauswollen. Wir haben unseren Sohn zu Respekt und Anstand erzogen. Er weiß, was sich gehört.«

Hoppla, da hatte er wohl einen Nerv getroffen. Es war unterschiedlich, wie die Menschen bei einer Vermisstenmeldung reagierten. Die einen waren demütig und froh, wenn man sie in dieser Situation nicht alleinließ, die anderen spielten sich auf. Thüring gehörte zur zweiten Sorte. »Wohin ging Leon, als er am Sonntag Ihr Haus verließ?«

»Zu einem Freund nach Reichenburg. Den haben wir bereits gefragt. Er meinte, Leon sei nach dem Besuch nach Hause gefahren. Er habe den Bus genommen.«

»Welche Bushaltestelle war das?«

»Reichenburg Kreuzwies.«

Tomaso notierte: »Abklärung Videokamera«. »Ist Leon im Besitz eines Smartphones?«

»Ja, aber er darf es nur im äußersten Notfall gebrauchen.«

»Wissen Sie, wegen der Strahlen«, sagte Frau Thüring aus heiterem Himmel.

Ausgerechnet wenn er es brauchte, stand es ihm nicht zur Verfügung. »Hat er es am Sonntag mitgenommen?«

»Zu Hause ist es nicht.«

Tomaso bat um die Nummer. »Wir werden alles Mögliche unternehmen, um Ihren Sohn zu finden. Rufen Sie mich an, wenn Ihnen Dinge in den Sinn kommen, die für die Fahndung relevant sind.« Er nahm sämtliche Personalien auf, die Größe, das Gewicht, Haar- und Augenfarbe. Auch Leons Hobbys notierte er, die Namen seiner Freunde, der Lehrpersonen und wo er am Samstag zuvor gewesen war. Viele Informationen. Je genauer die Personenbeschreibung ausfiel, umso leichter war es für die Fahnder, Spuren aufzunehmen. »Gibt es Treffpunkte in Ihrer näheren Umgebung, wo er sich für gewöhnlich aufhält?« Tomaso wandte sich an Frau Thüring.

»Nein«, sagte Thüring an ihrer Stelle. »Gäbe es diese, wüssten wir es. Unser Sohn hat keine Geheimnisse vor uns.«

***

Caminada fing Valérie auf dem Weg zum Parkplatz ab. »Ich habe mit der Polizei in Martigny wegen deiner Reise bereits Kontakt aufgenommen, nachdem in Sitten das kantonale Amtshilfegesuch angenommen worden war.«

Valérie vollzog eine lustlose Drehung zu ihrem Chef. »Können wir uns am Nachmittag darüber unterhalten? Auf vier Uhr ist eine weitere Teamsitzung anberaumt. Ich bin auf dem Sprung, habe mich mit Res Stieffel verabredet. Er will mit mir die Resultate betreffend die vier Mordopfer besprechen.«

»Kann er das nicht schriftlich übermitteln?«

»Du kennst ihn.«

»Er macht dir den Hof. Das sieht ein Blinder.« Schwang da nicht Eifersucht in Caminadas Stimme mit?

»Das ist lächerlich. Zudem bin ich echt nicht aufgelegt für solche Scherze.«

»Er lebt in Scheidung.«

»Seit wann interessierst du dich für die alltäglichen Kinkerlitzchen unserer Leute? Und wer hat dir davon erzählt?« Eine solche Nachricht hätte sie sicher direkt von Stieffel erfahren.

Caminada gab sich beleidigt. »Vergiss es. Wann bist du zurück?«

»Nach dem Mittagessen, ich denke, zwischen halb zwei und zwei. Bis dahin weiß ich hoffentlich mehr.« Eine immer wiederkehrende Floskel, um nicht zugeben zu müssen, dass sie weder Indizien noch die Idee für ein Motiv hatten.

»Dann übernimmst du Louis' Job?«

»Es war nie die Rede davon, dass ich nicht nach Reichenburg fahre. Louis ist anderweitig beschäftigt.« Sie stieß innerlich Luft aus. Sie würde Louis in den nächsten Tagen einige Aufgaben übertragen müssen, sollte sie nach Martigny fahren. Sie musste sich von Caminada loseisen, wollte sie weiteren delikaten Fragen ausweichen. Mit Blick auf ihr Handy demonstrierte sie ihre knapp bemessene Zeit. »Wir sehen uns.« Sie kehrte ihm den Rücken zu und ging eiligen Schrittes zu ihrem Wagen. Valérie mochte es nicht, wenn sie zwischen Tür und Angel diskutieren musste, was ins Sitzungszimmer gehörte. Dass auch Caminadas Nerven angespannt waren, musste er ihr nicht sagen. Ob er die Bemerkung wegen Stieffel auf sich selbst bezog? Menga, Caminadas Frau, lebte längst wieder im Kanton Graubünden. Wenn er es richten konnte, fuhr er nach Chur und kehrte jeweils missgelaunt zurück. Keine gute Voraussetzung für den Chef der Kriminalpolizei. Zudem war Caminada in einem Alter, in dem man eine frühzeitige Pensionierung in Erwägung zog. Trotzdem war es der falsche Zeitpunkt. Die Frage drängte sich ihr geradezu auf, wer nach Caminada kam. Bislang war er der verständnisvolle Chef gewesen, überaus menschlich und fair. Sein persönlicher Wandel hatte kaum etwas mit seinem Beruf zu tun. Er hatte seit dem Itlimoos-Fall in jeder schwierigen Situation einen klaren Verstand bewiesen und dass er fähig war, sie mit der nötigen Distanz anzugehen. Er war stets der Überlegte, der alles zu überschauen schien. Valérie hätte ihn sich an der Front auch vorstellen können, weil ihr manchmal eine ruhige Seite fehlte. Wenn sie an Louis' Temperament dachte, wirkte Caminada sanft. Aber Caminada war nun mal Chef der Kriminalpolizei. Seine Funktionen bestanden darin, Ermittlungsdienst, Kriminaltechnischen Dienst, operativen Dienst und Fahndungsdienst zu koordinieren und sie zu leiten. Sogar die Spezialeinheit befand sich unter seiner Regie. So gesehen war Valérie froh, dass er damals an die Stelle des scheidenden Majors Dominik Fischbacher getreten war. Sie startete den Motor und fuhr vom Parkplatz weg auf die Einsiedlerstraße.

Die spätherbstliche Stimmung drückte Valérie aufs Gemüt. Die Nebeltage untermalten das Undurchschaubare ihres Falles. Sie musste aufpassen, sich nicht in den Boden ziehen zu lassen. Kam dazu, dass ihr der Besuch in Martigny schwer auf dem Magen lag. Sie war zu schnell in ihrem Entscheid gewesen; ihn rückgängig zu machen und sich die Bemerkungen ihrer Kollegen anhören zu müssen hätte sie in ihrem Stolz gekränkt. Zudem sprach von allen im Team nur sie perfekt Französisch. Und wie sie die Romands kannte, weigerten diese sich, deutsch zu sprechen, auch wenn sie die Sprache beherrschten. Also blieb es an ihr hängen.

Beim Kreisel mit der Sonnenuhr in Schindellegi bog Valérie auf die Hauptstraße ab. Sie gab sich Mühe, ihre Ungeduld zu zügeln und die Autos vor ihr nicht zu überholen. Vor Pfäffikon nahm sie die Zufahrt zur Autobahn.

***

Claudia Tobler setzte sich mit dem geschlossenen Briefumschlag ins Wohnzimmer. Sie hatte geahnt, diese Nachricht würde eines Tages eintreffen. Die Schmerzen in ihrem Unterbauch und die rapide Gewichtsabnahme innerhalb eines Monats waren kein gutes Zeichen. Sie hatte zu lange gewartet, hätte sich Hilfe von einer Kollegin holen oder zumindest die jährliche Kontrolle machen können. Prophylaxe war alles. Das legte sie ihren Patientinnen immer nahe. Sie hatte es nicht für möglich gehalten, dass ihr so etwas widerfahren könnte. Seit mehr als dreißig Jahren war sie Gynäkologin und Geburtshelferin mit eigener Praxis in Lachen, stets für ihre Frauen da, ob sie jung oder alt waren, werdende Mütter, Frauen mit vergeblichem Kinderwunsch, Frauen in der Menopause, Frauen mit Brust- oder Gebärmutterhalskrebs – sie hatte alles gegeben, sie zu beraten und zu heilen, hatte sie, wenn nötig, zu Spezialisten geschickt, Hausbesuche gemacht, im Spital Operationen durchgeführt und Entscheidungen getroffen, wo es um Leben und Tod ging. Beinahe Tag und Nacht auf Abruf. Sie hatte dabei vergessen, dass auch sie eine Frau mit Sehnsüchten und nicht gefeit vor Schicksalsschlägen war. Eine Beziehung zu einem Mann hatte sie nie gehabt, vielleicht drei, vier Affären in ihren jungen Jahren. Für eine feste Bindung hatte die Zeit gefehlt. Bis vor einem halben Jahr hatte sie ihre demente Mutter gepflegt, die früh Witwe geworden war und seither an ihr gehangen hatte wie ein Glockenklöppel. Die Mutter hatte sie nebst ihrem Beruf gefordert und buchstäblich ausgehöhlt. Claudia fühlte sich leer, jetzt, da ihre Mutter tot war. Sie kam nach Hause und war allein, wusste nicht, was sie mit den Stunden anfangen sollte. Einzig das Spitalbett erinnerte an die stets nörgelnde Frau, der Claudia nie etwas hatte recht machen können.

Sie riss den Briefumschlag auf. Ihre Kollegin hatte ihr am Telefon mitgeteilt, die Resultate über den Befund der Computertomografie würden ihr direkt per Post zugestellt. Claudia wusste, wie man sie las. Trotzdem hatte sie Bedenken, als sie den gefalzten Papierbogen aus dem Couvert zog. Dreiundsechzig Jahre alt war sie, würde in einem Jahr in die wohlverdiente Rente gehen können. Sie hatte sich in den letzten sechs Monaten langsam an den Gedanken gewöhnt, endlich das zu tun, worauf sie Lust hatte. Reisen, fremde Kulturen kennenlernen, Museen besuchen, Freunde treffen, die sich jedoch an einer Hand abzählen ließen. Aber immerhin. Sie war frei. Ob sie ihre Wünsche umsetzte, stand auf einem anderen Blatt. Ja, es stand auf diesem Papier, welches ihr Leben auf den Kopf stellen würde. Sie spürte es. Das war wohl die Ironie des Schicksals.

Es klingelte. Claudia legte den Brief samt Couvert auf den Tisch. Wer immer vor der Tür war, er oder sie würde das Lesen des Befunds hinauszögern. Claudia stöhnte auf. Eine Gnadenfrist, bevor ihr Lebenskonstrukt zusammenstürzte. Sie hatte Angst und hätte sie am liebsten hinausgeschrien.

Claudia betrat das Entrée, drehte den Schlüssel im Schloss um und öffnete.

»Frau Dr. Tobler?« Ein junger Mann, halb Knabe, hielt ihr einen Blumenstrauß entgegen. Er stand auf dem obersten Absatz zur Treppe, die ins Parterre führte.

»Ja, die bin ich.« Wer wollte ihr Blumen schenken?

»Die wurden heute für Sie bestellt. Ich bin Ihr Blumenbote. Ein …« Er wartete ab, räusperte sich, schien nervös. Ein schmächtiger Junge mit schmalem Gesicht, eingeschüchtert auf den ersten Blick. Bildhübsch.

»Von wem?« Die Frage rutschte ihr instinktiv hinaus. Es war lange her, seit jemand Blumen vorbeigebracht hatte. Friedhofsblumen im Zusammenhang mit dem Tod ihrer Mutter, das waren die letzten Sträuße gewesen. Trauerblumen, die sich wesentlich von dem bunten Herbststrauß im Zellophanpapier unterschieden. Ob ihre Kollegin Blumen zum Trost geschickt hatte? Doch so schätzte Claudia sie nicht ein. Sie wäre selbst vorbeigekommen, mit einer Flasche guten Rotweins, einem feinen Parfum, einer Schachtel Pralinen. Mit der Henkersmahlzeit.

Claudia streckte die Arme aus, derweil der Junge auf das

Podest vor der Tür trat, und nahm den Strauß in Empfang. Sie suchte vergeblich nach einer Begleitkarte. »Wissen Sie, von wem die sind?«

»Nein, tut mir leid.« Der Junge blieb eine Weile unter dem Türrahmen stehen, als erwartete er von Claudia ein Trinkgeld. Er sagte nichts, wuschelte nur verlegen in seinen Haaren, die einen ordentlichen Schnitt nötig gehabt hätten.

Als Claudia die Schatten in ihrem rechten Augenwinkel wahrnahm, war es zu spät für eine Reaktion. Sie spürte, wie etwas gegen ihre Schläfe prallte, mit großer Wucht. Der Schrei blieb ihr im Hals stecken. Es ging zu schnell. Ein einziger Gedanke: War das nun die Gnade Gottes?

***

Vor ihr tauchte ein herrschaftliches Holzhaus auf. Der reich verzierte Giebel oberhalb zweier Fenster auf dem vierten Stockwerk bildete den Abschluss mit dem spitz zulaufenden Schrägdach. Zwei rauchende Kamine vermittelten, es wurde geheizt. Der Rauch verschmolz mit dem Nebel und zog rechts des Hauses Richtung Straße ab. Vor dem verlassenen Vorplatz war ein Traktor geparkt. Das Gefährt wirkte unheimlich im diesigen Licht des Mittags, wie ein Monster.

Valérie parkte ihren TT neben der Treppe, die zum Eingang führte. Ein eindrückliches Schild prangte über der massiven Holztür, nicht weniger schwer. Wind und Wetter hatten der Schrift arg zugesetzt. »Frohmut« hätte längst einen neuen Anstrich benötigt. An den Schindeln nagte der Zahn der Zeit, dennoch strahlte das Wirtshaus einen gewissen Charme aus. Es zählte zu den renommierten Häusern in der March. Hielt man etwas auf sich, kehrte man bei Hannes Kistler ein. Es war ein Traditionshaus, welches schon sein Vater und der Großvater geführt hatten. Valérie wusste dies aus den Zeitungen. Kistlers Bruder Robert gehörte die moderne Schweinemästerei in der Nähe des Hirschlensees.

Stieffel wartete auf dem obersten Treppenabsatz, wo er sich von der Wand abstieß. »Hallo, schöne Frau.«

Er nahm sie beim Arm, freundschaftlich, suggerierte sich Valérie ein. Sie hätte ihn gern auf das Gerücht über die Scheidung von seiner Frau angesprochen, ließ es aber sein. Es ging sie nichts an und hätte ihrem Treffen einen privaten Touch vermittelt, den es unbedingt zu vermeiden galt, und seinen Avancen Vorschub geleistet.

»Hast du reserviert? Die Bude ist voll.« Stieffel öffnete die Tür und ließ Valérie vor.

Hinter einem drei mal zwei Meter großen Entrée mit alten Bildern und Geweihen gelangten sie in die Wirtsstube. Die Luft war geschwängert von jedweden Küchengerüchen. Es roch nach Wurst und Sauerkraut und den Ausdünstungen der Menschen, die eng beieinander an den Tischen saßen. Nicht Valéries Stil. Aber heute ging es nicht um ihr Wohlbefinden, sondern in erster Linie um Stieffels Nachrichten. Und, was sie den Gerichtsmediziner nicht wissen ließ, um einen Augenschein der Familie Kistler. Als Besitzer der Todes-Villa trugen sie eine gewisse Mitverantwortung an den Geschehnissen.

Valérie ging auf den einzig leeren Tisch zu, auf dem ein Reservationskärtchen stand. Sie las ihren Namen und setzte sich. »Et voilà.« Sie musterte Stieffel. »Ich hoffe, du magst Schlachtplatten.«

»Wie bitte? Ich bin Vegetarier.« Er setzte ein gefrorenes Lächeln auf.

»Nicht dein Ernst.«

»Seit Samstagmorgen.«

»Ist das eine Anspielung auf den Tatort?« Valérie kannte Stieffels Zynismus.

»Da vergeht einem die Lust …«

Valérie schlug demonstrativ die Speisekarte auf. »Falls es dich beruhigt, es gibt auch eine Auswahl an Herbstgemüsen.«

»Noch schlimmer als Fleisch.« Stieffel tippte mit dem Finger auf die Tagesangebote. »Ich ziehe die Rösti mit Spiegelei vor.«

Eine Kellnerin nahm die Bestellung auf und erkundigte sich nach den Getränken. Valérie orderte eine Flasche Mineralwasser. Es blieb ihr wenig Zeit. Sie musste bis am Abend alle Pendenzen erledigen und den Koffer packen. Ihr Entschluss, nach Martigny zu fahren, stand endlich fest. Sie hatte das Dafür und das Dagegen abgewogen. Sie musste dorthin, um abzuschließen – so oder so. »Was hast du herausgefunden?«

Stieffel holte Dokumente aus seiner Mappe und legte sie auf das Tischset. »Den Bericht aus dem Labor bekam ich heute Morgen. Die Opfer wurden zuerst mit Propofol ruhiggestellt.«

»War es im Wein?«

»Nein. Es wurde intravenös verabreicht, das heißt, es wurde ihnen in die Halsschlagader gespritzt. Zudem ist es sehr heikel mit der Dosierung. Die Prozedur muss von jemandem ausgeführt worden sein, der etwas davon versteht. Möglicherweise findet man ihn unter dem medizinischen Personal, das leicht an solche Substanzen kommt. Propofol ist ein Narkosemittel. Man setzt es zur sofortigen Betäubung ein. Es wirkt rasch, muss aber in der Dosierung aufrechterhalten werden, weil die Wirkung relativ schnell nachlässt. Eine Überdosis führt zum Tod. Dennoch gilt es unter den Anästhesisten als verlässliches Mittel.«

»Dann wurde den Opfern wenigstens der Schmerz erspart. Sie sind durch Propofol gestorben.«

»So sicher ist das nicht. Bei der Obduktion gab es keine Anzeichen einer Atemdepression, die unweigerlich nach einer Überdosis eintreten würde.«

»Das heißt?«

»Kein unmittelbarer Atemstillstand. Die Opfer sind ausgeblutet und langsam gestorben. Vielleicht sind sie ohnmächtig geworden. Ich hätte es ihnen gewünscht.«

»Sie haben alles mitbekommen?«

»Das ist anzunehmen. Propofol diente lediglich dazu, die Männer still zu halten, bis man sie an den Stühlen befestigt hatte. Erst als sie aus der Narkose erwachten, wurden sie ›behandelt‹. Propofol hat eine Latenzzeit von zehn bis zwanzig Sekunden, die Wirkung hält bei einer einmaligen Applikation lediglich acht bis neun Minuten an. So gesehen müsste die Fesselung der vier Opfer innerhalb dieser Zeit erfolgt sein, was ich als realistisch betrachte. Welche Zeit man für die einzelnen Knoten benötigt, kannst du eher beurteilen.«

Valérie lehnte sich auf dem Stuhl zurück, als man ihnen das Mineralwasser brachte. Ihr war der Appetit vergangen. Am liebsten hätte sie die Bestellung des Gemüsetellers rückgängig gemacht. Die Opfer hatten elendiglich gelitten, wahrscheinlich bei vollem Bewusstsein. Wer ihnen das angetan hatte, musste eine große Wut auf sie gehabt haben. Im Vierfachmord steckten Vergeltung und Zorn. Alles wies darauf hin, dass dieses Massaker geplant worden war. Von jemandem, der genau wusste, wie man Spuren vermied oder vernichtete. Halt, dachte Valérie. *Eine* Spur existierte, ob gewollt oder nicht. Das musste sie zuerst herausfinden. Und ihretwegen würde sie in die Westschweiz fahren. Sie wandte sich an Stieffel. »Du sagtest, der Täter könnte unter medizinischem Personal zu finden sein?«

»Ja, nicht nur wegen des Propofols. Die Penektomie sowie die Orchiektomie respektive die Geschlechtsidentitätszerstörung wurde akribisch durchgeführt, saubere Schnitte, exaktes Entfernen der Körperteile. Ich tippe auf jemanden mit chirurgischen Fähigkeiten.«

Valérie schloss die Augen. Wieder waren diese Bilder da. Es würde einige Zeit verstreichen, bis sie diese in ihrem Innern neutralisieren konnte. »Wurden ihnen die Pfropfen nach der Entmannung eingerammt?«

»Es spricht alles dafür.« Stieffel zögerte. »Vollkommen irre. Allein durch den Blutverlust hatten sie den Tod gefunden. Mit den Pfropfen signalisierte der Täter einen besonderen Gewaltakt.«

»Eine Übertötung?«

»Ja.«

Die Kellnerin brachte die Speisen an den Tisch. »Lassen Sie es sich schmecken.«

Valérie wechselte hilflos Blicke mit Stieffel. Es war keine so gute Idee gewesen, sich in einem Restaurant zu treffen, um sich über dieses abscheuliche Verbrechen zu unterhalten. Bei Stieffel war sie sich nie sicher, ob er sich nicht sogar einen Spaß daraus machte. Er hatte einen morbiden Humor. Wenn sie aber an den Tatort dachte und daran, wie Stieffel reagiert hatte, attestierte sie ihm eine gewisse Empfindsamkeit.

Valérie hielt die Serviceangestellte zurück. »Ist Ihr Chef, Herr Kistler, anwesend?«

»Er kocht, wie immer um diese Zeit. Kann ich ihm etwas ausrichten?«

»Nein, nicht nötig.« Valérie würde nach dem Essen mit ihm sprechen. Stieffel musste nicht dabei sein.

»Sag mal, ist der Hundekopf auch bei euch in der Rechtsmedizin gelandet?«

»Das war nicht zu vermeiden.« Stieffel zog die Augenbrauen hoch. »Einer unserer Studenten hat ihn seziert.«

***

»Hast du schon wieder eine Bestellung im Internet aufgegeben? Reicht es nicht, dass dein Mann tot ist? Ziehst du das jetzt weiter, weil er dich nicht mehr kontrollieren kann?«

Yvonne Hurni vertrug ihre Mutter nicht. Diese hatte sich nach Olivers Tod innerhalb eines Tages hier eingenistet und meinte nun, ihre Tochter maßregeln zu müssen. Die Trauer um ihren Schwiegersohn blendete sie aus. Yvonne legte das Päckchen, welches sie aus dem Milchkasten genommen hatte, auf den Küchentisch. Leicht war es, ohne Absender, dafür frankiert, jedoch zu wenig für ein Paket dieses Formats. Nicht abgestempelt. Das fiel ihr auf, bevor sie das Klebeband vom Papier löste. Sie entfernte das Packpapier. Ein Karton kam zum Vorschein, ebenso unbeschriftet. Yvonne zog die Verschlusslasche heraus und hob den Deckel an. Seltsam. Sie hatte nichts dergleichen bestellt. Ein Kunststoffbehälter in der Größe einer Imbissbox, aufgefüllt mit Eiswürfeln, der Konsistenz nach zu urteilen, noch nicht lange aus dem Gefrierfach geholt. Er strahlte Eiseskälte ab. Unmöglich, dass das Paket auf dem legalen Postweg zu ihr gelangt war. Jemand musste es in den Milchkasten gelegt haben. Vor nicht allzu langer Zeit.

»Was ist es?« Mutter war darauf und dran, ihr den Karton aus den Händen zu reißen. In solchen Momenten kam ihre Dominanz zum Vorschein, die Yvonne schon als Kind verabscheut hatte.

»Ich habe nicht die geringste Ahnung.« Yvonne nahm die Box aus der Schachtel und stellte sie neben die Spüle. Ja, sie freute sich immer, wenn Ware, die sie im Internet bestellt hatte, bei ihr eintraf. Sie war süchtig danach, großzügig bei den verschiedenen Anbietern einzukaufen, auch Sachen, die sie nicht benötigte. Sie liebte es, die feinen Stoffe, Kleider, Taschen und Schuhe ihr Eigen zu nennen. Selten schickte sie etwas zurück. Ihr Schrank drohte deswegen aus allen Nähten zu platzen. Manchmal zog sie die gekauften Kleider an, um sich in ihnen vor dem Spiegel zu drehen und sich vorzustellen, wie es wäre, die Eleganz auch unter Leuten zu präsentieren. Sie schuf sich ihre eigene kleine Luxuswelt, von der Oliver nie viel gehalten hatte. Er hatte ihre Sucht gebilligt, obwohl er deswegen oft rüde Worte an sie gerichtet hatte, meistens am Monatsende, wenn die Abrechnungen der Kreditkarten ins Haus flatterten. »Wozu brauchst du diese Klamotten? In der Metzgerei wohl nicht.« Yvonne seufzte. Das hier hatte sie nicht bestellt.

»Worauf wartest du?« Mutter schon wieder. »Beeil dich, das Eis schmilzt.«

Yvonne zog am blauen Deckel. Er verursachte ein klackendes Geräusch. Ein Teil des Eises rutschte über den Rand der Box, fiel in die Spüle. Yvonne starrte auf den Inhalt. Dann kam der Schrei. Zuletzt die Galle. Sie erbrach sich und ließ die Box fallen. Diese schlug auf dem Boden auf. Die Eiswürfel purzelten über die Fliesen. Sie bildeten ein Muster auf dem Küchenboden. Mittendrin ein geschrumpftes, blutverkrustetes längliches Körperteil.

Mutter schrie ebenso auf. »Ist es das, was ich denke?«

»Da hat sich jemand einen makabren Scherz erlaubt.« Yvonne versuchte, sich selbst zu beruhigen. Sie ging zur Spüle und wusch sich den Mund aus. Wer mochte ihr einen solchen Schrecken einjagen? Ausgerechnet jetzt, als hätte sie nicht genug Sorgen. Dass Oliver nicht mehr lebte, hatte sie noch nicht einmal ihren Söhnen mitgeteilt. Sie fürchtete sich davor, zumal sie sehr an ihrem Vater hingen.

»Für einen Scherz sieht das Ding verdammt echt aus.« Mutter stand in gebeugter Haltung und in moderatem Abstand über den schmelzenden Eiswürfeln.

»Ich rufe die Polizei an«, sagte Yvonne. »Was immer das hier ist, das geht wirklich zu weit.«

FÜNF

Stieffel hatte sich verabschiedet. Valérie wartete auf Hannes Kistler. Dieser erschien erst nach ihrem zweiten Kaffee am Tisch. Er zog die Kochschürze aus und überreichte sie der Kellnerin, die ihm wie ein Hündchen hinterhergesprungen war.

Er setzte sich geräuschvoll. Kistler war ein korpulenter Mittvierziger, der seinen Auftritt wohldurchdacht zelebrierte. Er war ein Haubenkoch, bekannt für seine regionalen Speisen und die erlesenen Weine, die er allesamt aus dem Leutschen bezog. »Sie wollten mich sprechen? Valérie Lehmann, wenn ich mich nicht irre. Ihr Gesicht?« Er fuhr mit seinen wulstigen Fingern zwischen linkes Auge und Mundwinkel. »Jeder hat wohl sein Markenzeichen.« Er lachte. »Bitte nehmen Sie es mir nicht übel.«

Natürlich nahm sie es ihm übel. Warum mussten Männer wie er auch immer so auftrumpfen, sogar verletzend sein? Möglicherweise begrub Kistler seine persönlichen Makel unter dem Deckmantel perfider verbaler Angriffe.

»Ich bin wegen der Todesfälle in der ehemaligen Mettler-Villa hier.«

Kistler kratzte sich am Kinn. »Ich habe davon gehört. Schreckliche Sache. Wer tut denn so etwas?«

»Das wüsste ich auch gern.« Wieder sah sie das entsetzliche Gemetzel vor sich. Die Bilder ließen sie nicht mehr los. Sie war traumatisiert, durfte es sich nicht ansehen lassen. Henry Vischer hatte sie gestern ins Gebet genommen. Er nahm ihr diese Gleichgültigkeit nicht ab, die sie an den Tag legte. Er hatte ihr verschiedene Terminvorschläge unterbreitet. Bislang hatte sie sie ignoriert.

»Und wie soll ich da helfen?« Kistler sah sich um.

Die Mittagsgäste waren weg. An einem runden Tisch saßen zwei Männer, zusammengesunken vor je einem Bier. Stammgäste, vermutete Valérie. »Seit zwei Monaten gehört Ihnen und Ihrem Bruder die baufällige Villa in der Nähe des Kieswerks.«

»Wie kommen Sie denn da drauf?« Kistler tat sichtlich überrascht.

»Tja, was soll ich sagen? Nachdem sich das ›Gerücht‹ verbreitet hatte, gingen wir dem nach.«

»Wir wollten es noch nicht an die große Glocke hängen.«

Widersprach sich Kistler gerade? Das passte nicht zu ihm. Valérie schätzte ihn so ein, dass er mit allem, was er sich unter den Nagel gerissen hatte, sofort an die Öffentlichkeit ging. Warum tat er dies bei der Villa nicht? »Immerhin hat es sich herumgesprochen, dass Sie günstige Wohnungen bauen wollen.«

»Das war bestimmt Yvonne … die kann ihr Maul nicht halten.«

»Diese Yvonne Hurni hat gerade ihren Mann verloren. Ich verarge ihr nicht, wenn sie darüber spricht. Nicht nur Frau Hurni, auch wir wollen erfahren, was es mit diesem Haus auf sich hat und wer es momentan bewohnt. Vor allem aber, wie es dazu kam, dass sich vier Männer aus Ihrem Freundeskreis dort trafen.«

Kistler hüstelte hinter vorgehaltener Hand. »Unter uns gesagt, so gut befreundet war ich nicht mit denen. Nach dem Hauskauf gab es einen Zwist zwischen Matthias Mettler und meinem Bruder und mir. Die Villa war einst im Besitz seiner Großeltern, seine Eltern wohnten zur Miete dort. Leider mussten sie nach dem Hinschied von Matthias' Großeltern die Villa verkaufen. Die Architekten Banner und Maihofer erwarben das Grundstück samt umliegenden Häusern aus der Erbmasse und fuhren mit unrealistischen Plänen auf.« Kistler griff sich an den Kopf. »Einen ›Europapark‹, und das nicht einmal in der Linthebene, dass ich nicht lache. Das Gelände ist hügelig, es hat viele Bäume, und allein die Zufahrten müssten verbreitert werden. Das Volk hat das Projekt zum Glück abgelehnt.«

»Wobei Sie die Gegner finanziell unterstützt haben.«

»Wir wollen den Rummel nicht. Die March hat ihre Ursprünglichkeit behalten. Es reichte, als die Zürcher Alt Innerthal fluten ließen. Wir lassen uns unser Land nicht wegnehmen, schon gar nicht von zwei dahergelaufenen Architekten aus Zug. Wir, die Kistlers, werden einen Wohnpark realisieren. Erschwingliche Wohnungen für Jung und Alt, mit Gemeinschaftsräumen und integrierter Kita, Tante-Emma-Laden und Handwerks-Boutiquen. Das ist die Zukunft. Wohnen im Grünen, nachhaltig, generationenübergreifend und selbstbestimmt. Mit allen Annehmlichkeiten, die das 21. Jahrhundert bietet, und trotzdem mitten in der Natur.«

Valérie brachte sich ein. »Sie schweifen ab.«

»Sorry, es ist die Euphorie, weil wir etwas für die Gemeinschaft schaffen. Eine Art Pilotprojekt.« Kistler wuchs in die Höhe. »Weshalb wollten Sie mich sprechen?«

Valérie ließ seinen letzten Satz nachwirken. »Wie kommt es, dass die Villa Treffpunkt der vier Opfer war?«

»Ehrlich gesagt, könnte Ihnen mein Bruder mehr dazu sagen. Er ließ durchblicken, dass er, wenn es die Zeit erlaubt hätte, auch zu dieser Zusammenkunft gefahren wäre.«

»Also hatte er vorab eine Einladung erhalten?«

»Das müssen Sie ihn fragen.«

»Wo finde ich Ihren Bruder?«

»Auf seinem Hof, nehme ich an, bei der Produktion frischer Blut- und Leberwürste. Die gehen im Moment weg wie frische Weggli. Wenn Sie möchten, werde ich Ihnen ein paar davon mitgeben. Ich hoffe, Sie mögen Würste.«

»Danke, das ist nett. Ich verzichte darauf.«

»Eine Kostverächterin? Sie wissen nicht, was Ihnen entgeht.«

Valérie kommentierte es nicht. Sie beglich die Rechnung, würde es unter Spesen abbuchen. Stieffel hatte es vergessen. Sie verließ das Wirtshaus mit Robert Kistlers Adresse in der Tasche.

Sein Hof lag zwei Kilometer östlich vom »Frohmut« entfernt, an der Grenze zum Kanton Sankt Gallen. Schon von Weitem fiel Valérie das lang gezogene Betongebäude mit den hoch angesetzten Fenstern auf, was weniger an einen herkömmlichen Bauernhof denn an eine Haftanstalt erinnerte. Die Mästerei war mit einem mannshohen Maschendraht eingezäunt. Valérie parkte vor einem Bürogebäude, stieg aus und ging auf den Eingang zu, der mit »Kistler-Schweine leben glücklicher« beschriftet war. Ein überdimensioniertes Schild mit einem lachenden Schwein rechts des Schriftzugs zog automatisch den Blick des Betrachters auf sich. Der Besitzer hat Humor, ging Valérie durch den Kopf, als sie eine Klingel betätigte. Alles hier war sauber und penibel aufgeräumt. Kaum schlechte Gerüche. Über die Linthebene trieb ein mäßiger Wind Kuhglockengebimmel, in Anbetracht des Spätherbstes ungewohnt.

Valérie musste ein zweites Mal läuten, bis jemand die Tür öffnete. »Stehen Sie schon lange hier?« Ein junger Mann grüßte sie freundlich. Er hatte sich eine Schürze umgebunden. Trotz des wasserabstoßenden Materials waren Spuren von Blut darauf auszumachen.

»Störe ich?« Valérie zeigte auf die Schürze.

»Es sieht schlimmer aus, als es ist.« Der Mann grinste sie entwaffnend an. »Wir wursten.«

»Ich würde gern Ihren Chef sprechen, Herrn Kistler. Ist er auch da?« Sie wies sich aus.

Der Mann sah auf die Marke. »Polizei in Zivil? Habe ich mir anders vorgestellt.«

Valérie fand nicht heraus, ob dies nun eine despektierliche oder eine schmeichelnde Bemerkung war.

»Ich kann ihn rufen.«

»Bitte, tun Sie das.«

Der Mann blieb eine Weile stumm vor ihr stehen, als wöge er ab, ob sie in guter oder schlechter Absicht hier war. Sie schenkte ihm ein Lächeln, worauf er rechtsumkehrt machte und in einem langen Korridor verschwand. Valérie erlaubte sich, ins Gebäude zu treten. Sie sah sich um. Wenn das hier das Bürogebäude war, mussten weiter hinten, mit dem Durchgang verbunden, die Ställe sein. Nicht sicher, ob Kistler auf sich warten ließ, ging Valérie in Richtung des Hauptgebäudes. Es war kühl. Ab und zu streifte der Geruch nach Schweinepisse ihre Nase. Diesen vermochte auch ein gut durchdachtes Abluftsystem nicht ganz zu beseitigen. Über dem Korridor befanden sich riesige Rohre. Valérie folgte ihrem Lauf und erreichte eine Eisentür. Von dem jungen Mann war weit und breit nichts mehr zu sehen. Von irgendwoher ertönte ein Quieken und Grunzen. Valérie drückte einen lang gezogenen Griff hinunter und verschaffte sich Zutritt zu den Ställen. Sogleich schlug ihr der penetrante Schweinegeruch in die Nase. Unweigerlich musste sie an den Tatort in Tuggen denken. Nicht dass der Geruch der gleiche war, aber diesen hatte sie Stunden nach der Anwesenheit nicht aus den Kleidern, geschweige denn aus der Nase gebracht. Die Mästerei entpuppte sich als eine moderne Einrichtung. Eine riesige Halle, unterteilt in verschiedene Gehege. Valérie warf einen Blick in den ersten Stall, der mit Platten unterschiedlich beschaffener Struktur ausgelegt war. Schweine befanden sich keine drin, aber frisches Einstreumaterial.

»Sie interessieren sich für meine Mast?«

Valérie wandte sich zu der Stimme um. Sie nannte ihren Namen und zückte den Ausweis. »Die scheint ziemlich modern zu sein.«

»Kistler ist mein Name. Sie waren bei meinem Bruder. Er hat mich über Ihr Kommen informiert.« Er streckte seine rechte Pranke zum Gruß aus und nahm den Faden von Valéries Bemerkung auf. »Was heißt hier modern? Meine Ställe sind das Nonplusultra. Kaum perforierte Böden.« Er wies auf die Platten. »Ich ziehe Festböden den Spaltenböden vor. Meine Schweine sollen es gut haben bei mir. Dafür stehe ich.«

»Bevor sie zur Schlachtbank geführt werden?« Valérie konnte diese zynische Äußerung nicht lassen.

»Leute mit wenig Ahnung können es sich nicht vorstellen.«

Kistler grinste. »Zwei Drittel der nicht saugenden Sauen haben regelmäßig Auslauf ins Freie. Sie werden in Gruppen gehalten. Zudem bleiben die Schwänze bei den Ferkeln intakt, die Eckzähne werden nicht abgeklemmt und Kastrationen ausschließlich unter Narkose durchgeführt.«

Beim Wort »Kastration« zuckte Valérie zusammen. Ob Kistler eine Ahnung davon hatte, wie seine Freunde zu Tode gekommen waren? »Haben Sie Erfahrung mit Kastrationen?«

»Was? Nein, die führt ein Veterinär durch.« Kistler pausierte, griff sich an den Kopf. Offenbar überlegte er sich die Frage. »In der Schweiz gibt es zurzeit über eins Komma drei Millionen Schweine. Meine Tiere werden, behaupte ich mal, mit Abstand am tierfreundlichsten gehalten. Ich erfülle alle Auflagen.«

Ein Großkotz, ging Valérie durch den Kopf. Er stand seinem Bruder in nichts nach. »Können wir irgendwo ungestört miteinander reden?«

Kistler schien enttäuscht zu sein. »Sie möchten die Schweine nicht sehen? Es sind höchst interessante Tiere, weder schmutzig noch dumm. Die Haltung macht es aus. Sie sind intelligent, klüger als durchschnittliche dreijährige Kinder, gescheiter als Hunde. Von Natur aus sind sie neugierig und haben ein Langzeitgedächtnis. Also ist es vermessen, wenn man einen dummen Menschen mit einem Schwein vergleicht.« Kistler machte eine Kunstpause. »Und kommen Sie mir nicht damit, dass ich diese ›armen‹ Tiere töte und wir deren Fleisch essen. Nachweislich ernährt sich der Mensch seit neuntausend Jahren von Schweinefleisch.«

Nachweislich. Valérie schwieg. Wo immer Kistler die Informationen herhatte, er konnte gut über seine Tiere reden.

Sie gingen über den Korridor zurück ins Bürogebäude. Kistler öffnete die Tür zu einem hellen Raum und betrat ihn. »Bitte setzen Sie sich. Kaffee?«

»Nein danke, ich komme gerade vom Mittagessen.«

»Ah ja, Hannes sagte mir, Sie hätten einen Gemüseteller bestellt.«

Kistlers Büro wirkte einladend und war großzügig konzipiert. Es gab eine Fensterfront, durch welche die Linthebene in ihren graugrünen Farbtönen schimmerte. Der bodennahe Nebel zeichnete die Landschaft weich. Links und rechts der Fenster reichten Regale bis unter die Decke. Beschriftete Schnellhefter in verschieden breiten Formaten bezeugten eine akribische Ordnung auch hier. Neben der Tür befand sich ein Pult mit einem überdimensionierten Schreibtischsessel, in der Mitte ein rechteckiger Tisch mit sechs dunkelblauen Lehnstühlen.

Valérie setzte sich und sah die verschiedenen Auszeichnungen auf der Wand gegenüber an. Robert Kistler war diplomierter Meisterlandwirt und hatte jedwede Preise für seine vorbildliche Schweinezucht und -mast erhalten. »Metzgen Sie selbst?«

Kistler ließ sich nieder. »Ich stelle bloß die Würste her. Aus dem einstigen Hobby ist eine Leidenschaft geworden … und sie rentiert.«

Genug des Small Talks. Valérie holte ihr iPhone aus der Tasche und legte es auf den Tisch. »Ich werde unser Gespräch aufnehmen, wenn Sie gestatten.«

»Meinetwegen.« Kistler zog seine buschigen Augenbrauen hoch. »Hannes sagte mir, es gehe um die kürzlich gekaufte Mettler-Villa. Sie ist seit zwei Monaten in unserem Besitz.«

»Und das Baugespann gehört auch Ihnen?«

»Nein, nein, so weit sind wir noch nicht. Die aktuellen Profile stammen vom Vorgänger. Sie sind zum Teil abgetragen. Das ausgesteckte Projekt reichte bis fast zum Kieswerk. Es wurde an der letzten Abstimmung haushoch abgelehnt.«

»Und Ihr Projekt?«

»Kommt erst noch vors Volk. Aber ich denke, unsere Chancen, dass es angenommen wird, sind realistisch.«

»Ist die Villa zurzeit bewohnt?«

»Ja und nein. Eigentlich dient sie als Probelokal verschiedenster Musikgruppen im Bezirk March. Auch Theaterproben wurden dort schon abgehalten, lange bevor mein Bruder und ich sie kauften. Bereits die Architekten Banner und Maihofer hatten großzügig ein Auge zugedrückt, wenn es darum ging, unseren kreativen Leuten einen Aufenthaltsort für ihre Darbietungen zur Verfügung zu stellen. Sollte es einmal laut werden, kommen nicht gleich die Nachbarn und beschweren sich.«

»Ihr Bruder sagte mir, dass Sie am Freitagabend zu einer Veranstaltung in der Villa eingeladen waren.«

Ein erstes Zögern machte sich bemerkbar. »Veranstaltung kann man das nicht nennen. Es war eine Zusammenkunft unter Freunden. Und ja, ich musste kurzfristig absagen. Jan, Nils, Matthias und Oliver trafen sich jeden zweiten Freitag zu einem geselligen Zusammensein entweder in Muotathal oder in der Villa. In der Regel waren sie zu viert. Der harte Kern, wie man so schön sagt.« Kistler ließ ein polterndes Lachen vom Stapel. »Mich luden sie ein, um über den Abriss der Villa zu diskutieren. Matthias meldete plötzlich ein Mitspracherecht an. Die Villa gehörte einst seinen Großeltern. Er wollte den Hauptteil des Hauses stehen lassen, renovieren und ihn in die neue Überbauung integrieren.«

»Nun hat sich die Diskussion darum von allein erledigt«, entgegnete Valérie trocken. Kistlers Art gefiel ihr nicht. Sie verabscheute Männer wie ihn.

»Schrecklich. Ich darf mir gar nicht vorstellen, wenn *ich* dort gewesen wäre ...« Kistlers Mitgefühl hielt sich in Grenzen. Erst jetzt schien der Groschen zu fallen. »Sie glauben, ich hätte etwas damit zu tun?«

»Haben Sie etwas damit zu tun?« Valérie ließ ihn nicht aus den Augen.

»Sie gehen tatsächlich davon aus, ich wäre in der Lage gewesen, meine vier Bekannten zu ermorden?« Er sagte es so dahin, als wäre ihm die Tragweite der Worte nicht bewusst.

»Wer hat Sie zum Treffen eingeladen?«

»Matthias Mettler, wer sonst? Aber ich sagte ihm gleich ab.«

»Sie und Ihr Bruder waren üblicherweise auch bei diesen Zusammenkünften dabei?«

»Nicht in Muotathal. Da ging es eh nur um die Höhlenbegehungen. Damit haben Hannes und ich nichts am Hut. Aber zur Villa gingen wir hin. Dort nahm der Plan, das Haus zu kaufen, konkrete Formen an.«

»War Matthias Mettler eingeweiht?«

»Er fand unsere Idee anfänglich gut. Aber dann kamen seine Bedenken, und diese führten zu den mühsamen Diskussionen.«

»Wusste jemand Außenstehender, dass Sie sich in der Villa trafen?«

»Wir hielten es höchstens vor unseren Frauen geheim. Sie wissen sicher, wie das ist. Frauen denken gleich das Schlimmste, dass die Villa einstürzen könnte. Die Fassaden sehen nicht gerade vertrauenswürdig aus.«

Valérie hatte von diesem Gespräch mehr erwartet. Der Täter musste über die Gepflogenheiten der vier Männer genaustens im Bild gewesen sein. Er hatte ihnen aufgelauert, sie narkotisiert und an die Stühle gebunden, um sie in der Folge zu entmannen und sie zu pfählen. Aber wie hatte das einer allein bewerkstelligen können? Entweder waren es mehrere Täter, oder der eine Täter war den vier Männern bekannt gewesen. Wie immer Valérie es drehte und wendete, sie kam auf keinen Nenner.

»Eine letzte Frage: Gab es unter Ihren Freunden heimliche Frauenbekanntschaften?«

Kistler wiegte seinen schweren Kopf hin und her, da war wieder ein kleines Zögern. »Nicht zu meiner Zeit.«

***

Sie peilten, aus unterschiedlichen Richtungen gekommen, beide gleichzeitig das Sitzungszimmer an.

Caminada hätte sie fast umgerannt. »Valérie, gut, sehe ich dich. Wir haben grünes Licht für deine Reise nach Martigny.« Sie zu sehen war an jedem Tag aufs Neue ein Lichtblick. Diese

Energie, dieser ungebändigte Stolz, deren sie sich wahrscheinlich nicht bewusst war. Und wie sie den Kopf hielt und den Hals sowie der trainierte Körper bewiesen ihre Selbstsicherheit. Wer so durch die Welt ging, war entweder affektiert oder siegessicher und entschlossen, wobei Caminada Ersteres ausschloss. Heute allerdings wirkte sie wie eingeschüchtert. Und manchmal wurde er einfach nicht klug aus ihr. Er sah an ihre Fassade, welche eine große Strahlkraft hatte. Wenn sie auftrat, wusste man nie, ob man sich ihr bedenkenlos nähern konnte. In ihrem Innern musste es ebenso glühen, nur ließ sie es niemanden wissen. »Sergent Jean Boisset wird dich bei der Police Municipale in Martigny empfangen.«

»Ich habe damit gerechnet.« Valérie öffnete die Tür und betrat den Raum.

Caminada ging mit ihr zum Tisch. »Es ist doch in deinem Sinne, oder?«

»Ja, sicher. Es war ja meine Idee. Wann soll es denn losgehen?«

»Morgen.«

»Morgen schon?« Valérie zog einen Stuhl hervor. In ihr ernstes Gesicht fielen ein paar Haarsträhnen. Sie stand unter Stress, das sah Caminada erst jetzt.

»Boisset erwartet deinen Anruf. Mein Französisch lässt leider zu wünschen übrig.«

Valérie setzte sich. »Muss ich ihn anrufen? Ich denke, ich fahre einfach mal hin.«

»Das überlasse ich dir.«

»Was ist mit der Pressekonferenz? Hast du den Pressechef gebrieft?«

»Die Pressekonferenz wird morgen wie geplant stattfinden.« Caminada legte sein Dossier auf den Tisch. »Wenn du willst, kann ich dir ein Zimmer in der Stadt reservieren.« Er musterte Valérie kritisch. Etwas hatte sie auf dem Herzen. Sie wirkte unruhig, beinahe fahrig. »Ist etwas nicht in Ordnung?«

Sie schleuderte ihre Haare aus dem Gesicht. »Auf welche Zeit ist die Pressekonferenz anberaumt?«

»Auf zehn Uhr.«

»Und wann soll ich in Martigny sein?«

»Wenn du es richten kannst, um zwei.«

»Das heißt, dass ich heute Abend alles noch vorbereiten muss, Louis und Fabia informieren, den Koffer packen … dann gibt es diverse Neuigkeiten, über die wir unbedingt sprechen müssen … Wie stellst du dir das vor?«

Hätte Valérie zu Hause kleine Kinder gehabt, hätte Caminada es verstanden. »Was bedrückt dich?«

»Nichts.« Valérie öffnete ihre Mappe und holte Dokumente daraus. »Ich habe die Resultate aus der Rechtsmedizin. Du solltest sie dir ansehen und entscheiden, was an die Presse darf und was nicht. Meines Erachtens ist es verfrüht. Wir haben nicht genug Informationen, um den Hyänen den Fraß vorzuwerfen.« Sie erzählte von den Gesprächen mit den Brüdern Robert und Hannes Kistler, von deren Projekt und dem Streit mit Matthias Mettler. »Da brodelt es gewaltig unter der Oberfläche«, schloss sie und sah auf ihre Armbanduhr. »Zehn Minuten bleiben mir, um mich auf die Teamsitzung vorzubereiten.«

»Ich habe sie um eine halbe Stunde verschoben.« Caminada hatte geahnt, die Zeit könnte knapp werden. Es war ihm ein Bedürfnis, Valérie über die aktuellen Vermisstenmeldungen zu informieren. Der Fahndungsdienst fiel ebenso unter sein Patronat wie »Leib und Leben«. An einen Zufall wollte er nicht mehr glauben, nachdem Cavadini ihm über das Verschwinden des dreizehnjährigen Sohnes des Ehepaars Thüring aus Schübelbach berichtet hatte.

»Eine halbe Stunde gibt mir Luft, danke.« Valérie griff nach der Wasserflasche und einem Glas in der Mitte des Tisches.

»Tomaso Cavadini hat mich über drei Vermisstenmeldungen innerhalb von zehn Tagen informiert.«

»Ich hatte ihn deswegen bereits am Draht. Nun hat er auch dich damit belästigt? Keine Ahnung, weshalb er sich damit in unsere Ermittlungen drängt. Wenn du mich fragst, sind das zwei Paar Schuhe.« Sie zögerte. »Es geht um zwei siebzehnjährige Frauen und einen dreizehnjährigen Jungen. Zugegeben, hätte ich den Tatort am Samstag nicht gesehen, hätte ich mir darum wirklich Sorgen gemacht. Ich bin mit Cavadini so verblieben, dass ich mich bei ihm melde, sollte ich zwischen den Verschwundenen und unserem Fall einen Zusammenhang sehen. Verflixt, es ist November. Wie jedes Jahr in dieser düsteren Jahreszeit drehen die Leute durch. Wir kennen es. Uns fehlt offenbar allen das Sonnenlicht. Der Nebel drückt aufs Gemüt. Mir ergeht es manchmal nicht anders. Verrückt machen lasse ich mich deswegen nicht ... sorry, Gian Luca. Ich weiß im Moment nicht, wo mir der Kopf steht.« Sie griff sich an die Schläfen. »Obwohl wir unter Zeitdruck stehen, sollten wir alles mit der gewohnten Coolness angehen. So, und jetzt lasse mich meine Arbeit tun.«

Caminada musste sich zusammenreißen, um nicht laut zu werden. Diesen Tonfall war er von Valérie nicht gewohnt. Nicht nur sie, auch er stand unter einem permanenten Druck. Er litt unter der Situation mit Menga, ihrer Sturheit und der Überzeugung, nur der Kanton Graubünden biete ihr den Freiraum, den sie brauche. Er hätte mehr von ihr erwartet, dass sie ihn unterstützte und ihm den Rücken freihielt. Doch wie es schien, wollte sie sich verwirklichen, ausgerechnet jetzt. »Bevor der Zug abgefahren ist«, hatte sie letzthin gesagt und ihm ihren Standpunkt unangenehm kundgetan.

Auch *sein* Leben war im Wandel, heftiger, als er es sich je hatte vorstellen können. Letztlich musste er sich eingestehen, einer von vielen Einzelgängern zu sein, die man bei der Polizei fand. Ein Privatleben? Existierte kaum. Kam dazu, dass seinesgleichen nicht zimperlich durch den Schmutz gezogen wurden, wenn man die Leistung nicht erbrachte, die man von ihnen erwartete. Kaum jemand vermochte sich auszumalen, welchen Anforderungen die Polizei sich stellen musste. Die Gesellschaft verrohte täglich mehr. Dazu trugen auch die Medien bei, die einerseits keine Zensur in der Veröffentlichung brutaler Berichte kannten und andererseits die Gesetzeshüter anklagten, wenn sie Mord und Totschlag nicht verhinderten. Die Arbeit bei der Polizei war kein Vergnügen. Vor allem die Streifenpolizisten und Spezialeinheiten wussten, wovon die Rede war. Beim Zusammenprall mit dem kriminellen Mob waren ihnen oft die Hände gebunden, um sich den Gegebenheiten angemessen zur Wehr zu setzen. Gummischrot und Wasserwerfer richteten kaum etwas aus gegen Molotowcocktails und körperliche Angriffe.

Caminada hatte in den Jahren seiner Tätigkeit bei der Polizei die Entwicklung einer massiven Gewaltverherrlichung miterlebt. Heute, am nahenden Ende seiner Karriere, war er froh, diesem Wahnsinn bald den Rücken zukehren zu können. Vielleicht, dachte er, würde der aktuelle Fall der letzte sein.

***

Gestärkt mit zwei Tassen Kaffee aus ihrer eigenen Kaffeemaschine eröffnete Valérie die Teambesprechung am späten Nachmittag. Seit dem Auffinden der vier Toten am Samstagmorgen war einiges zusammengekommen, genug, um sich ein erstes Bild vom Tathergang zu machen, zu wenig für eine Fallanalyse, geschweige denn für ein Täterprofil. Das oder die Motive fehlten. Indizien gab es kaum. Wenige Anzeichen, an denen sich etwas ablesen ließe, außer den symptomatischen Merkmalen der Kastration, der Pfropfen und des Hundekopfs. Doch all das löste in Valérie mehr Verwirrung aus, als dass es für eine Struktur sorgte. Der Fall lag vor ihr wie das Durcheinander verschiedener Puzzleteile, die es zu sortieren und zusammenzusetzen galt. Sie stand am Anfang einer schwierigen Aufgabe, und die Wahrscheinlichkeit, diese schnellstmöglich zu lösen, verblasste mit jedem Gedanken an die Bluttat. Noch war der Schock nicht ausgestanden. Der Polizeipsychologe war gefordert. Valérie hatte kurz mit ihm gesprochen, bevor sie hierhergekommen war. Henry Vischer empfing im Halbstundentakt die Polizisten, die beim Tatort zugegen gewesen waren und sich mit dem Drama hatten auseinandersetzen müssen. Die härtesten Kerle, denen man nachsagte, nichts würde sie überwältigen, waren zusammengebrochen. Am Tatort hatten sie psychische Stärke gezeigt und wie Marionetten funktioniert. Der Zusammenbruch war im Nachhinein erfolgt. Einer von Schulers Leuten war mit Verdacht auf eine posttraumatische Belastungsstörung in die Klinik überführt worden.

Valérie selbst war von den Bildern traumatisiert. Die Erinnerung saß wie ein Ungeheuer im Dunkeln. Da existierte etwas, das sich nicht erklären ließ. Trotz ihrer Bedenken, der Situation nicht Meister zu sein, versuchte sie, ruhig und besonnen zu wirken. *Om mani padme hum.* Mitgefühl und Heilung. Sie war nicht allein. Alle, die hier versammelt waren, trugen dasselbe Schicksal, sich dem Fall zu stellen, ihn zu begreifen und schließlich zu lösen. Es war ein beschwerlicher Weg.

»Danke, seid ihr gekommen.« Valérie sah in die Runde und erntete erwartungsvolle Blicke. Sie wusste, was auf dem Spiel stand. Man brauchte ihre Sachlichkeit, ihre geistige Stärke. An ihr lag es, die Ermittlungen so zu leiten, dass jeder der hier Anwesenden das Gefühl bekam, sich auf sie verlassen zu können.

»Morgen werde ich nach Martigny fahren«, begann sie ihre Ausführungen. »Ich bin mir sicher, ihr kommt ein paar Stunden ohne mich aus.« Sie rang sich zu einem Lächeln durch, was postwendend erwidert wurde. »Die Person, deren DNA man am Tatort gefunden hatte, wurde von unseren Westschweizer Kollegen in Gewahrsam genommen. Es handelt sich um die siebzehnjährige Elodie Grange, wohnhaft in Martigny, zurzeit bei ihren Eltern Florian und Isabelle Grange. Wie ihre DNA an den Tatort kam, ist ein Rätsel. Ich hoffe, bald auf eine Antwort zu stoßen.«

»Wurden ihre Fingerabdrücke auch gefunden?«, fragte Fabia.

Valérie sah ihre Kollegin an und wollte sich keine ihrer Regungen entgehen lassen. »Nein … aber das ist im Rapport vermerkt.«

»Sorry, muss ich übersehen haben.«

Valérie war froh, hatte sie Fabia am Samstagmorgen nicht aufgeboten, obwohl sie ihrer Kollegin manchmal die stärkeren Nerven attestierte als sich selbst. Fabia überraschte immer wieder mit ihrer Ambivalenz. Oft schien es, als wäre sie zwischen den Gefühlen der liebenden Mutter und der kühl wirkenden, burschikosen Polizistin hin- und hergerissen. Obwohl Valérie sie gut zu kennen glaubte, bestand etwas Undurchschaubares in ihrem Wesen. Sie meisterte den Spagat zwischen Familie und Beruf und hinterließ den Eindruck, zufrieden zu sein. Manchmal fast unbeschwert. Ob dies an ihrem christlichen Glauben lag?

Valérie schüttelte den Kopf. Sie war vom Kern der Sache abgekommen. Ihre Gedanken fuhren Achterbahn. Sie sah sich einem Dutzend Augenpaaren gegenüber. Ihre Kollegen wollten Antworten auf ihre Fragen, Anweisungen, wie es weitergehen sollte, was als Nächstes anstand. Sie wollten Antworten auf diesen Irrsinn.

Wo sind wir stehen geblieben, konnte sie sich gerade noch verkneifen. »Vielleicht ist Elodie Grange ein Schlüssel zur Aufklärung.«

»Das scheint mir an den Haaren herbeigezogen«, sagte Louis. »Zumal diese Frau zur Tatzeit in einer Bar in Martigny war.« Er verwies auf die eingegangene Mail. »Es gibt Zeugen.«

Valérie schluckte. Fiel ihr Louis gerade in den Rücken? Sie hatte ihm ihre Vertretung bereits in Aussicht gestellt. Er hatte keine Einwände gehabt, umso brüskierter war sie wegen seiner Bemerkung. Insgeheim hoffte sie, er würde sich nicht über ihre Herkunft äußern. Sie begründete ihre Reise ins Unterwallis im Zusammenhang mit dem neuen Fall. In ihrem Innern lag die Motivation anderswo. Sie hätte endlich einen Grund, an den Ort zurückzukehren, wo ihre Wurzeln lagen.

»Okay.« Mit diesem Wort gedachte sie, Louis in seine Schranken zu weisen. Sie durfte es ihm nicht verübeln. Er war genauso gebrandmarkt wie sie, hatte er doch den Tatort noch vor ihr gesehen. »Ich habe eine Aussage von einem der Polizisten, die zum Tatort gerufen wurden. Er meinte, früher seien absonderliche Dinge in der Villa geschehen. Was genau, konnte er nicht sagen. Wir sollten es nicht aus den Augen lassen.«

»Darüber könnte uns der Sohn des einstigen Besitzers Auskunft geben«, sagte Louis. »Markus Mettler. Noch wissen wir nicht, wo er sich aufhält. Er sei mit seiner Frau auf einer Reise. Aber selbst die Schwiegertochter hat keine Ahnung. Es geht doch nichts über die Anonymität.«

»Habt ihr bei den in Frage kommenden Reiseanbietern nachgeforscht?« Valérie wandte sich an Fabia.

»Wir sind noch nicht durch«, verlautbarte diese. »Heutzutage kann man Individualreisen über das Internet buchen. Ist erst noch günstiger.«

»Oft auch eine Enttäuschung«, meinte die Kollegin an ihrer Seite.

Fabia überging die Bemerkung. »Die Anfragen bei den Fluglinien laufen. Das kann dauern.«

»Gut, üben wir uns in Geduld.« Valérie verschränkte ihre Arme. Eine Kälte hatte sie erfasst. Sie schrieb es dem Nachlassen der Konzentration zu. »Aber ich denke, vieles hängt von der Aussage von Matthias Mettlers Eltern ab. Die beiden heutigen Besitzer Robert und Hannes Kistler konnten mir leider keine Auskunft geben außer der, dass sich schon vor ihrem Kauf Leute in der Villa aufgehalten hätten. Sicher aber ist, dass die vier Opfer sich regelmäßig dort trafen. Mindestens einmal im Monat. Wir müssen uns auch an die Architekten Banner und Maihofer wenden und herausfinden, wer die Villa in den letzten Wochen besucht hatte. Wie Robert Kistler mir sagte, fanden dort Proben für alles Mögliche statt.«

Fabia brachte sich ein. »Kann es sein, dass der Mörder Wind von der Anwesenheit der vier Opfer bekommen hatte? Er lauerte den Männern auf«, gab sie sich gleich selbst die Antwort, »und veranstaltete eine Art Rachefeldzug. Nur stellt sich uns die Frage: Wofür hat er sich gerächt?«

»Wissen wir, wie Psychopathen ticken?«, fragte Louis. »Es gäbe genug andere Möglichkeiten, um sich zu rächen.«

»Es geht um etwas Persönliches.«

Valérie sah zu Vischer. Danke, dachte sie, es ist schön, dass du dich endlich zu Wort meldest. Sie kannte ihn nicht von dieser zurückhaltenden Seite. »Könntest du näher darauf eingehen?«

»Es ist im Moment bloß ein lautes Denken. Ich habe zu wenige Informationen. Es wirkt alles noch konfus. Die Art, wie sie getötet wurden, bringt mich zum Grübeln. Ich habe den Bericht des Gerichtsmediziners gelesen. Ich schließe Rache nicht aus. Zuerst Propofol, dann die Fesselung, in der Folge die Penektomie, bevor ihnen diese Pfropfen in den Schlund getrieben wurden. Ich komme unter Vorbehalt zum Fazit, dass der Pfropfen Symbol für den Penis ist.«

»Das ist schon eine ganze Menge.« Valérie wurde durch ein Klopfen abgelenkt. Sie sah zur Tür, die aufging. Caminadas Sekretärin erschien. »Darf ich?«

»Ja bitte.« Valérie wartete, bis sie ein Couvert an ihren Platz gebracht hatte.

»Mit einem Gruß von Gian Luca«, sagte die Sekretärin. »Er kann leider nicht weg, sonst hätte er dir die Nachricht persönlich gebracht.«

»Danke.« Valérie riss den Verschluss auf. Sie faltete den Briefbogen auseinander und las, zuerst leise, dann laut. »Bei dem Körperteil, welches heute an Frau Yvonne Hurni überbracht wurde, handelt es sich mutmaßlich um das Geschlechtsteil ihres Mannes. Eine hundertprozentige Gewissheit wird uns die Rechtsmedizin liefern. Nachfragen bei Verwandten der anderen drei Opfer ergaben, dass zurzeit keine weiteren Pakete angekommen sind.« Valérie ließ den Brief sinken. »Weiß jemand etwas Näheres?«

Niemand sagte etwas.

»Klärst du das ab, Louis? Es scheint, als laufe gerade alles gegen uns.«

»Du weißt, wie das ist.« Louis wollte sie augenscheinlich

beruhigen. »Frau Hurni meldete sich beim Polizeiposten in ihrer Nähe. Unsere Kollegen gingen dem nach, rapportierten es und übermittelten es Caminada.«

»Hätte sie die 117 gewählt, wäre sie an uns gelangt. Dani Christen ist zuverlässig.« Valérie atmete tief ein und aus. Letztlich zählte das Resultat. Sie warf Vischer einen hilflosen Blick zu. »Was sagt der Profi?«

»Dass diese Nachricht nicht die einzige bleiben wird.«

»Und worüber informieren wir morgen an der Pressekonferenz?«, fragte der Chef der Kommunikation wie aus heiterem Himmel. »Die Leute wollen eine Begründung, warum sich die Polizei zurückhält. Habt ihr die Boulevardzeitung von heute Morgen gesehen?«

Valérie hatte es verpasst.

»Die Überschrift auf dem Titelblatt sagt einiges darüber aus, was geschehen ist. ›Die Blutnacht von Tuggen‹. Die Villa ist abgebildet. Viel steht nicht im Bericht. Die Bilder sprechen für sich.«

»Weil die Zeitungsfritzen nichts Konkretes wissen«, sagte Louis.

»Aber mit diesem Titel schüren sie Angst in der Bevölkerung«, erklärte Vischer. »Ich bin auch für die nötige Transparenz.«

Valérie spürte, wie die Sitzung allmählich aus dem Ruder lief. Bereits quälte sie das schlechte Gewissen, ob sie ihr Team allein lassen durfte oder nicht. Einen Tag, maximal zwei Tage, redete sie sich ein. Dann würde sie aus dem Wallis zurückkehren, mit hoffentlich den erforderlichen Informationen. Mehr noch hoffte sie, ihr Team würde bis dahin einiges herausgefunden haben.

»Weiß man etwas über den Hundekopf?«, fragte Louis.

»Nur, welche Rasse es ist«, erwiderte Valérie und griff nach einem Dokument von Stieffel. »Es handelt sich um einen Deutschen Schäferhund.«

»Diese trifft man vor allem bei den Junkies an«, frotzelte Louis.

»Das ist eine Beleidigung für den Hund«, hielt Fabia dagegen.

»Wir können keine Vermisstenmeldung für einen Hund aufgeben«, sagte Valérie mehr zu sich selbst. »Apropos Vermisstenmeldung: Beim Fahndungsdienst sind innerhalb von zehn Tagen drei Meldungen über Vermisste eingegangen. Zwei siebzehnjährige Frauen sowie ein Junge von dreizehn Jahren. Alle drei stammen aus dem Kanton Schwyz. Ich möchte dem nicht Gewicht geben, aber wir sollten es nicht ad acta legen.«

»Warum denkst du, die Vermissten könnten etwas mit unserem Fall zu tun haben?«, fragte Louis.

Valérie ließ ein paar Sekunden verstreichen, in denen sie nichts sagte. Erst als das Schweigen sie selbst belastete, räusperte sie sich. »Es ist die Häufung.« Valérie hätte gern erklärt, weshalb sie auf diese Idee gekommen war. Sie wusste es selbst nicht. Vielleicht rührten ihre Gedanken von der Tatsache, dass der Kanton Schwyz mit rund siebenundzwanzig Straftaten pro tausend Einwohner im Vergleich viermal weniger hatte als der Kanton Basel-Stadt. Es war diese Menge von Getöteten und Vermissten, konzentriert auf die March, was sie nervös machte und einen Zusammenhang erahnen ließ.

»Wie lange denkst du, in Martigny zu bleiben?«, war nicht die Frage, die Valérie von Fabia erwartet hatte.

Valérie fühlte sich ertappt. »Ich hoffe, möglichst rasch zurückfahren zu können. Aber eine Nacht werde ich im Minimum bleiben. Martigny ist nicht gleich um die Ecke.«

SECHS

Ausgerechnet heute, Dienstag, spielte das Wetter verrückt. Als Valérie losgefahren war, hatte sich der Nebel der letzten Tage verzogen und tief liegenden Regenwolken Platz gemacht. In der Luft hing der Geruch nach Schnee, und es war kalt. Westlich von Bern fielen die ersten Flocken, auf der Höhe von Bulle waren die Straßen weiß. Kritisch wurde es zwischen Saint-Légier und Montreux. Mit Sommerreifen ausgestattete Autos blieben auf den Pannenstreifen stehen. Mit diesem frühen Wintereinbruch hatte Valérie nicht gerechnet, und sie war nicht die Einzige. Sie rühmte sich dafür, früh von Küssnacht weggefahren zu sein. So würde sie dennoch pünktlich in Martigny ankommen.

Sie fuhr eine geraume Zeit im Schritttempo hinter zwei Lkws her, die sich die beiden Fahrbahnen teilten. Trotz wiederholten Hupens kam Valérie nicht an ihnen vorbei. Hinter ihr hatte sich eine Kolonne gebildet. Der Schnee fiel so stark, dass jedes Bremsmanöver verheerende Folgen gehabt hätte. Valérie zügelte ihre Ungeduld, als Zanetti sie über das Freisprechtelefon anrief.

»Schon eingetroffen?« Er klang besorgt. Offenbar hatte er mitbekommen, wie die Straßenverhältnisse waren.

»Mit der doppelten Fahrzeit habe ich echt nicht gerechnet. Ich bin noch immer unterwegs. Wie verlief die Pressekonferenz?«, fragte Valérie rasch, um von unliebsamen Fragen abzulenken. Er hätte eine Telefonkonferenz mit den welschen Kollegen vorgezogen und hatte ihr erklärt, dass er in Louis mit seinem cholerischen Temperament keine würdige Vertretung sah. Ausreden, die Valérie mit einem Lächeln quittiert hatte.

»Die Pressekonferenz zog sich in die Länge. Die Spekulationen der Medien haben es uns nicht leicht gemacht. Ich gehe davon aus, dass morgen die Zeitungen schweizweit mit der Berichterstattung gefüllt sein werden. Carla war auch vor Ort.«

»Mit ihrem Sender?« Valérie stutzte. Wenn Zanetti Louis' Freundin erwähnte, musste etwas vorgefallen sein. Er maß ihr in der Regel keine hohe Bedeutung bei. Für ihn war sie eine Mitläuferin, zu sehr geprägt vom Boulevard. Valérie dachte anders über sie.

»Sie wollte filmen, was aber untersagt wurde. Ich glaube, sie überwarf sich deswegen mit Louis. Was genau ausschlaggebend war, kann er dir selbst sagen.«

Carla und Louis. Sie hatten noch nicht geheiratet, galten als Langzeit-Verlobte. Den Grund kannte niemand, darüber sprechen wollte Louis nicht.

»Seid ihr weitergekommen?« Endlich hatte der Lkw-Fahrer es auf der linken Spur geschafft, den anderen zu überholen. Valérie setzte den Blinker und gab Gas. Der TT geriet einen Moment ins Schleudern, bis der Vierradantrieb den Wagen ausbalancierte. »Gibt es Neuigkeiten?«

»Heute ist die Fortsetzung der Befragungen angesagt. Ich werde dich auf dem Laufenden halten. Weiterhin gute und unfallfreie Fahrt.« Zanetti klickte sich weg, als hätte er es plötzlich eilig.

Vielleicht war es doch keine so gute Idee gewesen, inmitten der Ermittlungen wegzufahren. Es hätte gewiss andere Möglichkeiten gegeben, Elodie Grange für eine Befragung vorzuladen.

Was hatte sich die Stadt verändert! Neue Gebäude waren wie Pilze aus dem Boden geschossen. Dreißig Jahre war es her, seit Valérie dem Unterwallis den Rücken gekehrt hatte. Dreißig Jahre, in denen sie jeden Tag die Geister der Vergangenheit bekämpft hatte, manchmal mit Erfolg, handkehrum holte alles sie wieder ein.

Sie verließ die Autobahn und fuhr Richtung Stade d'Octodure. Die Peripherie von Martigny gestaltete sich grau und trostlos, war geprägt von unpersönlichen Betonklötzen, wo sich die Industrie angesiedelt hatte. Valérie erreichte die Place Centrale. An einzelne Cafés und Bars konnte sie sich erinnern. Die lauschigen Orte auf dem Platz, die wohl vor allem im Sommer belebt und beliebt waren, hatte es zu ihrer Zeit noch nicht gegeben. Valérie hatte bis zur vierten Klasse die Schulbank in Fully gedrückt, bevor sie die letzten zwei Jahre in Martigny verbrachte. Anschließend hatte sie das Gymnasium Auguste Piccard in Lausanne besucht.

Gegenüber war die Gemeindeverwaltung mit dem Polizeiposten. Valérie suchte nach einer Parkmöglichkeit und fand sie in der Nebenstraße. Bis zum Rathaus waren es zweihundert Meter zu Fuß. Sie sah auf das Display ihres iPhones. In fünf Minuten war es zwei Uhr. Es reichte nicht, um einen Kaffee zu trinken, nach dem sie sich seit Bulle sehnte. Das Haus befand sich an der Rue de l'Hôtel de Ville, ein dreigeschossiger Bau aus dem 19. Jahrhundert, der von Commandant Louis Closuit, einst Bürgermeister von Martigny, eingeweiht worden war. In der Mitte des 20. Jahrhunderts hatte das Gebäude eine Restauration und Erweiterung erfahren. Die Geschichte war für Valérie noch sehr präsent, hatte sie doch während der Primarschule das Rathaus mehrmals von innen gesehen. Damals hatte eine Lehrerin sie unterrichtet, die sich in Geschichte gut auskannte und ihre Schüler dafür begeisterte. Madame Lambiel hatte Valérie geprägt und ihr die Wahl erschwert, als es darum ging, sich für die Richtung des Studiums zu entscheiden. Valérie hatte zuerst Geschichte ins Auge gefasst, bevor sie sich den Rechtswissenschaften zuwandte. Auch an das monumentale Glasgemälde erinnerte sie sich. Ob es dieses noch gab? Es war wie ein Heimkommen.

Die städtische Polizei befand sich im Erdgeschoss. Valérie drückte die Türklinke hinunter, die Tür leistete keinen Widerstand. Das Odeur gebrauchten Papiers streifte ihre Nase. Sie ging zum Schalter, wo ein Mann um die sechzig in Polizeiuniform hinter einer Glasscheibe saß und Kreuzworträtsel löste. Er sah kurz auf. »*Bonjour.*«

»Bonjour.« Sie wies sich aus. *»Valérie Lehmann, Lieutenant de la Police Cantonale de Schwyz. Je suis annoncée.«*

Der Beamte nahm den Telefonhörer in die Hand, wählte eine Nummer und informierte den unsichtbaren Gesprächspartner über Valéries Ankunft. Dann widmete er sich wieder seiner geistigen Arbeit, ohne sein Gegenüber eines weiteren Blickes zu würdigen.

Valérie übte sich in Geduld. Selbstverständlich hatte sie hier mehr erwartet als einen desinteressierten Beamten. Sich deswegen zu wundern fiel ihr nicht im Traum ein. Sie lechzte nach Kaffee und sah sich um. In einer Ecke des Raums stand ein Getränkeautomat, machte jedoch nicht den Eindruck, als würde er Genießbares ausspucken. Das Modell musste bereits in den neunziger Jahren hier gestanden haben. Eine Tür, die Valérie nicht beachtet hatte, ging auf, und ein freundliches Männergesicht sah ihr entgegen. »*Enchanté. Bonjour, Madame. Jean Boisset, Sergent.* Sind Sie gut angereist?« Sein Blick ruhte unverhältnismäßig lange auf ihrem Gesicht. Kein Wort zur Narbe, seine Augen jedoch sprachen Bände.

Valérie hielt dem Blick stand. »Danke, ich habe es überlebt.«

»Mit so viel Schnee haben wir Mitte November nicht gerechnet.« Er schüttelte ihr die Hand und ließ sie eine ganze Weile nicht mehr los. »Aber das muss wohl die Klimaerwärmung sein. Das Wetter ist bizarr.« Endlich zog er seine Hand zurück. Er hielt die Tür weit auf. »Treten Sie ein, *s'il vous plaît*. Nehmen Sie Platz.« Boisset wies auf einen Bürostuhl. Er selbst setzte sich hinter sein Pult. »Schrecklich, diese Morde«, begann er. »In der Vergangenheit lässt sich nichts Vergleichbares finden.« Er nahm einen Berg Dokumente zur Hand und beschäftigte sich damit.

Valérie fand genug Zeit, ihr Gegenüber zu studieren. Boisset musste in ihrem Alter sein und war nicht viel größer als sie. Er trug einen weißen Pullover, der eng an seinem Oberkörper lag und nebst den Bizepsen eine ausgeprägte Oberkörpermuskulatur präsentierte. Seine Haare waren braun mit grauen Sprenkeln an den Schläfen, die Augen klein und listig. Zwischen Leib und Kopf wollte sich keine Harmonie einstellen.

Endlich fand er, was er offensichtlich gesucht hatte. »Sie kommen wegen Elodie Grange.«

Valérie sah durch das Fenster, vor dem die Schneeflocken einen chaotischen Tanz vollführten. »Ja, die Übereinstimmung ihrer DNA mit einer Spur an unserem Tatort beunruhigt mich.«

»Irrtum nicht ausgeschlossen?«

»Ich glaube nicht.« Sie hatten relativ schnell eine erste Auswertung der DNA bekommen. Doch Valérie hatte diese in keinem Moment angezweifelt. Die Erstellung des DNA-Profils hatte weniger als zwölf Stunden gedauert. Dass auf ihr Labor Verlass war, hätte sie unterschreiben können. Was also bezweckte Boisset mit dieser Frage?

»Wir mussten Elodie Grange wieder gehen lassen. Wir konnten ihr nichts nachweisen. Für die Zeit der Tat hat sie ein hieb- und stichfestes Alibi.«

Valérie spürte, wie ihre Kinnlade nach unten sackte. *»Ce n'est pas vrai.«* War sie umsonst hierhergefahren? Sie ließ sich ihren Ärger nicht anmerken. »Ist es möglich, trotzdem mit ihr zu sprechen?«

»Hören Sie, ich kenne das Mädchen. Elodie hat es nie leicht gehabt. Ihre Eltern sind beide Anwälte. Sie haben kaum Zeit für ihre Tochter. Mit dreizehn geriet sie in falsche Kreise, kam mit Drogen in Kontakt. Sie hatte immer viel Geld, ein Ersatz für Elternliebe, wenn Sie mich fragen. Sie hätte sich alles kaufen können, schicke Kleider, Freunde … was Mädchen aus reichem Haus sich so leisten. Bei Elodie schlug es ins Gegenteil um. Sie lernte einen dubiosen Mann kennen, der sie manipulierte und ihr viel Geld abknöpfte. Er wurde vor einem Jahr inhaftiert. Seither trudelt Elodie wie ein aus der Bahn geratener Komet durch den Alltag.«

Valérie musste wegen des Vergleichs lächeln. »Kann ich sie trotzdem sprechen?«

»Ich bedaure, das fällt nicht unter Ihren Zuständigkeitsbereich. Zudem haben wir sie befragt, nachdem sie in Gewahrsam genommen worden war. Wir haben Ihnen raschestmöglich mitgeteilt, dass Elodie ein Alibi hat.«

Valérie griff sich an die Stirn. Louis hatte davon gesprochen, und sie hatte dem zu wenig beigemessen.

»Und wenn Sie mich begleiten?« Hoffnung keimte auf. Was den Deutschschweizern fehlte, hatten die Westschweizer zur Genüge, eine gewisse Lässigkeit. Valérie appellierte an diesen Charakterzug, ahnte aber im Vornherein, dass sich Boisset nicht erweichen ließe. Sie vermutete, er als Provinzpolizist habe wenig bis gar nichts zu sagen. Die Kantonspolizei befand sich in Sitten, dem Kantonshauptort des Wallis. Wahrscheinlich würde Valérie nicht darum herumkommen, dorthin zu fahren. Verflixt, was hatte Caminada ihr da eingebrockt? Nein, eigentlich musste sie sich selbst rügen. Sie hatte sich auf ihn verlassen, ohne sich mit Boisset in Verbindung zu setzen oder vorher abzuklären, mit wem sie es zu tun haben würde. Sie war aufs Geratewohl nach Martigny gefahren – aus einem anderen Grund.

»Ich muss den legalen Weg einschlagen. Wenn Sie mit Elodie sprechen wollen, brauchen wir die Genehmigung unseres Staatsanwalts sowie das Einverständnis der Eltern.« Boisset erklärte sich bereit, ihr im Rahmen seiner Möglichkeiten zu helfen. Nur wusste Valérie nicht, wo diese lagen.

»Und wie lange dauert das?« Alles für die Katz! Was nun?

Boisset sah auf die Uhr. »Nun, heute sicher nicht. Aber morgen um neun? Oder besser um zehn.«

Valérie schäumte innerlich vor Wut über sich selbst. Sie dachte nach. Sie hatte die Namen von Elodies Eltern notiert. Anhand dieser würde es ihr nicht schwerfallen, ihre Adresse zu finden. »Haben Sie ein Foto von Elodie?« Sie widerstand dem Impuls, auf den Tisch zu klopfen.

Boisset schob seine Aktenberge von einer Seite zur anderen. Beschämt sah er zu Valérie, dann senkte sich sein Blick wieder. »*Et voilà*. Ich habe es gefunden.« Boisset schob ein Porträt über das Pult. »Elodie Grange.«

Valérie sah in ein mageres Mädchengesicht, in dem einzig die braunen Iriden ihr Interesse auf sich zogen. Die Haut wirkte blass, das rote Haar stumpf. Die Drogen hatten von der einst hübschen jungen Frau ein fürchterliches Abbild gezeichnet.

Valérie steckte das Foto ein. Sie hatte noch nicht einmal ein Zimmer gebucht. Sie musste sich die Zeit bis morgen um zehn um die Ohren schlagen. Sie startete einen neuen Versuch. »Es handelt sich bei dem Gespräch nicht um eine Vernehmung, sondern lediglich um eine Befragung.«

»Ich habe Sie schon verstanden. Sie sprechen hervorragend unsere Sprache.« Boisset schenkte ihr ein aufgesetztes Lächeln.

»Ich habe im Französischunterricht gut aufgepasst.« Valérie verspürte kein Bedürfnis, über ihre Herkunft zu berichten. »Na dann … werde ich mich mal auf den Weg machen. Morgen um zehn, haben Sie gesagt? Ich hoffe, Sie enttäuschen mich kein zweites Mal.«

***

Caminada hatte soeben ein Gespräch mit Menga beendet, als ihn der Anruf von Daniel Christen vom Bereitschaftsdienst erreichte. »Ja?«, meldete er sich schroffer als gewollt. Mengas Vorwürfe lagen ihm noch in den Ohren, ihre gehässige Art, die zur Gewohnheit geworden war. Die Drohung auf ein Ultimatum: entweder Schwyz oder sie. Er hatte sie früher nicht von dieser Seite gekannt. Plötzlich stellte sie Ansprüche, auch finanzieller Natur.

»Wir haben ein Tötungsdelikt.« Christen trug mit dieser Nachricht nichts gegen seinen Frust bei. »Heute wurde eine schlimm zugerichtete Tote in einer Arztpraxis in Lachen gefunden. Ersten Informationen zufolge handelt es sich um Claudia Tobler, Gynäkologin von Beruf.«

»*Wer* hat sie gefunden?«

»Ihre Praxisassistentin. Sie betrat das Haus, in dem auch eine

Wohnung liegt, kurz nach drei. Eine Streife ist bereits vor Ort und sichert den Tatort.«

»Ihr geht von einem Verbrechen aus?«

»So wie mir die Tote beschrieben wurde, ja.«

»Wie wurde sie beschrieben?« War es Zufall, dass sich die Morde in der March häuften? Caminada spürte, wie sich seine anfängliche Angespanntheit in Erschöpfung umwandelte. Menga. An sie musste er denken, an ihre Veränderung. Es kam ihm vor, als hätte sie eine kritische Phase in ihrem Leben betreten. Noch vor vier Jahren hatten sie sich auf die Zeit nach der Pensionierung gefreut. Sie hatten gespart, auf vieles verzichtet, um sich ein Wohnmobil zu kaufen und zu reisen. Deutschland, Dänemark, Schweden bis hinauf zum Polarkreis. War dieser Traum ausgeträumt? Und was hatte sie vor?

»Sie sei aufs Massivste … verletzt. Am besten, du fährst hin … bist du noch dran?«

»Ja, ja.« Caminada nahm ein Blatt Papier, suchte nach einem Stift.

Christen teilte ihm die Adresse mit.

Caminada hatte sie kaum notiert, da vernahm er das Freizeichen. Mit Christen mehr als drei Minuten zu sprechen kam einem Glücksfall gleich. Bei ihm liefen die Telefone heiß. Caminada wählte Louis' Nummer.

***

Valérie checkte in einem Boutique-Hôtel in der Nähe des Bahnhofs ein und aß dort eine Kleinigkeit, bevor sie sich auf den Weg nach Fully machte. Mit der Fahrt ins sieben Kilometer entfernte Dorf wollte sie sich die Zeit bis zum Abend verkürzen. Sie hatte sich weder bei Caminada noch bei Zanetti gemeldet, war sich nicht schlüssig, wie sie sich verhalten sollte. Ihres Erachtens war es keine gute Idee, sie über ihre Niederlage zu informieren. Beide wähnten sie wahrscheinlich bei der Befragung und ließen ihr die Zeit, die sie gewünscht hatte. Valérie hatte kein

Bedürfnis, über den Stand der Ermittlungen zu diskutieren. Die Enttäuschung war zu groß.

Ihr Aufenthalt im Unterwallis gehörte ihr allein, war ihr Trost für die Unzufriedenheit. Mit jedem Schritt außerhalb des Hotels streifte sie die Gegenwart ab und tauchte ein in die Vergangenheit. Zurück zu dem kleinen Mädchen, welches die glücklichsten Jahre seines Lebens in der Route de la Forêt verbracht hatte, inmitten gewaltiger Rebberge, Blumenkohl- und Spargelfelder, im Schatten eines riesigen Nussbaums, unter dem sie im Herbst die Baumnüsse eingesammelt hatte. *Maman* hatte die feinen *Biscuits de Noix* gebacken, deren Geschmack ihr noch heute auf der Zunge lag, wenn sie bloß daran dachte. Vor dreißig Jahren. Mehr als ihr halbes Leben. Sie wollte noch einmal die Kindheit spüren, die endlos langen Pfade zwischen den Rebstöcken gehen, von der süßen Schwere der Trauben naschen, ohnmächtig werden vor Freude, wenn die Weinlese ihren Höhepunkt bei den unzähligen Familienfeiern fand. Fröhlich sein bis zu dem Punkt, der alles verändert hatte.

Valérie wusste nicht, was sie erwartete und ob ihr Geburtshaus noch existierte. Nach dem Tod ihrer Eltern hatte ihr Ex-Mann Willy das Haus verkauft. Der Gewinn war wie selbstverständlich auf *seinem* Konto gelandet, als Vorschuss für seine zukünftigen Investitionen. Von dem Geld hatte Valérie nie etwas gesehen. Doch zu dieser Zeit war es ihr egal gewesen. Sie hatte alles, was die schlechten Erinnerungen an ihren Vater betraf, ausradiert, mit der Konsequenz, dadurch die guten an ihre *Maman* zu verlieren.

Die Niederschläge wurden weniger. Als Valérie in ihren TT stieg, hatten die Radspuren der vorausgefahrenen Wagen den Schnee von der Straße gepflügt. Sie verließ die Stadt über die Avenue de Fully, welche nach den Champs de l'Âne die Autobahn überquerte. Über die endlos weiten Felder vor Les Prises ging es Richtung Rhône. Der Fluss wand sich an diesem verschneiten Nachmittag wie ein graublaues Band zwischen den beidseitigen Borden. Anstelle der Route de Martigny fuhr

Valérie auf die Berge Nord, die vor fünfunddreißig Jahren die Hauptverbindungsstraße zwischen Martigny und Fully gewesen war. Pappeln, vom Südwind gepeinigt, säumten die Straße, blätterlos und mager zeichneten sie sich vor dem Himmel ab wie gebeugte Nacken. Der Föhn war schon damals ein nicht vernachlässigbares Phänomen gewesen, das für Mensch und Natur eine Herausforderung darstellte. Aufgrund der Kombination mit dem Vollmond, hatte man gemunkelt, seien viele alte und herzschwache Menschen gestorben.

Dann die Brücke der Route de la Gare. Die Ansicht des Dorfes war Valérie von hier aus vertraut. Der Ausläufer des Tête du Portail mit seinen fast senkrechten Felswänden im oberen Teil, bevor es über die Kante zu den Seen Lac Inférieur und Lac Supérieur ging, erhob sich gewaltig über Fully. Wie eine Mauer schien er die Häuser zu seinen Füßen zu beschützen. Ein Massiv, welches im Winter die Sonne verschlang.

Valérie zweigte links ab. Sie folgte der Straße und passierte zwei Kreisel, an die sie sich nicht erinnerte. Links und rechts standen Gebäude, in den Jahren *nach* ihrer Flucht gebaut. Die Rue du Stade. In einem der Häuser zu ihrer Linken hatte Philippe gewohnt, ihre erste große Liebe. Doch auch hier war alles neu. Valérie schlug den Weg in die Rue de la Poste ein. Sie fuhr langsam an den Häusern vorbei. Wo früher ein riesiges Blumenkohlfeld die Gegend beherrscht hatte, waren ein Gebäudekomplex mit Restaurants, eine moderne Postfiliale und ein Gesundheitszentrum entstanden. Der Weg zur Kirche war der alte geblieben. Valérie folgte ihm, hielt dort an, wo die Sicht ungehindert auf die römisch-katholische Kirche fiel, das in den 1930er Jahren entstandene schlichte Gotteshaus, in das sie mit *Maman* gegangen war, wenn Verzweiflung sie überkommen hatte. Der Turm, an dem der Schnee geradezu klebte, stammte aus dem mittleren 18. Jahrhundert. Das Quartier Vers l'Église katapultierte Valérie zurück in ihre Kindheit. Hier war der Ursprung ihres Heimatdorfes, der Kern, aus dem Fully sich entwickelt hatte, die Straße, die in der Fortsetzung in die Route de la Forêt mündete. Sie ließ den Wagen stehen, stieg aus und ging zu den Gräbern. Sie zählte die Reihen, versuchte, sich den Tag der Beerdigung in Erinnerung zu rufen. Sie war nicht wirklich hier gewesen. Ihr Alter Ego, ein Klon von ihr, der am Grab gestanden hatte, gelähmt von den Ereignissen und der Trauer. Damals hatte die Sonne geschienen, wie ein Hohn im Angesicht der Tragödie. Zwei Särge nebeneinander, die man in eine große Mulde hinuntergelassen hatte. Zwei verschiedene Welten, zwei Leben – ein Schicksal.

Valérie fand den Grabstein bei den Familiengräbern. Man hatte ihn noch nicht entfernt. Ein schlichter Stein, aus Felsen gehauen, ein Stück Natur in einem verdorrten Beet. Das Grab war mit Abstand das ungepflegteste. Valérie las den Namen ihrer *Maman*, Sophie, und berührte die Gravur. Die des Vaters ignorierte sie.

Später fuhr Valérie mit dem Auto bedächtig weiter, mit klopfendem Herzen die Häuser entlang. Enttäuscht nahm sie zur Kenntnis, wie sich auch hier vieles verändert hatte. Die einstigen einfachen Rebberg-Häuser waren Einfamilienhäusern gewichen, mit Swimmingpools und hübschen Vorgärten. Valérie parkte am Straßenrand. Sie stieg aus und ging die wenigen Meter bis zur Parzelle, wo einst ihr Elternhaus gestanden hatte, zu Fuß weiter.

Der Nussbaum war noch da. Die schneebedeckten schweren Äste breiteten sich weit über die Straße aus. Und an dessen Fuß, geschrumpft im Angesicht des mächtigen Baums, lag das Haus »La Petite Forêt«, in einem erstaunlich guten Zustand, wie die lebendig gewordene letzte Erinnerung an *Maman*.

Auch die Bank war noch da, verwittert im Verlauf der Jahre, verblasst von den brennenden Sommern und sturmgepeitschten Wintern. Was für ein Wunder. In den warmen Monaten hatte *Maman* dort gesessen, wenn Valérie von der Schule heimkehrte. Es war, als spürte sie ihre liebende Mutter, als müsste sie bloß die Hand ausstrecken und nach ihrer greifen.

Zaghaft näherte sich Valérie dem Briefkasten. Wo einst »Famille Bender« gestanden hatte, war ein Schild mit dem Namen »Famille Roduit« angebracht. Roduit, ein Name, den es in Fully zuhauf gab.

Valérie blieb stehen. Sie zitterte, nicht nur der Kälte wegen. Im Hausinnern brannte Licht. Hellgelb schimmerte es durch zugezogene Vorhänge.

Nein, sie würde nicht anklopfen. Alles hier war Vergangenheit, hatte in einem anderen, ihr fremden Leben stattgefunden. Sie schlug den Weg zu ihrem Auto ein.

***

Der Platz vor dem Haus war mit rot-weißen Flatterbändern abgesperrt. Uniformierte Polizisten hatten sich um den Tatort verteilt und hielten neugieriges Fußvolk zurück. Die Männer und Frauen des Kriminaltechnischen Dienstes verrichteten schweigend ihre Arbeit. Stieffel war schon da. Louis sah ihn neben der Tür, die ins Haus führte. Er wies sich bei einem Kollegen, den er nicht näher kannte, aus und hob die Plastikabsperrung an, um zur Treppe zu gelangen.

Stieffel runzelte die Stirn. »Ist Valérie heute nicht im Einsatz?«

»Sie hat außerkantonal zu tun.« Louis blieb auf seiner Höhe stehen. »Zanetti ist doch da, oder? Sie hätten ihn nach Valéries Verbleib fragen können.« Er schmunzelte in sich hinein. Stieffel und Zanetti hatten nicht dieselbe Wellenlänge. Sie redeten nur das Nötigste miteinander. »Kann ich hinein?«

»Ich bin auch erst angekommen. Schulers Leute sind drinnen und der Amtsarzt, der den Tod seiner Kollegin festgestellt hat.«

»Dann stimmt es also, dass eine Gynäkologin zu Tode gekommen ist.« Louis wartete Stieffels Kommentar nicht ab. Er betrat das Entrée, aus welchem eine Treppe in die Wohnung darüber und eine Tür geradeaus in die Arztpraxis führte. Louis stoppte vor der Schwelle und grüßte die Kollegen vom KTD. Schuler kam in steriler Vollmontur auf ihn zu. Bis auf die

Augen waren Kopf und Körper eingepackt. »Wir sind noch nicht durch.« Seine Stimme klang harsch.

»Gibt es wenigstens erste Erkenntnisse?«

»Die Belegschaft von ›Leib und Leben‹, wie immer ungeduldig. Ich kann mit Sicherheit sagen, dass das Opfer vor der Wohnungstür niedergeschlagen und anschließend ins Wartezimmer der Praxis geschleift wurde.« Schuler wies nach oben ins schmale Treppenhaus. »Was dann geschah, wird dir Stieffel erklären. Ist nicht mein Fachgebiet. Nur vorab: Von der Art des Tötens ausgehend, steht der jüngste Mord der Vierfachhinrichtung von Tuggen in nichts nach. Und jetzt lasse mich meinen Job zu Ende führen. Warte draußen, bis wir fertig sind.«

Louis versuchte, zwischen den Kriminaltechnikern ins Innere des Wartezimmers zu spähen. Mit Ausnahme einer Blutlache auf dem Boden konnte er nichts sehen. Das Team versperrte ihm die Sicht. Louis trat vor die Tür und suchte die Umgebung ab. Haus und Arztpraxis befanden sich in einem ruhigen Quartier; eine Straße, gesäumt von Ziersträuchern, die bis auf wenige alle ihre Blätter verloren hatten, grenzte die Grundstücke voneinander ab. Louis erkannte Vischer, der mit einer jungen Frau sprach, und bekam Krämpfe. Vischers Angriff auf seine Person neulich hatte er noch nicht weggesteckt. Er durfte sich jetzt nichts anmerken lassen. Sie hatten sich auf eine Bank abseits des Hauses gesetzt, offensichtlich fernab vom Blickfeld der Gaffer.

Louis näherte sich der Bank. Vischer sah auf. Ihre Blicke trafen sich und hätten töten können. Die Stimmung im Team war selten so erbärmlich gewesen wie die letzten Tage. Louis hatte Vischers psychologische Hilfe von vornherein abgelehnt.

»Frag jetzt nicht, ob Valérie da ist«, sagte Louis und bereute es sogleich. Vergelte nicht Gleiches mit Gleichem, rief er sich in Erinnerung.

Vischer wies auf die Frau an seiner Seite, ohne auf Louis' Bemerkung einzugehen. »Ihr Name ist Regina Weiss. Sie hat heute Nachmittag ihre Arbeitgeberin gefunden. Sie steht noch unter Schock.«

»Kann ich trotzdem mit ihr sprechen?«

»Unter Vorbehalt.« Vischer legte seine Hand auf die Schulter der Frau. »Leutnant Louis Camenzind möchte Ihnen ein paar Fragen stellen. Ich hoffe, Sie sind in der Lage, diese zu beantworten.«

Regina Weiss schnäuzte sich und tupfte sich die Augen ab. »Schon okay.« Sie schluckte ein paarmal leer.

Louis holte sein Tablet aus der Mappe, während er sein Gegenüber betrachtete. Er schätzte die Frau auf Mitte zwanzig. Sie trug einen dunkelblauen Wintermantel und Hosen in derselben Farbe. Ihr Gesicht wirkte blass, was die schwarzen, kurzen Haare verstärkten. Vom Weinen verquollene rote Augen verschwanden hinter wagenradgroßen Brillengläsern. »Wann haben Sie Frau Dr. Tobler entdeckt?«

»Als ich um ungefähr drei Uhr das Haus betrat. Frau Dr. Tobler hatte heute einen freien Tag, weil sie gestern und vorgestern wegen dreier Geburten in der Klinik praktisch durchgearbeitet hatte. Sie rief mich an und bat mich, erst um halb vier in die Praxis zu kommen. Sie beauftragte mich, von zu Hause aus den heutigen Patientinnen zu telefonieren, um die Termine zu verschieben.« Regina Weiss war gefasst. »Ich wunderte mich, als ich die Tür zur Praxis offen vorfand. Ich ging hinein und … und fand sie auf dem Boden.« Sie hielt die Hände vors Gesicht und schluchzte heftig. »Wer hat ihr das angetan? Sie konnte niemandem etwas zuleide tun, war immer für alle da, vergaß sogar, dass sie ein Privatleben hat. Sie war für viele Frauen wie ein Engel.«

»Sie sagten, Frau Dr. Tobler hat Sie angerufen. Wann war das?«

»Gestern zwischen sechs und sieben in der Früh.«

»Hörte sie sich nervös an? Anders als sonst?«

»Nervös nicht, aber erschöpft. Kein Wunder bei diesem Arbeitspensum. Die Frau war über sechzig.«

»Hat sie sich einmal dahingehend geäußert, dass sie verfolgt wird?«

»Verfolgt?« Regina Weiss riss die Augen auf. »Nein. Ich wüsste nicht, von wem.«

»Gab es unter den Patientinnen solche, die nicht zufrieden mit ihr waren?«

»Mir fällt niemand ein. Noch einmal: Sie war vorbildlich, ein herzensguter Mensch.«

»Hat sie Verwandte?«

»Nein, ihre Eltern sind gestorben, Geschwister hat sie nicht.«

»Eine Freundin?«

»Keine Ahnung.«

Louis spürte, dass er so nicht weiterkam. Er drückte der Frau seine Visitenkarte in die Hand. »Falls Ihnen etwas einfallen sollte, was wichtig für die Ermittlungen sein könnte, rufen Sie mich an.« Er warf Vischer einen Blick zu. »Wir sehen uns heute bei der Teamsitzung, die Uhrzeit werde ich dir mitteilen.« Ohne von Vischer eine Bestätigung abzuwarten, ging Louis zurück zum Haus. Auf dem Weg dorthin schaute er sich nach Videokameras um, sah keine und grübelte. Er wusste, wie unfair er gegenüber Vischer war. Aber der Kahlkopf ging ihm manchmal so auf den Geist, es war fast nicht auszuhalten. Louis gab sich einen Ruck. Er leitete ad hoc den neuen Fall. Er musste über den Unstimmigkeiten stehen, ob er wollte oder nicht.

Schuler kam ihm aus Richtung der Wohnung entgegen. Er hielt einen Asservatenbeutel in der Hand. »Das hier haben wir oben gefunden.«

Louis fokussierte den Gegenstand. »Einen Brief?«

»Ich dachte, er könnte wichtig sein. Dem Briefkopf nach zu urteilen, stammt er aus einem Labor.«

Louis nahm ihn entgegen. »Danke. Seid ihr im Wartezimmer fertig?«

»Stieffel ist drin.«

»Wie sieht es aus?« Louis fürchtete sich vor dem ersten Schritt. Er hatte die Tragödie in Tuggen nur dank Beruhigungspillen schadlos überstanden. Die Alpträume waren ausgeblieben.

»Nicht schön. Überzeuge dich selbst. Aber ohne sterilen Anzug kommst du dort nicht rein. Ziehe dir wenigstens Füßlinge an, wenn du nichts anderes hast.« Er reichte ihm welche.

Meinte Louis es bloß, oder grinste Schuler ihn unter der Gesichtsmaske unverschämt an? Das wäre ein Novum. Aber im Moment schien alles hier gegen das Gewohnte zu laufen.

Louis grüßte weitere Kollegen und ging behände ins Wartezimmer, nachdem er seine Schuhe verhüllt hatte. Dort verdeckte Stieffel ihm die direkte Sicht auf die Tote. Bereits hatte sich der unangenehme Leichengeruch ausgebreitet. Stieffel war daran, die äußere Leichenschau vor Ort durchzuführen. Er sprach auf Band und kommentierte seine Feststellungen. »Hämatome an der rechten Schläfe aufgrund stumpfer Gewalt. Eine Einstichstelle am linken Unterarm mit Bluterguss.«

Louis warf einen Blick über Stieffels Schulter. Die Tote hatte die Augen geschlossen, sah beinahe friedlich aus. Die Ärmel ihres beigen Pullovers waren zurückgekrempelt, der Saum endete knapp oberhalb des Bauchnabels. Louis zögerte, war sich nicht sicher, ob er das hier aushielt.

Stieffel drückte den Knopf des Diktiergeräts, sah zu ihm herüber. »Wollen Sie sich das antun?«

»Ja, verdammt.« Louis wollte den Starken mimen. »Ich komme wohl nicht darum herum.«

Der Bauch der Toten war entblößt, oberhalb des Schambeins klaffte die Haut weit auf, eine kreisförmige Wunde, an deren Rand das Blut geronnen war. Louis wandte sich ab und würgte, während Stieffel Anstalten machte, mit der Aufzeichnung fortzufahren. »Ich habe Sie gewarnt, Leutnant Camenzind.« Er nahm das Diktiergerät wieder in Betrieb und sprach weiter auf Band. »Professionell geführter Schnitt auf Höhe des Uterus. Auf den ersten Blick Entfernung desselben. Die Livores Mortis sind ausgeprägt. Schätzungsweiser Todeszeitpunkt gestern zwischen zehn und fünfzehn Uhr.«

»Die Praxisassistentin hat gestern früh noch mit ihr gesprochen.« Louis versuchte, seiner Stimme etwas Beherrschtes zu verleihen, was ihm nicht ganz gelang. Scheiße, dachte er.

***

Valérie kehrte ins Boutique-Hôtel zurück. Frustriert und enttäuscht ließ sie sich den Zimmerschlüssel aushändigen und richtete an der Rezeption aus, sie wolle nicht gestört werden. Als sie den Aufzug betrat, überlegte sie, dass sie kaum von jemandem behelligt würde, außer vielleicht von diesem Boisset, der sie mit seinen Blicken ausgezogen hatte. Er hatte nicht das mindeste Anzeichen von Scham gezeigt, fand sich wahrscheinlich unwiderstehlich. Dass er seinen Grips nicht im Kopf, sondern in der Hose hatte, war offensichtlich.

Sie fuhr in die dritte Etage und schloss die Tür zum Zimmer auf. Sie war müde, empfand Hunger, hatte aber keine Lust, ins Restaurant zu gehen. Sie checkte, was die Minibar hergab, und fand einen Gin Tonic und eine Flasche Mineralwasser. Dazu riss sie einen Beutel mit gesalzenen Erdnüssen auf. Valérie ging zum Fenster. Der Himmel klarte in der Dämmerung auf. Die Landschaft unter ihr war eingezuckert. Der Col des Planches und der Col de la Lys in der Ferne schimmerten wie gigantische weiße Rücken im vergehenden Licht, was der sonst eher kargen Stadt im Unterwallis einen gewissen Charme verlieh. Valérie stöhnte leise auf und ging zu ihrem Bett. Es war zu früh, um sich schlafen zu legen. Trotzdem schlug sie den beigen Überwurf zurück und ließ sich auf das Kissen fallen. Halb aufgerichtet trank sie vom Gin, knabberte den Snack und zappte durch die zehn Fernsehprogramme. Mehr gab der Kasten nicht her.

Hätte sie doch bloß geläutet. Kaum hatte sie Fully verlassen, hatten Selbstzweifel sie geplagt. Jetzt kam sie sich feige vor. Was vergab sie sich, wenn sie sich bei der Familie vorstellte, die ihr Elternhaus bewohnte? Käme es zu dreist rüber? Ach was! Morgen würde sie nach Hause fahren, nachdem sie mit Elodie Grange gesprochen hatte, und würde in den nächsten Jahren nicht wieder hierherkommen. Vielleicht musste sie die Vergangenheit endgültig begraben.

Ihr iPhone klingelte. Auf dem Display erschien Louis' Name. Sie schwang die Beine über den Bettrand, erhob sich und nahm den Anruf entgegen. »Hast du Sehnsucht nach mir?« Sie vergaß, dass Louis wahrscheinlich noch im Dienst war.

»Ist die Nachricht schon zu dir durchgesickert?« Louis ging nicht auf ihren Kommentar ein. Seine bebende Stimme verhieß nichts Gutes.

»Was müsste ich erfahren haben?«

»Es gibt eine neue Leiche.«

»Was? Und warum erfahre ich das erst jetzt?« Valérie sah auf die Uhr. Fast halb sieben. »Seit wann?«

»Sie wurde heute Nachmittag um fünfzehn Uhr in ihrer Praxis gefunden.«

»Heute Nachmittag?« Sie verstand es nicht. Weder Caminada noch Zanetti hatten sie zeitnah darüber informiert. Schloss man sie aus?

»Dr. Tobler, Gynäkologin von Beruf. Sie wurde schrecklich zugerichtet. Schlimmer als die Opfer in Tuggen. So etwas hast du noch nie gesehen.«

Valérie kannte Louis' Hang zum Übertreiben. »Komm runter und erkläre es mir sachlich.« Dieser vermaledeite November!

»Ich schicke dir die Tatortbilder. Schau sie dir an. In welchem Zeitalter befinden wir uns? Im Mittelalter? Vielleicht hat man zu der Zeit humaner gemordet.«

»Alles der Reihe nach.« Valérie versuchte, ihren Kollegen zu beruhigen. »Du bist doch sonst nicht so durch den Wind. Was ist passiert?«

»Der Mord an der Gynäkologin und die Morde an den vier Männern weisen unbestritten Gemeinsamkeiten auf.«

»Bitte ziehe keine voreiligen Schlüsse«, sagte Valérie, als Louis mit seinen Erklärungen durch war. »Hat man einen Hundekopf gefunden?«

Louis ließ ein Räuspern vernehmen. »Nein, kein Hundekopf, aber Fledermausflügel. Tierischen Ursprungs.«

»Wo findet man hierzulande Fledermäuse? Im Zoo?«, fragte Valérie laut, während sie bereute, nicht in Biberbrugg zu sein. Louis gefiel ihr nicht. Sie konnte es durchs Telefon spüren.

»Ich habe mich bereits informiert. Es gibt eine Vielzahl an Fledermausarten in unserer kleinen Schweiz. Sie machen einen Drittel der einheimischen Säugetierarten aus. Nur bekommen wir sie nicht oft zu sehen, da sie nachtaktiv sind. Nachtaktiv, verstehst du? Bei der Ärztin lagen nur die Flügel, winzig kleine Fledermausflügel, kaum zu sehen. Aber sie lagen dort, im offenen Bauch ...«

Valérie begriff endlich, warum Louis so neben den Schuhen stand. »Louis? Ist alles okay?« Sie vernahm bloß ein Brummen. Wieder plagte sie das schlechte Gewissen. Sie hätte eine Telefonkonferenz mit Sitten abhalten können. Der Aufenthalt in Martigny war vergeudete Zeit. »Du solltest dich um einen Termin bei Henry bemühen. Louis, lass dir helfen. Das, was da gerade passiert, ist pure seelische Belastung.«

Er blieb ihr die Antwort schuldig. »In einer halben Stunde muss ich zur Teamsitzung und sollte vorbereitet sein.« Ein paar Sekunden verstrichen, in denen er nichts sagte. »Diese zwei Fälle müssen etwas miteinander zu tun haben. Dass es sich auch an diesem Tatort um ein Symbol handelt, ist offensichtlich. Der Hundekopf in Tuggen, dic Fledermausflügel in Lachen.«

»Wieder in der March.« Valérie stöhnte auf. »Ich wünschte, das eine hätte mit dem anderen nichts zu tun.«

»Du vermutest also auch eine Serie?«

»Ich möchte mich nicht zu sehr aus dem Fenster lehnen. Serienmorde können sich zeitlich in die Länge ziehen. Das hier sieht eher nach einer Abrechnung aus, beim ersten wie beim neusten Fall.«

»Wann kommst du zurück?«

»Morgen habe ich endlich ein Gespräch mit Elodie Grange, nachdem man sie wieder auf freien Fuß gesetzt hat. Man vermag ihr nichts nachzuweisen. Wenn ich mir ihr Bild ansehe, kann ich es mir nicht vorstellen, dass sie dieses Massaker in Tuggen angerichtet haben soll. Aber, ich möchte mich dennoch nicht auf ihr Äußeres verlassen. Und die DNA lügt gewiss nicht.«

»Dann kann ich morgen Abend mit dir rechnen?« Louis schniefte durchs Telefon. »Ehrlich gesagt, würde ich die Verantwortung gerne wieder an dich abgeben.«

»Wie läuft es mit Carla?« Valérie lenkte bewusst vom Thema ab. Sie brauchte Louis' Selbstbemitleidung nicht. Und solange er nicht bereit war, etwas dagegen zu tun, sah sie nicht ein, ihn weiter zu drängen. Es lag allein bei ihm.

»Das steht auf einem anderen Blatt.«

»Ihr hattet Zoff?«

»Du kennst sie. Jetzt hat sie der Boulevardzeitung endlich den Rücken gekehrt, aber das bedeutet lange nicht, dass sie ihre Dreistheit verloren hat.«

SIEBEN

Sergent Boisset erwartete sie bereits, als Valérie um fünf vor zehn im Rathaus eintraf. *»Je suis desolé«*, sagte er in einem Tonfall, der besser zu einer leidenden Person gepasst hätte. Er bedauerte, gleich losfahren zu müssen. Er wollte bereits nach ihrem Arm greifen, als er auf halbem Weg die rechte Hand zurückzog. Im letzten Moment hatte er sich anders entschieden. Valérie, bereits auf Abwehr vorbereitet, stieß innerlich Luft aus. Sympathie gegenüber Boisset sah anders aus. Vielleicht wollte er etwas für seine Hilfsbereitschaft. Nein, nicht mit ihr. Obwohl sie den welschen Charme zur Genüge kannte, hatte alles seine Grenzen.

»Was sagt Ihr Staatsanwalt?« Valérie ging auf Distanz. »Können wir Elodie Grange heute besuchen?«

»Vous êtes très impatiente.«

»Ungeduld ist auch eine Tugend.« Valérie deutete auf den grauen Renault, der im Parkverbot stand. »Ist das Ihr Wagen?«

»Erraten. Steigen Sie ein. Wir fahren zur Familie Grange. Elodies Eltern habe ich informiert, dass wir sie besuchen. Uns bleibt ein Zeitfenster von dreißig Minuten, also bis halb elf.«

»Sie sind demnach einverstanden?«

»Naturellement.«

Bis zur Avenue de la Fusion sprachen sie kein Wort. Sei es, weil Valérie dem Sergenten unmissverständlich zu verstehen gegeben hatte, auf seine Avancen zu verzichten, oder weil die Landschaft um sie herum sie beide gleichermaßen beeindruckte. Das Tal entlang der Dranse wirkte an diesem Vormittag fast episch. Die weißen Berge ringsherum stachen scharf von einem unverschämt blauen Himmel ab. Die letzten Wolken verschwanden hinter den Gipfeln der südlichen Alpen.

In der Nähe der Place de Rossettan fuhren sie auf ein von Bäumen eingegrenztes Grundstück. Ein Kiesweg führte direkt zu einem weißen Landhaus, das mit dem Schnee um die Wette schimmerte. Auf den auf Hochglanz polierten Sprossenfenstern spiegelte sich die Welt. Boisset parkte seinen Wagen direkt vor der Tür. Sie stiegen aus. Valérie klingelte und las das Namensschild. »Dr. F. & I. Grange«. Anwälte mit Geltungsdrang, ging ihr durch den Kopf. Dass sie sich erst nach dem dritten Läuten bemühten, die Tür zu öffnen, passte zum ersten Eindruck.

Florian Grange wirkte gehetzt. Der Aktenberg in seinen Händen verstärkte das Gefühl, entweder im Dauerstress zu sein oder die Gäste als ungebeten zu betrachten. Isabelle Grange, die wenig später neben ihrem Mann erschien, war kein bisschen ruhiger.

»Wir haben uns mit Ihnen verabredet.« Boisset reichte die Hand zum Gruß. »Ich hoffe, wir kommen nicht ungelegen.«

»Ist zehn Uhr schon vorbei?« Grange ließ seine Gäste eintreten. »Isabelle, mache uns doch Kaffee.« Und als hätte er Valéries Gedanken gelesen, fügte er an, ihre Haushaltshilfe habe heute ihren freien Tag.

Es hätte sie auch gewundert, wenn hier auf Bedienstete verzichtet wurde. Valérie sah sich ungeniert um. Das Interieur hatte einen männlichen Touch. Dunkle, schwere Möbel beherrschten den Salon, in den sie geführt wurden. Die Bilder an den Wänden waren sicher ein Vermögen wert, sollten sie denn Originale sein. Valérie erkannte Degas, Vermeer und Cézanne. Im Gegenzug zu den konkreten Bildern der Künstler hingen zwei Werke von Paul Klee über dem Sofa, wo das Rot dominierte. Sie alle waren mit einer speziellen Leuchte beschienen, was das Licht in ihrem Umkreis in ihre Mitte sog und dem Raum etwas Düsteres verlieh.

Ob sich Elodie in diesem Museum wohlfühlte? Wohl kaum. Grundlos war sie nicht vom Weg abgekommen. Wärme existierte hier nicht, war bloß ein Fremdwort. Die Villa war Wohn- und Arbeitsort, worauf ein Schild neben dem Eingang draußen hinwies. Hier traf man auf fremde Leute, hier flossen Privates und Geschäftliches ineinander. Hier kamen Energien zusammen, die mitnichten immer positiven Ursprungs waren. Hier wurde zwischen den Parteien verhandelt, gekämpft, mediiert. Hier scheffelte man Geld.

Sie setzten sich. Isabelle Grange brachte Kaffee auf einem Tablett. Während sie die Tassen auf den Tisch stellte, fand Valérie Zeit, sie zu betrachten. Nichts an der Frau war fein und fraulich. Das vermochte auch ihr Haute-Couture-Kleid nicht wettzumachen.

Valérie wartete, bis Isabelle Grange das leere Tablett in die Küche zurückgebracht hatte. »Können wir mit Elodie sprechen?« Sie bemerkte, wie sich die beiden Anwälte fragende Blicke zuwarfen. »Ist sie überhaupt hier?«

»Nein.« Klare Antwort. Grange verschränkte die Arme und lehnte sich auf dem Fauteuil zurück. »Sie ist verschwunden, wie so oft in den letzten Wochen.« Offenbar war es für ihn ein heikles Thema. Er fuhr sich mit der einen Hand immer wieder nervös über das Kinn. »Sie ist bald achtzehn. Wir können sie nicht anbinden. Sie ist unbezähmbar, aber ich glaube, uns wird ein Stein vom Herzen fallen, wenn wir sie endlich richtig loslassen können.«

Valérie hätte dem Anwalt nicht zugetraut, das Wort »Herz« in den Mund zu nehmen.

»Sie ist ein Enfant terrible«, bestätigte Isabelle Grange die Aussage ihres Mannes. »Sie hat uns das Leben von Anfang an schwer gemacht.«

Grange räusperte sich. »Nicht doch, Isabelle, das gehört hier nicht hin.«

»Was sollten wir nicht zu hören bekommen?«, bohrte Valérie nach. Boissets Bemerkung, sie solle sich zurückhalten, ignorierte sie.

»Sie bringt uns nur Ärger.« Isabelle Grange hatte augenscheinlich jedwede Diplomatie, die sie sich als Anwältin hatte aneignen müssen, vergessen. Dass ihre eigene Tochter Probleme machte, ließ sie alle hier Anwesenden wissen. Es war, als hätte sich in diesem Moment ein Ventil geöffnet. »Bereits als kleines Mädchen war sie ungehorsam, was mit den Jahren stets zunahm. Ich weiß, dass man uns dafür verantwortlich macht. Zwei Anwälte, die sich nicht um ihr Kind kümmerten. Mit solchen Anschuldigungen wurden wir täglich konfrontiert.«

Valérie spürte, dass sie ihre Neugier, was Elodie betraf, im Zaum halten musste. Wenn das hier aus dem Ruder lief, war sie vergeblich hierhergefahren. »Mich interessiert vor allem, mit wem Ihre Tochter in den letzten zwei Wochen unterwegs war. Mit wem hat sie sich getroffen? Womit hat sie sich beschäftigt?«

»Sie hat gearbeitet«, sagte Grange.

»Im Supermarkt an der Kasse«, fauchte Isabelle Grange ihn an. »Zu mehr hat sie es nicht gebracht. Unsere Pläne sind geplatzt.«

Genau so schätzte Valérie die Anwältin ein. Was aber der Anlass für ihren verbalen Ausbruch war, darauf konnte sie sich keinen Reim machen. Ausgerechnet heute schien sie das Bedürfnis zu haben, sich ihre Nöte von der Seele zu reden.

»Madame Grange, die DNA Ihrer Tochter wurde an einem Tatort in Tuggen im Kanton Schwyz sichergestellt. Wie können Sie sich das erklären? Für Sie als Anwältin ist es sicher nichts Neues, sich mit einer solchen Situation auseinanderzusetzen. Der genetische Fingerabdruck hilft uns, Fälle aufzuklären. Wir können uns zu fast hundert Prozent darauf verlassen. Deshalb bin ich hier. Die Probleme, welche Sie mit Ihrer Tochter haben, entbehren jedweder Grundlage für eine sachliche Diskussion. Bei der Kriminalpolizei zählen Fakten. Und diese liegen mit dem Abgleich vor. Ihre Tochter war demnach am letzten Freitag und Samstag in der Innerschweiz.« Valérie wusste gerade nicht, ob sie sich mit der Anwältin oder der Mutter unterhielt.

»Was wollen Sie uns damit unterstellen?«

»Ich möchte die Wahrheit hören.«

»Der Barkeeper hat attestiert, sie dort gesehen zu haben«, sagte Boisset.

»Es war Freitagabend, die Bar voll. Wie sollte er sich an die Frau erinnert haben?«, provozierte Valérie. Und an Isabelle Grange gewandt: »Können Sie dies auch bestätigen?«

»Ach, was weiß ich. Elodie kam und ging, wie es ihr passte. Es war ein Risiko, sie zu uns zu holen.«

Valérie glaubte, etwas missverstanden zu haben. »Ich verstehe nicht … Was wollen Sie damit andeuten?«

»Isabelle!« Grange fuhr dazwischen. »Bitte, nicht jetzt.«

»Elodie schadet unserem guten Ruf, den wir über die Jahre aufgebaut haben.«

»Isabelle!« Grange schien zu verzweifeln.

»Sie wollen doch die Wahrheit hören, Madame Lehmann. Ich kann sie Ihnen liefern.«

»Arrête!« Grange wieder.

»Non, je m'en fou.« Isabelle Grange erhob sich unter dem gestrengen Blick ihres Mannes. »Kommen Sie, Madame Lehmann. Ich möchte Ihnen etwas zeigen.«

***

Nach der Ad-hoc-Sitzung des vergangenen Abends trafen sich Louis' Leute erneut zu einer außerordentlichen Besprechung. Louis hatte schlecht geschlafen. Das Gespräch mit Valérie ging ihm nicht aus dem Kopf. Er hatte sich, ohne es zu wollen, vor ihr selbst zur Schnecke gemacht. Er war durchwegs in der Lage, Verantwortung für sein Team zu übernehmen. Gestern war eben alles zusammengekommen. Der unterschwellige Streit mit Carla, die tote Ärztin in Lachen, die Tatortbilder von Tuggen, der Druck, der auf ihm lastete, und die Frage, wo er weiterfahren oder besser von vorn beginnen sollte. Langsam, aber sicher hatte sich alles kumuliert.

»Die Laborberichte sind bis auf wenige eingetroffen.« Louis schlug seinen Ordner auf. »Ich tippe auf eine Nachtschicht. Unsere Forensik-Spezialisten haben die Spuren am ersten Tatort weiter analysiert und sie mit der DNA der vier Opfer verglichen. Es ging dabei um das Ausschlussverfahren. Wir wissen bereits, dass die DNA der straffällig gewordenen Elodie Grange in Martigny mit Spuren in Tuggen übereinstimmt. Was uns etwas suspekt erscheint, ist die Tatsache, dass Elodie während der Tatzeit in einer Bar im Unterwallis gesehen wurde.«

Fabia unterbrach ihn. »Ist Valérie deshalb noch nicht da?«

»Sie hat mir geschrieben«, wich Louis aus, weil er Valéries Nachricht, die vor ein paar Minuten bei ihm eingetroffen war, nicht verstand. Sie habe etwas herausgefunden, was Rätsel aufgäbe. Sie hatte ihn auf den nächsten Tag vertröstet, müsse sicher sein, ob die Informationen stimmten. »Sie kommt heute Nacht zurück und wird morgen in alter Frische wieder hier stehen.« Und er würde sich nicht mehr vor einer Meute Beamter blamieren müssen.

Mit Ausnahme einer jungen Polizistin würde es niemand bedauern, dass Louis sich dann wieder hinten anstellen musste, und er ging davon aus, dass er entweder eine Anhängerin gewonnen hatte oder eine ganze Truppe gegen sich. Er musste sich räuspern, ehe er sich wieder seinen Unterlagen widmete. »Leider ist bislang nicht bekannt, was es mit diesem Hundekopf auf sich hat. In Lachen lagen Fledermausflügel *in* der Leiche, was ziemlich makaber anmutet.«

»Ein Ritual?«, fragte jemand.

»Ob und welche Symbolik der Hundekopf und nun die Fledermausflügel haben, wird zurzeit abgeklärt. Wichtig ist, welche Verbindung es zwischen den vier getöteten Männern und der Frauenärztin gibt, sofern die beiden Fälle miteinander zu tun haben. In der Wohnung von Dr. Tobler hat man einen in Zellophanpapier eingewickelten Blumenstrauß sichergestellt. Das Labor untersucht das Papier auf Fingerabdrücke. Das kann dauern. Ebenso bei dem Brief, den das Opfer aus einem medizinischen Labor bekommen hat, abgestempelt am Sonntag, also vorvorgestern, in Dübendorf. Er enthält den Bericht über eine histologische Untersuchung. Diese ist ebenfalls Gegenstand von Abklärungen. Weder in der Wohnung noch in der Arztpraxis wurde etwas entwendet, was uns die Praxisassistentin versichert hat. Der Täter hatte also keinerlei materielle Interessen.«

»Aber er entmannt vier Männer im besten Alter und schlitzt

einer sechzigjährigen Gynäkologin den Bauch auf«, sagte Fabia. »Kennen wir ähnliche Fälle?«

»Vielleicht in den USA«, sagte Louis mehr zu sich und wechselte das Thema. »Gibt es Informationen zum Palstek und den Leckpfropfen?«

»Nicht direkt«, sagte der Beamte neben Fabia. »Die Ex-Frau von Jan Fuchs, Nevena, will ein Foto gefunden haben, auf dem ihr Mann, Oliver Hurni, Nils Grüniger und Matthias Mettler auf einer Segelyacht vor Portofino zu sehen sind.«

»Sie kommt erst heute damit?«

»Anscheinend hat sie eine Kiste voller Fotos aussortiert und ist auf besagtes Bild gestoßen.«

»Und wo befindet sich das Bild jetzt?« Louis wunderte sich. Warum war Nevena Fuchs plötzlich im Besitz solcher Fotos?

»Sie will es uns schicken.«

»Das kommt ihr reichlich spät in den Sinn. Gut«, Louis warf einen Blick in die Runde, »ob dieses Bild Beweis genug ist, dass die vier Männer früher eine Yacht hatten, lässt sich nicht sagen. Ein Hinweis ist es alleweil. Vier junge Typen, eine Yacht auf dem Mittelmeer, Party bis zur Ohnmacht. Vielleicht waren Frauen dabei … muss man ja annehmen. Alles artet aus. Jemand kommt zu Schaden. Aber warum wartet man so viele Jahre, um sich zu rächen?« Für Louis bloß ein lautes Denken. »Wir machen mit den Befragungen weiter, wo wir aufgehört haben. Um neunzehn Uhr möchte ich nochmals ein kurzes Statement.«

***

Das Gespräch mit Isabelle Grange hatte sie aufgewühlt. Sie musste es zuerst verdauen. Immerhin hatte sie mit ihrem jahrelang gehüteten Geheimnis einen Lichtblick offenbart und die Polizei auf eine Spur geführt, die Valérie nie für möglich gehalten hatte. Sie würde mit einem gut gefüllten Rucksack nach Biberbrugg zurückkehren. Heute Abend, nahm sie sich vor. Sie machte sich für eine lange Fahrt bereit.

Ohne es zu wollen, stand Valérie an diesem frühen Nachmittag erneut vor ihrem Geburtshaus in Fully.

Maman hatte erzählt, sie sei zu Hause zur Welt gekommen. Nicht, weil Hausgeburten vor rund fünfzig Jahren en vogue gewesen seien; sie sei nach kurzen, heftigen Wehen plötzlich da gewesen. Valérie seufzte. Vielleicht hatten die Zeichen ihres Schicksals schon damals auf Sturm gestanden. Möglicherweise hatte ihre spontane Ankunft in dieser Welt die Weichen gestellt. Wer wusste das schon?

Hatte sie am Tag zuvor noch feige das Weite gesucht, drückte sie jetzt die Klingel. Mehr als abgewiesen werden konnte sie nicht, und um Ausreden war sie in der Regel nicht verlegen.

Es dauerte eine gefühlte Ewigkeit, bis die Tür aufging. Valérie traf fast der Schlag.

Überrascht waren sie beide.

Er war älter geworden. Die einst dunkelbraunen, bis über die Ohren reichenden Haare hatten sich gelichtet. Er trug sie kurz. Seine schwarzen Augen umgab je ein Kranz aus Lachfältchen. Aber es war sein Lachen, seine Mimik, als er sie wiedererkannte, das Grübchen am Kinn. »Valérie! *Quelle surprise.* Wer hätte das gedacht, dass ich dich noch einmal sehen würde. Ich hoffe, du bist meinetwegen hier.«

»Ich … ähm …« Sie war verlegen, überrumpelt, wusste nicht, ob sie sich freuen oder ärgern sollte. »Ich habe dich hier genauso wenig erwartet. Wohnst du hier?« Sie hätte nicht zu fragen brauchen, der Blick auf seine Füße bewies, er war hier zu Hause. Filzpantoffeln, Modell alternativ.

»Willst du in der Kälte stehen bleiben, oder kommst du auf einen Kaffee herein? Ich kann auch eine Flasche Weißwein öffnen. Zur Feier des Tages. Ich habe mir heute zufällig freigenommen.« Er schmunzelte vielsagend. »*Mon Dieu*, Valérie. Ich glaube es nicht.« Sein Erstaunen war sichtbarer Freude gewichen.

»Ich möchte nicht stören.«

»Du störst nicht. *Pas toi.*« Er ließ sie eintreten. »Willkommen im ›Petite Forêt‹.«

»Du hast den Namen behalten?«

»Passt doch.« Er lächelte sein Philippe-Lächeln, für das sie bis vor dreißig Jahren um die ganze Welt gereist wäre.

»Du hast dich überhaupt nicht verändert, außer ...«

Valérie griff sich ins Gesicht. »Es ist viel Zeit vergangen.«

»Nicht das, was ich glaube?«

»Nein, aber genauso schlimm.« Sie wusste nicht, wie weit Philippe sich an die kleinen Andeutungen erinnerte, die sie ihm gesteckt hatte. Ob er sie überhaupt verstanden hatte. Oder ignoriert. Als sie mit Willy zusammen war, hatte sie Philippe längst verlassen.

Philippe bohrte nicht weiter und führte sie ins Wohnzimmer. »Da lebe ich jetzt, seit dreiundzwanzig Jahren, nachdem ich das Haus habe mieten können.«

»Wegen nostalgischer Gründe?« Es erschien ihr suspekt. Und an solche Zufälle wollte sie nicht glauben. Philippe Roduit, ihre Jugendliebe, hatte sich in ihrem ehemaligen Elternhaus breitgemacht. Es fühlte sich fast ein wenig gruselig an.

»So könnte man es auch nennen. Wenn ich die Frau meines Lebens nicht bekomme, so doch deren einstiges Haus.«

Also doch. »Du veralberst mich. Du bist verheiratet.« Schneller als geahnt kam ein Urvertrauen zurück. In den Mann, dem sie in ihrer Jugend fast alles anvertraut hatte. Auch etwas Fremdes schwang mit. Valérie kämpfte innerlich gegen diesen Zwiespalt.

»Ich *war* verheiratet. Ich habe zwei Kinder. Aber die Ehe hielt nicht lange. Ich bin seit zehn Jahren geschieden, was in Fully ziemlich zu reden gegeben hat. Trotzdem bin ich hiergeblieben. Meine Töchter, inzwischen zwanzig und zweiundzwanzig, leben in Frankreich. Sporadisch kommen sie mich besuchen. Aber nun zu dir. Schön, bist du da, Valérie.« Philippe blieb vor ihr stehen.

Sie hätte bloß die Hände nach ihm ausstrecken mögen, sie war sich sicher, er hätte sie nicht zurückgewiesen. Seine dunklen Augen waren von einer Sehnsucht erfüllt, dass es Valérie fröstelte. Wie es sich wohl anfühlte, in seine Arme zu sinken und in ihre Jugend zurückzukehren? In jene Zeit, in der Valérie, trotz erster Anzeichen von Missbrauch vonseiten ihres Vaters, glücklich und unbeschwert in Philippes Gegenwart hatte sein können.

»Du hast mich Hals über Kopf verlassen. Ich weiß bis heute nicht, warum. Ich habe nach dir gesucht. Aber ich fand dich nicht, weder in den sozialen Medien noch im Telefonbuch. Du bist sang-, klang- und spurlos verschwunden.«

»Du hast nie geahnt, was der Grund dafür hätte sein können, weshalb ich weggezogen bin?« Valérie wandte sich von ihm ab.

»Ich fand es sonderbar. Kein Wort, nichts. Ich fühlte mich schuldig, dachte, es sei meinetwegen. Viele Jahre hatte ich mich immer wieder gefragt. Selbst als ich heiratete und die Kinder kamen, gingst du mir nie ganz aus dem Kopf … bis ich den Grund fand. Heute verstehe ich vieles, wünschte mir aber, du hättest mir die Wahrheit anvertraut.«

»Welche Wahrheit?« Valérie fuhr es eiskalt über den Rücken. Ja, sie hatte vieles verdrängt. Das Vergessen-Wollen war wie ein Schutzschild. Aber da existierte etwas, an dem sie noch immer litt. Es lauerte in ihr, und manchmal machte es sich bemerkbar, in anderer Gestalt.

»Die Wahrheit über deinen Vater.«

Valérie schloss die Augen, versuchte den Kloß im Hals wegzuhusten, doch dieser bewegte sich keinen Zentimeter. »Wo hast du den Grund gefunden?«

»Vielleicht war es Glück. Glück für mich, damit ich es verstehen konnte. Nur fragte ich mich, warum hast du nichts gesagt? Nach dem Tod deiner Eltern wechselte das Haus mehrmals die Besitzer. Viel wurde nie investiert. Offenbar rechnete man damit, es eines Tages abzureißen und ebenso ein modernes Einfamilienhaus zu bauen, wie es sie rechts und links gibt. Später hieß es, das Haus stehe unter Denkmalschutz. Ich konnte es günstig mieten, weil ich versprach, ›La Petite Forêt‹ einer sanften Renovation zu unterziehen. Ich habe dort renoviert, wo es vonnöten war. Ich habe morsche Balken ausgewechselt, die Wände gestrichen und die Fenster abgedichtet, neue Ziegel verlegt und den Garten wieder in ein Bijou verwandelt. Im Sommer blühen hier die schönsten Blumen.«

»Das ist dir gelungen. Sind die Zimmer oben im Grundriss gleich wie früher?« Etwas musste sie fragen, um von all dem abzulenken, was sie noch immer quälte – die Beziehung zu ihrem Vater.

»Wenn du willst, zeige ich dir das ganze Haus.« Philippe verschwand in der Küche und wollte Kaffee holen.

Valérie ging ihm nach. Sogar der Kochherd war der alte geblieben, aufgerüstet mit neuer Technologie. Trotzdem blieb ein mulmiges Gefühl zurück. Die Küche war ebenso Tatort gewesen wie die Zimmer oben. Vor dreißig Jahren. Und sie ahnte, dass sie sich dieser Vergangenheit stellen musste, wollte sie endlich zur Ruhe kommen. »Du sagst, du hast etwas gefunden?«

»Ich glaube, der- oder diejenige, die es versteckt hatte, wollte nicht, dass man es findet.« Philippe wich ihr aus.

»Du spannst mich auf die Folter.« Valérie begab sich wieder ins Wohnzimmer. Die Küche war mit einer traurigen Vergangenheit belastet, die auch mit modernen Gerätschaften und hellen Farben nichts von ihrem Schrecken verlor.

Philippe brachte zwei Tassen heißen Kaffee und stellte diese auf den Tisch. »Rahm und Zucker, wie früher?«

»Gern.« Valérie setzte sich. »Es gibt Gewohnheiten, die legt man nicht so schnell ab.« Was mochte Philippe gefunden haben, was er ihr vorenthielt? Von dem selbst Valérie keine Kenntnis hatte, dass es existierte? Würde der Fund endlich Licht in ihre dunkle Vergangenheit bringen? Oder sie verfremden?

Philippe öffnete den Wohnzimmerschrank. Dieser war übervoll mit Geschirr und Gläsern, was Valérie ihm niemals zugetraut hätte. Es schien, als hätte der puristische junge Mann von früher eine Sammelleidenschaft entdeckt, was ihr im Wohnzimmer schon aufgefallen war. Ob er Erinnerungen sammelte? Er holte eine Kartonschachtel vom untersten Tablar. »Eigentlich wollte ich derlei Dinge schon längst entsorgen. Monsieur Roduit, habe ich mir gesagt, das geht dich alles nichts an. Aber«, er hielt inne, überlegte und sagte: »Du warst ein Teil von mir. Wir hatten uns ewige Treue geschworen, oben am Lac Supérieur. Wir wollten heiraten, Kinder kriegen. Vielleicht wolltest du keinen Schreiner … Ich habe eine Schreinerlehre nachgeholt. Vom Weinbau allein konnte ich nicht leben.«

Valérie erschrak wegen seiner Worte. Meinte er es ernst? »Was befindet sich in diesem Karton?«

»Wir können es zusammen anschauen, oder ich gebe dir alles mit, damit du es in Ruhe durchsehen kannst.« Wenigstens war er fair.

»Würde es mein Leben auf den Kopf stellen, wenn ich erfahre, was in der Kiste ist?«

»Das überlasse ich dir.«

»Kennst du den Inhalt?«

»Es liegt in der Natur des Neugierigen.« Wieder wich er aus. »Was fehlte, habe ich ergänzt.«

Er sprach in Rätseln. Aber entgegen Valéries Befürchtungen hielt sich Philippe zurück.

Er trank einen Schluck Kaffee und rümpfte die Nase. »Wein würde besser passen. Erinnerst du dich an die Weinlese im Herbst, bevor du weggingst? Zwei Wochen lang lasen wir von morgens bis abends Trauben. In den letzten Tagen gingen wir nur noch gebeugt, saßen auf den Kisten, so fertig waren wir, und unsere Rücken schmerzten. Einmal hattest du von purem Sulfit im Keller so viel eingeatmet, dass es dir die Luft abstellte. Erinnerst du dich? Ein Winzer hat dir die Flasche unter die Nase gehalten.« Er lachte. »*Mon Dieu*, was waren wir unbeschwert. Dann der Kleine der Familie Carron. Er zerschlug ein hart gesottenes Ei auf deinem Kopf. Da erlebte ich dich zum ersten Mal richtig zornig. Wenn ich nicht dazwischengegangen wäre, hättest du dem Dreikäsehoch den Hals umgedreht.« Philippe seufzte. »Aus uns hätte noch etwas werden können.«

»Ich bin Polizistin geworden.« Valérie versuchte, emotionslos zu bleiben. Philippe war Geschichte. Seit sie vor seiner Haustür gestrandet war, wusste sie es. Die unterschwellige Sehnsucht nach ihrem Naturburschen hatte der Realität Platz gemacht. Ihr Jugendfreund hatte einen Rucksack zu tragen wie sie selbst. Nur war jeder mit anderen Dingen beladen, die heute nicht mehr zusammenpassten. Trotzdem war es schön, mit Philippe über ihre gemeinsame Zeit zu schwatzen. Er öffnete wider ihre Bedenken, dass sie noch fahren müsse, eine Flasche Gewürztraminer aus dem Cave du Chavalard. »Ein seltener Wein aus dem Wallis«, sagte er stolz. »Da hatte ich auch schon die Hände drin.« Während einer Stunde schwelgten sie weiter, besannen sich zurück in ihre Zeit der Zärtlichkeit, ohne das Recht daraus zu nehmen, sich körperlich wieder zu nähern. Es war okay, wie es war. Selbst die Jahre danach fanden Platz in ihren Erzählungen, obwohl Valérie die Ehe mit Willy nur am Rand erwähnte. Eine herzliche Freundschaft begann sich zu entwickeln, was mit Philippes Vorschlag endete, Valérie und ihr Lebenspartner sollten ihn im nächsten Frühling besuchen. »Ich wette, dein Emilio hat noch nie gesehen, wie schnell die Spargeln wachsen.«

»Ich sollte endlich fahren.« Valérie spürte, wie ihr der Wein zusetzte. Oder guttat. Alles fühlte sich leicht und beschwingt an. Alles war ihr egal.

»Ich kann dich jetzt nicht fahren lassen.« Philippe hatte in der Zwischenzeit eine weitere Weinflasche geöffnet. Diesmal einen Moscato. Fruchtig, blumig und perlend auf der Zunge.

Valérie konnte nicht widerstehen. In Philippes Gegenwart vergaß sie sogar den wahren Grund, weshalb sie im Unterwallis war. »Kann ich bei dir schlafen?«

Er verzog den Mund zu einem schelmischen Lächeln. »Selbstverständlich. In *deinem* Zimmer, wenn du möchtest, aber«, er sah auf seine Armbanduhr, »es ist noch früh.«

***

Vor den Fenstern braute sich ein Sturm zusammen. Graue Wolken jagten über den Himmel, und gegen die Scheiben klatschten schwere Regentropfen. Draußen herrschte Weltuntergangsstimmung, während es sich drinnen genauso anfühlte.

Tomaso stand bereits zum wiederholten Mal in der Wohnung des Ehepaares Thüring. Es wollte fast stündlich Rapport darüber, was im Zusammenhang mit dem Verschwinden seines Sohnes getan wurde.

Melina Thüring war seit seinem Eintreffen nicht zur Ruhe gekommen. »Tun Sie etwas! Um Gottes willen, tun Sie etwas.« Wie ein verletztes Tier durchquerte sie das Wohnzimmer, als hätte sie allein mit ihrem verstörenden Verhalten etwas an der Situation ändern können.

Tomaso suchte verzweifelt nach einer Möglichkeit, die hysterische Frau abzulenken. »Darf ich mir das Zimmer Ihres Sohnes ansehen?«

»Gehen Sie nach unten«, nahm Thüring seiner Frau die Antwort ab. »Leon hat sich den Keller für sich eingerichtet. Schauen Sie sich um. Vielleicht finden Sie etwas, was uns bislang nicht aufgefallen ist.« Aus seiner Stimme klang der blanke Hohn. »Anzeichen auf eine Entführung zum Beispiel.«

»Gab es eine Geldforderung?« Tomaso fragte es nicht zum ersten Mal.

»Bei uns gibt es wenig zu holen«, bemerkte Thüring. Immerhin gab es einen Unterschied zum letzten Mal. Damals war *nichts* zu holen gewesen.

Tomaso ging auf Thürings Geheiß ins Entrée und stieg von dort aus eine Treppe hinunter. Geradeaus befand sich ein Vorratsraum, links die Waschküche und rechts eine geschlossene Tür, an der ein gelbes Schild mit roter Schrift hing: »Vorsicht! Betreten auf eigene Gefahr«. Tomaso drückte die Klinke hinunter. Ihn streifte kurz der Gedanke, dass ihm gleich alles um die Ohren fliegen könnte. Die Nerven, dachte er, waren auch schon stärker. Die Tür gab nach. Er landete in einem dunklen Raum, in dem die einzige Lichtquelle eine violette Lampe war, deren Licht die weißen Gegenstände zum Fluoreszieren brachte. Es brauchte eine Weile, bis sich seine Augen an die diffuse Stimmung gewöhnt hatten. Nach einem Lichtschalter suchte er vergeblich. Hinter sich hörte er Thüring jammern.

»Seine Art zu wohnen ist das Einzige, was ich unserem Sohn ankreide. Oben hätte er ein heimeliges Zimmer, aber nein, er wollte unbedingt diese Discohöhle. Wir lassen ihn gewähren. Hier fühlt er sich offensichtlich wohl. Wir haben Erfahrung mit pubertierenden Jugendlichen. Der ›Sternenhimmel‹ war voll davon.« Thüring verwies auf das Kinderheim im Wägital.

»Gibt es hier irgendwo eine normale Lampe?«

Thüring drückte einen Schalter. Der Raum wurde augenblicklich von grellem Neon geflutet. Erst jetzt wurde das Ausmaß des Zimmers ersichtlich. Einzig ein hoch angesetztes Fenster erinnerte an einen Keller. Ansonsten waren die Wände weiß gestrichen und mit phantasievollen Zeichnungen bestückt. Bilder von Julien Bam und Shirin David erzählten ein wenig über die Vorlieben des Dreizehnjährigen für Webvideos und Rap.

Anhand der chaotischen Einrichtung vermochte Tomaso keine Schlüsse über den Charakter des Jungen zu ziehen. Was er hier sah, war der normale Wahnsinn eines Jugendlichen auf der Suche nach dem Sinn des Lebens. Von zu vielen Stilrichtungen und Möchtegernprominenten beeinflusst, musste Leon in seinem selbst produzierten Universum rotieren. Was versteckte sich hinter dem Jungen? Was war der Grund, weshalb man ihn entführt haben konnte? War er nicht einfach verschwunden? Genauso, wie viele Jungs in seinem Alter es taten? Die Decke musste ihm auf den Kopf gefallen sein. Melina Thürings Art war gewöhnungsbedürftig. Gut möglich, war es ihrem Sohn zu anstrengend geworden. Weggehen und wiederkommen, um zu sehen, was das aus seinen Eltern machte?

Tomaso zeigte auf einen Überseekoffer. »Darf ich?«

»Bitte, aber ich wüsste nicht, was Sie dort finden sollten, was wir nicht schon gesehen haben.«

Tomaso hob den Deckel an. Er traf auf ein Sammelsurium verschiedenster Batman-Figuren. »Sammelt Ihr Sohn Comicfiguren?«

»Das war eine seiner Phasen. Wenn Sie weitersuchen, finden Sie Spiderman, Iron Man und Archie. Er hat sie alle gesammelt. Heute ist er Gott sei Dank darüber hinweg. Tun das nicht alle Kinder? Seiner Intelligenz auf jeden Fall hat es nicht geschadet. Unser Sohn ist speziell ... einmalig. Wir haben ihn immer akzeptiert. Darum verstehe ich nicht, weshalb er uns einfach hätte verlassen sollen. Er wurde entführt oder ist einem Verbrechen zum Opfer gefallen.«

***

Philippe stieß die Tür auf, und Valérie taumelte ins Zimmer. Nüchtern hätte sie es wohl nicht geschafft, nur einen Fuß über die Schwelle zu setzen. Der Wein hatte ihre Sinne wohlig umnebelt. Mit Philippe erreichte ihr Körper den Punkt, um den ihre Vorstellungen lange Zeit nur als Möglichkeit gekreist hatten. Sie wollte ihn küssen. Aber Philippe berührte sie nicht. Und sie erschrak ob ihrer Gedanken.

Vier auf vier Meter Raum unter dem Schrägdach. Genug für ein schmales Bett, einen Schrank, eine Kommode und einen Sessel. Valérie schwankte zum Fenster, wo früher ihr Pult gestanden hatte, eigentlich ein alter Sekretär, auf dem Flohmarkt günstig erworben. Der Blick ins Grüne hatte sie beruhigt, wenn sie an ihren Hausaufgaben gesessen und am Bleistift gekaut hatte. Das Pult war weg, die Sicht auf die Rebberge einer dunklen Wand gewichen. »La Petite Forêt« hatte unmittelbare Nachbarn bekommen. Auch sonst sah ihr ehemaliges Zimmer anders aus. Es beruhigte sie. Valérie hätte es nicht ertragen, wäre es anders gewesen. Es hätte ihr sogar Angst gemacht. Philippe hatte sie über die Jahre nicht vergessen, es jedoch vermieden, krankhaft an ihren Sachen festzuhalten. Valérie erinnerte sich, bei ihrem Auszug nichts mitgenommen zu haben. Was mit dem Hausrat ihrer Eltern geschehen war, wusste sie nicht. Möglicherweise hatte Willy ihn veräußert. Für ihn war nur Bares Wahres.

Philippe stellte den Karton in die Mitte des Zimmers. Es

fühlte sich wie ein Ritual an. Heute Abend wollte sie das Geheimnis um ihre Vergangenheit lüften und ihm die Stirn bieten. Im Beisein von Philippe. Sie war es ihm schuldig.

Vergessen war ihr Fall, die Informationen, welche es noch abzuklären galt, ihr Team in Biberbrugg, Louis und Emilio. Sie hatte Zanetti nicht angerufen, auf eine Nachricht von ihm bloß mit zwei Sätzen reagiert, er solle sich gedulden und dass sie ihn liebe. Mit Letzterem hoffte sie, er würde nicht unnötig nach dem Grund ihres verlängerten Aufenthalts fragen. Andererseits hatte er sie über die jüngste Tat auch nicht aufgeklärt.

Das hier gehörte ihr allein.

Es war ihre Geschichte, ihre Vergangenheit, ihr Schicksal. Ein Teil von ihr, der sie zu dem gemacht hatte, was sie heute war. Trotzdem musste sie hart mit sich ins Gericht gehen. Um zu erfahren, wie ihre Zukunft sein würde, die Beziehung zu Zanetti, Luft nach oben. Um frei zu sein in ihrem Geist, musste sie zuerst herausfinden, was in der Vergangenheit tatsächlich geschehen war. Verdrängen half nicht, es behinderte sie in ihrer seelischen Entwicklung.

Philippe ließ sich neben ihr auf dem Boden nieder, auf dem kuschelig weichen Teppich, den wohl eine seiner Töchter ausgesucht hatte, rosa mit lila Wolken. Eine Ironie, denn das, was vor ihr lag, war alles andere als pastellig. Valérie hob mit rasendem Puls den Deckel an. Es fühlte sich an, als ginge sie zum Schafott, als würde sie mit dieser Handlung ihr eigenes Todesurteil fällen. Sie schlug den Deckel zu. »Ich kann das nicht.«

»Es wird dich nicht anspringen.« Philippe strich ihr eine Haarsträhne aus dem Gesicht, eine Geste, die er früher oft gemacht hatte. »Es sind Zeitungsartikel, welche ich in den letzten Jahren gesammelt habe, der Unfall auf der Strecke Fully–Martigny, die Unfallbilder, die Schuldfrage, der Prozess … alles, was du wahrscheinlich verdrängt hast.«

»Welcher Prozess?«

»Ach.« Philippe sah sie überrascht an. »Von dem weißt du nichts? Ein Garagist aus Saxon wurde wegen fahrlässiger Tötung angeklagt. Zeugen wollen gesehen haben, wie er deine Eltern von der Straße abgedrängt hatte.«

»Dann war es gar kein erweiterter Suizid?« Valérie hörte dies zum ersten Mal. Damals hatte sie aufgehört zu existieren. Mit dem Wegzug aus Fully hatte sie die Valérie Bender, die sie gewesen war, vergraben.

»Du musst da jetzt durch, hast du selbst gesagt.« Philippe griff nach der Weinflasche, die er auf den Boden gestellt hatte. »Komm, trink! Der Wein wird deine Furcht beseitigen.«

Valérie setzte die Flasche an den Mund. Etwas in ihr sagte ihr, sie solle bei Verstand bleiben, das andere, sie solle sich gehen lassen. Sie ließ den Wein über die Kehle rinnen, spürte im Körper die Wärme, die sich unmittelbar einstellte.

»Ich bin bereit.« Sie hob den Deckel erneut an. Diesmal legte sie ihn zur Seite. Wie Philippe erwähnt hatte, fand sie sorgfältig gebündelte Dokumente, Fotos, Zeitungsausschnitte. Sie waren beschriftet und mit Datum versehen.

Sommer 1993. Das Jahr, als Valérie Fully hinter sich gelassen hatte, das Jahr, in welchem ihre Eltern tödlich verunfallt waren. Und ihr eigener Vater sie vergewaltigt hatte. Eine Chronologie des Horrors in umgekehrter Reihenfolge.

Valérie griff hinein, mit zitternden Händen. Sie holte einen Bund Fotos daraus hervor, blätterte sie durch. Zum Teil verblasst, präsentierten sich ihr die Erinnerungen. Sie mit Philippe. Die Wanderung über den Creux de Branson, in der Nacht vor der Katastrophe. Der steile Aufstieg bei Vollmond. Die Übernachtung im Massenlager. Philippe mit Hut. Der See ganz hinten. Lac Supérieur, eingebettet zwischen dem Grand Chavalard und dem Col des Martinets. Philippe und Valérie eng umschlungen an den Gestaden. Aufgenommen mit dem Selbstauslöser. Ihre Küsse, das gegenseitige Ausziehen – die Bilder liefen in ihrem Kopf weiter, ein Weiterspinnen ihrer Gedanken. Ihre Vereinigung, das Versprechen.

»Da waren wir glücklich.«

Meinte es Valérie nur, oder hatte Philippe Tränen in den

Augen? Sie täuschte sich nicht. »Hör auf, sonst fange ich auch gleich an zu heulen.« Sie fuhr sich übers Gesicht, während ihre Augen brannten. Fasste sich wieder, holte neues Material aus der Kiste. Polizeiberichte, Rapporte. »Wie bist du an diese gekommen?«

»Die sind von Gabrielle.«

»Gabrielle. *Die* Gabrielle?« Valérie sah ein blondes Mädchen vor sich, unscheinbar, zart. Sie hatte in der gleichen Straße gewohnt wie Philippe, nachdem er von Saxon nach Fully gezogen war. Rue du Stade. *Rue vingt-deux*, wie Philippe die Straße nannte.

»Bei ihr fand ich Trost, als du weg warst. Gemeinsam erforschten wir den Unfall, suchten alles heraus, was sich zuvor abgespielt hatte.«

»Wie seid ihr an die Unterlagen gekommen?« Valérie war auf einmal wieder nüchtern, verstand nicht ganz, was hier geschah. Warum hatte Philippe alles gesammelt?

»Gabrielle arbeitete bei der Polizei. Sie wurde zu meiner Quelle, später zu meiner Frau. Die Ehe funktionierte nicht, stand unter einem schlechten Stern. Gabrielle musste gespürt haben, wie nahe ich dir war …«

»Philippe, bist du dir bewusst, was du sagst?« Unheimlich war das.

Er ging nicht darauf ein. »Deine *Maman* hat deinen Vater angezeigt, als du fünfzehn warst. Hier, das ist der Beweis. Gabrielle konnte alles beschaffen. Sie kannte den damaligen Richter sehr gut, überlistete ihn, indem sie ihm vorgaukelte, ein Buch zu schreiben … über den Fall Bender. Nach dem Tod deiner Eltern stand ihr nichts im Weg. Wir hatten es uns beide zur Aufgabe gemacht, die Wahrheit herauszufinden.«

»Welche Wahrheit?« Valérie war perplex. Das durfte alles nicht wahr sein. »Und von welcher Anzeige sprichst du?«

»Die Anzeige wegen der Missbräuche.«

Valérie schloss die Augen. Hinter ihren Lidern formten sich die verschwommenen Bilder zu gestochen scharfen. Die Vergewaltigung im Sommer 1993 war der Zenit aller Gewalttaten gewesen. Was mit flüchtigen Berührungen und Einladungen ins Elternbett, wenn *Maman* nicht da gewesen war, begonnen hatte, fand den schrecklichen Höhepunkt in der Penetration durch ihren eigenen Vater. Brutal und besinnungslos. Nachdem er erfahren hatte, dass sie mit Philippe zusammen war, hatte er durchgedreht.

Sie hatten an diesem Tag nach Martigny fahren wollen, zu einem Mediator, der die Ehe hätte kitten sollen. Daran erinnerte sich Valérie vage. *Maman* hatte so getan, als wüsste sie von nichts. Weil sie Angst vor *Père* hatte? Auf dem Weg dorthin musste es zwischen *Maman* und ihm zu einem heftigen Streit gekommen sein. Valérie sah sich die Unfallbilder zum ersten Mal an. Mit den Augen einer Außenstehenden. Der grüne Renault, wie er sich buchstäblich um einen Baumstamm geklammert hatte, zur Hälfte ausgebrannt. Gemäß kriminaltechnischen Abklärungen musste das Tempo hundert Stundenkilometer überschritten haben. *Maman* war sofort gestorben, Vater auf dem Weg ins Spital.

»Sie wollte dich vor ihm beschützen«, sagte Philippe in die unheimliche Stille hinein. »Unter dem Vorwand, einen Mediator aufzusuchen, hatte sie vor, deinen Vater der Polizei auszuliefern.«

»Woher hast du das?«

»Befindet sich alles in den Unterlagen.«

»Das ist noch nicht alles, oder?« Valérie befürchtete, Philippe enthielt ihr das Wichtigste vor.

»Nein.«

»Was noch?« Valérie fieberte ihm entgegen.

»Ich habe das Tagebuch deiner Mutter gefunden.«

ACHT

Valérie war die Nacht durchgefahren. Jetzt stand sie vor dem Gebäude des SSB, das um die Zeit im Dunkeln lag. Es war erst halb fünf. Sie verließ ihren Wagen. Die Kälte schlug ihr wie eine Faust ins Gesicht. Sie rieb die Hände aneinander, hielt sie vor den Mund, hauchte hinein und beeilte sich, um zum Eingang zu gelangen. Sie schloss die Tür auf, ging ins Innere. Beim Empfang saß der Wachmann, lesend im schummrigen Licht. Er sah kurz auf, lächelte, als er sie erkannte, und grüßte sie. Er war es gewohnt, dass die Polizisten zu den ungewöhnlichsten Zeiten hier aufkreuzten.

In ihrem Büro bereitete sich Valérie einen doppelten Espresso zu. Die Müdigkeit stellte sich erst jetzt ein. Während der Fahrt war sie hellwach gewesen. Sie hatte Zanetti angerufen und ihm auf Band eine Nachricht hinterlassen, froh darüber, hatte er nicht abgenommen. Um ihr unmögliches Verhalten ihm gegenüber zu erklären, bedurfte es ein Gespräch face to face. Die Aufarbeitung ihrer Vergangenheit in Fully war zu viel gewesen. In so kurzer Zeit mit den Ereignissen dieses tragischen Sommers konfrontiert zu werden musste sie zuerst verdauen. Trotz der Tränen oder gerade deshalb hatte sich ein Druck in ihr ein wenig gelöst. Philippe hatte ihr dabei geholfen, Vaters Taten zu thematisieren und sie aus einem neutralen Blickwinkel zu betrachten, ohne seine Handlungen zu bagatellisieren. Er hatte sie gebeten zu verzeihen, nur so könne sie zu innerem Frieden kommen. Philippe. Sie liebte ihn noch immer, anders und nicht körperlich.

Maman hatte ihr ein Vermächtnis hinterlassen, in Form eines Tagebuchs. Dieses lag im Koffer, zusammen mit dem Karton, und würde darauf warten müssen, bis Valérie es aufschlug. Sie musste einen Fall lösen, da hatten private Belange keinen Platz.

Sie setzte sich mit der Kaffeetasse ans Pult. Louis hatte die

Rapporte der letzten zwei Tage ausgedruckt und in ihr Postfach gelegt. Das schätzte sie an ihm. Die Übermittlungen via Mail minimierten zwar den Papierstapel, gleichzeitig wusste Louis, dass sie es vorzog, die Dinge physisch zu haben. Er hatte sie auch gebeten, die Sitzung um acht Uhr zu leiten, da er annahm, sie sei dann längst zurück. Ausgeschlafen und satt vom Frühstück. Was für ein Trugschluss.

Valérie hatte Elodie Grange nicht persönlich sprechen können, und der Verdacht, dass sie wegen ihres Untertauchens tatsächlich etwas mit den Morden in der March zu tun haben könnte, erhärtete sich wieder. Was Valérie allerdings nicht in den Kopf ging, war ihr Alter. Ihre Vorstellungskraft reichte nicht so weit, der von Drogen gebeutelten Elodie eine solch bestialische Tat zuzutrauen. Andererseits hatten auch schon Morde zu diskutieren gegeben, die Kinder verübt hatten. Was war das für eine Welt, in der sie lebte? Die erfüllt war von Hass, Missgunst und Gewalt? In der ein Menschenleben genauso viel wert war wie das Leben einer Kellerassel? Wenn sie störte oder man sich vor ihr ekelte, konnte man sie mit dem Schuh zerdrücken. Neid war eine treibende Kraft. Die unzähligen Social-Media-Plattformen schürten ihn. Wer mit seinen großartigen Eigenschaften bluffte, stellte schnell jemanden in den Schatten, dem weniger Mittel zur Verfügung standen, sich ins beste Licht zu rücken. Narzissten gab es überall, was sie anstellten, tat der Gesellschaft nicht gut. Sie erzeugten Neider.

Valérie griff nach dem Foto, welches neben den Akten lag. Eine Luxusyacht vor der Skyline von Portofino, dem malerischen Fischerdorf an der Küste des Ligurischen Meeres. Der Vermerk, es handle sich dabei um die vier getöteten Männer, ließ das Adrenalin durch ihre Blutbahnen schießen. Bekamen der Palstek und die Leckpfropfen endlich eine Bedeutung? Valérie wendete das Bild. Scharfe Augen hätten das mit Bleistift geschriebene Datum wohl entziffern können. Ihr blieb nichts anderes übrig, als zu raten. Sie schwankte zwischen 2003, 2005 und 2008. Im März musste es gewesen sein, oder Mai. Auch das war unleserlich. Würde sie anhand dieser ungenauen Angaben weitere Schritte in diese Richtung unternehmen können? Das Quartett war erpicht darauf gewesen, sich im Internet zu präsentieren. LinkedIn existierte seit 2002, Facebook seit 2004 und YouTube seit 2005. Valérie überlegte, die Überprüfung dieser Kanäle zu delegieren. Es würde zu viel Zeit in Anspruch nehmen. Sie wollte auf die Teamsitzung vorbereitet sein, mit den wichtigen Dingen, vor allem mit den Informationen aus dem Unterwallis. In ihrem Kopf machte sich ein stechender Schmerz bemerkbar. Sie ignorierte ihn und besah sich weitere Protokolle. Der toten Gynäkologin in Lachen hatte sie bislang wenig Aufmerksamkeit geschenkt. Dass auch dieser Fall in ihrem Team gelandet war, verdankte sie Caminada. Er hatte durchblicken lassen, dass sämtliche Abteilungen im Moment mit Arbeit überlastet seien. Valérie seufzte. Klar, sie musste vier Morde aufklären, warum nicht noch einen fünften?

Irgendwann wurde sie von ihrer Müdigkeit übermannt, sodass sie sich in eine bequemere Position auf ihrem Bürostuhl setzte. Die Akte »Tobler« schob sie zur Seite. Sie nahm den PC in Betrieb und checkte die Mails. Die Buchstaben vor ihren Augen fingen zu tanzen an, und als der Bildschirm verschwamm, wehrte sich Valérie nicht mehr gegen den Schlaf.

Sie erwachte, als jemand an die Tür klopfte. Draußen wurde es langsam hell. Ein Blick auf ihre Armbanduhr ließ sie erschrocken zusammenzucken. In einer halben Stunde musste sie für die Teambesprechung bereit sein.

»Herein.« Ihre Stimme krächzte.

Louis stand plötzlich da. Über ihre Anwesenheit schien er sich zu freuen. »Hast du *hier* geschlafen?«

Valérie gab zu, frühmorgens eingetroffen zu sein. Über die Beweggründe hielt sie sich bedeckt. Sie würde noch genügend Gelegenheit bekommen, über das Unangenehme zu sprechen, wenn Zanetti sie ausfragte.

»Hast du das Foto gesehen?« Louis zeigte auf das Pult.

»Endlich eine Verbindung zu den seemännischen Requisiten.«

»Auf dem Weg hierher hatte ich Markus Mettler am Draht. Er und seine Frau sind gestern spät aus Japan zurückgekehrt. Ich habe sie vorgeladen.«

»Hatten sie Kenntnis vom Tod ihres Sohnes?«

»Sie haben es erst erfahren. Mettler wirkte dennoch gefasst. Er äußerte den Wunsch, seinen Sohn noch einmal zu sehen.«

»Das besprechen wir, wenn er hier ist.« Valérie erhob sich. »Ich muss mich etwas erfrischen. Sehen wir uns im Sitzungszimmer?«

Louis rückte zur Seite. »Ja, klar doch … übrigens, es ist schön, bist du wieder da.«

***

Gian Luca Caminada hatte sich vorgenommen, Valéries Teamsitzung beizuwohnen. Cavadini ließ ihn seit gestern Nachmittag nicht zur Ruhe kommen. Er ging sogar davon aus, dass die drei Vermisstenfälle etwas mit dem Fall aus der Abteilung »Leib und Leben« zu tun haben könnten. Auf die Frage, weshalb er auf diese Idee gekommen sei, hatte er keine konkrete Antwort geben können, und dass sich der Fahnder auf sein Bauchgefühl verließ, vermochte Caminada nicht zu glauben. Er kannte Cavadini als Mann, der sich an Tatsachen hielt. Möglicherweise wollte er bloß Unterstützung auf der Suche nach den Verschwundenen. Aber solange man nicht von einem Gewaltdelikt ausgehen konnte, waren auch Caminada die Hände gebunden. Noch blieb ihm eine halbe Stunde bis zum Beginn der Besprechung. Er breitete Cavadinis Unterlagen vor sich aus und sah sie sich näher an.

Scarlett Bruhin, geboren am 16. Dezember 2005. Tochter der Priska und des Klaus Bruhin. In knapp einem Monat wurde sie achtzehn. Fast volljährig, aber rechtlich gesehen noch immer unter der Obhut der Eltern. Die Mutter lebte in Innerthal, der

Vater in Kölliken, im Aargau, deren Sohn Paul hauptsächlich bei der Mutter. Den Dokumenten lag ein Passfoto bei. Ein bildschönes Mädchen mit ausdrucksstarken dunklen Augen. Das schmale Gesicht wurde von schwarzen Locken umgeben. Caminada erinnerte sich an die achtziger Jahre, als Dauerwellen Mode gewesen waren. Eine junge Frau, die aus dem Rahmen fiel, die anders sein wollte als ihre Kolleginnen, so kam es ihm vor. Eine Rebellin oder jemand, der in Mutters Jugend schwelgte. Um ihr eine Freude zu machen? Wohl eher, um sie zu provozieren. Es konnte alles sein. Das Signalement wollte nicht zum Foto passen. Einen Meter siebzig groß, fünfundfünfzig Kilogramm schwer. Weitere Angaben fehlten.

Er widmete sich Lisette Britschgi. Von ihr gab es bloß ein Foto, auf dem sie sich mit einer älteren Frau zeigte, als Sommer gewesen war. Eine junge und eine alte Frau vor einem grünen Laubbaum. Die Sonne schien, und sie lachten. Lisette trug die Haare kurz. Sie waren blond. Augenfarbe braun, was er dem Vermerk zum Aussehen entnehmen konnte. Ein Meter achtundsechzig, fünfzig Kilogramm schwer. Was fehlte, war das genaue Geburtsdatum. Die Bewohnerin, die Lisette als vermisst gemeldet hatte, wusste es wahrscheinlich nicht, und Eltern existierten nicht wissentlich.

Die Angaben zu Leon Thüring waren exakter. Geboren am 24. Dezember 2009, Sohn des Beda und der Melina Thüring, aufgewachsen in Schübelbach. Die Eltern führten bis vor einem Jahr das Kinderheim »Sternenhimmel« in Vorderthal. Auf dem Ganzkörperbild war ein schmächtiges Bürschchen abgebildet, ein hübscher Junge, der zu seinem Alter passend kindliche Züge aufwies. Mit einer Größe von einem Meter fünfzig befand er sich noch im Wachstum.

Warum wollte Cavadini einen Zusammenhang mit den Morden von Tuggen sehen? Auf das Tötungsdelikt in Bezug auf Dr. Claudia Tobler hingegen ging er nicht ein. Caminada besah sich weitere Fotos. Cavadini war bei der Mettler-Villa gewesen und hatte dort fotografiert. Nicht das Innere des Hauses, sondern die Fassaden, insbesondere die Graffiti, die es auch an den umliegenden Hauswänden gab. Er verglich sie mit den Zeichnungen, die er in Leons Zimmer abgelichtet hatte. Das konnte Zufall sein, aber auf den ersten Blick sah es danach aus, als hätte der Junge seine unverkennbaren Künste auch auf die Außenansicht der zerfallenen Häuser in Tuggen gesprayt. Cavadini hatte nichts ausgelassen, um nach Gemeinsamkeiten zu Valéries Fall zu suchen. Er war offensichtlich am Verzweifeln. Kam dazu, dass er sich mit dem Jungen stärker auseinandersetzte als mit den Mädchen. Ob er unter Druck stand?

Caminada wählte Cavadinis Nummer.

***

Valérie betrat mit zehn Minuten Verspätung den Konferenzraum. Man begrüßte sie lautstark. Die Freude war seh- und spürbar. Eine Wertschätzung, die ihr schmeichelte.

»Ihr hättet wenigstens den roten Teppich ausrollen können«, scherzte sie. Ein wenig Humor musste sein, obwohl ihr nicht danach war. Sie wollte jedoch damit zeigen, dass es trotz der Widrigkeiten auch Platz für Positives gab. Sie legte die ausgedruckten Dokumente auf den Tisch und sah in die Runde. Von Zanetti keine Spur, hingegen waren Caminada und, was sie verwunderte, Cavadini anwesend.

Jemand reichte ihr eine Tasse Kaffee, Fabia den Korb mit dem noch warmen Gebäck. *»Homemade«*, wie sie betonte. Valérie nahm beides dankbar an. Sie trank zwei Schlucke Kaffee und biss in einen Mandelgipfel. »Sorry, das musste jetzt sein.« Sie erzählte von ihrer nächtlichen Fahrt aus dem Wallis und von den zum Teil prekären Straßenverhältnissen. Den Grund, weshalb ihr Aufenthalt in Martigny so lange gedauert hatte, verschwieg sie.

Jedermann aber erwartete ihre Ausführungen.

»Wir stehen zwei verschiedenen Meinungen gegenüber. Erstens haben wir die Ergebnisse aus dem forensischen Labor, dass die DNA am Tatort mit der DNA von Elodie Grange übereinstimmt. Zweitens behauptet der Sergent von Martigny anhand von Aussagen eines Barkeepers, dass Elodie während der Zeit der Morde in Martigny war. Es war nicht möglich, mit ihr zu sprechen. Ihre Eltern sagten, sie sei verschwunden. Die Suche nach ihr blieb erfolglos.« Valérie hoffte, mit diesem Satz von ihrer verspäteten Rückreise abzulenken. Alle mussten denken, sie hätte nach der jungen Frau gesucht.

»Das Mädchen *musste* in der fraglichen Zeit in der Innerschweiz gewesen sein«, brachte Caminada sich ein. »Bevor ich hierherkam, erhielt ich die Resultate aus dem Labor, was den Mord an Dr. Tobler betrifft. Wieder wurde eine DNA sichergestellt. Wieder befand sich diese in der Datenbank. Und wieder handelt es sich um die von Elodie Grange.«

»*What the hell!*« Louis renkte sich kaum mehr ein. »Zweimal ein fehlerhafter Abgleich ist fast nicht möglich.«

»Wir checken gerade die Patientenliste von Dr. Tobler«, sagte Fabia. »Bislang wurde der Name Elodie Grange nicht darauf gefunden. Welche Beziehung hätte sie mit der Ärztin pflegen können?«

Valérie hatte darauf keine Antwort und verwies auf Louis' Rapport. »Hier steht, es gebe die Zeugenaussage einer Frau. Was hat es damit auf sich?«

»Sie hat sich gestern gemeldet«, erwiderte Fabia. »Sie will am Montag, dem 13. November, vor der Arztpraxis von Dr. Tobler einen jungen Mann mit einem Blumenstrauß gesehen haben. Er sei dann ins Haus gegangen.«

»Ja, genau, der Fall Tobler.« Valérie war am Morgen zu müde gewesen, um sich in die Akte zu vertiefen. »Gibt es eine Beschreibung des Mannes?«

»Vage. Die Nachfragen bei den Blumengeschäften im Umkreis von Lachen laufen anhand der Bilder von dem Strauß.«

»Was ist mit diesen Fledermausflügeln? Weiß man da schon Näheres?« Valérie überging die Fotos geflissentlich, auf denen der brutale Mord zu sehen war.

Vischer meldete sich zu Wort. »Fledermäuse im Allgemeinen stehen für Langlebigkeit, Reichtum, Gesundheit, Liebe zum Guten und einen leichten Tod als Abschluss eines reichen Lebens, wobei je nach Religion die Symbolik unterschiedlich interpretiert wird. Bei den Christen waren die Fledermäuse Vögel des Satans, im jüdischen Glauben stehen sie noch immer für Verdorbenheit, und die Chinesen sehen sie als Glücksbringer.«

»Ich will mich nicht zu sehr auf Glaubensrichtungen festlegen.« Valérie fand es eine etwas gewagte Hypothese des Polizeipsychologen. Aber sie wusste, dass Vischer seine Überlegungen gern ins Unermessliche weiterspann. Befasste er sich von Berufes wegen mit der Psychologie, kam immer auch die Liebe zur Philosophie durch, und da bediente er sich gern des Mystischen und des Spirituellen.

»Der leichte Tod dürfte hier auch nicht hinpassen.« Valérie sah widerwillig doch auf die Bilder des Leichnams. Sein Bauch wies einen blutigen Krater auf.

Louis linste zu ihr herüber. »Sie wurde ausgeweidet, im wahrsten Sinn des Wortes.«

Valérie zog die Augenbrauen hoch. Sie machte eine gewichtige Sprechpause und hoffte, Louis verstand ihren Wink.

»Der Uterus ist weg«, sagte er kleinlaut.

»Hat dies eine Bedeutung?« Valérie wandte sich in ihrer Ohnmacht an Vischer.

»Die Gebärmutter, auch Matrix, ist der Ausgangspunkt jedweden Lebens. Sie ist die prägende erste Heimat, der Ursprung allen menschlichen Seins. Vielfach wird sie sowohl wertgeschätzt wie auch verteufelt. Ihre gewaltsame Entfernung ist nicht nur ein Akt beispielloser Scheußlichkeit, sie verbirgt auch die Angst vor der Schöpfung.«

Ein Raunen ging durch den Raum. Fabia kippte die Kinnlade hinunter.

»Im Fall Tobler sehe ich eher einen Racheakt, möchte mich aber nicht darauf verlassen.« Vischer übergab das Wort an Valérie.

»Es gibt da noch etwas, was mir seit gestern auf dem Magen liegt«, sagte sie nach Sekunden des Überlegens. »Elodie ist nicht die leibliche Tochter von Florian und Isabelle Grange.« Valérie erinnerte sich an eine völlig aufgelöste Anwältin, als diese ihr die Geburtsurkunde ihrer Adoptivtochter ausgehändigt hatte. Ausschlaggebend war gewiss der Verdacht der Vierfachtötung gewesen, dass sie damit herausrückte. Sie wollte ihre Hände in Unschuld waschen. Elodie war nicht ihre Tochter, in Isabelles Vergangenheit hatte es keine Mörder gegeben, ihre Gene waren rein. Sie habe es immer gewusst, dass in Elodie der Teufel steckte, eine rote Hexe sei sie.

»Was ändert es?«, fragte Fabia.

»Frau Grange wusste nur, dass Elodie in Lachen zur Welt gekommen ist.«

»Das dürfte schwierig sein, dies zurückzuverfolgen.«

»Das denke ich auch, Gian Luca.« Valérie sah ihren Chef lange an. »Wir sollten trotzdem alle Möglichkeiten in Betracht ziehen.« Dann wandte sie den Blick ab. »Louis und Fabia, darf ich euch die Aufgabe übertragen, das Spital in Lachen aufzusuchen? Anhand des Geburtsdatums des Mädchens werden wir die Mutter sicher im Geburtenregister finden.« Wieder sah sie zu Caminada. »Wir müssen es versuchen.«

»Eine Adoption fällt unter das Gesetz des Datenschutzes, solltest du wissen.« Caminada schenkte ihr ein Lächeln.

»Nicht, wenn wir die Anordnung für eine Überprüfung haben. Ich werde mit Emilio sprechen.« Valérie griff nach der Kaffeetasse, trank sie leer. »Florian und Isabelle Grange hatten ihre Tochter vor bald achtzehn Jahren aus einem Kinderheim geholt, aus einem Heim im Kanton Schwyz.« Sie las den Namen vor: »›Sternenhimmel‹ in Vorderthal. Ende Februar 2006 holten sie das Mädchen dort ab.«

Cavadini verschaffte sich Gehör. »Zu der Zeit, als Beda und Melina Thüring Heimleiter waren. *Das* muss die Verbindung sein.«

»Wer sind Beda und Melina Thüring?« Fabia linste zuerst

zu Cavadini, dann zu Valérie herüber. »Gibt es etwas, das wir wissen müssten?«

»Sie sind die Eltern des dreizehnjährigen Leon. Er wird seit Sonntag vermisst.« Cavadini streckte seinen Rücken, sah Valérie an und erwartete einen Kommentar von ihr.

Valérie überlegte. Waren sie endlich einen Schritt weitergekommen? Das alles wollte noch keine konkreten Formen annehmen. Zufall? Doch daran glaubte sie nicht. Sie fragte sich, warum Cavadini seit den Vermisstenmeldungen von den beiden jungen Frauen so darauf erpicht gewesen war, mit ihr zusammenzuarbeiten. Er hatte sich ihr beinahe aufgedrängt. Etwas Persönliches konnte es nicht sein.

»Leon Thüring zeichnet Comicfiguren«, brachte Cavadini sich erneut ein. »Sein Zimmer ist voll davon. Im gleichen Stil finden sich an den Fassaden des Spukhauses in Tuggen Graffitis, dort, wo man die vier Männer umgebracht hat.«

»Moment«, intervenierte Louis. »Das ist an den Haaren herbeigezogen.«

»Weißt du's, oder rätst du?« Fabia zeigte sich genervt.

Valérie bat um Einhalt. »Bleiben wir besonnen und überlegt. Es bringt nichts, wenn wir den Emotionen freien Lauf lassen. Wir müssen faktenbasiert weitermachen. Und Fakt ist, dass wir die DNA an zwei Tatorten haben, die mit der DNA von Elodie Grange übereinstimmt.«

***

Markus Mettler erinnerte an einen alternden Fitnesstrainer. Braun gebrannt mit engem Shirt, welches eine ausgeprägte Brust- und Armmuskulatur betonte. Er hatte seinen Winterparka ausgezogen, ließ ihn seitlich an sich hinunterbaumeln. Am Hals traten die Adern hervor, als vollbrächte er eine Kraftanstrengung. Keine Frage: Der Mann tat etwas gegen seinen körperlichen Zerfall. Anders Dora Mettler. Sie war das pure Gegenteil. Zart, klein, gertenschlank. Ein ungleiches Paar, das

Louis in seinem Büro in Empfang nahm. Die Leute wirkten gefasst, obwohl die Nachricht um den Tod ihres Sohnes Matthias sie keine vierundzwanzig Stunden vorher ereilt hatte.

»Bitte setzen Sie sich.« Louis wies auf die beiden Stühle vor seinem Pult. »Danke, dass Sie so schnell hierhergekommen sind.« Er wartete, bis das Ehepaar Mettler Platz genommen hatte, und schwang sich dann auf seinen Bürostuhl. »Mein herzliches Beileid.« Er ließ ein paar Wimpernschläge verstreichen, in denen er seinen Computer hochfuhr. Im Augenwinkel bemerkte er, wie Dora Mettler ihre Wangen mit einem Taschentuch abtupfte. Auch wenn die Trauer nicht zu sehen war, Louis spürte sie. Es war dieses Schweigen, beinahe etwas Anklagendes, das sich im Zimmer ausbreitete. »Leider kann ich es nicht vermeiden, Ihnen Fragen zum Tod Ihres Sohnes zu stellen. Je mehr wir über ihn und seine Familie, Freunde und Bekannten erfahren, umso größer ist die Wahrscheinlichkeit, den Täter schnell zu fassen.« Floskeln, dachte Louis, eine Ausrede, um nicht zugeben zu müssen, wie wenig sie wussten.

»Ja genau.« Mettler verschränkte die Arme. »Finden Sie das Schwein.«

Dora Mettler strich ihrem Mann über den Arm, wohl ein Zeichen dafür, dass sie seinen groben Auftritt nicht goutierte.

»Ihnen gehörte die Villa in Tuggen.«

»Was hat die Villa mit dem Tod meines Sohnes zu tun?« Offenbar war die Nachricht, dass man Matthias Mettler im ersten Stock gefunden hatte, noch nicht bis zu seinem Vater durchgedrungen. Anscheinend hatte ihre Schwiegertochter sie nicht eingeweiht.

Louis klärte sie auf.

Mettler ließ seine Schultern hängen. Es war, als fiele sein Körper in sich zusammen. Kurz streifte sein Blick seine Frau. »Dieses Haus hätte man abreißen sollen. Was hatte Matthias dort zu suchen?«

»Bis anhin wissen wir nur, dass dort regelmäßige Treffen zwischen ihm und seinen Freunden stattgefunden haben.«

»Aber das Haus ist doch verkauft. Zuerst diesen Architekten, die es dann an die Gebrüder Kistler verscherbelten, nachdem sie ihren Freizeitpark nicht hatten umsetzen können. Ich habe auch dagegengestimmt.«

Louis tippte Antworten und Bemerkungen in den PC, sofern er sie als relevant betrachtete. »Haben Sie Kenntnis über diese Zusammenkünfte?« Mehr als nötig wollte er nicht schreiben. Er hatte sein Smartphone eingeschaltet, welches das Gespräch aufnahm.

»Matthias traf sich mit seinen Freunden jeweils in Muotathal. Dass er in der Villa verkehrte, ist mir neu.« Mettler drehte sich zu seiner Frau um. »Oder weißt du etwas darüber?«

Dora Mettler schüttelte bloß den Kopf.

»Er pflegte ein Hobby, das ihn in die abenteuerlichsten Höhlen rund um den Globus führte. Manchmal zeigte er uns Bilder von seinen Expeditionen.«

»Ging er segeln?« Louis schob das Bild mit der Segelyacht vor Portofino über das Pult.

»Segeln?« Mettler runzelte die Stirn und betrachtete das Foto. »Das ist Jahre her. Matthias hatte mal so eine Phase, in der er ans Mittelmeer fuhr. Ja, ich erinnere mich. Ein guter Freund von ihm war Skipper auf einer gigantischen Yacht. Wenn das Schiff vor Portofino vor Anker lag und seine Besitzer nicht anwesend waren, veranstaltete er Partys. Diese fanden meistens vor der Saison statt … wahrscheinlich illegal. Sie wissen sicher, wie übermütig junge Leute sein können.«

Ja, wenn das nötige Kleingeld vorhanden ist, dachte Louis. »Können Sie uns etwas über diese Partys sagen?«

»Ich war nicht dabei.« Mettler schien zu überlegen. »Für Matthias war es ein Abenteuer, das er mit seinen Freunden genoss. Soviel ich weiß, war es eine einmalige Sache.«

»Also fuhr er nur einmal zum Segeln?«

»Er fuhr in den Ferien sicher mehrere Male ans Ligurische Meer, mit Freunden respektive mit einer befreundeten Familie … aber diese Sache mit dem Skipper war, glaube ich, einzigartig.«

»Waren Frauen dabei?«

»Ich gehe davon aus.«

»Aber Sie haben keine Ahnung, wer?«

»Nein, tut mir leid. Ist es wichtig?«

»Wichtig für unsere Ermittlungen. Erst wenn wir wissen, wie jemand gelebt hat, erfahren wir, wie er gestorben ist.«

»Ich verstehe. Aber ich hoffe nicht, dass Sie die Lausbubenstreiche unseres Sohnes als Anlass für die Tat sehen.«

Louis kommentierte es nicht. »In welchem Jahr war Ihr Sohn auf dieser Yacht?«

»Keine Ahnung.«

»Das muss im März 2005 gewesen sein«, sagte Dora Mettler wie aus dem Nichts heraus. »Ich hatte doch den Arm im Gips, als Matthias uns darüber berichtete. Oliver hatte einen Bus gemietet, damit sie zusammen fahren konnten. Nebst Matthias und Oliver waren Jan und Nils dabei, Freunde seit ihrer Jugendzeit … und zwei junge Frauen. Ja, ich mag mich erinnern. Sie waren so was von aufgedreht. Es kommt mir vor, als wäre es gestern gewesen.«

»Kennen Sie die Namen dieser Frauen?« Louis spürte ein Kribbeln bis in die Fingerspitzen. Ungeduldig bewegte er sein rechtes Bein auf und ab, als könnte er damit die Befragung beschleunigen. Eine Yacht, Alkohol, Übermut, Frauen. Es ging immer um das Gleiche. Die Party musste ausgeartet sein. Vier junge Typen im Alter zwischen vier- und sechsundzwanzig, ein Skipper unbekannten Jahrgangs, zwei Frauen. Die Männer eindeutig in der Überzahl.

»Die Namen sind mir nicht bekannt«, sagte Mettler anstelle seiner Frau.

»Aber Matthias ging doch damals mit …« Dora Mettler fuhr mit den Händen an ihre Schläfe. »Wie hieß sie schon wieder? Nettes Mädchen. Aber nach der Rückkehr aus Italien war sie plötzlich weg.«

»War sie aus Ihrer Nachbarschaft?«, fragte Louis.

Mettler streckte seinen Rücken. »War sie nicht die Tochter unseres Bäckers?«

»Ein Bekannter von Ihnen?«

»Nicht näher«, sagte Mettler, »aber wir kauften immer bei ihm ein. Bei ihm gab es das beste Brot.«

»Der Name?« Die Ungeduld machte sich erneut bemerkbar. Louis hatte nicht vor, hier Wurzeln zu schlagen.

»Guido Diethelm.«

***

Valérie haderte. Die Erschöpfung war das eine, das Nachlassen ihrer Konzentration das andere. Sie war noch nicht zu Hause gewesen. Der Koffer mit dem Tagebuch lag noch im Auto. Sie fürchtete sich davor, es zu lesen. Der Schlüssel war nicht vorhanden, man musste das Schloss gewaltsam öffnen. Wenigstens war Valérie der Blick ins Buch erspart geblieben, und die Vermutung, Philippe könnte es gelesen haben, war aus der Welt geschafft. Eine Gnadenfrist blieb, und sie würde sich entscheiden, ob ein Lesen sich lohnte oder ob sie damit die Geister aufwecken würde, die sie in die hinterste Ecke ihrer Verdrängungen geschickt hatte. Die Frage schrie ihr geradezu entgegen, warum Philippe so erpicht darauf gewesen war, sie mit den Unfallbildern zu konfrontieren. Aber so berechnend schätzte sie ihn nicht ein. Schließlich hatte *sie* ihn verlassen, ohne eine Nachricht zu hinterlassen. Sie war zu feige gewesen, er hatte Antworten gesucht. Sein legitimes Recht.

Zum wiederholten Mal ließ sie Kaffee aus der Maschine. Vor einer Viertelstunde hatte sie Zanetti am Telefon gehabt. Über Privates hatten sie nicht gesprochen, er wollte es offenbar auf den Abend verschieben. Wortkarg war er gewesen, hatte jedoch durchblicken lassen, er würde die Anordnung für die Dateneinsicht im Spital Lachen übermitteln.

Nach einem heftigen Klopfen trat Louis ins Büro. Gut gelaunt legte er Dokumente vor ihr ab. »Es gibt Licht am Horizont.«

Valérie sah auf ein Klarsichtmäppchen. »Hat das Gespräch mit Herrn und Frau Mettler gefruchtet?«

»Der Palstek und die Leckpfropfen, erinnerst du dich?«

Und ob sie sich erinnerte. Diese Ansicht war noch nicht aus ihrem Kopf verschwunden. Manchmal fragte sie sich, was ihre Seele aushalten musste. Sie war mit den brutalsten Bildern konfrontiert, beruflich und seit gestern auch privat. Sie fürchtete sich davor, sich spätabends ins Bett zu legen und die Augen zu schließen. Sie würde es hinauszögern, bis sie vor Müdigkeit umfiel. Sie lechzte nicht nach Alpträumen, wollte schlafen, nur schlafen. »Es gibt eine Verbindung?«

Sie ließ Louis' Wortschwall über sich ergehen, als er von der Yacht in Portofino erzählte, von der mutmaßlichen Party an Bord und den beiden jungen Frauen, die mit ziemlicher Sicherheit auch vor Ort gewesen seien. »Es ist nicht aus erster Hand«, bedauerte er. »Aber wenigstens haben wir einen Namen, dem wir nachgehen können. Guido Diethelm. Ihm gehörte einst die Bäckerei Diethelm in Tuggen. Ich habe bereits recherchiert. Sie wurde 2015 geschlossen. Diethelm arbeitet jetzt in der Produktion bei Coop, wohnt jedoch noch immer im Haus, wo die Bäckerei war. Wir sollten dort mal hinfahren.« Mit sorgenvollem Blick sah er Valérie an. »Alles okay bei dir?«

»Bis auf zu wenig Schlaf, ja«, wich sie aus und versuchte ein Lächeln, das wahrscheinlich schräg rüberkam. Sie erhob sich. »Dann sollten wir nicht warten. Danke, Louis, für deinen Drive.« Sie wollte nicht zugeben, wie kaputt sie war.

NEUN

Das Haus, einst Bäckerei, befand sich in der Nähe der Kirche Sankt Erhard und Viktor, unweit des großen Kreisels im Dorfzentrum. Zwei Schaufenster, in denen eine Immobiliengesellschaft mit Bildern für Neubauten warb, sowie der Eingang in der Mitte waren die unverkennbaren Merkmale eines Ladenlokals aus den fünfziger Jahren. In das Gebäude war in letzter Zeit kaum etwas investiert worden. Außerhalb des Ortskerns sah es anders aus. Moderne Häuserblöcke, hübsche Einfamilienhäuser und Gärten zeugten von einem wachsenden Dorf. Vieles war neu, einiges am Entstehen. Durch Tuggen wand sich die Alte Linth und bot Naherholung und viel Schönheit fürs Auge. Auch an diesem verhangenen Herbsttag.

Valérie und Louis gingen um das Haus herum zum Eingang, der zu zwei Wohnungen darüber führte. Sie stießen die Tür auf und gelangten in ein düsteres, kaltes Treppenhaus. Der Mief vergangener Jahrzehnte hatte sich auf getäferten Wänden festgesetzt. Eine gelbe Funzel hing über dem ersten Podest. Valérie besah sich die Klingel mit dem Namensschild und läutete.

Hinter der Tür ertönte ein Husten, schlurfende Schritte und das Umdrehen des Schlüssels.

»Ziemlich hellhörig«, flüsterte Valérie und kramte ihren Ausweis aus der Manteltasche.

Die Tür ging auf. Unter dem Rahmen erschien ein Mann um die sechzig, der den Anschein erweckte, noch nicht geduscht zu haben. Er trug einen verblassten grauen Hausanzug, und seine ungepflegten Haare standen ihm, in alle Himmelsrichtungen weisend, wirr vom Kopf ab. Der Geruch, der von ihm ausging, erinnerte an ungewaschene Socken.

Valérie wies sich aus und nannte ihren und Louis' Namen. »Sind Sie Herr Diethelm?«

Nicht sicher, ob sich der Mann über Besuch freute, beobachtete Valérie, wie er die Tür weit aufhielt und sie brummend hereinbat. »Kommen Sie wegen Jessica?«

Diethelm führte sie in ein Wohnzimmer, welches die Vernachlässigung seines Bewohners widerspiegelte. Auf dem Sofa lagen eine Wolldecke und zwei zerknautschte Kissen, halb auf dem Boden, daneben ein Pyjamaoberteil. Der Salontisch war zugepflastert mit leeren Bierdosen und aufgerissenen Tüten, aus denen Pommes-Chips quollen. Valérie glaubte, den fettigen Geruch einzuatmen. Auf zwei Harassen stand ein erstaunlich großer Bildschirm, über den ein Tierfilm flimmerte. »BBC«, las Valérie auf dem oberen linken Rand.

»Entschuldigen Sie meine Unordnung«, sagte Diethelm und verlagerte den Unrat vom Tisch auf den Boden, wo er ihn mit einem Fuß unter das Sofa schob. Wolldecke und Kopfkissen ließ er in einer Kommode verschwinden. »Ich hatte Frühschicht und bin nicht dazu gekommen aufzuräumen.«

Valérie rümpfte heimlich die Nase. Das hier sah nach wochenlang liegen gebliebenem Schmutz aus.

»Wer ist Jessica?« Louis setzte sich auf den ihm angebotenen Stuhl, nachdem er einen Waschlappen davon entfernt hatte.

»Sie ist meine Tochter.«

Valérie sah zu Louis hinüber. Er erwiderte ihren Blick. Er dachte wohl dasselbe wie sie, dass sie einen Schritt weitergekommen waren. Diethelm hatte tatsächlich eine Tochter. Frau Mettler hatte sich nicht getäuscht.

»Ich setzte große Hoffnungen in sie, dass sie einmal meine Bäckerei übernimmt. Sie machte sogar die Lehre bei mir. Na ja, sie hat einen anderen Weg eingeschlagen.«

»Der nicht so gut war, wie Sie es sich gewünscht hatten«, provozierte Louis. »Oder was meinten Sie damit, dass wir wegen Ihrer Tochter hier sind?«

»Das ist eine lange Geschichte. Meiner Frau hat es das Leben gekostet.« Diethelm machte eine verdrießliche Miene und bekundete, wie froh er war, mit jemandem sprechen zu können. »Sie fehlt mir.«

»Wann ist sie denn gestorben?« Louis stützte die Ellenbogen auf dem Knie ab und beugte sich nach vorn.

»Vor acht Jahren. Kurz darauf gab ich die Bäckerei auf. Das hier ist mein Elternhaus. Schon Vater war Bäcker. Ich wollte den Familienbetrieb weiterführen … ging nicht. Das Schicksal meinte es nicht gut mit uns.«

Valérie blieb stehen, hoffte, damit ihre Müdigkeit zu überlisten. Sie unterdrückte ein Gähnen. Der Adrenalinschub blieb aus. »Haben Sie noch Kontakt zu Ihrer Tochter?«

»Schön wäre es. Seit der Beerdigung ihrer Mutter habe ich sie nie mehr gesehen. Ich weiß nicht einmal, ob sie einer Arbeit nachgeht. Vielleicht hat sie einen Kerl gefunden, der sie aushält.«

»Gab es Probleme mit ihr?«, fragte Valérie.

»Sie verfiel dem Alkohol und den Drogen. Sie war nicht mehr das Mädchen, das wir einmal hatten. Sie schlitterte immer mehr in die Abhängigkeit. Meine Frau und ich versuchten noch, ihr zu helfen. Aber bei aller Liebe, es gibt Grenzen. Die Arbeit in der Bäckerei, die Sorgen …«

»Wann begann es?«, fragte Louis.

»Sie war im zweiten Lehrjahr, hatte viel Freude am Beruf, war kreativ, voller neuer Ideen. Sie hatte sich verliebt, schwebte im siebten Himmel. Sie beglückte uns mit ihrer Fröhlichkeit. Dann das …«

Valérie kam schneller als gedacht auf den Kern ihrer Anwesenheit. »Erinnern Sie sich an den Namen ihres Freundes?«

»Nur den Vornamen.« Diethelms Augenbrauen schoben sich aufeinander zu. »Nils. Ich weiß es, weil wir noch Witze darüber machten und ihn mit Nils Holgersson verglichen. Als Jessica klein war, durfte sie sich die Zeichentrickserie im Fernseher anschauen. ›Wunderbare Reise des kleinen Nils Holgersson mit den Wildgänsen‹.« Diethelm hustete. »Wir lernten ihn nie kennen, dachten aber, dass sie ihn uns vorstellen würde, wenn es etwas Ernstes würde. Wir hatten sie nie zu etwas gedrängt.« Er machte eine Kunstpause. »Dazu kam es nicht. Von einem auf den andern Tag war sie wie verwandelt. Sie schloss sich in ihrem Zimmer ein, schwänzte die Schule, kam zu spät zur Arbeit. Sie war kaum mehr tragbar. Dann war sie plötzlich weg. Von da an ging es auch mit der Gesundheit meiner Frau bergab.«

»Etwas geht hier nicht auf«, flüsterte Louis. »Mettlers sagten, ihr Sohn Matthias sei mit dem Mädchen zusammen gewesen. *Er* meint, es sei Nils gewesen.« Louis zeigte auf Diethelm. »Sind Sie sicher, dass Jessica mit Nils zusammen war?«, fragte er laut.

Diethelm hob die Schultern. »Kann sein, dass sie noch andere Kerle hatte.«

»Haben Sie Ihre Tochter nicht gesucht?«, fragte Valérie.

»Am Anfang schon. Wir machten dann schnell Bekanntschaft mit ihren neuen Freunden. Eines Tages fanden wir sie in der Nähe der Mettler-Villa.«

Louis juckte auf. »In der Nähe oder drinnen?«

Valérie dachte, dass auch »Nils« nicht Zufall war.

»In einem Haus daneben. Muss früher die Unterkunft für Bedienstete gewesen sein, als die Eltern von Markus Mettler noch lebten. Die waren stinkreich.«

»Kennen Sie die Familie Mettler?« Louis erhob sich.

»Wer kannte die nicht.« Diethelm kämpfte gegen einen Hustenanfall. »Entschuldigung, muss das miese Wetter sein. Seit Tagen plagen mich Halsweh und Schnupfen.« Er zog Rotz hoch, wie um zu demonstrieren, wie krank er war.

Valérie entfernte sich instinktiv zwei Schritte von ihm. »Kennen Sie den Grund, warum Ihre Tochter auf Abwege geriet?«

»Ich glaube, sie hatte uns damals angelogen, als sie einen Ausflug mit ihrer Freundin unternehmen wollte. Anstatt zu einer Verwandten von … sorry, der Name fällt mir nicht ein … in den Jura zu fahren, reisten sie woandershin.«

»Ist es möglich, dass diese Reise nach Italien ging, nach Portofino?«

Diethelm sah sie mit rot unterlaufenen Augen an. »Tut mir leid. Das hat sie uns nie verraten.«

»Haben Sie eine Ahnung, wo Ihre Tochter heute sein könnte?«

»Sie dürfen mich tausendmal fragen, ich weiß es nicht.«

Valérie nahm Notizblock und Schreibstift aus der Tasche. »Wir brauchen die genauen Angaben von Jessica. Wann wurde sie geboren, wie sah sie aus, als Sie sie zum letzten Mal gesehen haben?«

Diethelm ging zur Kommode. »Ich habe ein Foto, das kurz vor der Beerdigung meiner Frau gemacht wurde. Ein Schatten ihrer selbst. Wenn sie das geblieben ist, was ich vermute, so muss sie heute noch ähnlich aussehen. Außer sie hat sich wieder gefangen, was ich jedoch bezweifle. Hier.« Er reichte ihr das Bild. »Dass sie kiffte, sah ein Blinder. Sie war faul, hing nur rum und kriegte nichts auf die Reihe.«

Valérie sah sich die verstörende Fotografie an. Jessica Diethelm, geboren 1989. Trotz des Weitwinkelobjektivs war ihr desaströser Auftritt zu erkennen. Große Augen in einem abgemagerten Gesicht, strähnige Haare, Kleider wie Lumpen um einen ausgemergelten Körper. Das Abbild einer Katastrophe, die unweigerlich über sie hereingefallen war. Valérie kannte solche Gestalten aus Zürich, von den Nächten, als sie und ihre Kollegen von der Drogenfahndung die neuralgischen Punkte der Dealer aufgesucht hatten. Da hatten sie herumgehangen, junge Menschen, deren Schicksal mit dem Gift im Körper besiegelt war. Valérie befürchtete, Jessica könnte nicht mehr leben.

***

Carla Benizio schleuderte ihre Stiefel in die Ecke, entledigte sich ihres Mantels und warf die Mütze auf die Garderobe. Der Streit mit Louis belastete sie noch immer. Sie war zu radikal vorgegangen, gestand sie sich ein. Mit Kamera und Mikrofon bei der Pressekonferenz der Polizei aufzutrumpfen hatte ihr nicht nur Louis' Missmut beschert, sondern auch ein paar despektierliche Bemerkungen eines Ex-Kollegen der Boulevardzeitung. Seit sie beim lokalen Fernsehsender »Schwyzer News« arbeitete, hatte sie zu ihrem früheren Arbeitgeber Distanz bekommen. Was sie einst selbst getan hatte, verpönte sie heute. Sie vermochte nicht mehr, sich vorzustellen, wie dreist sie damals gewesen war. Trotzdem hatte etwas abgefärbt. Die Hartnäckigkeit, mit der sie an Informationen gelangte. Sie wusste, dass sie sich zurücknehmen musste. »Schwyzer News« galt als seriös, fundiert und ehrlich. Ihre Chefin hatte sie mehrmals in ihr Büro zitiert, mit der Absicht, sie zu bremsen und ihr ins Gewissen zu reden.

Carla sah sich als authentisch. Sie hatte ihre Defizite, aber das Positive überwog. Die Fälle »Tuggen« und »Lachen« hatte sie an sich gerissen und ihrer Chefin unmissverständlich erklärt, wie nahe sie an der Quelle sitze, ohne zu wissen, ob sie tatsächlich von Louis die Informationen bekam, die sie wünschte.

Sie liebte Louis. Mit ihm wollte sie zusammen sein. Aber sie war nun mal Journalistin, und sie fühlte sich verpflichtet, ihre Zuschauer aufzuklären und auf dem Laufenden zu halten. Die Leute waren verängstigt. Einen Vierfachmord mit dieser Brutalität hatte es in der Vergangenheit noch nie gegeben. Nicht in der March. Erst noch hatte Carla diese Ecke des Kantons Schwyz in verschiedenen Sendungen näher vorgestellt. Ihr zur Seite stand Maura, welche für das Technische verantwortlich war, für die Kameraführung, die Beleuchtung und den Ton. Zusammen waren sie das perfekte Team.

Sie waren zwischen Lachen, Wangen und Tuggen unterwegs gewesen, zwischen Reichenburg, Buttikon und Schübelbach, zwischen Siebnen, Vorderthal und Innerthal, hatten über Sehenswürdigkeiten berichtet und öffentliche Gebäude besucht. Sie hatten mit Einheimischen gesprochen und Geschichten hautnah erfahren. Carla erinnerte sich an das Marchmuseum im klassizistischen Kraftwerk Rempen, in dem man auf Brauchtum und Wohnkultur in der March hinwies, oder an die Ausstellung der Rölli-Masken. Sie hatten vom Flugplatz im Nuoler Ried gesendet, von der Staumauer am Wägitalersee.

Mittlerweile kannte sie die verborgensten Winkel des Kantons. Sie musste die Zuschauer informieren.

Das Letzte, von dem Carla gehört hatte, waren die Vermisstenmeldungen zweier junger Frauen und eines Dreizehnjährigen. »Schwyzer News« hatte Fotos und persönliche Angaben im Auftrag der Polizei veröffentlicht.

Carla seufzte. Vielleicht musste sie ihre Recherche darauf fokussieren. Sie hatte deswegen mit Louis gesprochen, aber er war mit seinem Fall dermaßen beschäftigt, dass er kaum Gehör für sie fand. Zudem sei der Fahndungsdienst zuständig für verschwundene Menschen. Louis. Was die vier Toten in Tuggen betraf, wollte er ihr keine Auskunft geben. Sie hatte es bei der Pressekonferenz versaut. Wenn sie schwieg, würde er vielleicht von allein auf sie zukommen. Ein frommes Denken. Carla ging in die Küche, sah im Kühlschrank nach, was dieser hergab, fand nichts, woraus sie etwas hätte kochen können, und nahm sich vor, wieder einmal einzukaufen.

Es war halb vier. Bis zum Nachtessen blieb ihr noch Zeit. Auf dem Weg zu ihrem Auto überlegte sie, was sie mit dem angebrochenen Nachmittag tun konnte. Sie setzte sich hinter das Lenkrad und startete den Motor. Innerthal. Das war es. Sie würde nach Innerthal fahren. Carla gab auf der Navigation die Strecke ein. Mit einer Stunde Fahrzeit von Rickenbach aus musste sie rechnen. Von der vermissten Scarlett Bruhin kannte sie nichts außer ihren Namen und dass sie am Wägitalersee wohnte. Dies sollte reichen, um die Eltern zu finden.

***

Valérie hatte zum Briefing geladen. Eine letzte Tat, bevor sie den Rückzug nach Hause antrat. Mittlerweile flimmerte alles vor ihren Augen. Sie musste sich zusammenreißen, wollte keinen schlechten Eindruck hinterlassen. Ihre Aufgabe war es, ihr Team bei Laune zu halten. Ein nicht immer einfaches Unterfangen. Zu viele Meinungen und Auslegungen trafen aufeinander, bei denen es galt, einen Konsens zu finden. Mittlerweile ließ ihr Caminada freie Hand. Augenscheinlich war er mit der Situation zwischen seiner Frau und ihm zu sehr beschäftigt. Valérie versuchte, es nachzuvollziehen. Private Probleme hatten in ihrem Beruf zwar keinen Platz, unterschwellig nahmen sie immer wieder viel Raum ein. Im Moment stärkte ihr Louis am meisten den Rücken. Er war nicht geboren, um Direktiven zu erteilen, geschweige denn ein Team zu leiten. Aber er tat, was ihm aufgetragen wurde. Auf ihn konnte sich Valérie verlassen. Es hatte einiges gebraucht, um ihn dorthin zu führen, wo er heute stand. Ein wenig war es auch ihr Verdienst. Wenn sie an die Anfänge zurückdachte, als ihre Wege sich zum ersten Mal gekreuzt hatten, musste sie schmunzeln. Aus dem einstigen kauzigen Polizisten, der mit allen Mitteln versucht hatte, sie zu verunglimpfen, war heute ein gewissenhafter, emanzipierter Mann geworden.

Nacheinander betraten ihre Leute den Konferenzraum. Sie ließen sich um den Tisch nieder und tauschten untereinander Informationen aus. Valérie mahnte zur Ruhe, sie wollte vorwärtsmachen. Sie begrüßte Tomaso Cavadini, den sie persönlich zur Sitzung eingeladen hatte.

Obwohl sie während des Besuchs bei Guido Diethelm die meisten Notizen gemacht hatte, übergab Valérie Louis das Wort.

»Wir haben eine heiße Spur, vielleicht die erste überhaupt, welche den Knopf lösen könnte.« Louis baute sich vor der Pinnwand auf. Er wies auf zwei Fotos. »Links, das sind die vier Männer auf der Yacht in Portofino, und rechts, das ist Jessica Diethelm. Mit großer Wahrscheinlichkeit befand sich das damals sechzehnjährige Mädchen ebenfalls auf dieser Yacht. Ihr Freund war Nils oder Matthias. Das kann kein Zufall sein. Es muss sich um Nils Grüniger handeln, eines der vier Opfer von Tuggen, oder um Matthias Mettler, dessen Eltern uns bestätigt haben, ihr Sohn sei zusammen mit drei Jungs und zwei Mädchen verreist. März 2005 war es, was nicht nur der

Rückseite des Fotos zu entnehmen ist, sondern von der Mutter des ermordeten Matthias Mettler bestätigt wurde. Die Suche nach Jessica Diethelm wurde ausgelöst. Ihr Vater hat nicht den blassesten Schimmer, wo sie sein könnte. Jessica ist heute vierunddreißig Jahre alt. Vor acht Jahren, sagte der Vater, habe sie in der Drogenszene gesteckt. Ich schlage vor«, Louis wandte sich an Cavadini, »du lässt sie in diesem Umfeld suchen.«

Cavadini sagte: »Vielleicht sollten wir Jessica Diethelm in einem Suchtzentrum suchen, falls sie denn noch immer drogenabhängig ist, in der ›Arud‹ oder der ›Arche‹. Vielleicht ist sie längst gestorben.«

»Darf ich dir und deinen Leuten die Aufgabe übertragen?«, fragte Louis.

Cavadini fluchte auf Italienisch vor sich hin, was Valérie nicht verstand.

»Ist etwas nicht in Ordnung?«, fragte Louis prompt nach.

»Unsere Abteilung ist bereits ausgelastet.«

»Mit den vermissten Frauen?«

»Mehr Druck bereitet mir das Verschwinden von Leon Thüring. Seine Eltern rufen mich am Tag mehrmals an und fragen, welchen Fortschritt wir gemacht hätten. Manche Leute sind nicht zum Aushalten. Wir tun, was wir können, aber zaubern geht nicht.«

»Sonst wärst du jetzt beim Zirkus.« Louis warf Cavadini ein Lächeln zu.

Valérie hatte das Bedürfnis, sich einzumischen und einem sich anbahnenden Disput Einhalt zu gebieten. Cavadini fand Louis' Humor augenscheinlich fehl am Platz. Er fluchte erneut. Seine Nerven schienen blank zu liegen. »Okay, alle mal herhören. Ich habe da eine etwas gewagte Vermutung. Vielleicht gibt es zwischen unseren Fällen ›Tuggen‹ sowie ›Lachen‹ und den Verschwundenen eine Verbindung, die wir im Moment nicht erkennen.«

»Wie kommst du zu diesem Schluss?« Louis verschränkte die Arme, offenbar nicht bereit, Valéries Meinung zu teilen.

Valérie erhob sich, ging auf den Flipchart zu und nahm den Schreibstift zur Hand. Sie notierte die Namen der Opfer, auch von Dr. Tobler, kreiste sie ein und zog eine Linie ins Leere, die sie mit dem Namen Elodie Grange ausfüllte. »Hier haben wir einen klitzekleinen Berührungspunkt zu den Eltern des vermissten Leon Thüring ... das Kinderheim ›Sternenhimmel‹. Wir sollten uns das Ehepaar Melina und Beda Thüring näher ansehen, aus unserer Sicht. Was wäre, wenn in der Zeit, als Elodie Grange dort abgeholt wurde, etwas vorgefallen wäre, was verbindend zu den heutigen Mordfällen ist?«

Louis pfiff durch die Zähne. »Sehr gewagt, aber sicher ein Ansatz. Wie erklärst du dir die zwei anderen vermissten Frauen?« Er sandte Cavadini einen verkniffenen Blick zu. »Oder sieht nur Mister Fahndungsdienst einen Zusammenhang?«

Valérie ging zum nächsten Thema über, weil sie im Moment keine Lust hatte, sich vor Louis zu rechtfertigen. »Wie weit seid ihr mit dem Spital in Lachen? Habt ihr da schon einen Termin?« Sie sah Fabia an, die auf einem Kaugummi herumkaute. Diese mahlenden Bewegungen aktivierten wahrscheinlich ihr Denken.

»Morgen um acht sind wir dort, Louis und ich, und haben ein Date mit dem Computerspezialisten. Emilios Bescheinigung hat mich bereits erreicht.«

***

Es gestaltete sich als schwierig, anhand eines Telefonbuchs Adressen ausfindig zu machen. Die meisten Leute waren im Besitz eines Smartphones, der Eintrag in der Suchmaschine war fakultativ. Die ältere Generation besaß noch Telefone mit Festnetzanschluss, aber diese hatte in den vergangenen Jahren abgenommen, starb weiter aus. Irgendwann, dachte Carla, würden diese Apparate ganz weg sein. Sie selbst zog die neuen Technologien vor. Telefone mit Station waren etwas für die Gruftis, genauso wie Bargeld, das man schon längst hätte abschaffen können. Wer blätterte denn heutzutage noch die Geldscheine hin, diese Bakterienschleudern, die man mit Einweghandschuhen anfassen musste, um nicht krank zu werden. Heute, wo Sterilität *das* Thema war. Sie hatte schon Endlosdiskussionen mit Louis geführt, der gegen die Abschaffung des Bargelds war. Nun ja, er war über vierzig, war anders gestrickt als sie. »Am bargeldlosen Handeln verdienen nur die Banken«, hatte er letzthin gesagt. »Ich bin nicht bereit, denen, die eh schon alles beherrschen, meine letzte Freiheit abzutreten.« Und er denke nicht daran, für »die dort oben« transparent zu sein. Louis. Carla liebte ihn trotz seiner altmodischen Ansichten. Es schien, als wäre er geprägt von seinen Eltern, die der Nachkriegsgeneration entstammten. Man hielt sich an Traditionen und Bequemlichkeiten fest. Sie waren in ihren eignen Klischees festgefahren und zu ängstlich, um etwas zu verändern.

Carla fuhr los, als der Nebel gerade einmal hundert Meter Sicht zuließ. Auf der Strecke bis nach Siebnen blieb er beharrlich liegen. Und als die Straße nach Vorderthal anstieg, war da nur noch zähes, undurchdringliches Grauweiß, aus dem es fieselte. Die Scheibenwischer zogen eine feuchte Spur. Weiter oben lichtete sich die Wand, und immer mehr schimmerte ein von Wolken durchzogener blauer Himmel durch. Im Rückspiegel blieben helle Schlieren zurück. In Innerthal obsiegte die Sonne, die ihre letzten Strahlen über den Ort sandte.

Carla parkte bei der Kirche. Das Gotteshaus war der ideale Ausgangspunkt, um systematisch vorzugehen. Sie stieg aus und sah hinunter auf den See, der kurz vor der Dämmerung in einem blassen Rosa vor ihr lag. Innerthal hatte bloß eine Handvoll Einwohner, etwa hundertachtzig, wenn sie sich nicht irrte. Ein überschaubares Dorf, in welchem die Kirche mit dem angebauten Sigristenhaus das größte Gebäude war. Carla begann ihren Spaziergang auf der Hauptstraße, die vom See wegführte. Die Häuser standen verstreut in der Landschaft, wie hingeworfen von jemandem, der die Einsamkeit liebte.

Eine ländliche Idylle wie im Bilderbuch. Eine Siedlung, die den Fortschritt der letzten Jahre augenscheinlich verpasst hatte, ob gewollt oder nicht. Das meiste hier war alt, mit einem Hauch Nostalgie, eine greifbare Erinnerung an eine Zeit, in der Müßiggang Wirklichkeit und nicht bloß Wunschdenken von ein paar Idealisten war. Innerthal galt als Paradies, vor allem für Hobbyfischer, war das Diesseits von Eden. Ein kleines Juwel am östlichen Rand des Kantons Schwyz.

Carla hatte bereits über zehn Häuser angesehen, als sie auf ein großzügig konzipiertes Chalet traf und den Namen Bruhin auf dem Schild unterhalb der Klingel las.

Sie atmete tief durch, dachte einen Moment, dass es ein Fehler war, allein hier zu sein. Maura hätte sie begleiten können. Zusammen waren sie stark und ergänzten sich. Carla drückte den Knopf und wuchtete ihre schwere Tasche über die Schulter, wollte Eindruck schinden. Sie hatte eine Schirmmütze mit dem Logo »SN« aufgesetzt. Sie gab ihr einen professionellen Touch. Und sie dachte an Louis, der ihr wegen ihres Ausflugs eine Standpauke halten würde.

Kaum war der schrille Ton verklungen, wurde die Tür aufgerissen, und eine Frau mit Dauerwelle erschien, wie ein vergeistigtes Wesen, blass und kränklich. Ihre Augen waren rot unterlaufen, erinnerten Carla an eine Figur aus einer fiktiven Zwischenwelt. Sie musste an einen Zombie denken und schämte sich dafür.

»Frau Bruhin? Ich bin Carla Benizio vom Fernsehsender ›Schwyzer News‹. Wenn Sie gestatten, würde ich Ihnen gern ein paar Fragen zu Ihrer vermissten Tochter stellen.« Carla hatte nicht vorgehabt, so schnell auf den Punkt zu kommen. Aber Geduld war nicht ihre Stärke.

»›Schwyzer News‹, sagten Sie. Den Sender kenne ich. Im Sommer brachten Sie doch die Geschichte mit der Staumauer Schräh. Kommen Sie herein.« Frau Bruhins Gesichtsfarbe wechselte von Weiß zu Rosa, hellte sich etwas auf.

»Ich möchte nicht stören, aber Ihr Schicksal bewegt mich.«

Carla hatte gelernt, wie man das Herz von Fremden gewinnt. »Du musst sie dort abholen, wo du ihre Verletzlichkeit vermutest«, hatte schon ihr Ex-Chef Forster gesagt. »Tue so, als würdest du ihre Geschichte kennen. Sei empathisch und beharrlich.«

»Bitte nehmen Sie am Küchentisch Platz. Möchten Sie Tee, Kaffee, oder kann ich Ihnen etwas Kaltes anbieten?«

»Nein danke. Ich hoffe, ich störe wirklich nicht.« Carla setzte sich auf einen Stuhl mit Rüschenkissen. Alles hier sah verspielt aus. Wie ein übergroßes Puppenhaus, was bei Carla das nackte Grauen auslöste. Wie konnten die Leute bloß so leben?

»Ihre Tochter heißt Scarlett, nicht wahr?«

Frau Bruhin lächelte sanft. »Ja, wie die älteste Tochter von O'Hara aus ›Vom Winde verweht‹. Kennen Sie den Film?«

»Das muss vor meiner Zeit gewesen sein«, wich Carla diplomatisch aus. Ob sie ihr Haus deshalb so kitschig eingerichtet hatte? »Aber Scarlett ist wirklich ein schöner Name. Haben *Sie* ihn ausgesucht?«

Frau Bruhin hauchte ein »Ja« in die Luft.

»Ist sie hier geboren?«

»Nein, nein.« Über Frau Bruhins Gesicht huschte kurz ein Schatten. »Im Spital Lachen.«

»Oh, dort, wo die meisten Ausserschwyzer zur Welt kommen.« Carla lächelte.

Ihr Gegenüber fand es offenbar nicht lustig. Carla rief sich zur Räson.

»War es eine schwere Geburt?« Stopp! Falscher Ansatz. Doch es war zu spät, um etwas zu korrigieren.

»Nicht so, aber die von Paul, also Scarletts Bruder, war schon heftig.« Frau Bruhin hatte offenbar nichts gegen diese Frage. Im Gegenteil: Sie machte einen Wandel durch. Sie blühte auf wie die Gazanie bei Sonnenschein.

»Ist er auch da?«

»Paul?«

»Ja.«

»Nein, er arbeitet. Er macht eine Lehre bei den Wasserkraftwerken Siebnen.«

»Und Scarlett, womit beschäftigt sie sich?«

»Sie ist auch in der Lehre … Aber sie ist verschwunden.« Frau Bruhin verzog ihren Mund wieder zu einer verbitterten Miene. »Die Polizei ist nicht fähig, sie zu finden. Seit fast zwei Wochen ist sie weg.«

»Sie leben allein hier, richtig? Allein mit den Kindern?« Carla versuchte, mit allen Mitteln in die verletzte Seele der Frau vorzudringen. Vielleicht würde Frau Bruhin ihr etwas erzählen, was sie bislang niemandem gesagt hatte.

»Mein Mann verließ mich vor zwei Jahren, hat eine Neue.«

»Das tut mir leid.«

»Das muss Ihnen nicht leidtun. So sind die Männer. Haben ihre Frauen einmal die fünfzig überschritten, schauen sie sich nach jungem Gemüse um.«

Carla fühlte sich betroffen. »Haben Sie ein Foto von Ihren beiden Kindern?«

»Selbstverständlich, ein ganzes Album. Aber dieses ist nicht für jedermann einsehbar.« Ein Zögern.

»Ich verstehe, es gibt intime Momente, diese möchte man nicht der ganzen Welt zeigen.« Carla wartete. »Existieren Bilder von Scarletts ersten Lebenstagen? Ich finde Babys immer so süß. Ich würde auch gern Kinder bekommen. Aber es ist schwierig.« Carla wusste nicht, welcher Teufel sie geritten hatte, um eine solche Bemerkung zu machen. Intuition, dachte sie, denn als Frau Bruhin redete, änderte sich alles.

»Ich kenne das. Bei mir war es auch so.« Ohne zu wissen, was Carla ihr anvertrauen wollte, kam sie auf ein heikles Thema zu sprechen. »Ich wünschte mir nichts sehnlicher als ein Kind, damals als ich die dreißig bereits überschritten hatte. Aber es wollte einfach nicht funktionieren. Der Stress, wissen Sie? Kaum ist man verheiratet, fragen dich die Verwandten, wann es denn so weit sei. Meine Mutter schenkte mir zur Hochzeit das Kinderbett, in dem ich schon lag, ein zarter Wink mit dem Zaunpfahl.« Frau Bruhin lachte schrill auf. Augenscheinlich war es ihr ein Anliegen, darüber zu sprechen. »Da hörten wir von diesem Kinderheim in Vorderthal. Dort lebten auch Kleinkinder, Waisen, die ihre Eltern verloren hatten. Ich brauchte ein ganzes Jahr, um mich dafür zu entscheiden, ein fremdes Kind mein Eigen zu nennen. Kam dazu, dass man eine Adoption nicht von einem auf den andern Tag hinbekommt. Das ist ein Seelenstriptease, die wollen alles von dir wissen. Ich hatte es bereits aufgegeben, aber mein Mann nicht.« Frau Bruhin hielt kurz die Hand vor den Mund. »Es lohnte sich, zu warten. Jetzt wissen Sie's. Wir haben Scarlett adoptiert, ihre biologische Mutter ist Schweizerin, der Vater unbekannt. Scarlett war gerade zwei Monate alt, als sie zu uns kam. Ein Jahr später erblickte Paul das Licht der Welt. Als hätte Scarlett die Hormone angekurbelt«, schob sie nach.

Carla war ein bisschen beschämt. Sie hatte nicht mit dieser Offenheit gerechnet. »Ich würde Ihnen gern bei der Suche nach Ihrer Tochter helfen. Via Fernsehen könnten Sie sich direkt an die Bevölkerung wenden.«

Frau Bruhin stützte sich am Küchenbord ab. »Indem Sie mich filmen?«

»Das meinte ich damit. Sie appellieren an die Leute dort draußen und bitten sie um Mithilfe. Das berührt, das kommt an. Vielleicht sieht Ihre Tochter die Sendung und meldet sich oder jemand, der Scarlett gesehen hat oder weiß, wo sie ist.«

»Ich weiß nicht, ob ich das kann, so vor laufender Kamera.«

»Sie brauchen keine Angst zu haben. Ich bin ja da.«

ZEHN

Zanetti hatte nicht gefragt. Ob er ahnte, was in Fully geschehen war? War er sensibel genug, um zu spüren, wie sie sich fühlte? Valérie hatte den Koffer ausgepackt, die Kiste mit den Dokumenten in den Schrank gestellt und das Tagebuch auf ihren Nachttisch gelegt. Zanetti hatte es gesehen, aber nichts gesagt. Er hatte sie in den Arm genommen und später im Bett in den Schlaf gestreichelt.

Als Valérie am Morgen erwachte, war er bereits unten in der Küche und bereitete das Frühstück zu. Sie beeilte sich, um sich zu ihm an den Tisch zu setzen. Sie brauchte das Gefühl, ihn bei sich zu haben. Die starke Schulter, an die sie sich anlehnen konnte, die Wärme seiner Hände, seine Augen, wenn er sie ansah. Eine stille Kommunikation zwischen ihnen, dass alles gut war und nichts sie auseinanderbrachte, nicht der heftigste Sturm.

»Die Auswertungen des Labors sind eingetroffen.« Zanetti machte Kaffee. »Das Körperteil, von dem nicht sicher war, welchem Opfer es gehört … erinnerst du dich?«

»Der Penis, was für ein Schock für die Empfängerin.« Valérie setzte sich und zog die Beine bis zum Bauch. »Stammt er von ihrem Mann? Von Oliver Hurni?«

»Gemäß DNA ja.« Zanetti legte ein Formular so hin, dass auch Valérie es lesen konnte.

»Was ist das?«

»Eine weitere Zustellung.« Zanetti sprach leise. »Gian Luca hat mich gestern spät darüber informiert. Die Meldung ist beim Bereitschaftsdienst eingegangen. Das fehlende Teil Nummer zwei wurde an die Mutter von Nils Grüniger geschickt. Frau Grüniger liegt jetzt im Krankenhaus. Schock, Kreislaufkollaps. Louis hatte sie als äußerst empfindsam bezeichnet.«

»Ich erinnere mich. Er hatte sie zum Tod ihres Sohnes befragt, kam aber nicht weit. Man muss nicht sehr empfindsam sein, um das nicht zu verkraften.« Valérie lehnte sich zurück. »Was hat das alles zu bedeuten? Tun wir genügend, um die richtigen Schlüsse zu ziehen? Sollten wir diesem Kinderheim mehr Gewicht geben? Und was ist mit dem Hundekopf und den Fledermausflügeln? Was mit den fehlenden Hoden? All das haben wir bis jetzt eher stiefmütterlich behandelt.«

»Es braucht alles seine Zeit.«

»Die wir nicht haben. Wenn wenigstens ein Motiv vorhanden wäre.« Valérie stellte die Beine auf den Boden, nahm dankend den Kaffee entgegen, den Zanetti ihr reichte. »Gut, ein mögliches Motiv könnte die Party auf der Yacht in Portofino sein. Aber selbst darüber haben wir wenig Kenntnis. Ich hoffe, man findet Jessica Diethelm bald. Frau Mettler sprach von zwei jungen Frauen, welche ihren Sohn und dessen Freunde ans Meer begleitet hatten. Wenn wir Jessica haben, kann sie uns sagen, wer die zweite Frau war. Mensch«, Valérie seufzte, »das liegt über achtzehn Jahre zurück. Weißt *du*, was du vor achtzehn Jahren getan hast?«

Zanetti setzte sich zu ihr an den Tisch. »Frage mich, was ich am 11. September 2001 nachmittags zwischen zwei und drei Uhr gemacht habe.«

»Nine Eleven. Diese magische Zahl lässt das Kopfkino laufen.«

»Siehst du? Ich saß zusammen mit einem Mandanten auf der Terrasse des ›Principe Leopoldo‹ in Lugano. Weder den Namen des Mandanten noch was wir besprachen, habe ich vergessen. Es kommt immer darauf an, mit welchem Ereignis wir ein Datum in Verbindung bringen. Sollte damals in Portofino etwas Gravierendes geschehen sein, bleibt das in den Köpfen der involvierten Menschen haften.«

»Vielleicht so stark, dass es fast zwanzig Jahre später zum Super-GAU kommt?« Ein Gedanke an Fully blitzte auf. Valérie hatte nie Rachegelüste verspürt, obwohl sie allen Grund dazu gehabt hätte. Aber, hätte sich etwas geändert, wenn Vater noch lebte? Rache ja, vielleicht. Aber wäre sie bis zum Äußersten gegangen? Hätte sie ihren Vater deswegen töten können?

»Was beschäftigt dich?« Zanetti griff nach einem Brötchen, legte es auf den Teller und bestrich es mit Butter und Konfitüre.

»Ich glaube bei den Taten nicht an eine Affekthandlung. Wie sie inszeniert waren, mussten sie im Voraus geplant gewesen sein.«

»Das ist offensichtlich.« Zanetti biss ins Brötchen. Mit vollem Mund sagte er: »Diesen Eindruck habe ich auch beim Tod der Gynäkologin. Das war unbestritten Mord.«

»Angenommen«, spann Valérie ihre Gedanken weiter, »die Party damals war wirklich ausgeufert, warum wartet der Täter so lange, bis er zuschlägt?«

»Weil er in den Jahren danach auf Abwege geraten ist. Sehen wir doch am Beispiel von Jessica Diethelm. Nun macht er die Täter von damals verantwortlich.«

»Gemäß ihrem Vater ist sie bei den Drogen gelandet. Um zu morden, muss sich die Wut gegen außen wenden. Jessica scheint es in sich gefressen zu haben.«

»Wir sollten einfach mal abwarten, was der Fahndungsdienst herausfindet. Bist du einverstanden?«

»Nein, uns bleibt keine Zeit. Möglicherweise plant der Mörder die nächste Tat. Ich habe ein ungutes Gefühl. Es gibt Verstrickungen, da bin ich mir sicher.«

»Trotzdem brauchen wir zuerst die Resultate unserer Kollegen.«

Valérie blieb nichts anderes übrig, als sich in Geduld zu üben.

»Möchtest du über deine Reise ins Unterwallis sprechen?«, fragte Zanetti im fast gleichen Atemzug. »Du hast ein Tagebuch mitgebracht.«

»Ich kann es nicht öffnen«, wich Valérie aus. Vielleicht wäre es besser gewesen, sie hätte es genauso im Schrank versteckt wie die Kiste mit den Dokumenten und Zeitungsausschnitten. Um alles durchzusehen, brauchte sie Ruhe. Das war ein Akt, den sie nicht nebenbei tun konnte. Die ersten Eindrücke hatten nicht gereicht. Sie musste die Informationen aus ihrem früheren Leben neu gliedern.

»Im Keller befindet sich eine Werkzeugkiste. Mit einer Zange sollte es ein Leichtes sein …«

Valérie lächelte. Zanetti mit seinem Hang zum Praktischen. Es war jedoch nicht der passende Zeitpunkt, um über ihre Vergangenheit zu reden. Zanetti sollte nicht den Eindruck bekommen, sie wäre nur wegen ihrer persönlichen Geschichte in Martigny gewesen. Sie hatte das eine bloß mit dem anderen verbunden. Er konnte ihr höchstens vorwerfen, ihren Dienst dafür missbraucht zu haben. »Können wir uns ein andermal darüber unterhalten? Es könnte ein abendfüllendes Thema sein.«

»Gibt es Grund zur Sorge?«

»Schlimmer kann es nicht werden.« Sie schenkte ihm wiederholt ein Lächeln. »Lass uns den Fall lösen. Alles andere kann warten.«

***

»Carla! Carlaaaa!« Louis stoppte die Nachrichten, aktivierte die Retourtaste auf der Fernbedienung, hielt an. Er glaubte nicht, was er sah, aber er hatte sich nicht getäuscht: »Schwyzer News« berichteten über die vermisste Scarlett Bruhin, Carla war im Gespräch mit deren Mutter. Wetten, dachte er, dass sie sie dafür so hergerichtet hatte, dass sie den Zuschauern auf die Tränendrüsen drückte. Die vom Weinen verquollenen Augen und ein weißes Taschentuch, mit dem sie ihr Gesicht abtupfte, bewiesen es. Carla hätte die bessere Falle beim Theater gemacht. Immerhin war sie endlich weg von der Boulevardzeitung. Aber Carla war auch bei den »Schwyzer News« alles andere als zurückhaltend, wenn es um Schicksale und Katastrophen ging. Hatte sie früher allein mit Notizblock, Diktiergerät und Fotoapparat an der Front gestanden, zog sie nun ihre

Kollegin Maura meistens im Schlepptau mit sich. Maura war im gleichen Alter wie Carla, gelernte Fotografin und Filmerin und hielt sich mit Familienfotos, Firmenauftritten in Bild und Ton sowie einem eigenen YouTube-Kanal über Wasser. Sie hatten einander an einer Fotovernissage kennengelernt, seither waren sie wie Pech und Schwefel.

»Was schreist du so?« Carla kam aus dem Badezimmer, wo sie sich die Haare gewaschen hatte. Nun stand sie da, mit nichts als einem Frotteetuch um den Kopf gebunden, und sah zuerst Louis, dann den Fernseher an. »Ah … hätte ich nicht gedacht, dass sie so schnell senden. Maura hat sich mit dem Schneiden echt ins Zeug gelegt.«

»Hast du's kontrolliert?«

»Nein, das macht meine Chefin.«

»Was gibt dir das Recht?« Louis schluckte leer. Carla sah noch immer zum Anbeißen aus. Auch wenn sie das Bett teilten, und das oft hüllenlos, war es etwas anderes, sie hier vor sich zu sehen. Wohlgeformt und gesund. Er begehrte sie noch immer. Leider waren sie sich über ihre Hochzeit nicht einig. Louis' Mutter wollte unbedingt ihre Familie aus Thailand dabeihaben, Carla sich auf ihre nächsten Verwandten beschränken. Das Fest scheiterte an der Aufteilung der Kosten.

»Was denn? Dass die arme Frau Bruhin endlich zu Wort kommen darf? Seit zwei Wochen vermisst sie ihre Tochter. Wenn die Polizei schon nichts tut … Zudem leben wir in einer demokratischen Schweiz.«

»Das glaubst auch nur du. Es ist Teil von laufenden Ermittlungen.« Louis hatte Mühe, sich zu beherrschen. Wieder einmal waren sie an einem Punkt angelangt, der ihrer Beziehung nicht guttat.

»Das hast du mir nicht gesagt«, motzte Carla. »Vermisstenmeldungen laufen über den Fahndungsdienst, oder hat sich das geändert?«

»Du tust gerade alles, um unsere Beziehung zu zerstören.«

»Was hat das mit unserer Beziehung zu tun?« Carla ging

Gänsefüßchen in die Luft zeichnend durchs Wohnzimmer, provozierend schamlos, als hätte sie um ihre aufreizende Wirkung gewusst.

»Könntest du dir etwas überziehen?«

»Warum sollte ich? Du liebst es doch, mich nackt zu sehen. Tue nicht so verklemmt, du Spießer.« Sie stützte die Hände in die Seiten und vollführte einen Bauchtanz vor ihm. »Du machst deine Arbeit, ich mache meine. Ich werde heute mit jemandem vom Fahndungsdienst sprechen.«

»Warum das?« Louis packte Carla an den Schultern und drehte sie zu sich um. Ihre Brüste berührten seinen Oberkörper, und er spürte, wie es ihn erregte.

»Frau Bruhin hat mir vieles erzählt, was die Polizei wahrscheinlich nicht weiß.«

»Zum Beispiel?« Louis zitterte vor Verlangen. Er zog Carla instinktiv an sich. »Kleines Luder.« Er führte ihre rechte Hand zu seinem Schritt. »Sieh, was du angerichtet hast.«

Carla mimte die Coole. »Dass sie ihre Tochter adoptiert hat.«

Bei Louis klingelten die Alarmglocken. »Du kannst es auch mir erzählen. Ich meine, bevor du die Leute vom Fahndungsdienst kontaktierst.« Es konnte nichts schaden, wenn er Carla anhörte. Er sah auf die digitale Uhr über dem Kühlschrank, die Carla erst kürzlich dort angebracht hatte. Halb neun. Bis zum nächsten Einsatz blieb ihm noch Zeit, und er würde in fünf Sekunden entscheiden, ob er mit Carla im Bett landete oder mit neuen Informationen nach Biberbrugg fahren würde. Er hatte die Wahl.

Carla wand sich aus seinen Armen, zeigte auf den Bildschirm, wo Frau Bruhins Gesicht wie eingefroren wirkte. »Möchtest du ihren Appell nicht zu Ende ansehen?«

Louis suchte nach der Fernbedienung. Er fand sie nicht. »Das kann warten. Was also hast du herausgefunden, was die Polizei nicht weiß?«

Carla ging ins Schlafzimmer und zog sich an, Unterwäsche,

Jeans und Pullover. »Ah, der Herr Kommissar ist also doch neugierig.« Sie nahm das Tuch vom Kopf und kämmte das noch feuchte Haar. Wie jeden Tag schminkte sie sich nicht. Manchmal strich sie etwas Gloss auf die Lippen, das war's. Sie hatte eine natürliche Schönheit, um die sie viele beneideten. »Keine Ahnung, ob du etwas damit anfangen kannst. Herr und Frau Bruhin holten im Februar 2006 ein namenloses Baby aus dem Kinderheim ›Sternenhimmel‹ ab. Auf meine Frage hin erzählte mir Frau Bruhin, damals habe ihre Frauenärztin sie auf das Heim aufmerksam gemacht, weil sie sich seit Jahren mit einem unerfüllten Kinderwunsch herumgequält hatte. Zufällig weiß ich, wer die Tote in Lachen war. Dr. Tobler, oder?«

Louis rang sich ein knappes »Ja« ab.

»Dr. Tobler war Frau Bruhins Gynäkologin. Sonderbar, nicht wahr? Zuerst verschwindet Scarlett, und dann wird die Ärztin umgebracht, die vor achtzehn Jahren die Finger im Spiel hatte, als es um die Adoption ging.«

»Okay, ich weiß um deine blühende Phantasie.« Louis schmunzelte. Innerlich zerriss es ihn fast. Musste ausgerechnet Carla der Polizei auf die Spur helfen? Wäre nicht das erste Mal. Zwei adoptierte Mädchen, die einst im »Sternenhimmel« gewesen waren, zwei junge Frauen, die vermisst wurden. Es gab noch eine dritte, deren Vergangenheit man endlich beleuchten musste. Lisette Britschgi. Cavadini hatte bis dato nicht herausgefunden, wer sie wirklich war. Auf der Gemeinde sei sie nicht angemeldet. Alles, was man über die junge Frau wusste, stammte von Frau Gisler, der Nachbarin.

»Du kennst mittlerweile meine Kombinierungsgabe … du hast auch schon viel davon angenommen.«

Letzteres wollte Louis nicht gehört haben. Es war wohl umgekehrt.

»Und? Was fängst du mit diesen Informationen an?«

»Keine Ahnung.« Er würde diese Valérie überbringen, aber das sagte er nicht. Carlas Hinweise waren zu brisant, um sie totzuschweigen. Er wollte jedoch nicht, dass Carla dort weitermachte, wo sie aufgehört hatte, sah nicht ein, weshalb sie sich in seine Arbeit einmischte, egal, ob der Sender auf News aus war. Im Kanton Schwyz existierten genügend Geschichten, über die man berichten konnte. Über seltene Handwerkskunst, über Denkmäler von Berühmtheiten, über das Baumfigurenkabinett in Steinen zum Beispiel, das schon der Bezeichnung wegen neugierig machte. Um Carla nicht zu verärgern, suchte Louis nach der Fernbedienung. Er fand sie auf dem Boden neben dem Salontisch, wo sie runtergefallen sein musste, und drückte auf »Wiedergabe«.

Frau Bruhin bat mit weinerlicher Stimme um Mithilfe der Bevölkerung bei der Suche nach Scarlett.

***

Valérie war klar, dass sie heute einiges nachholen musste, was sie in den letzten Tagen versäumt hatte. Bislang waren die Befragungen im näheren Umkreis der Opfer problemlos abgelaufen, sie hatten jedoch viel Zeit in Anspruch genommen. Die Informationen sammelten sich, wurden stetig mehr. In den endlosen Bürostunden galt es, sich mit diesen Schriftstücken empirisch auseinanderzusetzen und sie zu analysieren. Das alles lag noch vor ihr. Nicht das, was Valérie mochte. Sie zog es vor, draußen zu arbeiten, sich mit den Menschen zu treffen, sich mit ihnen zu unterhalten, sie kennenzulernen, um sich ein Bild von ihnen zu machen. Henry Vischer hatte ihr letzthin geschmeichelt, sie habe psychologische Fähigkeiten. In den Jahren ihrer Tätigkeit hatte sie gelernt, worauf es ankam. Mittlerweile konnte sie Körpersprache deuten, wusste, wie Menschen reagierten, die reinen Gewissens waren, oder solche, die etwas zu verbergen hatten. Sie empfand Empathie oder Antipathie, ohne es sich anmerken zu lassen. Ihre eigenen Gefühle waren ein absolutes Tabu. Sie war die geborene Zuhörerin und glaubte, zwischen den Worten lesen zu können.

Grünigers Geschäft in Lachen lag in der Nähe des Raff-

Denkmals, zwei Häuserzeilen vor der Marina, der Gastro- und Erlebnismeile am See. Diese war trotz des wolkigen Wetters belebt. Leute promenierten die Gestade entlang, an der Landungsbrücke hatte ein Schiff angelegt. Wenige Passagiere verließen es über einen schmalen Steg. Das Gekreische der Möwen übertünchte das Rauschen des Verkehrs, das aus dem Dorf drang. Valérie blieb stehen, sah hinaus auf den See, dann zurück zum Hafen, von dem man behauptete, er böte im Sommer die schönsten Sonnenuntergänge. Sie ging zurück, besah sich das Herrenmodegeschäft genauer, bevor sie es um halb zehn betrat. In drei Schaufenstern wurde präsentiert, was Mann in dieser Saison trug. Lodengrün und Grautöne waren wieder en vogue, Streetwear, kombiniert mit lässigen Mänteln. Ein klassischer Anzug in Blau fand kurz Valéries Aufmerksamkeit. Dieser würde Zanetti sicher stehen. Sie wischte den Gedanken weg.

Sie öffnete die Tür. Eine lange, aus Beton gegossene und mit Holz verstrebte Theke war der Mittelpunkt im zweihundert Quadratmeter großen Raum. Futuristische Leuchtkörper sorgten für ein angenehmes Licht. Zwei gewaltige Kübel mit exotischen Grünpflanzen trennten den Eingangs- vom Verkaufsbereich ab. Eine exquisite Auswahl an Hosen, Jacken und Mänteln nahm die hintere Wand ein. Auf Tablaren befanden sich Pullover, Hemden und Unterwäsche. Auf verschiedenen Ablagen wurden Krawatten, Hosenträger und Gürtel angeboten. Der Mann fand hier offensichtlich alles, auch den passenden Schirm und den Hut. Über einem Board mit Schuhen hingen Bilder von John F. Kennedy, Fred Astaire und Sean Connery, Männer von damals, die den guten Stil vorgelebt hatten.

Valérie sah die Blondine neben der Kasse erst, als diese sie mit einem »Guten Tag, wie kann ich Ihnen helfen?« begrüßte. Sie musterte sie, als hätte sie sich im Geschäft geirrt. Die Dame trug Schwarz, was nicht nach Trauer denn vielmehr nach harmonischer Abrundung des Interieurs aussah. Die braunen Streifen an der Jacke nahmen den Ton des Bodenbelags auf.

Valérie holte aus ihrer Manteltasche den Ausweis, zeigte ihn und nannte ihren Namen.

»Sie kommen sicher wegen Nils … Herrn Grüniger.«

»Wir hatten Sie deswegen vorab kontaktiert. Frau Krüger, richtig?«

»Eine tragische Sache. Ich weiß noch nicht einmal, wie es mit dem Geschäft weitergehen soll. Erst noch ist die Winterkollektion eingetroffen. Vor einem Monat kauften wir bereits für den nächsten Frühling und Sommer ein. Ich schwebe zurzeit zwischen Weiterarbeiten und Einen-neuen-Job-Suchen. Niemand hat eine Antwort auf meine Fragen. Nils … Herr Grüniger hat sich zeit seines Lebens unersetzlich gemacht. Das hat man jetzt davon. Entschuldigen Sie, aber es ist gerade etwas schwierig für mich.«

»Sie müssen sich nicht entschuldigen. Mir ginge es auch so.« Valérie wies auf einen bequem aussehenden Sessel. »Ich habe ein paar Fragen an Sie.«

»Bitte, bringen wir es hinter uns. Ich habe schon längst damit gerechnet. Ich meine, da müssen doch Fragen auftauchen, bei diesem Lebenswandel.«

»Was wollen Sie damit andeuten?« Valérie schlug ihr Notizheft auf. Ihre Kollegen besaßen fast alle ein Tablet. Sie zog die analoge Variante vor.

»Man soll nichts Böses über Verstorbene reden. Aber manchmal war es schwierig mit meinem Chef. Wir kannten uns schon lange. Das heißt, ich bekam gerade noch mit, als Nils' Frau ihn vor zehn Jahren verließ. Damals war er noch nicht einmal drei Jahre verheiratet. Nils schob die Schuld auf seine Ex-Frau. Mit der Zeit wurde mir klar, weshalb diese Ehe nicht funktionieren konnte.«

»Weshalb?«

»Nils traf sich regelmäßig mit seinem Männer-Club.«

»Kennen Sie die Mitglieder?«

»Ja klar, seine Freunde kauften immer bei ihm ein. Sie waren quasi die Aushängeschilder von ›Grüniger Mode‹.«

»Erinnern Sie sich an die Namen?«

»Selbstverständlich. Oliver Hurni, Jan Fuchs, Matthias Mettler und Robert Kistler.«

»Sind Sie sicher, auch Robert Kistler?« Valérie hörte dies zum ersten Mal.

»Ja, der Schweinezüchter, ist ja über die Kantonsgrenze hinaus bekannt.«

»Und Johannes Kistler?«

»Sie meinen den ›Frohmut‹-Wirt?«

»Ja.«

»Nein, der war nie dabei. Manchmal trafen sich die Männer zum Samstagvormittag-Apéro. Dann wurden die Kleider anprobiert, und es wurde darauf geachtet, dass keiner dasselbe kauft wie der andere.«

»Die Gruppe bestand also aus fünf Männern, ist das richtig?«

»Ja.« Frau Krüger ließ bedauernd die Schultern hängen. »Das ist eine Katastrophe.«

»Was war denn so besonders an dieser Gruppe?«

»An dieser Vereinigung«, korrigierte Frau Krüger. »Sie waren als Höhlenforscher unterwegs. Aber wenn Sie mich fragen, war das bloß Ablenkung. Es ging um etwas anderes.«

Valérie vermochte nicht, sich einen Reim darauf zu machen. Robert Kistler hatte mit keinem Satz erwähnt, dass er das Höhlen-Hobby mit den toten Kollegen teilte. Oder ihr war etwas entgangen. »Worum ging es?«

»Sie trafen sich oft im Geisterhaus in Tuggen«, wich Frau Krüger aus. »Ich glaube, es ging um alte Geschichten.«

»Alte Geschichten?«

»Damals gehörte Robert Kistler noch nicht dazu.«

»Wie kommen Sie darauf?«

»Ein Gefühl.« Von da an gab sich Frau Krüger bedeckt, antwortete nur mit Ja oder Nein oder ließ die Antwort ganz aus. Was *damals* geschehen war, wollte Frau Krüger nicht sagen, oder sie hatte keine Ahnung davon.

Valérie spürte, dass sie die Verkäuferin überforderte. Sicher aber war, dass sie sie als Zeugin würde vorladen müssen.

***

Tomaso Cavadini hatte beim Staatsanwalt eine Durchsuchungsbescheinigung eingeholt. Der Wind hatte gekehrt. Vorsichtig ging man davon aus, dass die Tötungsdelikte mit den Vermisstenfällen etwas gemeinsam haben mussten oder zumindest Grund dazu gaben, endlich nach der Verbindung zu suchen. Mittlerweile arbeitete eine Hundertschaft an den Fällen. Nebst den Leuten des Ermittlungsdienstes »Leib und Leben« und denen des Fahndungsdienstes wurde Personal von den regionalen Polizeiposten herbeigezogen. Caminada hatte darauf gedrängt. Zu groß war die Gefahr für weitere Morde. Tomaso verstand nicht, weshalb Caminada von Gefahren sprechen konnte, wenn man noch nicht einmal wusste, wo sich der Gefahrenherd befand. Nervös waren alle.

Endlich war der Hausmeister aufgetaucht, von dem Frau Gisler gesprochen hatte, und Tomaso verschaffte sich mit seiner Hilfe Zutritt in Lisette Britschgis Wohnung.

Der Hausmeister, Typ mittelalter Rambo mit Stiernacken, schloss die Tür mit seinem Generalschlüssel auf. Er betrat das Entrée und schaute sich neugierig um.

»Sie müssen draußen warten.« Tomaso würde stehen bleiben, bis Rambo den Rückzug angetreten hatte.

»Was suchen Sie überhaupt? Polizei in diesem Wohnblock ist eher ungewohnt.« Rambo fuhr sich mit seiner Pranke über den Schädel. Er schwitzte. »Hier wohnen nur ehrenwerte Leute. Handelt es sich um ein Verbrechen?« Er bewegte sich im Zeitlupentempo nach draußen.

»Kennen Sie Lisette Britschgi?« Tomaso holte Einweghandschuhe hervor.

»Kennen wäre übertrieben.« Rambos Aufmerksamkeit erhielt einen weiteren Schub. »Man grüßt sich, wenn man sich begegnet. Als bei ihr der Wasserhahn tropfte, ging ich ihn reparieren. An der jungen Frau gibt es nichts zu beanstanden. Sie wohnt seit gut zwei Jahren hier, nachdem sie ihre Eltern verloren hat. Eine Tante von ihr hat die Wohnung für sie gemietet. Sie selbst sei auf einer Weltreise, wie ich erfahren habe. Lisette ist auf sich selbst gestellt. Sie ist eine angenehme Mieterin, ist leise, hat nie Besuch, außer von Frau Gisler gegenüber.« Rambo machte eine nachhaltige Pause. »Ist etwas mit ihr?«

»Das wüsste ich auch gern.« Tomaso durchwühlte seine Säcke der Winterjacke und förderte eine Visitenkarte zutage. »Hier, falls Sie Lisette Britschgi sehen sollten, rufen Sie mich umgehend an.« Er bat um Entschuldigung und stieß die Tür zu.

Tomaso hatte nicht nur einen ausgeprägten Geruchssinn. Alle Sinne waren wach, was, davon war er überzeugt, sein Beruf mitbrachte. Andere behaupteten, man habe ihn deswegen in die Fahndung befördert. Er zog sich die sterilen Handschuhe über.

Die Wohnung verfügte über zwei Zimmer, was Tomaso als Erstes auffiel, genug Platz für eine Person, zu wenig für zwei Personen. Dämmer lag über allem. Die Nachtvorhänge waren zugezogen. Zwischen den Spalten flutete das trübe Licht von draußen herein, graugelbe Kegel, in denen Staubpartikel tanzten, in der sanften Luftbewegung aufgestoben. Der Geruch war neutral, vielleicht ein Hauch Rose, kaum zu bemerken, streifte Tomasos Nase. Erst jetzt knipste er eine Lampe an, welche dem ersten Raum, dem Wohnzimmer, schärfere Konturen verlieh. Ein Tisch, zwei Sessel, ein Schrank wirkten harmonisch, auch die Farben in blassem Lila. Unwesentlich anders sah es im Schlafzimmer aus. Blümchenmuster auf der Bettwäsche, Schrank und Kommode mit Disneyfiguren. Lila auch hier. Hätte Tomaso es nicht besser gewusst, er hätte auf die mädchenhafte Einrichtung einer Zehnjährigen getippt.

Auf den ersten Blick fiel ihm nichts Verdächtiges auf. Nichts, das auf ein schnelles Aufbrechen hinwies. Wäre Lisette

Britschgi kurz weggefahren, hätte es nicht anders ausgesehen. Im Geschirrspüler stapelten sich gewaschenes Geschirr und Gläser, den Küchentisch zierte ein Kaktus, was nicht auf die Dauer der Abwesenheit hinwies.

Tomaso fotografierte alles.

Den zweiten Durchlauf ging er akribischer an. Er schaute in die Schränke, in Schubladen, untersuchte das Badezimmer, den Spiegelschrank über dem Lavabo. Hier fand er nebst dem üblichen Frauenkram eine Schachtel verschreibungspflichtigen Diazepams. Die Etikette des Arztes war entfernt, was eine Rückverfolgung unmöglich machte.

Tomaso ging noch einmal ins Schlafzimmer, sah unter das Bett, stieß dort auf einen Koffer und zog ihn hervor. Ein paar Staubknäuel hatten sich hierher verirrt, kaum der Rede wert. Tomaso öffnete den Koffer. Dieser war leer. Er griff in ein Seitenfach und fand einen zusammengefalzten Zettel. Er glättete das Papier auf seinen Knien und las das Wort, das ihm in roten Leuchtbuchstaben entgegenschrie: »Alek«. Was dahinter kam, war unleserlich. Die Buchstaben verwischten in der Farbe, blieben als helle Schlieren zurück. Er steckte den Zettel ein, suchte weiter, nach Fotoalben, persönlichen Dokumenten, ging noch einmal ins Badezimmer, hob dort den Deckel der Toilettenspülung an. Erfahrungsgemäß versteckten Leute Dinge, die geheim bleiben mussten, oft im Spülkasten. Hier war nichts. Lisette Britschgi trug entweder alle ihre Ausweise auf sich, oder die Wohnung hier hatte als Schlupfloch gedient.

***

Mit einer weiteren Postsendung an Verwandte, Bekannte oder Freunde der Mordopfer von Tuggen hatte man rechnen müssen.

»Nummer drei ist aufgetaucht«, informierte Louis in der von Valérie schleunigst einberufenen Teamsitzung, nachdem er über Carlas Besuch bei Frau Bruhin berichtet hatte. Valérie hatte es kaum kommentiert. »Nevena Fuchs bekam heute Vormittag das beste Stück ihres Ex-Mannes Jan Fuchs, fein säuberlich verpackt in einer Styroporschachtel, mit Eis gefüllt … ohne Begleitschreiben. Das Geschlechtsteil befindet sich im forensischen Labor für den DNA-Abgleich. Nevena Fuchs konnte nicht sagen, ob … na ja, lassen wir das.« Manchmal half wirklich nur Humor, um das hier auszuhalten. Louis räusperte sich, als ihm Valéries Blick nicht mehr entging. Sie musste ihn bereits geraume Zeit angesehen haben. Sie hielt eine diesbezügliche Bemerkung zurück, ergriff aber das Wort.

»Es kommt Bewegung ins Ganze.« Sie wartete, bis sie auch Fabias Aufmerksamkeit hatte. »Anhand des Vermisstenfotos von Leon Thüring, das nun schweizweit in den Medien erscheint, hat sich eine erste Zeugin gemeldet. Sie will am Tag, als Dr. Claudia Tobler ermordet wurde, Leon wiedererkannt haben, als dieser einen Strauß Blumen zum Haus des Opfers brachte.«

Louis strickte seine eigenen Ideen. »Wenn er von unbekannt als Bote eingesetzt wurde … vielleicht hat er mit diesem Dienst ein paar Franken verdient. Seine Eltern halten ihn in diesen Belangen womöglich kurz, oder das Taschengeld ist abhängig von Gefälligkeiten. Leon hat sicher schnell gelernt.«

»Wir dürfen davon ausgehen«, sagte Valérie, »dass Leon noch am Leben ist.«

»Als Spediteur.« Fabia zog ihre Schultern hoch.

»Beda und Milena Thüring haben bis heute Abend Zeit, sich einen Reim darauf zu machen. Thüring weist sämtliche Verdächtigungen von sich und von seinem Sohn.« Valérie kniff die Lippen aufeinander. »Das Blumengeschäft konnte in der Zwischenzeit auch ausfindig gemacht werden. Es handelt sich um die Blumenboutique ›Belle Fleur‹ in Lachen. Die Verkäuferin erinnert sich sogar an einen ›herzigen‹ Jungen. Sie habe ihn noch gefragt, ob die Blumen für seine Mutter seien. Der Junge sei wortkarg gewesen. Auf die Vermisstenmeldung hat sie aber nicht reagiert.«

Louis zog tief Luft ein, plusterte seine Wangen auf und ließ die Luft mit einem zischenden Laut entweichen, wobei er selbst erschrak. »Steckt Leon Thüring womöglich mit drin?«

»In den Mordfällen?«, fragte Fabia.

»Zumindest im Fall Tobler.« Valérie streckte ihren Rücken durch, stand nun da, wild entschlossen wie immer. »Ich denke, er wurde für den Botendienst missbraucht. Er überbringt Blumen, zur fast gleichen Zeit wird die Ärztin überfallen und außer Gefecht gesetzt. Andere Passanten wollen in besagtem Moment zwei Gestalten die Treppe zum Haus hinaufgehen gesehen haben. Leider fehlen weitere Angaben. Ein Junge mit Blumenstrauß fällt da eher auf.«

»Aber wird deswegen ein Dreizehnjähriger entführt?« Fabias Gesicht glühte.

»Entführt oder angestiftet.« Louis sah nachdenklich aus. »Von dem Jungen fehlt jede Spur. Auch ist er nicht bei seinen Eltern aufgetaucht. Sein Handy ist ausgeschaltet. Leon war am Tag seines Verschwindens zum letzten Mal in Schübelbach eingewählt. Dasselbe Problem haben wir auch bei den zwei vermissten Frauen. Sie wurden zuletzt an ihrer Wohnadresse geortet.«

»Wir haben eventuell etwas, das uns weiterbringt.« Valérie stand auf und heftete ein Stück Papier an die Pinnwand. »Das hier hat Tomaso Cavadini in der Wohnung der vermissten Lisette Britschgi gefunden, im Seitenfach eines Koffers. Ob es sich bloß um den Namen ›Alek‹ handelt oder um ein längeres Wort, ist zurzeit Gegenstand forensischer Abklärungen. Vertrauen wir den heutigen modernen Technologien. Alek könnte ein polnischer Männername ein. Alek ist auch die Abkürzung für ›Abklärungen lebensmittelbedingter Krankheitsausbrüche‹. Wir kennen das Kürzel beim Bundesamt für Lebensmittelsicherheit. Was hat aber eine Siebzehnjährige damit zu tun? Im Badezimmerschrank seien Benzodiazepine zum Vorschein gekommen. Diazepam, also Valium. Hierbei handelt es sich um ein Beruhigungs- und Schlafmittel. Ich persönlich sehe keinen Zusammenhang zu dem Kürzel ›Alek‹.«

»Das wäre auch zu spitzfindig«, bemerkte Fabia.

»Ich habe auch Neuigkeiten.« Vischer brachte sich ein. »Es betrifft zwar nicht meinen Aufgabenbereich, trotzdem habe ich geforscht.« Er zwinkerte Valérie zu.

Klar, dachte Louis, Valérie hatte ihre besten Leute auf die heiklen Abklärungen angesetzt, was Vischer mit seiner Aussage gleich bestätigte.

»Elodie Grange, wohnhaft in Martigny, wurde zur fast selben Zeit wie Scarlett Bruhin aus Innerthal adoptiert. Dies geht aus den Schriften der entsprechenden Gemeinden respektive Kantone hervor.«

»Worauf warten wir denn noch?« Valéries Stimme hatte einen scharfen Ton angenommen. »Wir müssen Beda und Melina Thüring vorladen. Mir scheint, es steckt viel mehr hinter dem Verschwinden ihres Sohnes, als wir angenommen haben. Um eine Lösegeldforderung geht es kaum, denn diese wäre längst eingetroffen. Sollte Leon für den Botengang missbraucht worden sein, müssen wir erfahren, von wem. Wir müssen Leon schnellstmöglich finden. Wo könnte sich ein Dreizehnjähriger verstecken, wenn er sich nicht mehr getraut, nach Hause zu gehen? Womöglich fürchtet er sich vor den Konsequenzen seines Vaters.« Valérie ließ eine Pause verstreichen. »Heute Morgen hatte ich ein Gespräch mit Nils Grünigers Verkäuferin Frau Krüger. Sie und Grüniger führten das Herrenmodegeschäft gemeinsam. Sie kannte die vier Opfer von Tuggen, sprach von einer Vereinigung, welcher die vier Männer und auch Schweinezüchter Robert Kistler angehörten. Wir müssen Kistler dazu befragen. Er hat letzthin nichts davon erzählt. Entweder verschweigt er uns etwas, um seine Haut zu retten, oder er hat mit der alten Freundschaft der Opfer tatsächlich nichts am Hut. Um ihn von jedwedem Verdacht auszuschließen, brauchen wir sein Alibi für den März 2005, als die Party in Portofino stattfand. Ich weiß, noch ist es vage, die Fete auf der Yacht als Motiv zu sehen. Dennoch scheint sie bislang das einzig mögliche Motiv zu sein. Wenn Robert Kistler nicht selbst involviert war, weiß er eventuell etwas darüber. Bringt ihn her.« Wieder pausierte sie. »Wie steht es um Jessica Diethelm, die Tochter des Bäckers? Hat man da schon Spuren?«

»Eine erste, der wir folgen«, sagte Cavadini, der gerade eben den Konferenzraum betreten und die Frage offenbar noch gehört hatte. »Ob sie uns weiterbringt, ist noch offen. Wir haben eine Kollegin der Frau gefunden, die zu wissen glaubt, wo sie sich aufhalten könnte. In einer geschützten Wohngruppe in Schwyz.«

»Na dann, die Arbeit wird uns nicht ausgehen.« Valérie bedachte Louis mit einem skeptischen Blick. »Kann ich dich kurz sprechen?«

Louis ahnte, was kam. Er hielt in seinen Bewegungen inne, wartete, bis der Rest des Teams das Zimmer verlassen hatte, und verschränkte die Arme.

»Mischt sich Carla wieder in unsere Arbeit ein?« Valérie räumte ihre Unterlagen in die Mappe, ohne aufzusehen.

Louis verargte ihr diese Bemerkung nicht. Doch für ihn gestaltete es sich nicht einfach. Einerseits hatte er das Bedürfnis, Carla zu verteidigen, andererseits kannte er die Unverfrorenheit seiner Verlobten. »Du weißt ja, wie sie tickt. Sie ist mit Eifer dabei. Alles oder nichts.« Louis war nicht wohl bei der Sache. Er hatte seinen Computer mit einem komplizierten Code gesichert, den er regelmäßig änderte, manchmal traute er aber Carla nicht. Wenn sie etwas wollte, ließ sie nicht locker, bis sie es hatte.

»Ich gehe davon aus, sie hat keinen Einblick in unsere Polizeiakten.«

Louis spürte Valéries eindringlichen Blick auf sich. »Nein, aber sie recherchiert, das kann ich ihr nicht verbieten.«

ELF

Tomaso Cavadini hatte seinen Wagen in einem reservierten Parkfeld abgestellt. Es befand sich in der Nähe des dreigeschossigen unscheinbaren Wohnhauses in der Bahnhofstraße in Schwyz. Eine Allee mit blätterlosen Pappeln führte direkt zum Eingang, der sich unter einem ausladenden Vordach befand. Verdorrte Efeuranken wanden sich beidseitig an Rinnen empor. Der nebelverhangene Tag blieb düster, auch am frühen Nachmittag.

Die Stufen zur Haustür waren feucht und von welken Blättern wie zubetoniert. Namensschilder gab es nicht, auch keine Beschriftung, die darauf hinwies, wozu das Haus diente. Die Anonymität war hier oberstes Gebot.

Tomaso drückte auf die einzige Klingel, kramte seinen Ausweis aus der Jackentasche und hielt ihn unter die Linse einer angebrachten Kamera. Er hatte in der Zeit seiner Tätigkeit vieles erlebt, was das Alltägliche in Frage stellte. Dort, wo die Angst regierte, war es sichtbar, wie hier zwischen der Straße und den dunklen, von Abgasen verfärbten Mauern, die bei näherem Hinsehen Vernachlässigung erahnen ließen. Ob aus Absicht oder nicht.

Die Tür ging auf, dahinter gelangte Tomaso in eine Art Schleuse und stand vor einer weiteren Türe. Er wartete, bis eine Frau öffnete und ihn begrüßte. Mit der Leiterin der geschützten Wohngruppen für Frauen hatte er vorher telefoniert.

»Folgen Sie mir«, sagte diese und führte ihn in ihr Büro. »Nehmen Sie Platz.«

Tomaso sah sich um. Der Tür gegenüber befand sich ein zweiflügliges Fenster. An den Wänden links und rechts zogen sich Regale bis unter die Decke. Ordner im bunten Mix aus Farben reihten sich aneinander und stapelten sich übereinander. Zum Teil beschriftete oder mit Großbuchstaben von A bis Z versehene Ordnerrücken.

Die Leiterin blieb stehen. Ihr leicht gebräuntes Gesicht wurde von blonden Haaren umrahmt, von üppigen natürlichen Locken. Ihre Augen funkelten klar und wach und erinnerten an grüne Sterne. »Sie erwähnten, dass Sie eine Frau mit Namen Jessica Diethelm suchen.«

»Leider wollten Sie mir keine Auskunft darüber geben.« Tomaso setzte sich endlich.

»Namen werden weder telefonisch noch in den Mails erwähnt«, erklärte sie. »Wir ziehen, wenn möglich, physische Kommunikation vor. Unsere Frauen haben eine lange Leidensgeschichte hinter sich. Wir wollen verhindern, dass diese sie wieder einholt. Vorsicht und absoluter Schutz der Frauen haben oberste Priorität.« Sie ließ sich Tomaso gegenüber auf einen schwerfälligen Sessel sinken. Sie seufzte. »Jessica Diethelm wohnt seit zwei Jahren bei uns, nachdem man sie auf der Straße aufgelesen hatte.«

»Sie wird hier eingesperrt?« Tomaso spürte ein flaues Gefühl in der Magengegend.

»Es war ihr Wunsch, zu uns zu kommen. Wir sperren niemanden ein. Aber oft bedingt die Situation, in der sich unsere Klientinnen befinden, gewisse Restriktionen. Das Böse lauert vor der Tür.«

»Ist es möglich, mit Jessica Diethelm zu sprechen?« Tomaso wollte keine Zeit verlieren. Die lief ihnen davon auf dem beschwerlichen Weg zur Aufklärung der Mordfälle und zur Verhinderung weiterer.

»In der Regel lassen wir keine Männer ins Haus.«

»Ich weiß. Aber es geht um mehrere Verbrechen, um Vermisste in deren Zusammenhang. Da müssten Sie ein Auge zudrücken. Wenn nicht, kommen wir mit einer Verfügung, dann wäre hier bald einmal der Teufel los.«

»Schlimmere Teufel als jene, welche diese Frauen kennen, gibt es nicht.« Die Leiterin hüstelte hinter vorgehaltener Hand. »Ich habe Jessica bereits auf Ihren Besuch vorbereitet. Wenn es darum geht, die Schweinehunde zu eliminieren, stehen wir

Ihnen zuletzt im Weg … Was eine Kränkung für Hund und Schwein ist«, ergänzte sie. »Ich muss Sie aber warnen. Jessica ist wankelmütig. Falls sie heute einen schlechten Tag hat, sind Sie vergebens hergekommen.« Die Leiterin erhob sich. »Wenn Sie mir folgen, werde ich Sie zu ihr bringen. Jessica erwartet Sie in einem unserer Besucherzimmer. Dort können Sie mit ihr sprechen. Eine Mitarbeiterin wird dem Gespräch beiwohnen. Ich will kein Risiko eingehen. Mit einem Mann allein im Zimmer, das könnte sie erschrecken.«

Tomaso wusste nicht, was auf ihn zukam. Vielleicht hätte er besser daran getan, den Polizeipsychologen Henry Vischer einzuweihen oder ihn sogar als Begleitung mitzunehmen oder noch besser eine Frau. Nun war es zu spät für solche Überlegungen. Er verließ hinter der Leiterin das Büro und tauchte ein in den Korridor, der links zum Eingang und rechts zu weiteren Türen führte. Er begegnete keiner Menschenseele.

Wider Erwarten fand er ein heimeliges Besucherzimmer vor, das in Pastelltönen gehalten war. Hellblaue Wände, weißes Mobiliar. Auf dem Tisch stand eine Vase mit rosa Rosen. In einer Ecke wartete eine Frau. Sie bedachte Tomaso mit keinem Blick, einen Gruß ließ sie aus, sie war mit ihrem Smartphone beschäftigt. Tomaso musste sich gedulden, bis Jessica Diethelm eintrat. Vierunddreißig Jahre alt war sie, was er den Unterlagen ihres Vaters entnehmen konnte. Bevor Louis und Valérie den Bäcker letzthin verließen, hatte dieser ihnen die Kopie ihres Passes in die Hand gedrückt.

Wahrscheinlich blinkte bei Jessica die Alarmleuchte, als sie ihn sah. Sie war im Begriff, wieder aus dem Zimmer zu gehen. Erst die einfühlsamen Worte der Leiterin und ihr Versprechen, Tomaso sei in guter Absicht hier, ließen sie zögernd näher treten. Ihr dünner Körper war angespannt, die Augen starr auf ihr Gegenüber gerichtet, als könnte sie allein dadurch eine schützende Schranke zwischen ihr und Tomaso errichten. Endlich ließ sie sich auf dem Sofa nieder, ging nicht nur in der Entfernung zu Tomaso auf Distanz, sondern gefühlt auch psychisch. Hinter dem verlebten Gesicht vermutete man eine frühere Schönheit, die sich in den letzten Jahren aufgrund peinigender Erlebnisse verabschiedet hatte. Hier sprach der Körper aus, was ihr Herz nicht vermochte. Die langen Haare hatte sie zu einem losen Pferdeschwanz zusammengebunden. Unter den graublauen Augen lagen Schatten, als hätte sie sich angemalt, eine traurige Clownin, die Wangen waren von Furchen gezeichnet. Selbst die Lippen, wahrscheinlich einmal voll und rosa, waren nur mehr graue Striche, um die sich kleine Fältchen legten.

»Was wollen Sie?« Ihre Stimme hatte keine Resonanz, klang wie die eines Mädchens, passte nicht zum Übrigen und flößte Tomaso Unbehagen ein.

Er versuchte, ruhig zu sprechen. »März 2005, erinnern Sie sich? Portofino, die Party auf der Yacht im Hafen.«

Jessicas Blick verklärte sich. Es war, als tauchte sie ab in eine Zeit, die jenseits ihrer Empfindungen lag. »Portofino«, sagte sie. »In diesem Jahr war der März kalt, als die Jungs sich entschlossen, in wärmere Gefilde zu ziehen.«

Tomaso hatte nicht damit gerechnet, nicht mit dieser schnellen Reaktion, ihrem Entgegenkommen. Er schwieg und wollte sie sprechen lassen.

Aber es kam nichts mehr. Lange sah sie bloß vor sich hin, wiegte ihren Oberkörper nach vorn und zurück, eine sich wiederholende Bewegung, die Tomaso schon bei geistig beeinträchtigten Menschen beobachtet hatte.

»Wenn Sie von der Presse sind, werden Sie nichts von mir hören.«

»Ich bin nicht von der Presse. Ich bin Polizist.« Er wies sich wiederholt aus. »Erinnern Sie sich? Man hat es Ihnen sicher gesagt.« Er warf der Leiterin einen kurzen Blick zu. Diese nickte.

»Weiß nicht.« Wieder versank Jessica Diethelm in eine Art Lethargie.

Tomaso räumte ihr Zeit ein. »März 2005.«

Die Leiterin verließ das Zimmer, und Jessica Diethelm hielt endlich in den stereotypen Bewegungen inne. »Wir reisten mit einem Bus nach Mailand … im März 2005. An den Tag genau erinnere ich mich nicht. Wir aßen dort Pizza und fuhren den Rest der Nacht durch bis nach Genua. Am frühen Morgen erreichten wir Portofino.« Jessica lehnte sich zurück und schloss die Augen. »Jan, Nils, Oli, Matthi, Pina und ich.« Sie seufzte. »Die Nachnamen kenne ich nicht.«

Tomaso nutzte ihre Sprechpause. »Pina war Ihre Freundin, nicht wahr?«

»Meine beste Freundin.« Sie seufzte schwer. »Wir waren erst sechzehn und hatten genug von zu Hause, den ewigen Nörgeleien unserer Eltern. Deshalb fuhren wir mit. Die Jungs waren okay, Freunde eben, einige Jahre älter als Pina und ich. Aber das machte uns nichts aus. Mit Gleichaltrigen hatten wir damals eher Mühe und mit den Älteren mehr Spaß.« Jessica schüttelte den Kopf, als wäre sie mit ihren Gedanken nicht im Einklang. »Dann lernten wir Giuseppe kennen. Er war ein Freund von Oli. Cooler Typ, der von reichen Fuzzis als Skipper für deren Luxuskahn angeheuert worden war. Wenn die Eigentümer nicht auf der Yacht waren, durfte Giuseppe allein darauf leben. Seine Aufgabe bestand darin, die Schaukel in Schuss zu halten … Party, hieß es dann. Wir dachten, da kommen viele Leute. Aber nein, wir waren nur zu siebent, fünf Männer und zwei Girls. Die Post ging ab, das kann ich Ihnen sagen.« Jessica holte tief Atem. »Wir fuhren hinaus aufs Meer, und Giuseppe ankerte in der Nähe eines Castellos. Wir waren allein auf hoher See, nur Pina und ich und ein Haufen testosterongesteuerter Männer. Den Rest können Sie sich sicher vorstellen.«

Tomaso befürchtete hier den Cut. Fertig, Schluss, amen. Er war dazu gezwungen, sich die Fortsetzung dieser Party selbst auszudenken. Seine Phantasie ließ es sogar zu, obwohl jeder Gedanke an das, was damals mit den Mädchen geschehen war, Brechreiz in ihm auslöste. Er musste es von ihr erfahren. Gehemmt schaute er zu der Frau in der Ecke, die weiterhin still auf dem Stuhl verharrte, auf ihr Smartphone guckte und so tat, als ginge sie alles nichts an.

»Was haben die Männer damals auf der Yacht getan?«

Jessicas Gesicht verzog sich zu einer Fratze. Sie schwieg eine Weile, bevor sie sich zum Sprechen durchrang. »Was man mit naiven Mädchen so tut.« Sie schniefte laut. »Wir waren sechzehn, wollten ein wenig Spaß. Abtanzen ... die Italianità genießen, Pizza essen, Wein trinken, rauchen ... Pina und ich waren Landeier, dumme, erbärmliche Landeier.« Sie sagte es emotionslos, als würde sie von einer Fremden sprechen.

»Dann hat man euch wehgetan.« Tomaso wollte den einfühlsamen Weg einschlagen, obwohl er Jessica mittlerweile als jemanden einschätzte, die viel vertrug. Ihre ganze Art ließ diesen Schluss zu. Ihr Leben hatte ihr zu viel des Schlechten abverlangt, als dass sie es mit einer gepflegten Sprache hätte aufwerten können. Vor ihm saß eine Frau mit wenig Perspektiven, die vielleicht versuchte, ihrem Dasein etwas Glanz zu verleihen, indem sie ein paar Arbeiten in der Frauengemeinschaft erledigte, mit den Mitbewohnerinnen redete und dadurch Kraft bekam. Tagein, tagaus kämpfte sie für ein bisschen Menschlichkeit.

Auch wenn sie es nicht klar aussprach, Tomaso glaubte, das Motiv gefunden zu haben, an dem seine Kollegen noch zweifelten. Es galt jetzt, Jessica zum Erzählen zu bewegen, was wirklich geschehen war. Er musste ihr Vertrauen gewinnen, ein weiteres Mal würde sie wohl kaum jemanden von der Polizei empfangen. Wenn er es nicht schaffte, wem gelang es dann? Valérie? Er durfte sie nicht damit behelligen. Die Frau hatte schon so genug um die Ohren.

»Wozu ist es gut?«, fragte Jessica plötzlich. »Warum wollen Sie das alles wissen? Geilt sich die Polizei an solchen Schicksalen auf?«

Da war es schon, was er befürchtet hatte. »Haben Sie Kontakt zu Pina?«

»Pina?« Jessica wand sich. »Nein, habe ich nicht. Nach diesem Ausflug haben wir uns aus den Augen verloren. Wir schämten uns für das, was passiert war. Ich weiß nicht, was aus ihr geworden ist. Ich hatte genug mit mir zu tun.«

»Wir ermitteln in einem Verbrechen«, sagte endlich Tomaso, in der Hoffnung, Jessica würde sich noch mehr öffnen. »Es ist wichtig zu erfahren, was im März 2005 tatsächlich geschah.«

»Sie ermitteln aufgrund des Verbrechens, das man an uns verübt hat? Jetzt erst? Echt?«

Ihren Falten um den Mund sah er an, welche Anstrengung sie dieses Lachen kostete.

»Vielleicht hätten wir die Typen anzeigen sollen … Oli, Jan, Nils und Matthi.«

Tomaso wollte dies nicht im Raum stehen lassen. »Oliver Hurni, Jan Fuchs, Nils Grüniger und Matthias Mettler wurden am letzten Freitag Opfer eines bestialischen Mordes.«

Jessica Diethelm schluckte. »Soll ich trauern?«

Diese Erwiderung hatte er erwartet. Er musste mit härteren Bandagen auffahren. »Wo waren Sie in der Nacht von Freitag auf Samstag?«

»Hier. Man sperrt mich ein, zu meiner Sicherheit, wie die Direktorin sagt.«

»Kennt sie Ihre Geschichte?«

»Selbstverständlich. Sie kennt die Geschichten von allen, die hier stranden. Ich habe ein Alibi. Und jetzt gehen Sie. Ich bin müde.«

»Noch eine letzte Frage, dann sind Sie mich los: Wie heißt Pina mit Nachnamen?«

Jessica Diethelm verzog ihren dürren Mund. »Sorry, aber der Nachname kommt mir nicht in den Sinn.«

Was ihr Tomaso bei allem Respekt nicht abnahm.

***

»Danke für Ihre spontane und schnelle Zusage.« Valérie führte Robert Kistler in eines der Befragungszimmer. »Bitte, nehmen Sie Platz.«

»Die Stühle sehen nicht danach aus, als würde ich es hier lange aushalten.« Kistler lachte über seinen eigenen Humor.

»Wie bitte?« Valérie war kurz abgelenkt. »Ach so, ja …« Sie rang sich ein Lächeln ab. »Ich werde unser Gespräch aufnehmen. Ich hoffe, Sie sind damit einverstanden.«

»Ich habe nichts zu verbergen.« Kistler setzte sich. »Wie kann ich Ihnen helfen?«

Valérie sprach die erforderlichen Texte auf Band. »Es geht um den März 2005.«

»März 2005?« Kistler machte zum ersten Mal Stielaugen. »Das ist …«, er rechnete nach, »achtzehneinhalb Jahre her. Wie um Gottes willen soll ich wissen, was ich vor so vielen Jahren gemacht habe? März, sagten Sie? In diesem Monat lasse ich normalerweise meine Säue decken, im März und im Juli. Aber was ich im März 2005 gemacht habe?« Er kratzte sich am Hinterkopf.

»Vielleicht hilft Ihnen dies.« Valérie betrachtete ihre Notizen. Ein Reminder, auf den Zanetti sie gestoßen hatte. »Die südjapanische Insel Kyûshû wurde von einem Erdbeben der Stärke sieben Komma null erschüttert.«

»Gab es Tote?« Kistler beugte sich über den Tisch. »Sie wissen, wie das ist. Erst wenn es Todesopfer gibt, schaut die Welt hin.«

Valérie sagte nur: »Es gab Verletzte.«

»Da kommen bei mir keine Erinnerungen auf. Sorry.«

»Seit wann waren Sie mit den Opfern von Tuggen befreundet?«

»Schon wieder eine Gretchenfrage?« Kistler lachte, was sich wie ein Knurren anhörte. »Zehn, elf Jahre. Ich lernte sie bei meinem Bruder kennen, als sie bei ihm dinierten.«

»Zusammen mit ihren Frauen?«

»Nein, die Jungs waren meistens allein unterwegs, also, wenn sie zu viert … Sie wissen, was ich meine.«

»Können Sie mir das näher erklären?«

»Höhlenforschung.«

Valérie sah auf. Hatte sie etwas falsch verstanden? Wies Kistler mit dieser Bemerkung auf eine Zweideutigkeit hin? Nein, so schätzte sie ihn nicht ein. Auch wenn er einen grobschlächtigen Eindruck machte, attestierte sie ihm einen gewissen Anstand.

»Die Frauen interessieren sich nun mal nicht für Karsthöhlen«, beseitigte Kistler ihre Bedenken.

»Und Sie?« Valérie atmete innerlich auf. Sie musste immer auf alles gefasst sein, wenn sie Befragungen durchführte.

»Keine Zeit.«

»Erzählen Sie mir über die Villa Mettler. Wie ich gehört habe, wollte sie Matthias Mettler von den Architekten zurückkaufen.«

»Ich kam ihm zuvor.«

»Ich hörte es anders.« Valérie ließ den Satz nachwirken. »Mettler hatte ein Vorkaufsrecht. Warum hat er von ihm nicht Gebrauch gemacht?«

Kistler lief rot an. Er strich sich verlegen über den Mund. »Er hatte auf einmal kein Interesse mehr … bis zu dem Tag, als er mit der Idee kam, die Villa als integrierenden Bestandteil in den Wohnpark einzubauen. Aber da hatten mein Bruder und ich die Villa längst gekauft.«

»Vor zwei Monaten, wie uns das Grundbuchamt bestätigt hat.«

Kistler wurde zusehends nervöser. »Klar, hätte ich mir denken können, dass die Polizei schnüffelt. In der Villa geschehen vier Morde. Nun machen wir uns als Eigentümer mitschuldig.«

»Es ist *Ihr* Haus, Herr Kistler, und dass Sie und Ihr Bruder es erworben hatten, verrieten Sie selbst«, sagte Valérie mit Nachdruck. »Sie –«

Kistler fuhr ihr ins Wort. »Seit wann wird Großzügigkeit bestraft?«

»Verschweigen Sie mir etwas?«

»Sapperlot!« Kistler wurde laut.

»Warum war die Tür ins Haus nicht abgeschlossen?«

»Keine Ahnung.«

»Was war der Grund, weshalb Matthias Mettler vom Vorkaufsrecht zurücktrat?«

»Ohne meinen Anwalt werde ich nichts mehr sagen.«

Valérie verließ konsterniert das Befragungszimmer. Was entspannt begonnen hatte, entwickelte sich zu einem Verdacht, den sie nicht unter den Teppich kehren durfte. Kistler hatte etwas auf dem Kerbholz, und sie würde herausfinden, was es war. Sie würde ihn verhören müssen. Die Frage, weshalb die Tür zur Villa nicht abgeschlossen gewesen war, blieb Gegenstand der Ermittlungen. Der KTD hatte keine Einbruchsspuren sichergestellt.

Im Zimmer acht warteten bereits Herr und Frau Thüring auf sie. Beim Getränkeautomaten, den es seit letzter Woche auf dieser Etage gab, holte Valérie eine Flasche Mineralwasser und trank sie bis zu einem Drittel aus. Sie öffnete die Tür und trat ein. Melina Thüring saß am Tisch, während ihr Mann von einer zur anderen Ecke tigerte.

»Ah, da sind Sie ja, Frau Lehmann.« Thüring stemmte die Hände in die Seiten. »Wir sind schon wieder hier. Was ist diesmal der Grund? Haben Sie unseren Jungen?«

Valérie sah ihm an, wie sehr die Situation ihn forderte. Fraß seine Frau den Kummer in sich hinein, machte Thüring ihm ganz klar Luft. »Bitte setzen Sie sich.« Valérie wies auf den Stuhl links neben Melina Thüring. »Die Fahndung läuft auf Hochtouren, glauben Sie mir.« Sie ließ ein paar Sekunden verstreichen und legte ihre Dokumente ab. Sie widerstand dem Drang, sofort auf das Kinderheim zu sprechen zu kommen. Doch sie war sich so sicher wie nie zuvor, dass das Verschwinden von Thürings Sohn mit einer Geschichte aus der Vergangenheit zu tun hatte. »Ist inzwischen eine Lösegeldforderung eingegangen?«

»Nein, das macht es ja so schrecklich.« Thüring griff nach der linken Hand seiner Frau. »Wir würden sofort bezahlen.«

»Ist es möglich, dass Leon von sich aus verschwunden ist?«

»Haben Sie uns das nicht schon mal gefragt?«, sagte Thüring.

»Das war dieser Cavadini«, korrigierte Frau Thüring.

Er bestrafte seine Frau kurz mit einem eiskalten Blick. »Es ändert nichts an meiner Antwort, wenn Sie sich wiederholen, Frau Lehmann. Leon hat keinen Grund, uns zu verlassen.«

Valérie wartete wieder. Melina Thüring nestelte nervös an ihrem rechten Ärmel. Ihre Augen waren starr auf den Saum gerichtet. Thüring rutschte ungeduldig auf dem Stuhl hin und her.

»Frau Thüring, bitte verstehen Sie mich nicht falsch, wenn ich Ihnen jetzt eine Frage stelle, die Sie als unangemessen einstufen könnten.«

»Fragen Sie bitte *mich*«, sagte Thüring und kam mit dem Oberkörper nach vorn. »Sie sehen ja, wie sehr meine Frau leidet.«

Valérie akzeptierte es. Sie wandte sich an Thüring, ohne Melina Thüring aus dem Blickwinkel zu lassen. »Als Sie das Kinderheim ›Sternenhimmel‹ führten …« Sie suchte nach den richtigen Worten. »Kam es oft vor, dass Ihre Schutzbedürftigen zur Adoption freigegeben wurden?«

»Das war unsere Bemühung, die Kinder, vor allem Waisen, in einem neuen Zuhause unterzubringen. Wir konnten den Kindern nicht mit allem gerecht werden. Im Kollektiv ist es schwieriger, ein Kind zu erziehen und ihm die nötige Aufmerksamkeit zu schenken. Es gab kinderlose Paare, die zu uns kamen. Adoptionen sind verbunden mit aufwendigen Verfahren. Die Kinder kamen erst probehalber zu der Familie, die sie aufnehmen wollte. Mit einer Quote von fast sechzig Prozent waren wir stets auf der erfolgreichen Seite.« Thüring hüstelte. »Unsere Kinder wurden mit wenigen Ausnahmen gut platziert. Einige blieben jedoch bis zu ihrer Volljährigkeit im Heim.«

»Februar 2006.« Valérie gab ihm eine Gedankenstütze. »Im Alter von zwei Monaten wurden gleich zwei Mädchen adoptiert.« Sie beobachtete das Ehepaar, registrierte eine Veränderung in seinem Gesicht. »Sie erinnern sich?«

Thüring sah seine Frau an, sagte aber nichts.

Anders Frau Thüring. Sie streckte ihren Körper, als wäre sie für einen Angriff bereit. »Sie glauben, das Verschwinden unseres Sohnes hat damit zu tun?«

»Wir müssen alles in Erwägung ziehen.«

»Warum gerade Februar 2006?« Thüring runzelte die Stirn.

Valérie ließ die Frage im Raum stehen. »Sagen Ihnen die Namen Scarlett Bruhin und Elodie Grange etwas?«

Melina Thürings Gesicht nahm die Farbe eines weißen Lakens an. Ihr Kinn sackte nach unten. Sie warf ihrem Mann einen seltsamen Blick zu, in dem Valérie Angst und Unbehagen zu lesen glaubte.

Thüring ergriff das Wort. »Ich erinnere mich nicht mehr an ihre Namen, aber an die Familie Bruhin. Die Adoption wurde von der Vormundschaftsbehörde in einem Schnellverfahren genehmigt.«

»Und die von Elodie Grange?«

»Grange? Grange?« Thüring langte an den Mund. »Sagt mir nichts.«

Melina Thürings Reaktion drückte etwas anderes aus.

»Und Ihnen, Frau Thüring?«

Diese wartete augenscheinlich die Reaktion ihres Mannes ab. Zwischen dem Ehepaar entstand eine wortlose Verständigung, die darin gipfelte, dass die Frau schwieg.

»Wir werden nicht darum herumkommen, das Archiv des Kinderheims zu durchforsten.«

»Ich denke, ohne Durchsuchungsbescheinigung geht das nicht.«

»Sie können sich gar nicht vorstellen, wie schnell ich an eine solche Bescheinigung komme.« Valérie schenkte Thüring andeutungsweise ein Lächeln. »Sie würden es uns aber erleichtern, wenn Sie mir erzählen, was Sie wissen. Die Vermutung liegt nahe, dass das Verschwinden Ihres Sohnes mit diesen Adoptionen zu tun hat.« So radikal hatte sich Valérie nicht ausdrücken wollen. Sie befand sich in einer schwierigen Lage, sah in den

Mordfällen absolut keinen Fortschritt. Sie ertappte sich dabei, wie unprofessionell sie reagierte.

»Weshalb?« Thüring schoss in die Höhe. »Sie spekulieren.«

»Ich schöpfe aus, was mir zur Verfügung steht.« Klar spekulierte sie. Sie musste alles ausloten, jedem Verdacht nachgehen, auch wenn er in der Sackgasse endete. Sie durfte sich im Nachhinein keinen Vorwurf machen müssen, etwas ausgelassen zu haben. »Also, was wissen Sie über die Babys.«

»Nichts Außergewöhnliches«, sagte endlich Thüring.

Wieder sah seine Frau fast anklagend zu ihm hinüber. Sie hinterließ den Eindruck, etwas sagen zu wollen, was ihr Mann mit seinem bloßen Gesichtsausdruck unterband.

Valérie blieb ruhig. Sie hatte kein Bedürfnis, das Ehepaar in die Enge zu treiben. Druckmittel halfen in den seltensten Fällen. »Andere Frage: Kennen Sie Frau Dr. Claudia Tobler?«

»Wer ist das?« Thüring preschte vor. Seine Frau hatte keine Chance, Stellung zu nehmen.

»Wir haben die Aussage eines Zeugen, dass Ihr Sohn am letzten Montag einen Blumenstrauß bei ihr abgegeben haben soll.«

»Man hat unseren Sohn gesehen?« Melina Thürings Stimme überschlug sich. »Und das sagen Sie uns erst jetzt?«

»Melina, sei still. Wir kennen keine Ärztin mit diesem Namen. Wer also soll unseren Sohn gesehen haben? Das ist doch Bullshit.«

»Aber.« Valérie hob demonstrativ ihre rechte Hand, entschied sich jedoch, sich zurückzuhalten.

»Nichts aber.« Thüring machte Anstalten, sich zu erheben. »Ich glaube, unsere Sitzung ist somit beendet.«

Valérie startete einen letzten Versuch. »Sie wollen doch auch, dass Ihr Sohn wieder zum Vorschein kommt.«

»Nichts anderes als das.« Thüring grummelte etwas vor sich hin. »Was tut die Polizei dafür?«

Valérie konnte diesen Vorwurf nicht stehen lassen. Sie wusste von Cavadini, was unternommen wurde, um Leon zu finden.

Ab Mittag kam im Radio wie auch im Fernsehen zu jeder vollen Stunde eine Meldung über den Vermissten, bis spät in die Nacht hinein. Ein Verbund von Polizisten hatte es sich zur Aufgabe gemacht, nach ihm zu suchen. Nicht nur nach Leon, auch nach Scarlett und Lisette. Die Zeugenaussage, man habe den Jungen vor der Arztpraxis in Lachen gesehen, vereinfachte die Sache nicht. Im Gegenteil: Sie warf neue Ungereimtheiten auf. »Der Fahndungsdienst unternimmt gerade alles, um Ihren Sohn zu finden«, rechtfertigte sich Valérie.

Frau Thüring räusperte sich. »Sag es ihr … bitte, Beda, das hat doch keinen Zweck. Sag ihr, dass wir Frau Dr. Tobler kennen.«

»Das ist nicht von Belang.«

»Doch, das ist es. Ich will meinen Sohn zurück …« Melina Thüring geriet außer sich. »Wenn das alles einen Zusammenhang hat, dann müssen wir das Schweigen brechen.«

ZWÖLF

Valérie befand sich bereits früh am Samstagmorgen auf dem Sicherheitsstützpunkt. Sie hatte schlecht geschlafen, die Gespräche mit Robert Kistler und dem Ehepaar Thüring lagen ihr schwer auf. Damit, dass Kistler sich aufspielen würde, hatte sie rechnen müssen und die Konsequenzen eingeleitet. Die Bescheinigung für ein Verhör hatte sie. Zanetti hatte sie ihr ohne Widerstreben ausgehändigt. Die Vorladung war unterwegs. Jetzt würde sie Kistler nicht mehr mit Samthandschuhen anfassen; er gehörte in den Kreis der Verdächtigen, was die Bluttat in Tuggen betraf. Er hielt absichtlich etwas zurück, was für die weiteren Ermittlungen wichtig war.

Das abrupte Ende des Gesprächs mit den Thürings hingegen war frustrierend gewesen. Melina Thüring hatte einen Nervenzusammenbruch erlitten, sie hatte die Befragung abbrechen müssen. Thüring hatte sich selbst einen Maulkorb gegeben, was nicht bloß der Unpässlichkeit seiner Frau geschuldet war. Auch sie verbargen etwas.

Valérie bereitete sich einen doppelten Espresso zu, warf zwei Würfelzucker hinein und setzte sich mit der Tasse an ihr Pult. Am Abend zuvor war sie nicht mehr dazu gekommen, auf ihre E-Mails zu sehen. Louis hatte ihr, zuverlässig wie immer, ein paar Unterlagen vorbeigebracht. Um sie durchzulesen, war sie zu müde gewesen. Wenn sie sich in einer solchen Phase befand wie aktuell, durfte sie ihre Gesundheit nicht vernachlässigen. Die Müdigkeit wirkte sich auf ihre Konzentration aus. Valérie blätterte die Rapporte durch und druckte die Attachments der Mails aus. Ein Bericht von Sergent Boisset aus Martigny war dabei. Dieser bereitete ihr wenig Freude und bedeutete einen Rückschritt. Es gab handfeste Beweise, dass Elodie Grange vom Freitag auf den Samstag vor einer Woche in besagter Bar gewesen war, zusammen mit einem Freund. Die Police aus

Martigny hatte ihn befragt, nachdem er sich freiwillig bei ihr gemeldet hatte. Auf seinem Handy existierten Fotos, auf denen man Elodie erkannte. Und gemäß Provider war dessen Handy zu der Zeit in der näheren Umgebung der Bar eingewählt gewesen.

Woher stammte also Elodies DNA an den beiden Tatorten?

Valérie konzentrierte sich auf die Mitteilung aus dem forensischen Labor. Sie musste die Resultate der erweiterten DNA-Abgleiche mehrmals lesen, um hier einen Fehler auszuschließen. Die Spuren der mutmaßlichen Täterin waren mit denen der Opfer verglichen worden. Es gab eine fünfzigprozentige Übereinstimmung mit Oliver Hurni.

Valérie lehnte sich zurück. Sie trank den Espresso aus und spürte Adrenalin. Das Blatt begann sich zu wenden. Fünfzig Prozent Konformität bedeutete einen Verwandtschaftsgrad zwischen Opfer und Täter. In Frage kamen Oliver Hurnis Eltern, die jedoch gestorben waren. Schwestern oder Brüder? Hier existierten keine Informationen. Gemäß Rapport galt Oliver Hurni als Einzelkind. Die eigenen Söhne? Bezüglich der Aussage von Yvonne Hurni waren diese zur Tatzeit in Lausanne gewesen.

Oliver Hurni musste demzufolge der Vater der Täterin gewesen sein. Valérie las es ein drittes Mal. Kein Irrtum. Oliver Hurni war der Vater von Elodie Grange. Aber, da machte Valérie wieder ein Fragezeichen. Elodie Grange war an diesem Freitag nachweislich in Martigny gewesen.

Valérie griff nach dem Telefonhörer der Festnetzstation und wählte Caminadas Nummer. Er nahm gleich ab, seine heisere Stimme ließ vermuten, noch nicht lange wach zu sein.

»Guten Morgen, Gian Luca, sorry die Störung.«

»Schon wieder fit?«

Seine Fröhlichkeit schien aufgesetzt.

»Hast du den Bericht aus dem Labor auch bekommen?« Valérie hörte ein Klicken, dann einen Piepton. Caminada fuhr wahrscheinlich seinen Rechner hoch.

»War der im Mail-Eingang?«

»Ja, datiert auf heute um zwei Uhr. Unsere Jungs bei der Forensik arbeiten im Schichtbetrieb.«

»Das könnten wir hier auch einführen.« Caminada ließ einen kurzen Lacher vernehmen. Er wurde ernst. »Okay, lass mich überlegen. Elodie Grange befand sich zur Tatzeit *nicht* in Tuggen. Der Bericht aus Martigny hat mich gestern erreicht. Hast du den auch?«

»Ja, der wirft am meisten Rätsel auf. Wenn nicht Elodie Grange, wer war dann in Tuggen? Mit derselben Erbsubstanz? Oder hatte jemand ihre DNA an den Tatort gebracht, um den Verdacht auf sie zu richten? Dürfte schwierig sein. Und wenn ich mir den Bericht aus dem Labor ansehe, müsste sie Oliver Hurnis Tochter sein, alle anderen in Frage kommenden Personen können wir ausschließen. Was um alles auf der Welt hat das zu bedeuten? Ich muss unbedingt noch einmal mit den Thürings sprechen. Gestern musste ich das Gespräch abklemmen. Frau Thüring ging es nicht gut.«

»Wann hast du vor, Robert Kistler zu vernehmen?«

»Er hat für heute Nachmittag eine Vorladung. Er hat mir bereits mit seinem Rechtsvertreter gedroht, was ein halbes Geständnis ist, uns etwas vorzuenthalten. Das, was er tut, ist Behinderung der Polizeiarbeit. Trotzdem muss ich davon ausgehen, dass er den Termin verschieben wird, sollte sein Anwalt nicht zeitig zur Stelle sein.«

»Kann Anklage gegen ihn erhoben werden?«

»So weit sind wir noch nicht. Aber Emilio meint, es sei nur eine Frage der Zeit. Mir ist das Ganze auch nicht geheuer. Kistler verschweigt uns etwas, wie übrigens auch Thüring. Das, was wir wahrnehmen, ist bloß die Spitze des Eisbergs. Wir müssen endlich damit beginnen, unter der Oberfläche zu kratzen. Der nächste Schritt wird ein DNA-Abgleich von Scarlett Bruhin sein. Emilio hat auch dies veranlasst. Das hätte schon längst geschehen sollen. Der genetische Fingerabdruck ist etwas vom Ersten, was vierundzwanzig Stunden nach Vermisstenmeldungen gemacht wird.« Dass Cavadini möglicherweise etwas versäumt hatte, wollte sie nicht verlautbaren.

»Ich kann deinen Gedanken nicht ganz folgen. Aber tue das, was du für richtig hältst.«

Valérie verabschiedete sich. Caminada war ihres Erachtens noch nicht richtig in die Gänge gekommen. Der zweite Anruf ging an Fabia. Obwohl sich Valérie nicht sicher war, sie im SSB zu erreichen, wollte sie sie zu sich bitten.

Bei ihr musste sie es ein paarmal klingeln lassen. Sie war erst unterwegs nach Biberbrugg.

»Der Bericht, rufst du mich deswegen an?« Fabia gähnte.

»Ja, ich habe gesehen, dass deine Mailadresse im CC ist. Wir sollten darüber reden. Ich brauche deine spitzfindigen Ideen, wenn es um Kinder geht.«

»In zehn Minuten bin ich im Büro bei dir. Du bist doch im Büro, oder?«

»Ja.« Valérie legte auf.

Sie spürte einen stechenden Schmerz an ihrer linken Schläfe. Sie hatte die Teamsitzung für zehn Uhr anberaumt und musste sie vorbereiten. Im Moment kamen viele Stränge zusammen, die zu sortieren ihr Kummer bereitete. Die Bluttat in Tuggen, deren Motiv in einer wilden Party vor Portofino wurzelte. Jessica Diethelm, die wahrscheinlich mehr darüber wusste, als sie zugeben wollte. Wenn der Name des damals zweiten Mädchens bekannt war, wäre dies ein Meilenstein auf dem Weg zur Aufklärung. Robert Kistler, der etwas zurückhielt, was die Morde betraf. Die Frage, weshalb Matthias Mettler vom Vorkaufsrecht der Villa zurückgetreten war, obwohl er gemäß den Aussagen seiner Ehefrau alle Hebel in Bewegung gesetzt hatte, sie zu kaufen. Warum war er so abrupt zurückgekrebst? Hatte Kistler ihn wegen etwas in der Hand gehabt? Hatte er Mettler erpresst?

Entmannung, Strangulation. Einrammen. Auch der abgetrennte Hundekopf blieb ein Mysterium.

Der Tod der Gynäkologin. Valérie zermarterte sich auch hier den Kopf. Ähnliche Vorgehensweise. Schläge an den Kopf. Gezielte Entfernung des Uterus. Gab es da Erklärungen? Wurde es näher angesehen? Valérie machte eine Notiz.

Der einzige Berührungspunkt zwischen der ersten und zweiten Gewalttat war lediglich die DNA von Elodie Grange. War bewusst eine falsche Fährte gelegt worden? Wollte mit der DNA jemand auf den Verwandtschaftsgrad zwischen Oliver Hurni und Elodie Grange aufmerksam machen?

Valérie stand auf, ging durchs Zimmer bis zum Fenster. Der Fluss Alp, der sich an diesem verhangenen Tag träge durch die Landschaft schlängelte, gab ihr keine Antwort. Valérie ließ einen zweiten doppelten Espresso aus der Kaffeemaschine. Zwei Würfelzucker. Sie rührte sie mit dem Löffel um, trank die Tasse leer und setzte sich wieder.

Hatten die beiden Fälle *nichts* miteinander zu tun?

Leons Graffitis an den Fassaden der Villa, die Tatsache, dass der Junge von Schübelbach nach Tuggen gefahren war, um dort seine Kunst zum Besten zu geben, war Zufall. Valérie kannte die Vorlieben von Jugendlichen, wenn es darum ging, ihre freie Zeit auszufüllen. Sie kamen auf die absurdesten Ideen. Eine Fassade besprayen war das Harmloseste. Es gab welche, die schlugen aus purer Langeweile Passanten nieder, andere kifften oder führten sich wie Idioten auf, indem sie Fremdeigentum zerstörten. In der Gruppe fühlten sie sich stark. Mit solchen Halbwüchsigen hatte Valérie in der Vergangenheit wiederholt zu tun gehabt.

Was war mit dem unvollständigen Wort »Alek«? Die Angelegenheit befand sich beim einzigen Sprach-Profiler und war noch immer pendent. Der war wohl mit anonymen Drohbriefen beschäftigt, hatte keine Zeit für ein einziges Wort. Valérie notierte auch das.

Es klopfte, und die Tür ging auf. Fabia zog Mantel und Mütze aus und legte beides auf einen Stuhl. »*Good morning.* Da bin ich.« Sie setzte sich neben Valérie, pustete Luft aus, wuschelte ihre Haare in Form und verschränkte die Arme. »Lass uns über Kinder reden.«

Valérie öffnete den Anhang der Mail aus dem Labor. »Bevor

wir Yvonne Hurni, die Witwe des verstorbenen Oliver, aufsuchen, würde ich gern ein paar Dinge mit dir besprechen.« Valérie warf einen Blick auf den Zeitanzeiger rechts unten des Computerbildschirms. »Um zehn ist Sitzung, dann werde ich die Aufgabenblöcke verteilen und danach mit dir nach Reichenburg fahren.«

Fabia rückte näher ans Pult. »Krass.« Sie zeigte auf den Monitor, wo eine Tabelle erschienen war. »Gehe ich richtig in der Annahme, dass Elodie Grange ihren eigenen Vater umgebracht hat?«

»Wenn sie herausgefunden hat, wer er ist … ich weiß echt nicht, was ich davon halten soll. Sie könnte ihn verantwortlich für den Verlauf ihres Lebens gemacht haben. Elodie war zur Tatzeit der Tuggen-Morde jedoch in Martigny. Wo sie war, als Dr. Tobler getötet wurde, bleibt rätselhaft. Wer sonst könnte eine gleiche DNA haben wie Elodie?«

»Ihr eineiiger Zwilling.«

»Daran habe ich nicht gedacht. Nur, wo finden wir diesen Zwilling?«

»Im Kinderheim ›Sternenhimmel‹«, sagte Fabia, als wäre es die selbstverständlichste Sache der Welt. »Wenn nicht Elodie Grange, muss ihre Zwillingsschwester am Tatort gewesen sein.«

»Aber hier geht es um die fünfzigprozentige Übereinstimmung der genetischen Merkmale im Vergleich zu Hurni. Diese haben auch Geschwister untereinander. Eine solche gibt es aber nicht wissentlich.« Valérie zweifelte an ihren eigenen Überlegungen.

»Eine waghalsige Interpretation.« Fabia legte die Hände aufs Pult. »Hurni hat keine Geschwister, aber zwei Söhne.«

»Genau, wurden die schon befragt? Ich habe lediglich eine Aussage von der Witwe.«

»Sie studieren in Lausanne. Zur Tatzeit waren sie dort, das wurde abgeklärt, steht auch im Rapport.«

Valérie fühlte sich miserabel. Unter den Hunderten von Rapporten war dieser Bericht nicht in Erinnerung geblieben.

Sie rühmte sich eines fotografischen Gedächtnisses, weshalb hatte sie dies übersehen?

Auf dem Bildschirm wurde eine neue Mail angekündigt. Valérie öffnete sie. »Ach schau an. Dem Text-Profiler muss es in den Ohren geläutet haben. Endlich ist das Resultat da.« Valérie vergrößerte den Bericht so, dass auch Fabia daraufblicken konnte. »›Alek‹ ist der erste Teil des Wortes ›Alekto‹.«

»Super!« Fabia fuhr mit der Faust auf die Pultplatte, derweil alles, was darauf lag, erzitterte. »Mit dieser Erkenntnis können wir uns ein Brot kaufen.«

»Sei nicht so ungeduldig.« Valérie öffnete »Google« und tippte »Alekto« in die Suchmaschine. Die Bedeutung erschien gleich am Anfang. »Alekto ist der Name einer Gottheit in der griechischen und römischen Mythologie.«

Fabia fuhr sich mit den Händen an die Stirn. »Wäre auch zu schön gewesen. Lisette Britschgi hat sich damit befasst … ist ja nicht verwerflich.«

Valérie las weiter. Sie hatte gelernt, nicht zu schnell aufzugeben. »Alekto und ihre beiden Schwestern Megaira und Tisiphone bilden das Trio der Erinnyen.«

»Aha …« Fabia fiel der Unterkiefer nach unten. »Landen wir jetzt bei den Griechen?«

»Du glaubst nicht, auf welche abstrusen Ideen ich komme, um endlich … endlich einen Fortschritt zu sehen. Ich werde Vischer damit beauftragen, sich damit zu befassen.«

»Ich kenne dich gar nicht von dieser Seite. Du bist doch die, welche immer auf dem Boden bleibt, im Gegensatz zu vielen anderen in unserem Team.«

Das Telefon klingelte. Valérie griff nach dem Hörer und meldete sich.

»Louis.«

»Du bist auch schon hier?« Valérie zwinkerte Fabia zu.

»Ist das ironisch gemeint?« Er ließ ein Räuspern vernehmen.

»Fabia und ich beißen uns gerade die Zähne am Namen ›Alekto‹ aus. ›Alek‹, erinnerst du dich?«

Louis erwiderte nichts darauf. »Melina und Beda Thüring sind hier. Sie wollen eine Aussage machen.«

»Kannst du sie übernehmen? Ich muss die Sitzung vorbereiten.«

»Sie haben den Wunsch geäußert, ausschließlich mit dir zu sprechen.«

Valérie seufzte und sah auf die Uhr. »Okay, dann führe sie ins Zimmer fünf.«

»Da ist noch etwas.«

»Ja?«

»Die Daten aus dem Spital Lachen sind eingetroffen. Es ging darum, die Geburten im Dezember 2005 zu analysieren.«

»Und?«

»Die Nachforschungen sind abgeschlossen, die Eltern der Kinder wurden überprüft. Bei allen Kindern sind es die leiblichen Eltern. Also, keine Adoptionen.«

***

Es war jedes Mal eine große Herausforderung, bei nebligem Wetter zu fliegen. Doch die Herausforderung bedeutete für ihn leben, sich spüren. Pures Adrenalin. Pius Meile schlenderte betont langsam am Restaurant Flugplatz in Wangen-Lachen vorbei. Alle sollten sehen, er war ein harter Kerl, einer, der den Himmel zu seiner Heimat gemacht hatte, der in ein Flugzeug stieg wie Müller und Meier in den Bus. Aber da war niemand außer der Wirtin. Am Freitagabend war eine geschlossene Gesellschaft hier gewesen. Heute räumte sie die Hinterlassenschaften der fünfzig Gäste auf.

Meile winkte ihr zu und schloss das Tor zum Hangar auf. Er kam gern hierher ans Nuoler Ried. Meistens im Sommer, dann war viel los. Man tauschte sich über Aviatik aus, erteilte den jüngeren Piloten Ratschläge und traf sich nach dem Flug über die Alpen bei Speis und Trank.

Meile ging zu seiner Maschine, einer Cessna 172M, die sein

Vater schon geflogen war. Sie war nicht auf dem Stand der neusten technologischen Errungenschaften, aber diesen Nervenkitzel brauchte er. Ansonsten hätte er auch vom Boden aus ein Modellflugzeug starten und steuern können. Nein, er zog die analogen Instrumente vor. Bereits am Vorabend hatte er zwei Spritkanister zur Maschine gebracht. Die Zapfsäulen in der Nähe waren ihm zu umständlich. Er öffnete die Tür zum Cockpit und drehte den Hauptschalter auf »on«. Er sah auf die Treibstoffanzeige: Es musste nachgefüllt werden. Meile verließ das Cockpit, holte eine Leiter im Hangar und stellte diese an den Flügel. Er nahm einen der Kanister und stieg mit diesem die Leiter hoch. Er füllte den Tank auf dem Flügel über den Stutzen auf, bis die Kanne leer war, und machte dasselbe mit der zweiten. Er schraubte den Deckel zu, stieg hinunter und brachte die leeren Kanister zu seinem Schrank. Der Geruch nach Flugbenzin umhüllte ihn. Er ging zurück und startete den obligaten Walk-around, indem er das Flugzeug auf jedwede äußere Schäden prüfte, am Rumpf, an den Flügeln, dem Seitenruder. Im Sommer war es gewesen, als er einen Vogelschlag nicht hatte vermeiden können. Am Nuoler Ried lebten Enten, die sich im Schatten einer ausgedienten Piper ausruhten. Nicht selten flogen sie zur gleichen Zeit auf wie die Flugzeuge. Meile strich über den Rumpf. Die blau-weißen Streifen auf weißem Grund müssten wieder einmal bemalt werden.

Ein Blick zur Windfahne. Diese hing schlaff. Wenigstens musste Meile nicht mit Seitenwinden rechnen. Die Wolken hatten sich minimal gelichtet. Mit viel Phantasie vermochte er, einige Sonnenstrahlen dahinter auszumachen. Vielleicht war es bloß Einbildung.

Er gönnte sich ein paar Ferientage, um sich an das, was nach seiner Pensionierung kommen würde, langsam zu gewöhnen. Das Fliegen würde sein Hobby bleiben, auch wenn seine Frau dagegen war. Sie war in all den Jahren, seit er die Brevet-Prüfung bestanden hatte, nur dreimal mit ihm geflogen. Bei klarem Wetter und wenig Luftbewegung. Die wilden Flüge während der Schlechtwetterperioden waren seine persönliche Leidenschaft, ein Ausgleich zu seiner Büroarbeit, dem Aktenstudium und monetären Problemen. Wenn er allein durch die Wolken stieß oder im makellosen Blau über die Schweizer Alpen kurvte, fühlte er sich frei. Obwohl er auch bei ungünstiger Wetterlage abhob, verfügte seine Maschine über kein Instrumentenflug-Rating. Meile flog nach Sicht, was gerade bei der aktuellen Witterung problematisch war. Aber er brauchte den Kick. Es war wie eine Sucht.

Meile setzte sich, schnallte Becken- und Schultergurt um und startete den Motor. Dieser blubberte und hustete, die alte Lady überraschte ihn immer wieder mit seltsamen Geräuschen. Die jeweilige Inspektion nach fünfzig Flugstunden bezeugte jedoch stets ihre Flugtüchtigkeit. Am Morgen hatte es geregnet. Die Piste war feucht, und an einigen Stellen glänzten Pfützen. Bevor Meile die Maschine bewegte, nahm er das Flugbuch zur Hand und arbeitete akribisch die Checklisten ab. Meile kannte seine Maschine aus dem Effeff, hätte sie blind fliegen können. Er schaltete das Funkgerät auf dem Instrumentenbrett ein und überprüfte auch dies. Er zog die Parkbremse an und gab Gas. Damit kontrollierte er, ob das Triebwerk in Ordnung war. Dann rollte er auf die Startbahn.

Die Positionslichter an den Flügelenden blinkten und reflektierten im Nebel. Es würde ein Flug ins Ungewisse werden. Meiles Puls schwoll an. Es war dieses Fieber, das ihn erhitzte, kaum sah er die Piste vor sich. Heute lag an deren Ende eine dichte Wand.

Er gab Gas. Die Cessna holperte über den Runway, schaukelte über Unebenheiten und gewann an Tempo. Als sie eine Geschwindigkeit von fünfundsechzig Knoten respektive einhundertzwanzig Kilometer pro Stunde erreicht hatte, war der Auftrieb so hoch, dass Meile am Steuerhorn ziehen und die Maschine mit Leichtigkeit abheben konnte. Dieser Moment! Ein immer wiederkehrendes Faszinosum, das seinen Herzschlag antrieb. Meile beschleunigte auf achtzig Knoten. Über das Cockpit-Fenster perlten Wassertropfen, zogen links und rechts an ihm vorbei. Er stieg auf dreitausend Fuß, auf neunhundertfünfzehn Meter.

Ein erstes ungewohntes Geräusch, wie ein entferntes Murmeln. Ein Vibrieren ging durch den Flugzeugrumpf. Meile beobachtete die Umgebung. Die Wolken zogen wie schmutzig graue Zuckerwatte an ihm vorüber. Den Blickkontakt zum Boden hatte er verloren. Meile sah auf die Geräte. Die Anzeigen darauf vollführten einen unkontrollierten Tanz.

Ruhig Blut. Er war ein erfahrener Pilot, Panik kannte er nicht. Er war früher oft in brenzlige Situationen geraten. Einmal hatte ein Blitz eingeschlagen. Diesen Knall würde er nie vergessen. Aufgrund heftiger Sturmböen hatte er unlängst bei einem Landeanflug viermal durchstarten müssen. Nichts, das ihn nervös gemacht hatte. Im Gegenteil.

Das hier fühlte sich anders an. Und als er auf die Anzeige sah, wusste er, was los war. Der Tank musste ein Leck haben, der Treibstoff sickerte irgendwo hinaus. Positiv denken. Meile seufzte. Seine Lebensuhr konnte noch nicht abgelaufen sein, jetzt, da seine Pensionierung in greifbare Nähe rückte. Noch zeigte der Höhenmesser an. Er musste runter, würde auch ohne Motor landen können. Verdammt! Ja, er hatte das Verhalten in solchen Situationen gelernt. Aber Theorie war nicht mit der Praxis zu vergleichen. Und wo befand sich der Boden? Unter ihm waberten Nebelschwaden. Wer im Nebel ohne Instrumente flog, verlor die Orientierung. Noch gehorchten sie. Der manuellen Technik sei Dank. Was auf der Armatur geschah, rührte jedoch nicht bloß vom Verlust des Treibstoffes her. Das Übel musste tiefer sitzen. Ein erstes rotes Lämpchen glühte auf. Die Tankanzeige stand jetzt auf null. Es musste am Kraftstofffilter ein Problem geben. Oder, verdammt … Meile durfte nicht daran denken. Wahrscheinlich spielte ihm eine Kettenreaktion verheerender Zusammenhänge gerade einen Streich. Bloß nicht die Nerven verlieren.

Plötzlich wurde es still im Cockpit. Die Luft, die durch die

Fensterritzen pfiff, hörte sich gespenstisch an. Meile ging geistesgegenwärtig in den Gleitflug. Als der Höhenmesser ausfiel, verspürte er zum ersten Mal ein Unbehagen. Er hatte doch das Pitot-Rohr gecheckt. Es war nicht verstopft. Verdammt! Was war es dann?

Die Sicht machte ihm zu schaffen. Er sah nämlich gar nichts mehr als eine graue, undurchdringliche Suppe. Dass die Maschine sank, erkannte er am Druck in seinen Ohren. Meile aktivierte das Funkgerät und versuchte, den Funkkontakt mit Zürich-Kloten aufzunehmen.

Was nützte es? Die waren zu weit weg, um ihn zu lotsen. Meile war auf Gedeih und Verderb dem Schicksal ausgeliefert.

Er sandte ein Stoßgebet zum Himmel, betete, dass es eine glimpfliche Bruchlandung geben würde. Seine Maschine verfügte nicht über ein Einziehfahrwerk. Er würde auf den Rädern landen, auch wenn alles ausfiel. Ja, warum sollte alles ausfallen? Vielleicht hätte er die alte Maschine besser durch eine moderne ersetzt. Er würde es überdenken müssen, wenn er hier heil herauskam. Er dachte an seine Frau und gab ihr recht. Fliegen war für den Menschen widernatürlich. Er vermochte zu gehen, zu sitzen und zu liegen, vielleicht noch zu schwimmen. Aber ohne Hilfsmittel konnte er nicht fliegen. Ein kurzer Gedanke an Ikarus, der sich die Flügel verbrannte, weil er zu nahe an die Sonne flog.

Die Maschine geriet in einen nicht steuerbaren Zustand. Meile gelang es nicht, dagegenzuwirken. Zu allem Übel musste nun auch die mechanische Verbindung zwischen dem Cockpit und der Steuerfläche defekt sein. Die Strömung riss ab, die Cessna geriet ins Trudeln. Meile versuchte geistesgegenwärtig, die auswendig gelernten Notmanipulationen zu aktivieren. Aber vor seinen Augen verschwamm alles, was er einmal gelernt hatte. Noch im Sturzflug versuchte er mit letzter Kraft, am Steuerhorn zu ziehen. Ein Akt des Reflexes war es, bevor die Angst ihn lähmte. Ich werde es überleben, dachte er in seiner Verzweiflung, als ihm von der Seite her etwas ins Gesicht flog. Er riss die Augen auf, glaubte nicht, was er sah – die schwarzen Flügel einer Kreatur. Keine Federn, sie waren aus Haut und fühlten sich seltsam ledrig an. Als sie sich an seine Wange klebten, schwand das Augenlicht, und als die Cessna aufschlug, hatte Meile das Bewusstsein längst verloren.

***

Wie zwei treu ergebene Diener kam ihr das Ehepaar Thüring vor, das am Tisch saß und in ihre Richtung sah, als Valérie Zimmer fünf betrat.

Beda Thüring ergriff sogleich das Wort. »Danke, dass Sie sich Zeit für uns nehmen. Ich und meine Frau haben uns gestern lange beraten und sind zum Schluss gekommen, alles zu erzählen, was wir wissen.«

Valérie setzte sich. Sie schaltete das Aufnahmegerät ein und drehte es so, dass das Mikrofon auf die beiden gerichtet war. Sie unterdrückte ein lautes Ausatmen. »Herr Thüring, können Sie das eben Gesagte wiederholen?«

Thüring kam der Bitte nach. Er warf seiner Frau einen schnellen Blick zu. »Sie fragten uns gestern, ob wir Dr. Tobler kannten. Ja, wir kannten sie. Insbesondere wegen eines Mädchens, das bei ihr in Behandlung war. Um ehrlich zu sein, dieses Ereignis können wir nicht vergessen.« Er machte eine Pause, in der die Spannung stieg. »Es war im Dezember 2005, als sie uns darüber informierte, im Spital Lachen habe es eine Drillingsgeburt gegeben.«

Valérie unterbrach ihn. »Im Spital Lachen?« Warum war das nirgends vermerkt? Eine Drillingsgeburt – das mutete doch sonderbar an. Hatte man sie verschwiegen? »Gab es einen Grund, weshalb Dr. Tobler Sie kontaktierte?«

»Wir standen schon vorher in Kontakt mit ihr. Sie informierte uns darüber, wir würden mit großer Wahrscheinlichkeit Zuwachs in unserem Heim bekommen, bis alles geklärt sei.«

»Was geklärt?«

»Die Mutter war erst siebzehn und nicht fähig, ihre Babys zu behalten.«

Während Thüring sprach, nickte Frau Thüring immerzu und vollführte mit den Händen stereotype Bewegungen. Sich selbst ins Gespräch einzubringen fiel ihr offensichtlich schwer.

»Wer hat das entschieden?«

»Was entschieden?« Thüring wirkte kurz verdattert.

»Dass der jungen Frau die Kinder weggenommen werden.«

»Sie war nicht volljährig. Da müssen andere entscheiden.« Thüring hüstelte seine heisere Stimme klar.

»*Wer* hat entschieden?« Valérie ahnte, dass sich damals ein unglaubliches Drama angebahnt haben musste, in dessen Verlauf sich eine furchtbare Rache Bahn gebrochen hatte.

Thüring antwortete verzögert. »Die Leute von der Vormundschaftsbehörde.«

»Kennen Sie die Namen?«

»Diese fallen mir im Moment nicht ein.«

»Wenn ich richtig verstehe, wurden die Kinder bei Ihnen aufgenommen.«

»Ja, wir verfügten über ausgebildetes Personal, zwei Säuglingsschwestern und einen Kinderarzt.«

»Waren es Mädchen oder Jungen?«

»Drei Mädchen.«

»Eineiige Drillingsmädchen«, sagte Melina Thüring hektisch und schien aus ihrer Lethargie zu erwachen. »Eine Seltenheit. Und sie waren alle gesund.« Frau Thüring lächelte vor sich hin. »Sie hat sie normal geboren. Das allein war schon ein Wunder ... aber die Mutter, die war dieser Aufgabe nicht gewachsen. Sie war ja selbst noch ein Kind.«

Wie despektierlich, dachte Valérie. »Hat man die Mutter denn gefragt?«

»Dazu können wir nichts sagen«, erwiderte Thüring. »Wir haben gemacht, was man von uns verlangt hat, und diesen Auftrag mit bestem Wissen und Gewissen ausgeführt.«

Valérie war geschockt, ließ es sich jedoch nicht anmerken. Drei Babys wurden einer jungen Mutter entrissen. Wie brutal musste sich dies angefühlt haben. Sie besann sich zurück an die Zeit, als sie Colin geboren hatte. Ihren Sohn auf der Brust zu halten, ihn zu wärmen und zu streicheln, ihn zu betrachten und das kleine Wunder auszukosten war das größte Abenteuer gewesen, das sie je erlebt hatte. Sie hatte Colin an die Brust genommen, er hatte schon tüchtig gesaugt, obwohl kaum etwas vom Kolostrum ausgetreten war. Doch allein das Empfinden, das Kerlchen zu stillen, hatte sie mit einem überwältigenden Gefühl der Dankbarkeit und Geborgenheit erfüllt. Die junge Mutter hatte auf ihre drei Geschöpfe verzichten müssen, weil ein Vormund befand, sie sei nicht dazu geeignet, Mutter zu sein. »Die drei kleinen Mädchen wurden dann schnell zur Adoption freigegeben, ist das richtig?«

»Ja«, sagte Thüring mit fester Stimme. »Die Adoptiveltern wussten bereits während der Schwangerschaft von diesen Kindern, aber sie erfuhren nie, dass es Drillinge waren. Deshalb hat man die Babys raschestmöglich voneinander getrennt … völlig unbürokratisch.«

»Wie hat die Mutter reagiert?«

»Das entzieht sich unserer Kenntnis.«

»Erinnern Sie sich an die Namen der Mädchen? Gestern sagten Sie, dass erst die Adoptiveltern ihnen einen Namen gegeben hätten.«

»Das ist richtig. Wir pflegten lange noch Kontakt mit ihnen, bis wir sicher waren, dass alle drei Mädchen gut versorgt sind.«

Valérie konnte es nicht nachvollziehen. Die Babys waren wie Ware verscherbelt worden, ohne sich der Konsequenz einer Trennung bewusst zu sein. »Die Namen?«

Thüring knöpfte seine Jacke auf und entnahm der Innentasche einen Zettel. Er legte diesen auf den Tisch. »Ich habe geahnt, dass Sie uns danach fragen.«

Valérie nahm den Zettel an sich und sah darauf. Elodie Grange, Lisette Britschgi und Scarlett Bruhin.

Großer Gott. Valérie fasste sich ans Herz. Eine ganze Weile fehlten ihr die Worte. »Weiß man, wer der Vater ist?«

»Das erfuhren wir nicht, auch der Name der jungen Mutter war uns nicht bekannt. Aus verständlichen Gründen«, schob Thüring nach. Ihm gingen offenbar die Argumente aus.

»Wer könnte mir darüber Auskunft geben?«

»Ich denke, dass Sie sich an die KESB wenden müssten. Die Vormundschaftsbehörde von damals kam in Revision, weil sich das Vormundschaftsrecht des Bundes als nicht mehr zeitgemäß erwies. Seit dem 1. Januar 2013 gibt es an ihrer Stelle die Kindes- und Erwachsenenschutzbehörde.«

»Und die Verantwortlichen, die damals für die junge Mutter entschieden, arbeiten die heute bei der KESB?«

»Frau Lehmann«, Thüring klang aufgebracht. »Es hört sich jetzt unmenschlich an. Aber die Entscheidung wurde von den Eltern der Minderjährigen mitgetragen. Sie werden das Einverständnis ihres Vaters finden. Das geschah nicht von einem auf den anderen Tag. Das Problem wurde mit aller Sorgfalt angegangen. Es ging in erster Linie um das Kindeswohl.«

»Indem man Drillinge voneinander trennte?« Valérie musste sich zusammenreißen, um nicht laut zu werden. »Ich versichere Ihnen, es wird eine Untersuchung geben. Ich gehe davon aus, Sie haben an diesen Adoptionen sicher gut verdient.«

Thüring schnappte nach Luft.

Valérie nahm zufrieden zur Kenntnis, wie der ehemalige Direktor des Kinderheims »Sternenhimmel« auf die Knie ging. »Wer hatte damals das letzte Wort?«

Thürings Worte gingen in ein Röcheln über. »Pius Meile.«

Eineiige Drillinge. Valérie verließ das Zimmer, nachdem das Ehepaar Thüring gegangen war. Sie musste an die frische Luft, hielt es nicht mehr aus. Ihr blieben noch zehn Minuten bis zur Teamsitzung, diese wollte sie dafür nutzen, ihre aufgewühlte Seele zu beruhigen. Ihre Gedanken überschlugen sich. Drillinge. Sie waren heute bald achtzehnjährige Frauen. Warum hatte sie die Ähnlichkeit zwischen ihnen nicht bemerkt? Gut, sie hatte sich nicht sonderlich mit ihnen befasst. Vermisstenmeldungen gehörten nun mal nicht in ihre Abteilung. Hätte es Tomaso Cavadini und seinem Team auffallen sollen? Von Elodie existierte ein einziges Bild. Sie hatte rote Haare. Auf dem Foto von Scarlett präsentierte sich eine Schwarzhaarige, und Lisette trug, soweit Valérie sich erinnerte, blondes, kurzes Haar. Zwei von dreien mussten sie gefärbt haben. Sie waren getrennt aufgewachsen, hatten unterschiedliche Lebenswege eingeschlagen und waren anders erzogen worden. Änderte dieser Umstand das Aussehen? Valérie hätte es verstanden, wenn die Frauen älter gewesen wären. Schicksalsschläge vermochten ihre Spuren zu hinterlassen, manche gruben sich tief in ein Gesicht ein.

Drillinge! Eineiige Drillinge. Empfanden sie nicht alle gleich? Waren sie allein nicht der unvollendete Teil eines Ganzen und nur in ihrem Zusammensein komplett?

War es möglich, dass sie erst kürzlich von ihrer Verschwisterung erfahren und sich getroffen hatten? Aber wer hatte dieses Treffen organisiert, und was war daraus entstanden? Und, was Valérie am meisten zu denken gab, war eine von ihnen eine Mörderin? Eineiige Mehrlinge hatten womöglich identische Erbanlagen. Wenn nicht Elodie am ersten Tatort gewesen war, so konnten es Lisette oder Scarlett gewesen sein. Je länger Valérie darüber sinnierte, desto mehr ging sie von dieser Eventualität aus, die ja auch Fabia angetönt hatte.

DREIZEHN

»Es gibt eine Wendung in unserem Fall«, sagte Valérie wenig später im Konferenzsaal. »Ich spreche absichtlich von *einem* Fall, weil die Morde in Tuggen und der Mord in Lachen von ein und derselben Person ausgeführt wurden.« Sie überlegte. »Oder von mindestens zwei Frauen. Um meine Theorie zu bekräftigen, werde ich einen Arzt fragen, der sich in der Zwillingsforschung auskennt. Aber ich erinnere mich, schon einmal darüber gelesen zu haben, dass eineiige Zwillinge oder Drillinge dasselbe Erbgut haben. Die DNA, von der wir glaubten, sie stamme von Elodie Grange, könnte ebenso die DNA von Lisette Britschgi oder Scarlett Bruhin sein. Ausnahmen bestätigen die Regel. Aber in unserem Fall ergibt es durchwegs Sinn.« Sie erläuterte eingehend das Gespräch mit dem Ehepaar Thüring.

Vischer meldete sich zu Wort. »Ich habe mich mit den Erinnyen näher befasst. Es ist weit hergeholt, aber die Tatsache, dass drei Schwestern in unseren Fall involviert sind, bringt mich von dem Gedanken nicht los, dass sich die Täterinnen« – er malte Gänsefüßchen in die Luft – »in der griechischen Mythologie auskennen.«

»Dieses Thema hatten wir doch schon.« Louis wälzte sich auf dem Stuhl, während Fabia neben ihm konzentriert auf einem Kaugummi herumschmatzte.

»Und trotzdem sollten wir es ins Auge fassen«, fand Valérie, die im Moment für jede Idee dankbar war. »Bitte, Henry, was will uns die Mythologie erzählen?«

»Ich bin erst wegen des Hundekopfs und der Fledermausschwingen darauf gekommen. Die Furien, wie die Römer sie nannten, oder die Erinnyen waren Gottheiten. Sie waren drei Schwestern. Tisiphone, welche die Vergeltung und die Rache verkörperte, Megaira, die Eifersüchtige, Widerwillige, Neidische, und Alekto, die Unerbittliche, die Böse, die Unaufhörliche. Über den Ursprung der Erinnyen gibt es zwei Versionen. Die eine besagt, dass sie aus dem Blut geboren wurden, welches bei der Kastration des Uranus durch seinen Sohn Kronos vergossen wurde.«

»Deshalb die Kastrationen?« Fabia warf einen gehetzten Blick in die Runde. »Wie abartig … sorry, Henry. Ich werde mich zurückhalten.«

Vischer ging nicht darauf ein, räusperte sich bloß. »Die andere Version behauptet, sie seien die Töchter des Königs und der Königin der Unterwelt gewesen, von Hades und Persephone. Sie lebten in der Unterwelt. Im Tartaros quälten und folterten die drei all jene, die schreckliche Sünden begangen hatten. Die Erinnyen hatten Flügel und flogen ständig um ihre Opfer herum. Und diese, gequält und orientierungslos, hatten keine Ahnung, woher der nächste Schlag kommen würde. Aber die Erinnyen waren besonders erpicht darauf, die Mörder und Abtrünnigen zu verfolgen. Die drei Schwestern wurden in der Regel herbeigerufen, wenn eine Person von jemandem verflucht wurde und diese Rache forderte. Die Gerechtigkeit, welche die drei ausübten, war unerbittlich. Sie verhängten ihre Strafe gnadenlos und schenkten Ausreden und mildernden Umständen keine Beachtung. Die Angst der Griechen vor den drei Schwestern war so groß, dass nur wenige es wagten, ihren Namen auszusprechen. Obwohl diese Gottheiten gefürchtet waren, wurden sie nicht als bösartig betrachtet, sondern als jene, die für Gerechtigkeit sorgten. Auf griechischen Amphoren werden sie häufig mit Hundekopf und Fledermausschwingen dargestellt. Im matriarchalen Kontext gelten sie als Verteidigerinnen mutterrechtlicher Prinzipien. Sie stehen im Zusammenhang mit Totenkult und Fruchtbarkeitsthematik.«

»Dann ist es gar nicht so abwegig, dass sie vielleicht gemeinsame Sache gemacht haben?« Fabia verzog ihren Mund zu einer Schnute. »Die Schwestern Scarlett, Lisette und Elodie rächten sich für ihre Mutter?«

»Genau«, warf Valérie ein. »Vor achtzehn Jahren hat man einer jungen Mutter ihre drei Babys weggenommen, unter dem Vorwand, sie sei zu jung, um gleich drei Kinder aufzuziehen und ihnen eine gute Mutter zu sein.« Sie kniff die Augen zusammen. Sie wusste, dass ihre Äußerung nicht bei allen gleich gut ankam. »Die Frage bleibt, warum die drei Schwestern plötzlich voneinander wussten, obwohl sie in verschiedenen Familien an verschiedenen Orten aufgewachsen waren.«

»Vor allem müssen wir in Erfahrung bringen, wer die biologische Mutter ist«, sagte Louis.

»Und wie es zu dieser frühen Schwangerschaft kam.« Valérie griff sich an den Nacken. Er schmerzte. Der ganze Körper tat ihr weh. »Wenn Oliver Hurni der Vater von Elodie war, war er auch der Vater von Lisette und Scarlett. Ich gehe jedoch davon aus, dass er keine Ahnung davon hatte.«

»Bei den drei Furien ging es um Rache«, ergänzte Vischer. »Ich bin mir sicher, Rache ist auch das Motiv der Drillingsschwestern.«

Fabia war ausnahmsweise gleicher Meinung. »Wenn ihre Mutter damals von den vier Freunden vergewaltigt worden war, haben sich ihre drei Töchter an denen gerächt.«

»Wie erfuhren sie, dass ihre Mutter vergewaltigt und schwanger geworden war?«

»Das kann uns nur die Mutter selbst erzählen.«

»Möglicherweise war die Vaterschaft nicht bekannt«, gab Louis zu bedenken.

»Stimmt«, insistierte Fabia. »Weil alle diese Typen sich an der jungen Frau vergangen hatten.«

Valérie sammelte sich wieder. »Okay, wir müssen noch einmal mit Jessica Diethelm sprechen. Ich nehme ihr nicht ab, dass sie sich nicht an den Namen ihrer Freundin erinnert, auch wenn sie noch so durch den Wind ist.« Sie wandte sich an Cavadini, dessen Anwesenheit bei »Leib und Leben« zur Gewohnheit geworden war.

Caminada betrat den Sitzungsraum. Valérie sah zur Tür

und merkte sofort, dass etwas passiert war. Sein Gesicht war leichenblass.

»Es gibt Arbeit. In Wangen ist ein Kleinflugzeug abgestürzt. Die Regionalpolizei ist vor Ort. Nach ersten Meldungen und Zeugenaussagen kam ein erfahrener Pilot ums Leben. Valérie.« Caminada sah über die Köpfe zu ihr herüber. »Es handelt sich um Pius Meile, ehemaliger Leiter der Vormundschaftsbehörde von Ausserschwyz.«

Der Schmerz unter ihrer Brust fühlte sich wie eine Speerspitze an. »Wann?«, war das Einzige, was sie über die Lippen brachte.

»Heute Morgen um halb zehn.«

»Da lag viel Nebel über der March.« Valérie versuchte verzweifelt, sich an den meteorologischen Gegebenheiten festzukrallen, um sich nicht eingestehen zu müssen, nach Bekanntwerden des Namens ein Eingreifen versäumt zu haben. Ein Anruf an Pius Meile hätte genügt, um ihn vom Flug abzuhalten. Sie war sich sicher, dieser Unfall hatte nichts mit dem Wetter zu tun. Das war ein Anschlag.

Louis sah sie besorgt an. »Ist dir nicht gut?«

»Erinnerst du dich, wann ich mit den Thürings gesprochen habe?«

»Das war um etwa neun Uhr.«

»Shit, ich hätte es verhindern können.«

»Dass er abstürzt?« Louis nahm sie beim Arm. »Mach dich nicht verrückt.«

»Okay, Leute, wir wissen, was zu tun ist.« Sie wandte sich an Caminada. »Ist Emilio informiert?«

»Ja.«

»Und Stieffel?«

»Den hat Emilio angerufen.«

»Der KTD?«

»Ist bereits vor Ort.«

»Haben sich Kistler und sein Anwalt schon gemeldet?« Sie sah Louis an.

»Sie wollten eine Verschiebung auf fünf Uhr am Nachmittag.«

***

Am Pistenende auf dem Flugplatz beim Nuoler Ried standen zwei Wagen der Feuerwehr, zwei Streifenwagen, der Camion des Kriminaltechnischen Dienstes und Zanettis schwarzer Audi. Immer noch mehr Wagen fuhren zur Unfallstelle, ein Bestattungswagen, auch Privatautos von neugierigen Gaffern. Die Regionalpolizei hatte die Start- und Landebahn großflächig gesichert. Die rot-weißen Flatterbänder bewegten sich kaum. Schulers Leute waren daran, Faltwände mit Aluminiumstangen aufzustellen. Innert Sekunden mussten die Schaulustigen aus allen Löchern gekommen sein. Offensichtlich hatte sich das Unglück schnell herumgesprochen, zumal man es wahrscheinlich gesehen und gehört hatte.

Valérie verließ den TT, den sie am Rand geparkt hatte. Sie bahnte sich einen Weg durch die Menschenmasse, musste ihren Ausweis zeigen, damit man sie durchließ. Sie hätte kotzen können. Dieser elende Mob. Die Leute ergötzten sich am Leid anderer. Es war fast nicht auszuhalten.

Zanetti kam ihr entgegen. »Willst du dir das ansehen?«

Jemand öffnete das Tor. Valérie betrat den inneren geschützten Bereich des Flugplatzes.

»Ja, aber ich gehöre nicht zu diesen Zombies.« Sie zeigte auf die Menschen, die sie endlich hinter sich gelassen hatte. Sie überging eine Schranke und gelangte zur blickdichten Wand. »Weiß man schon Näheres?«

»Der Leichnam wurde soeben geborgen. Die Feuerwehr musste zuerst den Brand löschen. Das Flugzeug ging beim Aufprall in Flammen auf. Für den Piloten kam jede Hilfe zu spät.«

»Und wer hat euch gesagt, um wen es sich handelt?«

»Die Wirtin des Restaurants. Meile sei der Einzige gewesen,

der heute abhob. Sie habe ihm noch zugewinkt, bevor er getankt hatte und in die Maschine gestiegen war.«

»Wie kann man bei diesem Wetter fliegen?« Valérie sah zum Himmel, der sich in verschiedenen Graunuancen über die Ebene spannte. »Man muss wirklich ein eingefleischter Pilot sein … oder lebensmüde.« Wieder schlich sich das schreckliche Gefühl heran, auf allen Linien versagt zu haben. Sie hätte ihn warnen sollen. Sie hatte damit rechnen müssen, dass die Ärztin nicht das letzte Opfer gewesen war. Und es würde mit Sicherheit noch mehr geben, sollte sich die Ahnung bewahrheiten, die wie ein Krake mit riesigen Tentakeln nach ihr griff.

Valérie zögerte, bevor sie hinter die Plane trat. Das Bild glich einer postapokalyptischen Verwüstung, eingeschränkt auf ungefähr fünfzig Quadratmeter, denn so weit war der Unfallplatz durch die weißen Wände geschützt. Soeben hatte man Meiles sterbliche Überreste in den Sarg gelegt. Noch bevor Valérie einen Blick darauf werfen konnte, fiel der Deckel zu. Stieffel stand daneben und wischte sich mit dem Ärmel Schweiß von der Stirn. Als er Valérie sah, hellten sich seine Gesichtszüge auf. »Du leuchtest wie die Sonne an diesem trüben Tag«, äußerte er sich, ohne Rücksicht auf Zanetti, der sich keinen Meter neben ihr aufhielt.

»Läuft da etwas zwischen Stieffel und dir?«, konnte sich Zanetti nicht verkneifen. Seine Brauen schnellten nach oben.

Einen Augenblick lang glaubte Valérie, ein Schmunzeln auszumachen. »Eine platonische Hassliebe«, flüsterte sie. »Stieffel kann dir nicht gefährlich werden und schon gar nicht das Wasser reichen.« Somit war für sie das Thema erledigt.

Überall waren Reste von Löschschaum und Wasserlachen. Mittendrin stach die zerborstene Maschine heraus, wie ein Mahnmal des Krieges. Das Zeichen von Kapitulation. Von Verlust und Tragödie. Über allem lag der Geruch nach Öl, Brand und Verderben.

Valérie suchte Franz Schuler und fand ihn kauernd bei einem der zerbrochenen Flügel.

Schuler sah auf. »Bevor du fragst, nein, wir haben noch nicht viel. Die Maschine wird nun von der Schweizerischen Sicherheitsuntersuchungsstelle SUST inspiziert. Was die Ursache für den Absturz war, kann ich auf die Schnelle nicht sagen. Aber komm, ich zeige dir etwas.« Er erhob sich ächzend, griff sich ins Kreuz.

Valérie kommentierte es nicht. Schuler war Meister der Distanz. Er sagte nur gerade das Nötigste und ließ niemanden in sein Privatleben. Ihn zum Lachen zu bringen gelang nicht einmal einem Komiker.

Sie ging neben ihm zum weißen Camion. Schuler öffnete die Hecktür und holte einen Asservatenbeutel hervor. Er reichte ihn Valérie. »Diesen Gegenstand haben wir auf dem verkohlten Sitz gefunden. Er blieb praktisch unversehrt. Muss ein feuerfestes Material sein. Ich werde mehr darüber wissen, wenn es aus dem Labor kommt.«

Valérie hielt den Beutel gegen das Licht. »Fledermausflügel.« Nun war klar, dass der Absturz kein Unfall, sondern ein Anschlag auf Pius Meile gewesen war und dies hier eine Signatur. Valérie gab den Beutel zurück. »Ich wäre froh, wenn ihr möglichst rasch die genaue Uhrzeit des Starts herausfinden könntet.«

Schuler kniff die Augen zusammen. »Hängt etwas davon ab?«

»Ich möchte es einfach erfahren.« Valérie gab sich gegenüber Schuler bedeckt. Vielleicht würde der Chef des KTD endlich merken, wie unangenehm es war, wenn man jemandem andauernd die Würmer aus der Nase ziehen musste.

Schuler packte den Beutel und verstaute ihn im Camion. Er zögerte. »Das herauszufinden ist Sache der Ermittler.« Er wandte sich ab.

Oft hatte er das letzte Wort, und dieses war so treffend, dass man eine Widerrede zurückhielt. Valérie erging es gleich. Sie kehrte ihm den Rücken zu und machte sich auf den Weg zum Restaurant Flugplatz.

Die Presse war mit einigen Vertretern bereits vor Ort. Mit Mikrofonen und Filmkameras ausgestattet, bahnten sich die Journalisten einen Pfad durch die Masse der Schaulustigen. Einige unter ihnen waren über die Absperrungen geklettert. Valérie neigte den Kopf nach unten, ohne die Meute aus den Augen zu lassen. Carla hatte sie bislang nicht gesehen, aber Valérie war sicher, sie hielt sich hier irgendwo auf.

Valérie passierte einen weitläufigen Platz, auf dem trotz Halteverbots kreuz und quer Privatwagen standen. Das Restaurant lag in einem hellbraunen Gebäude mit Giebeldach, ein lang gezogenes einstöckiges Haus, welches den Eindruck eines Provisoriums erweckte.

Die Wirtin öffnete und bat Valérie, so rasch als möglich in den Raum zu treten. »Die Leute dort draußen rennen mir sonst die Bude ein, wenn sie sehen, dass ich Sie reinlasse. Aber sorry, das Restaurant bleibt über den Winter geschlossen. Ausnahmen gibt es, wie gestern zum Beispiel, da waren die Rotarier hier.« Sie holte tief Luft. »Schlimme Sache, was mit dem Pius passiert ist. Ich sagte noch zu meinem Mann, der hat sie nicht mehr alle, wenn er bei diesem Nebel fliegt. Aber er war oft bei schlechtem Wetter geflogen. Wir nannten ihn deswegen den Kamikaze-Pius. Bislang hatte er Glück. Aber einmal reicht es einfach, wenn man das Schicksal so herausfordert. Möchten Sie einen Kaffee? Sie sehen ganz verfroren aus.«

Valérie sah sich um. Die Stühle befanden sich mit der Sitzfläche nach unten auf den Tischen. Neben der Bar standen ein Putzkessel und ein Schrubber. Die Bar selbst war blitzblank gereinigt. »Machen Sie sich keine Umstände. Mein Name ist Valérie Lehmann, ich bin leitende Ermittlerin von ›Leib und Leben‹.«

»Von der Kripo, ich weiß. Der Staatsanwalt war schon hier und hat mich auf Sie vorbereitet.« Die Wirtin lachte. »Ein netter Mann. Kennen Sie ihn?«

»Wir arbeiten zusammen. Ist Ihnen an Pius Meile etwas aufgefallen, als er heute Morgen ins Flugzeug stieg?«

»Aufgefallen? Er war wie immer, wenn er seine Cessna holt. Er tankte sie auf, bevor er die Kontrollen durchführte. Man muss vor jedem Flug ein paar Checklisten abarbeiten. Das macht er immer gewissenhaft.«

»Sie hatten ihn dabei beobachtet?«

»Ich war gerade draußen vor der Tür, da sah ich ihm eine Weile zu. Unter uns gesagt, er gehört zu den komplizierten Menschen.«

»Wie meinen Sie das?«

»Er hat halt so seine Macken.«

»Zum Beispiel?«

»Er tankt seinen Flieger nie an der Zapfsäule. Er nimmt die Kanister von zu Hause mit und deponiert sie neben seinem Spind.«

»Was heißt das? Die Kanister waren also nicht eingeschlossen?«

»Nein, der Hangar ist abgeschlossen. Der Zaun drum herum ist hoch. Da kommt keiner so leicht rein, außer …« Sie zeigte nach draußen, wo der Mob sich an die Absperrung hangelte. »Außer sie sind frech und kennen nichts.« Die Wirtin holte Luft. »Und wie sollte er die vollen Kanister wegtragen? Ist es das, was Sie mich fragen wollten?«

Valérie ging zum Fenster und sah Richtung Hangar. Aufgrund der vielen Menschen war es unmöglich, bis zur Einzäunung zu sehen. Sie drehte sich wieder nach der Wirtin um. »Ich gehe davon aus, Herr Meile ging jeweils durch die Tür beim Zaun.«

»Ja, er hatte einen Schlüssel, wie alle, deren Maschinen im Hangar stehen.«

»Hat Herr Meile die Kanister heute mitgebracht? Erinnern Sie sich daran?«

»Nein, die standen seit Mittwoch dort.«

»Sind hier Videokameras installiert?«

»Ja, es gibt eine. Aber diese ist seit längerer Zeit außer Betrieb.«

Valérie reichte ihre Visitenkarte. »Sollte Ihnen noch etwas einfallen, das für uns wichtig sein könnte, rufen Sie mich bitte an.«

»Das werde ich tun. Man muss der Polizei helfen, wo man kann.« Sie lachte ein wenig und zögerte dann. »Wohin wird denn Pius gebracht?«

»In die Rechtsmedizin nach Zürich.«

»Dann, dann ... ist er wirklich tot?«

»Tut mir leid.« Valérie verabschiedete sich. Sie ging zurück zu Schuler, der in diesem Moment vor die Abdeckung trat. »Franz, habt ihr bei den Schränken im Hangar zwei Kanister gesehen?«

Schuler sah ihr entgegen. »Ja, diese haben wir bereits konfisziert. Sie sind im Camion und kommen ins Labor.«

»Das hat Priorität«, sagte Valérie nett, aber bestimmt.

***

Im Auftrag der Staatsanwaltschaft fuhr Tomaso Cavadini nach Innerthal. Ihn begleitete eine Kollegin der Streife. Ihr Auftrag lautete: nochmalige Befragung von Frau Bruhin, der Mutter von Scarlett.

Sie wartete bereits vor der Tür. Tomaso hatte sie auf dem Weg hierher angerufen.

»Sie machen mir Angst«, sagte sie mit weinerlicher Stimme und ließ die Polizisten eintreten.

Die Küche sah im Gegensatz zu Tomasos letztem Besuch unaufgeräumt auf. Im Abwaschbecken stapelte sich gebrauchtes Geschirr, der Tisch war übersät mit Brosamen und undefinierbaren Flecken. Frau Bruhin hinterließ den Eindruck, ihr sei alles völlig egal.

»Ist Ihr Sohn nicht da?«

»Wir hatten Streit.« Frau Bruhin ließ sich auf der Küchenbank nieder. »Er machte mir Vorwürfe, ich würde nur zu Hause bleiben und auf ein Wunder hoffen, anstatt nach Scarlett zu suchen.« Sie fuhr sich mit der linken Hand über die Augen. »Glauben Sie, Scarlett lebt?«

Tomaso suchte den Blickkontakt zu seiner Kollegin, hoffte, sie würde ihm mit einer passenden Antwort aus der Patsche helfen. Er konnte Frau Bruhin unmöglich sagen, dass Scarlett aller Wahrscheinlichkeit nach noch lebte, aber als mutmaßliche Mörderin gesucht wurde. Seine Kollegin hob bloß die Schultern.

Tomaso fasste sich ein Herz. »Wir können davon ausgehen, dass Ihre Tochter lebt. Im Moment ist es einfach schwierig, sie nach Hause zu bringen.«

»Dann haben Sie sie gefunden?« Unwillkürlich rannen Tränen über ihre Wangen. »Wie geht es ihr? Hat man ihr zu essen gegeben? Hat man sie anhand der Vermisstenmeldung von ›Schwyzer News‹ aufgespürt?«

Tomaso berührte sachte Frau Bruhins rechten Arm. Eine Antwort auf ihre Fragen blieb er ihr schuldig. Er hatte keine. Dagegen brannte ihm selbst eine Frage auf der Zunge, er wusste aber nicht, wie er sie formulieren sollte, um Frau Bruhin nicht vor den Kopf zu stoßen. »Kann es sein, dass Scarlett nach ihrer biologischen Mutter gesucht hat?«

Frau Bruhin fuhr herum. »Wie kommen Sie darauf? Nein!« Ein Schluchzen schüttelte ihren Körper.

»Scarlett ist ein intelligentes Mädchen, und sie ist in einem Alter, in dem man alles in Frage stellt.«

»Ich wünschte, sie wäre intelligent, dann würde es ihr in der Schule besser gehen.«

Tomaso machte eine Sprechpause.

»Sie glauben wirklich …«, Frau Bruhin zögerte, »Scarlett hat nach ihren Wurzeln gesucht?«

»Haben Sie mit ihr über ihre Herkunft gesprochen?«

»Nein, warum hätte ich dies tun sollen? Sie ist *meine* Tochter. Seit ihrem zweiten Lebensmonat habe ich sie ernährt und gepflegt und ihr die Liebe gegeben, die sie in einem Kinderheim nie bekommen hätte. Ich bin nicht ihre biologische, so doch ihre …« Sie suchte offensichtlich nach dem richtigen Ausdruck. »Ihre … ihre emotionale Mutter. Das, was vorher war, existiert nicht. Ich gebe ihr alles, was sie braucht.«

Tomaso hatte mit der Au-pair-Familie in Verbier Kontakt aufgenommen. Nach diversen Abklärungen war keine aktuelle Verbindung zu Scarlett ersichtlich gewesen. Trotzdem stellte er die nächste Frage: »Könnte es sein, dass Scarlett in Verbier jemanden getroffen hat, der über ihre Adoption Bescheid weiß?«

»Unmöglich, das hätte sie mir gesagt.«

»Vielleicht wollte Scarlett Sie nicht verletzen. Sagt Ihnen der Name Elodie Grange etwas?«

»Wer soll das sein? Monsieur und Madame in Verbier hießen anders, aber sicher nicht Grange.«

»Kennen Sie Lisette Britschgi?«

»Nein. Was ist mit der?«

»Hat Scarlett einmal von Lisette gesprochen?«

»Nein … aber …« Frau Bruhin stockte. Es schien, als erinnerte sie sich an etwas. Zwischen ihren Augen entstand eine steile Falte. »Ich habe letzthin in ihrem Zimmer eine Lektüre gefunden, die mich stutzig machte. Ich wollte unter dem Bett saugen, da entdeckte …« Frau Bruhin erhob sich und ging zum Küchenschrank. Sie öffnete eine Schublade. Krimskrams kam zum Vorschein und ein Heft, welches sie Tomaso reichte. »Ich habe dieses Büchlein gefunden.« Sie übergab es ihm. »Ich weiß echt nicht, was Scarlett in ihrem Alter von siebzehn damit anfangen will.«

Tomaso schlug das Heft auf, blätterte darin, fand jedoch nichts, das verwerflich gewesen wäre.

»Sie beschäftigt sich mit Zwillingen.«

»Vielleicht ist Ihre Tochter einfach nur neugierig.« Tomaso vermied es, seine Vermutung zu verlautbaren. Aber, ging ihm durch den Kopf, wenn Scarlett schwanger wäre, zudem mit Zwillingen, würde ihr Verschwinden in einem neuen Licht erscheinen. Naheliegender war, sie hatte herausgefunden, wer sie wirklich war.

»Sagen Sie mir endlich, was los ist?« Frau Bruhin sah ihn verständnislos an.

»Ihre Tochter, Frau Bruhin, hat zwei Schwestern. Sie wurden als Drillinge geboren.«

»Das ist nicht wahr. Sagen Sie, dass es nicht wahr ist.«

Tomaso blieb ruhig. »Hat Scarlett Andeutungen gemacht, dass sie ihre Schwestern oder die Mutter gefunden hatte?«

Frau Bruhin ging zum Fenster und schaute hinaus. »Was erzählen Sie da? Ich bin Scarletts Mutter und will jetzt endlich meine Tochter sehen. Bitte«, flehte sie, während sie sich umdrehte.

***

Nachdem Valérie nach Biberbrugg zurückgekehrt war, hatte sie eiligst eine außerordentliche Teamsitzung einberufen, um die neue Situation zu besprechen. Sie hatte Fabia und Louis die Order erteilt, Frau Meile in ihrem Haus in Lachen zu besuchen und sie über den Verlust ihres Mannes zu informieren.

Sie selbst ging mit Zanetti ins Zimmer vier, wo Robert Kistler mit seinem Anwalt auf sie wartete. Nebst ihnen befand sich eine Protokollführerin im Raum. Valérie würde sich auf die Vernehmung konzentrieren können. Sie installierte die Kamera und richtete die Linse auf Kistler. Sie eröffnete: »Heute ist Samstag, der 18. November … siebzehn Uhr. Anwesend sind der Zeuge Robert Kistler, Anwalt …«, sie musste es ablesen, »Anwalt Benedict Elmiger.« Und sah wieder auf. »Staatsanwalt Emilio Zanetti, Oberleutnant Valérie Lehmann und die Protokollführerin.« Sie nannte auch diesen Namen. »Herr Kistler, grundsätzlich sind Sie nicht verpflichtet, bei der Polizei als Zeuge auszusagen. Die Staatsanwaltschaft hat mich aber mit Ihrer Einvernahme beauftragt. Aus diesem Grund haben wir Sie unter dem Hinweis auf Ihre Aussagepflicht vorgeladen. Danke für Ihr Erscheinen.« Valérie räusperte sich.

»Sie haben recht: Mein Mandant ist nicht verpflichtet, eine

Aussage zu machen«, mischte sich Elmiger ein, »wenn es ihm selbst schadet. Alles, was er sagt, könnte später gegen ihn verwendet werden.«

»Hätten wir denn einen Grund?« Valérie spürte Zanettis Hand an ihrer Seite. Wie sie solche Verhöre hasste. Alles hatte so gut begonnen. Sie hatte geglaubt, Kistler auf ihrer Seite zu haben, bis sie merkte, dass er ihr etwas verschwieg. Sie knüpfte an ihre letzte Befragung an und wiederholte die Frage, die Kistler damals in Rage versetzt hatte. »Was war der Grund, weshalb Matthias Mettler vom Vorkaufsrecht zurücktrat?«

»Solche Dinge geschehen, *that's life*. Geschäftsgebaren, wenn Sie verstehen, was ich damit sagen will. Herrgott, ich habe öfter mit Partnern zu tun, die von einem sich positiv entwickelnden Geschäft zurücktreten, weil es die Situation erfordert. Veränderungen beim Budget, Umstrukturierungen, Verkleinerung von Höfen zum Beispiel. Taktische Manöver gehören zu meinem Alltag. So war es auch im Zusammenhang mit Matthias Mettler. Was geht es mich an, wenn er sein Vorhaben nicht mehr umsetzen will? Zugegeben, mich hat es natürlich gefreut. Denn das, was mein Bruder Hannes und ich realisieren wollen, ist ein Novum auf dem Immobilienmarkt. Ein Dorf im Dorf, nachhaltig und zukunftsorientiert. Wir sind die Könige der Wohnarchitektur.« Kistler schmunzelte vor sich hin. »Dazu eignet sich das Grundstück in Tuggen hervorragend.«

»Matthias Mettlers Frau ist anderer Meinung«, fuhr Valérie ruhig fort. »Herr Mettler hätte von seiner Bank zeitnah den erforderlichen Kredit bekommen. Einen Tag vor Vertragsabschluss trat er zurück. Es war der Tag, nachdem er Sie, Herr Kistler, und Ihren Bruder im kleinen Säli im Gasthaus ›Frohmut‹ getroffen hatte. Auch dazu haben wir eine Zeugenaussage.«

Kistlers Gesicht nahm die Farbe seiner Ferkel an. Er drehte sich zum Anwalt um und flüsterte ihm etwas ins Ohr. Dieser wandte sich an Valérie. »Mein Mandant ist noch immer als

Zeuge hier. Ich verstehe nicht, weshalb er wie ein Angeklagter behandelt wird.«

Zanetti ergriff das Wort. »Es geht hier um die Zurückhaltung von Beweismitteln in einem Mordfall mit sechs Opfern. Wird eine Aussage mutwillig verweigert, kann dies geahndet werden, Herr Kollega.«

Valérie beobachtete Kistler. Dieser wurde zusehends nervöser. Er fuhr sich mit der Zunge über die dicken Lippen und kratzte sich am Kinn, während Elmiger innerlich kochte.

»Kann es sein«, fragte Valérie, »dass Matthias Mettler Ihnen etwas anvertraute, mit dem Sie ihn, Herr Kistler, in den Händen hatten?«

»Das ist eine infame Unterstellung.« Kistlers Adamsapfel glitt mehrmals auf und ab.

»Ist es nicht so, dass Sie das Grundstück unbedingt haben und es sich mit dem Wissen um Mettlers Geheimnis erkaufen wollten?«

Wieder schluckte Kistler schwer.

Elmiger legte ihm die Hand auf den Arm. »Mein Mandant muss darauf keine Antwort geben, denn jetzt gehen Sie entschieden zu weit. Noch einmal: Herr Kistler ist als Zeuge hier. Ansonsten verklagen Sie ihn, dann treffen wir uns wieder, wenn die Positionen klar sind.«

Lackaffe, dachte Valérie. Sollte die Vernehmung vertagt werden, ging wertvolle Zeit verloren. Trotzdem blieb sie beherrscht. »Wenn Sie, Herr Kistler, Matthias Mettler erpresst hatten, um das Grundstück zu bekommen, dann sagen Sie uns jetzt, worum es ging. Erpressung gehört nicht in unsere Abteilung. Wenn Sie reden, erleichtern Sie uns die Mordermittlungen. Bitte, Herr Kistler, wenn Sie reinen Gewissens sind, dann sprechen Sie.«

Der Blick, den der Zeuge an seinen Anwalt richtete, ließ eine Kompromissbereitschaft erahnen. Kistler räusperte sich hinter vorgehaltener Hand. »Ich … also, wenn Sie mir die Garantie geben, dass ich hier heil herauskomme. Das, was da abläuft, könnte meinem guten Ruf schaden. Sie wissen, wie das ist. Draußen vor der Tür könnte mir bereits die Presse auflauern. Die wartet darauf, mich in die Pfanne zu hauen und den Gegnern Aufwind zu geben. Wie gesagt, mein Bruder und ich haben Gigantisches vor.«

»Bitte.« Valérie atmete heftig ein. Ihre Nerven fühlten sich wie gespannte Seile an.

Kistler streckte seinen Körper. »Matthias hat mir das Versprechen abgenommen, dass ich niemandem etwas davon erzähle. Als Gegenzug bekamen mein Bruder und ich das Grundstück, respektive wir konnten es den Architekten Banner und Maihofer abkaufen. Ich gebe zu, dass es nicht ganz koscher über die Bühne ging. Aber was tut man nicht alles, um die Pläne zu verwirklichen, die der Allgemeinheit dienen.«

Valérie stieß innerlich Luft aus. Kistler rührte mit der großen Kelle an. Er hatte soeben indirekt gestanden, Mettler erpresst zu haben. »Was hat er Ihnen anvertraut?«

»Es ging um die Party im März 2005 auf der Yacht eines Freundes. Ich korrigiere: Dieser war Skipper.« Kistler sah Elmiger an. »So, nun ist es raus … Und jetzt lassen Sie mich sprechen.«

Elmiger nickte bloß, lehnte sich zurück, schlug das linke über das rechte Bein und verschränkte die Arme. Dass er mit Kistlers Richtungswechsel nicht einverstanden war, sprach der Körper aus.

»Ich glaube, Matthias hatte enorme Gewissensbisse. Er musste es einfach loswerden. Darum erzählte er mir alles, was damals geschehen war. Er, Oliver Hurni, Nils Grüniger und Jan Fuchs fuhren mit zwei Mädchen nach Portofino, um zu feiern. Drogen und Alkohol waren mit im Spiel, als es zu sexuellen Handlungen kam. Ach, Sie kennen das …« Kistler grinste vor sich hin. »Die Mädchen waren sicher nicht ganz unschuldig … aufreizende Kleider, laszive Bewegungen, Zungenküsse … Provokation bis aufs Blut.«

Valérie spürte, wie es ihr jeden Muskel zusammenzog. Sie

formte die Hände zu Fäusten und ließ sie unter den Tisch verschwinden. »Weiter …«

»Es endete nicht gut.«

»Hat Herr Mettler über Details gesprochen?« Valérie sah Kistler an, dass es ihm unangenehm wurde.

»Jeder der vier Freunde hat sich an den beiden Mädchen vergangen.«

»Und der Skipper?«

»Nein, der nicht. Er war schwul.«

»Er hatte den Mädchen aber nicht geholfen.« Valérie ereiferte sich.

»Das weiß ich nicht. Davon hat Matthias nichts berichtet.«

»Die Mädchen wurden also vergewaltigt … wurden sie stranguliert?«

Kistler sah auf den Tisch. »Sie wurden mit Seilen gefesselt …«

Der Palstek! Endlich ergab der Seemannsknoten am Tatort in Tuggen einen Sinn. »Damit sie sich nicht wehren konnten?« Valérie sah rot. »Wurden auch Leckpfropfen eingesetzt?« Sie durfte nicht daran denken, was die Männer mit denen angestellt hatten.

»Leckpfropfen? Noch nie gehört. Nein, keine Ahnung.«

Valérie ging in sich. Diese Abdichtungen mussten in Tuggen eine andere Bewandtnis gehabt haben. Leckpfropfen, die etwas Phallisches verkörperten. Klar, dachte sie, die Mädchen hatten die Männer auch oral befriedigen müssen. Da hatte sich etwas angestaut, das Gerechtigkeit forderte. Drei Schwestern, die ihre Mutter rächten. Drillinge, die in dieser verhängnisvollen Nacht entstanden waren. Ihre Mutter, deren Vornamen Valérie unter Vorbehalt kannte – Pina –, hatte ihre drei Töchter gegen die in Frage kommenden Väter aufgehetzt. Die einzige nachvollziehbare Erklärung. »Herr Kistler, ich muss Sie das jetzt fragen: Hat es Sie geil gemacht, als Mettler Ihnen davon erzählte?« Wieder spürte sie Zanettis Hand. Durch ihren Körper ging ein Zittern. Natürlich hat es den Schweinehund erregt, dachte sie. Solche

Typen sind doch alle gleich. Allein die Tatsache, wie detailgetreu er die Schandtaten beschrieb. Da lief ein innerer Film ab. Er stellte es sich vor. Sie hielt inne. »Danke, das war's … ach, noch eine letzte Frage: Hat er Ihnen die Namen dieser Mädchen verraten?«

»Nein, tut mir leid.«

»Ich bin mir sicher«, sagte Valérie auf dem Nachhauseweg über die Freisprechanlage ihres Telefons, »dieser Kistler weiß noch viel mehr, als was er uns erzählt hat. Ich versuche gerade, mich in Matthias Mettler zu versetzen. Hätte er Kistler davon erzählt, wenn nicht eine Absicht dahintersteckte? Mettler hatte sich damit gebrüstet, weil er wusste, worauf Kistler heiß war. Ich wette, da existiert Bildmaterial, das untereinander ausgetauscht wurde, pornografische Fotos, Videos.« Valérie konzentrierte sich auf die Fahrbahn.

Die Nacht war längst hereingebrochen und verwandelte die Gestalten am Straßenrand in unsichtbare Wesen. Es war die Zeit, in der man besonders achtgeben musste. Alles erschien konturenlos.

»Schwer zu sagen«, sagte Zanetti aus dem Lautsprecher. »Wir sollten unser Augenmerk in erster Linie auf die Auflösung der Morde richten. Sollte sich dein Verdacht erhärten, müssen wir ein Ermittlungsverfahren einleiten und Anklage gegen Kistler erheben. Aber dazu bräuchten wir handfeste Beweise.«

Das Haus lag im Dunkeln. Zanetti fuhr den Audi gleich nach Valérie in die Garage. Sie stellte den Motor ab und stieg aus.

Sie stutzte. »Hat Colin nicht gesagt, er komme heute vorbei? Er wollte uns doch seine Lea vorstellen.«

Colin besaß einen Schlüssel und konnte jederzeit ins Haus. Valérie war sich sicher, er würde es nie ausnützen. Es war auch Zanettis Idee gewesen, Colin zu zeigen, dass sie ihm bedenkenlos vertrauten.

Während Zanetti das Garagentor schloss, öffnete Valérie

die Tür und war froh, sich des Mantels und der Stiefel zu entledigen. Sie fühlte sich schmutzig, als hätte sie seit Tagen nicht geduscht. Sie ging in die Küche, warf einen Blick in den Kühlschrank und sah, dieser gab ordentlich was her.

Zanetti stand hinter ihr und schaute ihr über die Schultern. »Da lässt sich etwas zubereiten. Nimm dir doch ein Bad, ich werde in der Zwischenzeit eine Pasta mit frischen Tomaten und Mozzarella machen. Wein hat es auch noch. Wir sollten die letzten Tage mal ausblenden. Für die Nachspeise lasse ich mir etwas einfallen.«

Valérie ging nach oben ins Schlafzimmer. Sie setzte sich aufs Bett, sah auf das Nachttischchen, wo noch immer das Tagebuch lag. Das Schloss war unversehrt, der Schlüssel weg. Vielleicht war das ein Zeichen.

VIERZEHN

»Danke, dass Sie unserer Aufforderung Folge geleistet haben.« Valérie bat Jessica Diethelm, ihr gegenüber Platz zu nehmen. Louis und Fabia hatten sie vor einer halben Stunde von der Wohngruppe abgeholt und nach Biberbrugg gebracht.

»Hatte ich eine Wahl?« Jessica Diethelm setzte sich auf den Rand des Stuhls, mit gestrecktem Rücken, etwas steif.

Valérie sah ihr an, wie verunsichert sie war. »Ich werde unser Gespräch aufnehmen.« Sie nahm den Rapport zur Hand, den Cavadini ihr übermittelt hatte. Er hatte einen Vermerk angebracht, dass aus der Zeugin mehr zu holen wäre, wenn man ihr genügend Zeit ließe. Valérie verstand nicht, was Cavadini damit gemeint hatte. Alles, was sie bei der Befragung zu Protokoll gegeben hatte, passte. Und trotzdem erachtete es Valérie als zwingend notwendig, die Frau noch einmal zu befragen. Sie wollte sie selbst kennenlernen.

»Frau Diethelm«, begann sie, »Herr Cavadini hat Sie letzthin zum Ausflug nach Portofino befragt. In der Zwischenzeit haben wir von einem Zeugen erfahren, was tatsächlich auf der Yacht geschehen war.«

»Es gibt einen Zeugen?« Jessica Diethelm rutschte auf dem Stuhl nach hinten. Über ihr Gesicht legte sich ein Schatten. »Giuseppe? Hat er sich gemeldet?«

Die Jahre schienen zu schrumpfen. Kehrte Jessica Diethelm in ihrem Geist in jene verhängnisvolle Frühlingsnacht zurück, welche ihr ganzes Leben aus den Fugen gebracht hatte?

»Das war der Skipper, oder?«

»Ja. Hat er eine Aussage gemacht?«

»Nein, wir haben ihn bislang nicht gefunden.« Valérie machte sich eine Notiz. Warum hatten sie es versäumt, nach der Yacht zu fragen, die im März 2005 in der Bucht von Portofino vor Anker gelegen hatte?

Jessica Diethelm zeigte sich enttäuscht. »Der Drecksack war keinen Scheiß besser.«

»Warum?«

»Ach nichts.«

»Mir ist bekannt, dass man Sie und Ihre Freundin vergewaltigt und aufs Massivste gedemütigt und misshandelt hat. Die Männer können wir nicht mehr zur Rechenschaft ziehen. Sie sind tot.«

»Dann ist Ihr Fall doch erledigt.« Jessica Diethelm ließ einen tiefen Seufzer vernehmen. »Vier Monster weniger auf dieser Welt. Ich weine ihnen keine Träne nach. Und nein, ich war es nicht. Aber ich habe es ihnen gewünscht, immer und immer wieder. Ich habe sie getötet, jede Nacht. Ich habe mich gefragt, warum ich alles über mich ergehen ließ. Ich hätte mich wehren können, beißen, kratzen, ihnen zwischen die Beine schlagen. Ich habe es nicht getan.« Jessica Diethelm verbarg das Gesicht hinter ihren Händen.

»Ich denke, Sie haben instinktiv das Richtige getan. Die Männer waren in der Überzahl. Sie hätten keine Chance gehabt.« Sie wollte sich nicht vorstellen, in welcher Lage die Mädchen sich befunden hatten. Valérie ging in sich. Auch sie hatte sich nicht gewehrt. Weil er ihr Vater war?

»Glauben Sie, man kann allein mit den Gedanken jemanden umbringen?«, fragte Jessica Diethelm. »Mit Voodoo-Puppen funktioniert es«, gab sie sich gleich selbst die Antwort. »Wenn man lange genug einen Wunsch hegt, geht er in Erfüllung.«

Valérie spürte, wie ihr Gegenüber die dunklen Energien zuließ. Sich von den finsteren Mächten zu befreien bedurfte einer strengen mentalen Arbeit. Es schien, als sei Jessica Diethelm immer noch in ihrem Schicksal gefangen.

Die Verdrängung musste wie ein Ungeheuer in ihrem Innern lauern, genährt durch immer wiederkehrende Erinnerungsfetzen. »Frau Diethelm, es ist wichtig, dass Sie mir alles sagen. Was geschah an diesem Abend wirklich?«

»Ich dachte, Sie hätten eine Zeugenaussage.« Jessica Diethelm kreuzte die Arme vor ihrer Brust, ein Zeichen dafür, dass sie nicht bereit war, mehr zu reden, als was sie für angemessen hielt.

»Ich will nicht wiederholen, was Ihnen angetan wurde. Aber ich muss wissen, ob man Sie dabei gefilmt hatte.«

Lange kam nichts. Über dem Tisch flackerte die Neonröhre. Ein leises Surren hing in der Luft. Sie würde den Geist bald aufgeben, dachte Valérie. Vielleicht hielt sie bis zum Ende der Befragung durch. Neon, welches die kalte Atmosphäre im Raum unterstrich. Valérie fröstelte.

»Ja, man hat uns gefilmt. Der Skipper hatte eine Kamera dabei. Er hat alles gefilmt. Er hat es professionell gemacht, hat Musik laufen lassen. Immer wieder dasselbe Stück …«

»Was für ein Stück?«

»›Shut Up‹.«

»Von den Black Eyed Peas?«

»Sie kennen es?«

Valérie schwieg. Sie hatte es geahnt. Sie ließ eine lange Pause verstreichen und musste Jessica Diethelms Aussage zuerst verdauen. Sie würde auch Kistler überführen müssen. Er steckte genauso mit drin, als Voyeur, als Zuschauer pornografischer Videos, auf denen minderjährige Mädchen gequält wurden. Je länger Valérie sich mit Kistler befasste, umso sicherer war sie sich. Die CD am ersten Tatort war ein Hinweis auf die Übergriffe. »Pina war Ihre beste Freundin. Mit ihr haben Sie alles geteilt, nicht wahr?«

»Ja, bis zu diesem verhängnisvollen Abend. Als wir zurück waren, gingen wir getrennte Wege.«

Valérie startete einen letzten Versuch. »Sie kennen den Nachnamen Ihrer Freundin. Ist das richtig?«

»Ja. Ich erinnere mich wieder.«

Wahrscheinlich hatte sie ihn nie vergessen. Aber das war in diesem Moment nicht relevant.

»Sie müssen ihn mir mitteilen. Wie hieß Pina mit vollem Namen?«

»Proserpina Zoccoli.«

»Proserpina Zoccoli«, wiederholte Valérie. Ein ungewöhnlicher Name. »Wissen Sie, ob ihre Eltern noch leben?«

»Nein, das weiß ich nicht. Wie gesagt, ab März 2005 pflegte ich keinen Kontakt mehr zu Pina.«

»Ich brauche die Anschrift der Familie Zoccoli, von damals.« Valérie reichte einen Notizblock über den Tisch, in der Hoffnung, Jessica Diethelm würde sich an diese erinnern. Unmöglich, dass sie aus ihrem vergangenen Leben alles ausradiert hatte. Da mussten Erinnerungen aus ihrer Kindheit sein. Auch in ihrer Welt hatte es Glücksmomente gegeben. Sie hatte Eltern gehabt, einen liebenden Vater, der noch heute auf sie wartete und sie mit offenen Armen empfangen würde, wenn sie bereit dazu wäre. »Wo wohnte Pina, bevor Sie zusammen nach Portofino fuhren?«

»In Reichenburg.« Jessica Diethelm notierte die Adresse. »Wir gingen in Reichenburg zur Schule … Pina und ich.«

Valérie hatte Jessica Diethelm nicht länger als nötig befragen wollen. Die Frau stand unter einem enormen seelischen Druck, sie hatte bloß in ihre Augen sehen müssen, in diesen von Traurigkeit erfüllten Blick. Nach dem Gespräch ging Valérie zurück in ihr Büro und versuchte, auf der Festnetzstation ihren Sohn zu erreichen. Sie fühlte eine Unruhe in sich. Es kam selten vor, dass Colin ein Versprechen nicht einhielt. Andererseits war er frisch verliebt und hatte aktuell Wichtigeres im Kopf, als seine Mutter zu besuchen. Trotzdem, das mulmige Gefühl blieb. Sie wählte wiederholt seine Nummer, und als er sich nicht meldete, sprach sie auf Band. »Hi, Colin, gut möglich, dass ich etwas falsch verstanden habe wegen gestern Abend. Melde dich bitte.«

Sie fuhr den Rechner hoch und checkte die Mails. Eine Flut von neuen Nachrichten brach über das Outlook herein. Darunter auch zwei aus der Rechtsmedizin. Valérie öffnete sie und sah sich den Abschlussbericht über das Opfer Claudia Tobler an. Stieffel hatte seine forensischen Untersuchungen und die Resultate aus dem Labor zusammengefasst. Die Todesursache stand fest. Nicht die Schläge auf den Kopf hatten sie umgebracht, sondern der Blutverlust, nachdem man ihr den Bauch aufgeschlitzt und die Gebärmutter entfernt hatte. Stieffel charakterisierte diesen Akt als äußerst brutal, bar jeder Achtung vor dem menschlichen Leben. Er hatte den Befund des gesundheitlichen Zustandes mit dem des Laborberichts, den man in der Wohnung der Ärztin gefunden hatte, verglichen. Stieffel schrieb, aufgrund des fehlenden Uterus sei es nicht möglich nachzuweisen, wie fortgeschritten der Krebs gewesen war. Valérie schauderte es. Welche Beweggründe hatte die Täterin gehabt, eine Gynäkologin dermaßen hinzurichten? Es war nicht möglich, deren pathologischen Befund gekannt zu haben. Ihre Patientenliste befand sich in Valéries Unterlagen. Sie suchte nach dem Rapport, fand ihn und schlug die Seiten mit den alphabetisch angeordneten Namen auf. Unter »Z« fasste sie »Proserpina Zoccoli« ins Auge. Diese war Patientin von Dr. Tobler gewesen, gemäß Verzeichnis von 2002 bis Ende 2005. Danach gab es keinen Eintrag mehr. Valérie stöberte durch die Krankenblätter, die auf die Zeit vor 2005 datiert waren. Sie befürchtete den Misserfolg, bevor sie richtig damit begonnen hatte. Tatsächlich aber kam die Patientenakte zum Vorschein. Proserpina Zoccoli, geboren am 23. Februar 1989 in Reichenburg, hatte mit dreizehn Jahren die erste Konsultation bei Dr. Tobler gehabt. Die zweite war Mitte April 2005 erfolgt. Jetzt wurde es interessant. Valérie las die Einträge, soweit sie den medizinischen Fachjargon verstand. Bereits im Juni war die Mehrlingsschwangerschaft ersichtlich gewesen. Ein Ultraschallbild war an die Unterlagen geheftet. Alle zwei Wochen war eine weitere Untersuchung fällig gewesen. Die Patientin leide an Übelkeit und Erbrechen, stand auf einem weiteren Blatt. Der Vater war unbekannt. Hier hatte Dr. Tobler drei Fragezeichen hingekritzelt. Allem Anschein nach hatte die Gynäkologin die Handschrift dem Computer vorgezogen. Oft war das Geschreibsel schlecht leserlich und erst im Nachhinein digital erfasst worden. Doch das, was Valérie hatte erfahren wollen, wusste sie jetzt. Allmählich entstand das

Bild einer dramatischen Chronologie. Im November 2005 hatte das Schicksal der werdenden Mutter einen Höhepunkt erfahren, als sich ihre Eltern für eine Adoption der Drillinge aussprachen und mit der Vormundschaftsbehörde Ausserschwyz Kontakt aufnahmen. Ansprechpartner war Pius Meile gewesen.

Der Kreis schloss sich.

Was nach wie vor unklar war, war Leon Thürings Rolle. Der Junge blieb verschwunden. Es gab weder Spuren noch Hinweise auf seinen Verbleib. Dass er der Blumenbote gewesen war, ergab nur insofern einen Sinn, als dass man ihn hatte sehen *müssen*. Eine Drohung an das ehemalige Direktionspaar des Kinderheims »Sternenhimmel«. Wenn Valérie es richtig interpretierte, trugen Herr und Frau Thüring große Schuld am Auseinanderreißen der Drillinge und an den Adoptionen.

Valérie versuchte, die Verzweiflung einer jungen Mutter zu verstehen. Man hatte ihr die Babys weggenommen, ohne sie zu fragen. Trotz der Vergewaltigung hatte sie in den Kindern vielleicht einen Lebenssinn gesehen. Mutter von Drillingen zu werden hätte ihr verlorenes Selbstwertgefühl zurückgebracht. Vielleicht waren die Adoptionen der Akt einer grenzenlosen Zerstörung gewesen. Der Todesstoß nach dem letzten Aufbäumen einer entmutigten Frau.

Aber, und da machte Valérie wieder ein Fragezeichen: Warum hatten die Töchter gemordet? Es musste noch einen anderen Grund geben.

Valérie öffnete das Internet und tippte den Namen Proserpina Zoccoli in der Suchmaschine ein. Mit Ausnahme verschiedener Holzschuhe fand sie nichts. Dann gab sie nacheinander die Namen Elodie Grange, Lisette Britschgi und Scarlett Bruhin ein. Nichts Neues. Alle drei waren auf verschiedenen Social-Media-Plattformen unterwegs gewesen – bis zum Tag ihres Verschwindens. Die Durchsicht war abgeschlossen. Valéries Leute waren auf nichts Verdächtiges gestoßen, was auf die Planung der Mordnacht von Tuggen oder auf den Tod der Ärztin sowie des Vormundschaftsbeauftragten hinwies. Die jungen Frauen waren weder untereinander befreundet, noch ließ sich eine Verbindung zu Leon Thüring herstellen.

Hier musste etwas abgelaufen sein, was gut durchdacht gewesen war.

Valérie gab unter search.ch den Namen Zoccoli und die von Jessica Diethelm erhaltene Adresse in Reichenburg ein. Endlich! Valérie konnte sich einen Freudenschrei verkneifen. Der Eintrag im digitalen Telefonbuch ersparte eine breit gefächerte Suchaktion nach Pinas Eltern.

Valérie griff zum Hörer und wählte die Nummer.

***

Nachdem Valérie die Befragung von Jessica Diethelm beendet hatte und das Protokoll an die Staatsanwaltschaft übermittelt war, zögerte Zanetti nicht lange und veranlasste eine Hausdurchsuchung bei Robert Kistler. Der Verdacht, im Besitz verbotenen Videomaterials zu sein, hatte diesen Schritt nötig gemacht.

Louis stand vor einem zweigeschossigen Wohnhaus in der Nähe der Schweinemästerei und wartete mit seinen Leuten, die im Dutzend eingetroffen waren. Die hellgelben Fassaden waren fleckig vom Niederschlag der letzten Jahre, verdorrtes Gestrüpp schoss wie Unkraut aus dem Boden rundherum, eine antike Statue wies nebst der Patina Moosflechte auf, und auf den Steinplatten haftete grauer Schimmel. Alles in allem wirkte die Umgebung genauso verwahrlost wie das Haus. Louis entsann sich Kistlers Pläne für eine moderne Überbauung in Tuggen und hatte gerade etwas Mühe, diese Gegensätze zu begreifen.

Er klingelte, war auf alles gefasst, auch darauf, Kistler könnte nicht anwesend sein. Die Hausdurchsuchung war nicht angekündigt.

Robert Kistler öffnete nur in einer Pyjamahose. Seine ausladende Wampe hing ihm über den Hosenbund. Über seine stark behaarte Brust baumelte eine Goldkette, ein Schmuckstück, das längst aus der Mode gekommen war. Nur Zuhälter tragen solches Geschmeide, ging Louis durch den Kopf. Er musste seine Vorurteile beseitigen. Valérie hatte Kistler als anständig beschrieben, nur grob im Auftreten.

»Hä?« Kistler starrte Louis an, als käme er vom Mars. Dann erst fiel sein Blick auf die Leute hinter ihm. »Nicht einmal am Sonntag hat man seine Ruhe.«

Louis wies sich aus und wedelte mit der Bescheinigung auf Kistlers Augenhöhe. »Wir haben die Befugnis, Ihr Haus zu durchsuchen.« Louis winkte seinen Kollegen zu. »Bitte, nehmt euch Zeit. Ihr wisst, wonach ihr suchen müsst.«

»Aha … das wüsste *ich* aber auch gern. Was soll das? Ich dachte, mit dem gestrigen Verhör sei alles erledigt.«

»Leider nein.«

»Moment!« Kistler verschränkte die Arme und blockierte den Hauseingang. »Ohne meinen Anwalt kommen Sie da nicht rein. Ich kenne meine Rechte. Am Ende habe ich die Arbeit, alles wieder an seinen angestammten Platz zu räumen. Oder liefern Sie eine Reinigungskraft gleich mit?« Seine zynische Bemerkung passte nicht zur Abwehrhaltung.

Louis ließ sich nicht aus der Ruhe bringen. Er trat auf Kistler zu und forderte ihn auf, von der Tür wegzugehen. »Wenn Sie sich weigern, ist das eine Handlung gegen die Staatsgewalt. Ich brauche Ihnen nicht zu sagen, was die Konsequenzen sind.«

Wider Erwarten trat Kistler zur Seite. Louis' Leute gingen ins Haus.

»Ich bin ein gehorsamer Bürger«, insistierte Kistler. »Bislang bin ich nicht negativ aufgefallen. Ich möchte, dass dies so bleibt. Ich habe keine Ahnung, was Sie mir anhängen wollen. Ich habe gestern die Wahrheit gesagt, in der Hoffnung, Ihnen in Ihrem Fall zu helfen. Das, was Sie mit mir machen, ist ungerecht, wenn nicht gar fies.«

Du armes Würstchen, dachte Louis, versuchst auf die Tränendrüsen zu drücken. Er schwieg und folgte dem Kollegen, der als Letzter das Haus betrat.

Kistler ging ihm nach bis zur Bar im Wohnzimmer und holte

eine Flasche Gin aus dem Gestell. Er nahm ein Glas und füllte es bis zur Hälfte auf.

Louis hatte für ihn nur ein verborgenes Lächeln übrig. Er war ihm unsympathisch, vom ersten Augenblick an. Da nützten auch seine geschwollenen Worte wenig, und als er begann, von seinen Würsten zu sprechen, von Hannes, seinem Bruder, der diese *comme il faut* zubereite, befürchtete Louis, ihm platze gleich der Kragen.

Seine Leute suchten das Haus nach verdächtigem Material ab. Während Louis die Durchsuchung akribisch beobachtete, saß Kistler provokativ breitspurig auf einem seiner Sofas und schlürfte den Gin. Sein Grinsen reichte von einem zum anderen Mundwinkel. Dass ihm dabei so wohl war, wie er es glauben machte, nahm ihm Louis nicht ab.

»Leisten Sie mir Gesellschaft, Leutnant Camenzind?«

»Wobei?«

»Ich spendiere Ihnen einen Gin, bis Ihre Leute durch sind.«

»Nein danke, kein Bedarf.«

»Aha, Sie sind im Dienst.« Kistler lachte. »Ihresgleichen würde es hin und wieder guttun, etwas gegen die Ernsthaftigkeit einzuschießen. Gin hilft …«

»Louis«, rief jemand vom Untergeschoss. »Kommst du mal?«

Louis ging nicht auf Kistlers Bemerkung ein, obwohl er es gern getan hätte. Als Polizist musste er sich nicht alles gefallen lassen. Er stieg über eine Treppe nach unten, vorbei an einer Reihe ausgestopfter Vögel, die ihn mit nadelkopfgroßen Glasaugen anstarrten. Er gelangte zu einer mit einem dunkelblauen Vorhang verzierten Tür und betrat einen Raum, der mit allem ausgestattet war, was ein Heimkino ausmachte. An der Decke hingen Jugendstillampen und tauchten den Raum in ein blasses Licht. Über die ganze hintere Wand spannte sich eine Leinwand. Gegenüber befand sich eine Empore, auf der ein Beamer stand. Louis zählte neun Sitzreihen mit je acht mit Samt überzogenen Sesseln. Rechts davon gab es eine Bar, ein paar runde Hocker und einen Schrank. Die Tür des Schranks war offen, und einer der Polizisten war damit beschäftigt, ein paar Kartons zu sortieren. Er schaute auf. »Das musst du dir ansehen.«

Haben wir dich. Louis bahnte sich den Weg durch die dritte Sitzreihe. Ihm fielen die abgenutzten Sitzflächen auf. Der Teppichboden war stellenweise übersät von hellen Flecken.

»Das ist der letzte Karton«, sagte der Kollege.

»Und? Bist du fündig geworden?«

»Wie man's nimmt. Alles Filme von Rosamunde Pilcher, Inga Lindström und Katie Fforde.«

»Verarsch mich nicht.« Louis griff nach einer DVD, drehte und wendete sie in seinen Händen und checkte, ob der Titel original eingebrannt war. »Sind alle so?«

»Ausnahmslos. Es gibt noch eine Serie von ›Winnetou‹, von ›Indiana Jones‹ und ein paar Monumentalfilme wie ›Doktor Schiwago‹, ›Jenseits von Afrika‹, ›Ben Hur‹ und weiteren harmlosen Schrott. Nicht das, was die Staatsanwaltschaft vermutet hat. Kistler ist fein raus«, flüsterte er.

»Die müssen alle in die Technik.« Louis ließ sich seine Enttäuschung nicht anmerken. »Die Jungs vom KTD sollen mal eine Filmnacht einschieben. Die DVD-Hüllen und Scheiben sagen gar nichts über den Inhalt der Filme aus.«

»Die sehen aber echt aus.«

»Egal, die müssen alle mit.«

***

Valérie hatte nicht damit gerechnet, Ceres Zoccoli zu erreichen, und noch weniger damit, sie für ein zeitnahes Gespräch zu überzeugen. Nun war Valérie im Wohnzimmer einer schlichten Wohnung in Reichenburg und hörte sich die Lebens- und Leidensgeschichte einer Sechzigjährigen an, die zweifellos das Bedürfnis zu reden hatte. Vor ihr saß eine Frau, die Valérie mit keiner anderen vergleichen konnte. In der Größe war sie ihr unterlegen, auch in der Kraft, was ihre schmalen Oberarme bewiesen. Auch wenn sie versuchte, sie unter dem weiten Pullover zu kaschieren. Ihre Hände waren zart und feingliedrig. Sie trug ihre Haare halblang. Sie waren schwarz mit weißen Strähnen, die über die linke Seite fielen, eine Laune der Natur. Alles in allem sah sie kränklich aus.

Ceres Zoccoli hatte Kaffee und Kuchen aufgetischt und sich für ein längeres Gespräch eingerichtet. Ohne vorher zu fragen, erfuhr Valérie die schicksalhafte Geschichte einer Frau, die mit zwanzig Jahren hatte heiraten müssen, weil ihre Eltern es so gewollt hatten.

»Ich wurde katholisch erzogen. Wir hielten uns an die Bibel, gingen zur Beichte und sonntags in die heilige Messe. Meine Eltern hatten den Eltern meines Mannes das Versprechen abgenommen, dass ihr Sohn mich heiraten würde.« Ceres Zoccoli sprach mit monotoner Stimme, als würde sie einen Text ablesen, wie das Herunterleiern eines Aufsatzes, den sie widerwillig geschrieben hatte, unterbrochen durch ein Husten, das aus ihrer tiefsten Lunge kam. »Ronaldo war ein strenger Mann, arbeiten durfte ich nicht. Ich war dazu verdammt, zu Hause zu bleiben, obwohl ich die Ausbildung zur Krankenschwester gemacht hatte. Ronaldo wollte mit der Familienplanung früh beginnen. Nacheinander bekam ich fünf Buben, das sechste Kind war ein Mädchen: Proserpina. Die Freude war groß … das einzige Mädchen, Proserpina, meine Pina. Schon bald stellte sich heraus, wie klug sie war. Mit sechs kam sie in die erste Klasse, nach der fünften Primar ins Gymnasium. Ihr damaliger Lehrer setzte sich für sie ein, obwohl wir es uns nicht leisten konnten. Sie hatte Ambitionen, wollte studieren … Aber sie hatte es schwer mit ihren fünf Brüdern, musste immer hintenanstehen. Ronaldo war streng mit ihr, mehr als mit seinen Söhnen. Meine Jungs lernten bodenständige Berufe, das beeindruckte ihn, war er doch selbst ein Handwerker. Pina ging ins Gymnasium. Das erzeugte böses Blut.« Ceres Zoccoli machte eine bedeutungsschwere Sprechpause.

Valérie sah eine erschöpfte Frau vor sich, eine alleinstehende Frau, die ihren Mann vor vier Jahren verloren hatte. Mit ihren

Söhnen habe sie kaum Kontakt, hatte sie zu Beginn des Gesprächs durchblicken lassen. Sie lebten verstreut in der ganzen Schweiz.

»Dann passierte das, was sich keine Mutter wünscht«, fuhr Ceres Zoccoli fort. »Pina wurde schwanger … mit sechzehn. Das veränderte ihr Leben von Grund auf. Sie schwänzte die Schule, verlor ihre Lebensfreude.« Sie strich sich mit den filigranen Händen über ihr Gesicht. »Für eine Abtreibung war es zu spät. Als sie es mir beichtete, war sie bereits im vierten Monat. Ich konnte es unmöglich meinem Mann sagen. Ich glaube, er hätte sie umgebracht. Pina war bei der Gynäkologin Dr. Tobler in Behandlung. Wir versuchten, das Beste daraus zu machen.« Ceres Zoccoli seufzte. »Wenn man glaubt, das Schlimmste hinter sich gebracht zu haben, und dann kommt's noch schlimmer, stürzt ein ganzes Lebenskonstrukt ein. Ich hätte mich mit der Idee anfreunden können, vielleicht auch gegen den Willen meines Mannes, den kleinen Balg großzuziehen, damit Pina wenigstens die Matura machen konnte. Aber es kam anders.« Sie schloss die Augen, verzog ihren Mund, machte auf Dramatik. »Pina erwartete Drillinge. Frau Lehmann, Drillinge … wissen Sie, was das für mich bedeutete? Für meine Familie? Meinen Mann? *Ein* uneheliches Kind hätte man verkraften können … aber drei solche? Das ging nicht. Eine Lösung musste her.«

Valérie blieb ruhig, obwohl ihr Herz zu explodieren drohte. »Dann entschieden Sie sich, die Drillinge zur Adoption freizugeben.«

»Ein kluger Entscheid, glauben Sie mir. Pina war selbst noch ein Kind. Wie hätte sie ihre Kinder aufziehen sollen … mit nichts? Einen Vater gab es nicht, für die Alimente war nicht gesorgt. Das Schlimmste an allem war, dass ich meinen Mann einweihen musste. Aber er wusste längst Bescheid. Auch ihm war die Veränderung seiner Tochter aufgefallen. Er sah, wie sie eine andere wurde. Nach Rücksprache mit der Gynäkologin war klar, die Babys mussten weg. Es gab da dieses Kinderheim …«

»›Sternenhimmel‹?«

»Ja. Das Direktorenpaar … nette Leute … hatten unser Problem schnell erkannt. Noch während der Schwangerschaft wurden die Kinder drei Familien zugesprochen.«

Valérie schluckte leer. Hatte sie anfänglich für Ceres Zoccoli eine gewisse Sympathie empfunden, spürte sie nur noch Abneigung. »Haben Sie sich je einmal Gedanken darüber gemacht, unter welchen Umständen Ihre *Enkelinnen*«, sie betonte das Wort absichtlich, »entstanden waren?«

»Natürlich, Pina hatte herumgehurt.« Wieder wurde sie durch ein Husten unterbrochen. »Sie wollte es mir zwar nicht erzählen, aber sie war der Typ Mädchen, welches seine Reize gegenüber den Jungs hemmungslos einsetzte.« Ceres Zoccolis dunkle Augen sprachen eine andere Sprache.

Valérie bekundete Mühe, in Aussage und Haltung eine Übereinstimmung zu entdecken. »Könnten Sie sich vorstellen, dass Ihre Tochter vergewaltigt wurde?«

Ceres Zoccoli hob ihre linke Hand, wickelte sich eine weiße Strähne um den Finger, als hätte sie genau gewusst, wo sich diese befand. »Ach was … sie hat mit ihrem Leben gespielt. Wir hatten ihr das Gymnasium ermöglicht, und sie hat uns betrogen. Alles kann man nicht haben.«

Valérie räusperte sich. Der Kaffee kam ihr schal vor, und der Kuchen lag ihr auf. »Ihre Tochter, Frau Zoccoli, wurde nachweislich von mindestens vier Männern aufs Brutalste vergewaltigt.«

Ceres Zoccoli kniff den Mund zusammen. Sie schwieg.

Valérie fand nicht heraus, was in dem Kopf der Frau vorging. »Haben Sie ein Foto von Ihrer Tochter?«

Ceres Zoccoli erhob sich unter einem lauten Aufstöhnen, als hätte sie darauf gewartet, sich endlich bewegen zu können. »Wie gesagt, ich habe keinen Kontakt zu ihr.«

»Und zu Ihren Enkelinnen?«

»Nein.« Die Antwort kam schnell. Ceres Zoccoli ging zur kleinen Bücherwand, welche sich gegenüber den Fenstern bis unter die Decke zog. Sie machte eine Schublade auf und holte einen Fotorahmen hervor. Sie kam zurück zum Tisch und stellte diesen auf die Platte. »Das ist Pina. Da war sie sechzehn.«

Scarlett Bruhin! Sie hatte die gleichen Augen, dasselbe ebenmäßige Gesicht, die identische Haarfarbe. Dunkle, wallende Naturlocken um ein Alabastergesicht, auf beklemmende Weise schön. Sie lachte nicht, hatte etwas Melancholisches an sich, wirkte zerbrechlich. Man hätte sie beschützen müssen.

Valérie entnahm das iPhone ihrer Handtasche. Sie gab den Code ein, tippte auf die Foto-App und scrollte nach oben. Sie suchte Scarletts Porträt und vergrößerte es. Keine Frage, die Frauen glichen sich wie ein Ei dem anderen. Valérie bat Ceres Zoccoli an ihre Seite. Sie zeigte ihr das Bild. »Kennen Sie diese Frau?«

Ceres Zoccoli zögerte. »Pina. Wie kommen Sie zu diesem Foto?«

»Das ist eine Ihrer Enkelinnen, Scarlett. Ihre zwei Schwestern sehen heute anders aus.« Valérie erinnerte sich an die Gesichtserkennung. IT-Müller hatte die Gesichter von Scarlett, Elodie und Lisette miteinander verglichen. Wären die Unterschiede der Haarfarbe nicht gewesen, wäre man auch ohne Computeranimation darauf gekommen: Bei den drei Frauen handelte es sich um eineiige Drillinge. Da vermochten weder die Jahre, die Erziehung noch der Ort, wo sie aufgewachsen waren, etwas zu ändern. Drei junge Frauen, die ihrer damals minderjährigen Mutter wie aus dem Gesicht geschnitten waren. Das Problem war, dass diese Erkenntnis spät aufgetaucht war. Man hatte nicht damit gerechnet.

»Besteht denn die Möglichkeit, meine Enkelinnen zu sehen?« Ceres Zoccoli sah Valérie mitleidheischend an. »Diese Scarlett gleicht meinem Mädchen so unglaublich. Ich habe das Gefühl, es sei Pina.«

»Scarlett, Lisette und Elodie sind verschwunden. Zurzeit läuft eine Großfahndung nach ihnen. Auch nach Ihrer Tochter, Frau Zoccoli. Es ist nicht ausgeschlossen, dass sie in ein Verbrechen involviert sind«, sagte Valérie vorsichtig. »Sollte Ihnen dazu etwas einfallen, lassen Sie es mich wissen.«

»Ich habe keine Ahnung.« Ceres Zoccoli fuhr sich wiederholt über die Haare. »Und ganz ehrlich: Ich fühle mich nicht als Großmutter. Gehen Sie jetzt und lassen Sie mich in Ruhe.« Ein heftiger Husten schüttelte sie, und plötzlich spuckte sie Blut. »Gehen Sie!«

Valérie hatte gelernt, sich auf verschiedene Charaktere einlassen zu müssen. Wenn sie ermittelte, hatten eigene Befindlichkeiten keinen Platz. Es bedurfte, neutral zu bleiben und die Gedankengänge und Handlungen des Gegenübers zu begreifen. Doch sie wäre keine empathische Frau gewesen, wenn sie all die unterschwelligen Bösartigkeiten, die sie zu hören bekam, einfach so hätte wegstecken können. Sie war froh, Gefühlsregungen wahrzunehmen, bewies es ihr doch, dass sie nicht ganz so abgebrüht war, wie sie dachte.

Nach dem Gespräch mit Ceres Zoccoli, das gut begonnen und schlecht geendet hatte, vermochte Valérie sich zumindest ein erstes Bild einer verzweifelten jungen Mutter zu machen. Was hatte dies mit ihr angestellt, als man ihr die Drillingsmädchen wegnahm? Wohin hatte ihr weiterer Lebensweg geführt? Aus ihrer Mutter hatte sie nichts Wesentliches herausbekommen, nur dass Pina die Matura gemacht und in der Folge Medizin studiert hatte. Sie habe in einer Wohngemeinschaft gelebt und mit sporadischen Arbeiten in einem Hotel das eigene Geld verdient. Ob und von wem sie finanzielle Unterstützung bekommen hatte, wusste Ceres Zoccoli nicht. Seit mehr als siebzehn Jahren habe sie keinen Kontakt mehr zu ihrer Tochter gepflegt. Ein paar Anrufe auf das Jahr verteilt hätte sie bis vor etwa fünf Jahren aufrechterhalten, womit sie sich selbst widersprochen hatte. Danach sei Pina abgetaucht. Verschwunden, vergessen. Sie traure ihr nicht nach.

Valérie fuhr nach Biberbrugg und brachte das Gespräch zu Papier.

Erneut versuchte sie, Colin zu erreichen. Hatte sie es bislang ausblenden können, nichts von ihm zu hören, wuchs nun die Sorge um ihn. Kam dazu, dass sie sich an den verschwundenen Leon Thüring erinnerte, und plötzlich drohte ihre Angst sich in Panik zu verwandeln. Sie rief Henry Vischer an. Mit ihm zu sprechen würde sie aus einer Abwärtsspirale herausziehen. Sie brauchte Antworten auf ihre Fragen.

Vischer meldete sich. »Arbeitest du?«

»Du weißt, am Sonntag geht es meistens schneller vorwärts als unter der Woche.« Valérie wollte unbekümmert tönen.

»Wo drückt der Schuh?« Vischer hatte sie schnell durchschaut, ohne sie zu sehen. Allein ihre Stimmlage hatte ihren Gemütszustand verraten.

»Ich habe heute mit der Großmutter der Drillingsfrauen gesprochen. Sie hat weder zu ihnen noch zu ihrer Tochter Pina Kontakt. Langsam, aber sicher wird ein weiteres Motiv sichtbar. Nach der Vergewaltigung bekam die Frau weder von ihren Eltern noch der Ärztin Unterstützung. Das Ehepaar Thüring sorgte für eine rasche, unbürokratische Abwicklung der Adoptionen. Dass Jan Fuchs, Nils Grüniger, Oliver Hurni und Matthias Mettler tot sind, ist das eine, der Tod von Frau Dr. Tobler und Pius Meile das andere. Das Verschwinden von Thürings Sohn ist ebenso ein Puzzleteil im Racheakt einer verzweifelten Mutter, die sich von allen, die ihr nahestanden, im Stich gelassen gefühlt hatte. Ich möchte ihre Tat nicht verherrlichen, aber ich fange an, sie zu verstehen.«

»Selbstjustiz nennt man das.«

Valérie sah sich genötigt, mit ihren Erklärungen fortzufahren. »Pina muss erfahren haben, wo und wer ihre Töchter sind. Sie hat sie gefunden und sie für die Rache missbraucht – die Erinnyen, wie du sie beschreibst. Die drei Schwestern waren das Instrument, um sich an den Vergewaltigern und allen anderen zu rächen. Und wenn ich meine Gedanken weiterspinne, so wird die Mutter, Frau Zoccoli, das nächste Opfer sein. Ich habe sie relativ schnell gefunden. Für Pina wird es ein Leichtes sein.

Vielleicht ist der Tod ihrer Mutter die Krönung ihrer mörderischen Odyssee.«

»Und nun möchtest du Frau Zoccoli ›opfern‹, um Pina zu fassen?«

»Die Frau hat keine Ahnung von der Welt da draußen. Sie ist mit sich selbst beschäftigt. Gesundheitlich geht es ihr nicht gut. Sie kapselt sich ab, will offenbar nichts von ihrer Tochter und den Enkelinnen wissen. Ich nehme es ihr nicht ab. Da müssen doch Muttergefühle vorhanden sein, auch wenn das Leben ihrer Tochter aus der Bahn geraten ist.«

»Ist alles okay bei dir?«

Valérie schluckte leer. »Ich erreiche Colin nicht, er wollte mir gestern Abend seine neue Freundin Lea vorstellen. Aber er meldet sich nicht.«

»Er wird anderes zu tun haben.«

»Diese Lea muss ihm wirklich den Kopf verdreht haben.«

»Soll ich zu dir kommen?«

»Helena wird etwas dagegen haben.« Valérie sah sie vor sich, Henry Vischers Lebenspartnerin, die nach einem Studium in Japan in die Schweiz zu Vischer zurückgekehrt war. Helena, die an der Universität Japanologie lehrte.

»Helena ist mit einer japanischen Reisegruppe unterwegs.«

»Ich muss weiterarbeiten«, sagte Valérie. »Zurzeit habe ich ein paar Baustellen, die es zu überschauen gilt.« Unweigerlich dachte sie an das Tagebuch ihrer *Maman*, dem sie keine Aufmerksamkeit mehr geschenkt hatte. Ihr iPhone zeigte einen eingehenden Anruf an. »Ich muss auflegen, Henry. Aber ich werde mich wieder melden.«

Valérie nahm den Anruf entgegen, in Gedanken bei Henry, dem Anruf, den sie hätte auslassen können.

»Res am Telefon, hi, Valérie. Bist du zu Hause?«

»Unterwegs«, schummelte sie. »Und du arbeitest am Sonntag?«

»Hier ist es mir am wohlsten. Die Leichen quatschen mich nicht voll.« Er lachte etwas zu laut.

»Dann stimmt es also, was man über dich erzählt?« Falsche Äußerung. Valérie hätte sich am liebsten die Zunge abgebissen. »Sorry, man hört so einiges«, schwächte sie ab.

»Ach so, *das* meinst du. Ist kein Geheimnis mehr. Meine Frau und ich haben uns getrennt. Ich brauche kein Mitleid.«

»Was hast du herausgefunden?« Valérie bemühte sich, einen ernsten Ton anzuschlagen, wollte Stieffel davon abhalten, ihr wegen seiner wiedergewonnenen Freiheit erneut Avancen zu machen. Mit dem gemeinsamen Mittagessen im Gasthaus »Frohmut« hatte sie ihr Versprechen eingelöst. »Gibt es Neuigkeiten, was den Flugzeugabsturz im Nuoler Ried betrifft?«

»Ja, deswegen rufe ich an. Zu den Verletzungen gehören diverse Frakturen an Beinen und Armen sowie gebrochene Rippen und ein Schädel-Hirn-Trauma. Todesursache aber war Verbrennung vierten Grades. Der Pilot hatte keine Chance, dem Inferno zu entkommen.«

»Wie war der allgemeine gesundheitliche Zustand?«

»Keine Auffälligkeiten. Weder haben ihn ein Herzinfarkt noch ein Hirnschlag in eine bedenkliche Lage gebracht. Was mich aber, unter uns gesagt, verwundert, ist die Wetterlage beim Start. Das werden die Aviatik-Spezialisten erklären können, und ob der Nebel eine Rolle dabei gespielt hat, aber ich lasse gern mal den gesunden Menschenverstand walten.«

»Ich bin deiner Meinung. Aber du kennst es ja, unsere Betrachtungsweise ist hier nicht gefragt.« Valérie überlegte, ob sie etwas vergessen hatte. »Hatte er Alkohol im Blut?«

»Negativ.«

»Gifte?«

»Nein, aber ich werde dir den Abschlussbericht digital übermitteln.« Er hüstelte. »Wie immer.«

»Was ist mit diesen Fledermausflügeln?«

»Diese sind beim KTD gelandet.«

»Danke, Res.« Valérie verabschiedete sich und legte auf. Sie wählte Schulers Nummer. Nicht sicher, ob er über das Wochenende arbeitete, ließ sie es ein paarmal läuten. Sie wollte auf fünfzehn zählen, hätte danach aufgelegt.

Nach dem elften Klingelton nahm er ab.

»Machst du nie Feierabend?« Es sollte aufmunternd klingen. Valérie wusste, wie griesgrämig Schuler derweil sein konnte, wenn er Überstunden schob. Sie sah sein ernstes Gesicht vor sich.

»Wieder einmal ungeduldig«, bemerkte er trocken.

Valérie unterließ einen Small Talk. »Wurden die Benzinkanister auf die Zusammensetzung des Inhalts untersucht?«

»Ja, die Resultate liegen vor. Diese haben mich heute von den Aviatik-Spezialisten erreicht, mit CC an Caminada. Dem Treibstoff wurde Zucker in flüssiger Form beigemischt. Man muss keine besonderen Kenntnisse in Chemie haben, um die Reaktion im gefüllten Tank aufzudecken. Es ist zuweilen die simpelste Art, um einen Motor zum Stehen zu bringen. Warum die Cessna gleichwohl abheben konnte, ist Gegenstand der laufenden Ermittlungen bei unseren Kollegen in Zürich.«

»Und die Fledermausflügel? Hast du da Neuigkeiten?«

»Habe ich. Sie sind definitiv nicht tierischen Ursprungs. Es handelt sich um ein schwer entflammbares textiles Gewebe. Polyacryl. Es ist nicht hitzebeständig. Hätten die Flammen es nicht geschafft, das Opfer zu töten, hätten es die Flügelfasern getan. Bei starker Erhitzung entwickelt sich Blausäure. Diese ist hochgiftig und hätte über den Atemweg oder die Haut in den Körper gelangen können. Wie auch immer man es dreht oder wendet, der Pilot hatte keine Chance.«

Was sich seit dem Gespräch mit Frau Zoccoli klar definiert hatte, drohte nach Schulers Berichterstattung auseinanderzufallen. Durfte es Valérie einer einzigen Frau zutrauen, für all diese Verbrechen verantwortlich zu sein? Die Hinrichtung in Tuggen offenbarte etwas anderes.

Was bezweckten die Täterinnen mit dem Verschwinden von Thürings Sohn? Dass Pina Zoccoli dahintersteckte, war naheliegend. Immer mehr kam Valérie zum Schluss, dass Pina die

Morde mit ihren Töchtern gemeinsam begangen hatte. Oder doch allein? Die DNA ihrer Töchter an den Tatorten konnte ein Hinweis sein, weil sie mit einem Abgleich auf der Datenbank gerechnet hatte. Ein weiteres Aber wuchs vor ihr empor. Wie konnte sie wissen, dass eine ihrer Töchter schon länger mit der Justiz in Konflikt geraten war? Möglicherweise hatte sie Nachforschungen angestellt.

Proserpina Zoccoli: Sie war die große Unbekannte.

Valéries iPhone summte. Colin! Endlich. Sie nahm den Anruf entgegen, ihr Herz hämmerte wie wild gegen die Rippen. »Gott sei Dank.«

»Sorry, *Maman*.« Seine Stimme war ein Flüstern. »Ich hätte mich früher melden sollen. Es ist etwas dazwischengekommen.«

Valérie wollte ihrem Sohn nicht böse sein. Ja, vielleicht ließ sie sogar zu viel durch bei ihm. Manchmal meinte sie, er hätte sie in der Hand, weil sie sich nicht getraute, ihm Paroli zu bieten, nach allem, was in der Vergangenheit geschehen war. Wäre er jünger gewesen, wäre es ihr leichter gefallen. Sie glaubte immer noch, bei ihm etwas gutmachen zu müssen. Manchmal ertappte sie sich dabei, wie sie sich schuldig fühlte für das Fehlverhalten ihres Ex-Mannes. »Ihr könntet heute vorbeikommen. Bis am Abend sollte ich hier durch sein.« Valérie überlegte, ob sie bis dahin die anstehenden Pendenzen abgearbeitet haben würde.

»Ich weiß nicht, ob es gut ist, wenn Lea dabei ist.«

»Warum nicht? Ich freue mich, sie kennenzulernen.«

»Ich …« Colin kam nicht weiter.

»Was ist?« Valérie spürte eine Angst in sich, die sie sich nicht zu erklären vermochte. »Colin, sprich mit mir.«

»Nur unter vier Augen.«

»Mit Emilio?«, rutschte ihr heraus, was sie gleich bereute.

»Mit dir, *Maman*. Ich werde heute um fünf in Küssnacht sein.« Ohne ein weiteres Wort legte er auf.

Valérie starrte auf das verstummte Handy.

FÜNFZEHN

Tomaso hatte auf diesen Anruf gewartet, davon geträumt, aufzuwachen und jemand würde ihm mitteilen, man habe Leon Thüring gefunden. Wenigstens den Jungen.

Das Klingeln des Smartphones riss ihn aus dem Schlaf. Tomaso griff verdattert nach dem Gerät und meldete sich schlaftrunken.

»Guten Tag, Herr Cavadini. Beda Thüring am Apparat.« Er ließ ihn nicht zu Wort kommen. »Sie können Ihre Suche nach unserem Sohn einstellen. Er ist gerade eben nach Hause gekommen.«

Tomaso hatte nicht mehr daran geglaubt. Seit sieben Tagen hatte Leon als vermisst gegolten, und die Chance, ihn lebend zu finden, war mit jeder Stunde geschrumpft. »Ist er ansprechbar?«

»Wir haben unseren Hausarzt aufgeboten. Leon ist leicht verletzt, aber so weit okay.«

Bei Tomaso klingelten die Alarmglocken. »Wie verletzt?«

»Ein paar Schrammen, Blutergüsse. Bislang konnte er uns nicht erklären, woher diese stammen. Er muss sich erst einmal erholen.«

»Haben Sie es Frau Lehmann gemeldet?«

»Haben Sie mich nicht verstanden? Unser Sohn ist wieder bei uns. Er braucht jetzt Ruhe und Geborgenheit.«

»Ich werde jemanden vorbeischicken.«

»Nein, das ist wirklich nicht nötig.«

Tomaso erhob sich vom Sofa und ging nervös in seinem Zimmer umher. Er hatte es sich vor dem Fernseher gemütlich gemacht und war dabei eingeschlafen. Thürings Anruf hatte ihn abrupt geweckt, als hätte ihm jemand einen Kübel Wasser über den Kopf geleert. Dass er sich nun, nach allem, was passiert war, querstellte, brachte das Fass zum Überlaufen. »Ich muss die Staatsanwaltschaft informieren. Wir müssen eine Bestandsaufnahme machen, der Gerichtsmediziner muss Ihren Sohn untersuchen.«

»Wie bitte? Habe ich richtig gehört?«

»Leon ist ein mutmaßlicher Zeuge in einem Mordfall. Wir müssen Spuren sichern, die Verletzung ansehen, mit ihm sprechen. Und Ihr Sohn darf sich auf keinen Fall duschen. Auch die Kleider dürfen nicht gewaschen werden.«

Thüring drückte ihn weg.

»Verdammte Hühnerkacke!« Tomaso war außer sich. Seit einer Woche hatten ihm die Thürings in den Ohren gelegen und ihn für das Nichtauffinden ihres Sohnes verantwortlich gemacht. Nun war Leon nach Hause zurückgekehrt – die Polizei war kein Thema mehr.

Tomaso wählte Valéries Nummer.

Sie nahm gleich ab. »Tomaso, auch im Dienst?«

»Wie man's nimmt. Leon Thüring ist aufgetaucht.«

»Ihr habt ihn gefunden?«

»Er ist von allein nach Hause gekommen. Ich habe soeben mit Beda Thüring telefoniert. Er weigert sich, uns mit Leon sprechen zu lassen.«

»Das geht nicht. Ich werde sofort Emilio verständigen, Stieffel und Schuler anrufen … dann nichts wie hin.«

***

Kurz vor halb drei fuhr in der Eisenburgstraße in Schübelbach ein unbeschrifteter Wagen der Kriminalpolizei vor. Fünf Minuten später klingelte Valérie bei der Familie Thüring. Nach weiteren dreißig Sekunden stand sie mit einer Bescheinigung in der Wohnung, zusammen mit Schuler und Cavadini.

»Herr Thüring, aufgrund unserer Ermittlungen in verschiedenen Tötungsdelikten und der Vermutung, Ihr Sohn könnte in einem direkten Zusammenhang mit diesen stehen, sehe ich mich leider gezwungen, Leon einer forensischen Untersuchung zu unterziehen. Tut mir leid, ich hätte es Ihrem Sohn gern erspart. Wo ist Leon?«

Noch befand sich Thüring in Abwehrhaltung. Nur zögernd bat er Valérie, ihm in Leons Zimmer zu folgen. »Unser Hausarzt müsste auch gleich eintreffen. Es ist gerade eine schwierige Situation, vor allem für meine Frau. Bitte folgen Sie mir in den Keller. Leon wollte unbedingt in sein Reich abtauchen.«

Valérie ging hinter Thüring einen Stock tiefer. Sie betrat rechter Hand einen Raum, der wie eine Bühne auf sie wirkte. Im Zimmer war es düster, und Valérie konnte kaum etwas erkennen. Sie fragte nach Licht, und Thüring schaltete das Neonlicht ein. Von den Wänden sah ihr eine Armada von Comicfiguren entgegen. Valérie hatte es noch nie verstanden, weshalb Teenager einen Hang zu unmöglichen Gestalten haben konnten. Vielleicht versuchten sie auf dem Weg ihrer Selbstfindung, sich mit künstlichen Welten und Figuren zu identifizieren.

Leon lag auf seiner Couch unter einem Stoffhimmel mit Spinnen. Aus einer Ecke starrte Spiderman auf sie herunter. In diesem Wirrwarr zur Ruhe zu kommen war ihres Erachtens unmöglich. Sie trat neben das Bett. »Ich bin Valérie Lehmann von der Kantonspolizei Schwyz. Guten Tag, Leon. Ich darf doch Du sagen.«

Der Junge nahm den Unterarm von den Augen, es blendete ihn offenbar, und sah sie mit überzeugtem Blick an. »Hallo, Frau Lehmann. Logisch.« Er setzte sich bereitwillig auf. Was immer er in den letzten sieben Tagen erlebt hatte, es hatte kaum äußere Spuren hinterlassen. Auch wirkte er weder eingeschüchtert noch psychisch labil.

Leon sah genauso aus, wie Valérie ihn von Fotos in Erinnerung hatte. Ein zartes, geschniegeltes Bürschchen mit weichen Gesichtszügen, dunklen, vollen Haaren und großen melancholischen Augen. Trotz seines unproportionierten Körpers hätte sie ihn als schön bezeichnet. Ein Junge auf dem Weg zum erwachsenen, attraktiven Mann. Seine Stimme klang für sein Alter dunkel und melodiös.

»Ich bin froh, bist du einigermaßen wohlbehalten zurück. Wie geht es dir?«

»Es geht ihm den Umständen entsprechend gut«, antwortete Thüring. »Das heißt aber nicht, dass nichts zurückgeblieben ist. Das wird sich in nächster Zeit erst zeigen. Er sprang dem Tod nur knapp von der Schippe.«

Valérie hätte ihn am liebsten gebeten, vor der Tür zu warten. Aber sie musste sich an die Auflagen halten. Leon war minderjährig. Im Minimum ein Elternteil durfte beim Gespräch und der Begutachtung dabei sein.

»Ich würde es gern von Leon hören«, sagte Valérie.

»Ich kann mich schwer erinnern, was passiert ist.« Leon lehnte sich in eine Flut von schwarzen Kissen mit Spinnennetzen zurück. Die müssen fluoreszierend sein, dachte Valérie. »Ich war mehrere Tage in einem Haus, habe aber keine Ahnung, wo. Heute brachte mich ein Taxi zurück nach Schübelbach, nachdem man mich mit verbundenen Augen die halbe Nacht durch nach Lachen gefahren hatte. Als es dämmerte, stand ich auf dem Bahnhof, wo ein Taxi auf mich wartete. Ich habe in den letzten Tagen verlernt, Dinge zu hinterfragen. Ich muss wohl einfach funktioniert haben … aus reinem Überlebenstrieb. Ich hatte mich ein paarmal gewehrt, sofort wurde mir Gewalt angetan.« Leon wies auf seine Arme. »Man hat mich geschlagen, auch auf den Rücken … und dies wiederholt.«

»Sind das die Verletzungen, von denen dein Vater gesprochen hat?«

»Ja, sind sie«, sagte Thüring. »Er hat auch auf dem Rücken blutunterlaufene Stellen.«

Valérie überging seinen Kommentar und sah auf ihre Armbanduhr. Stieffel hätte bald eintreffen müssen. Er hatte sich bereit erklärt, die Untersuchungen gleich vor Ort durchzuführen. Als es wenig später klingelte und Frau Thüring mit dem Gerichtsmediziner in den Keller kam, wandte sich Valérie an Thüring. »Kann er beginnen?«

»Jetzt?« Thüring reagierte aufgebracht.

»Wir können Leon auch gern ins Krankenhaus bringen, wenn Ihnen das lieber ist …«

»Nach allem, was ihm widerfahren ist?«

Valérie nahm ihn zur Seite. Sie hatte sich im Ton vergriffen und bat um Entschuldigung. »Es ist wichtig, dass wir alles von Ihrem Sohn erfahren und allfällige Spuren an ihm gesichtet werden. Auch wird der Gerichtsmediziner Dr. Stieffel Leon äußerlich untersuchen. In der Regel werden solche Untersuchungen im Spital durchgeführt. Aber Ihr Sohn ist bei Ihnen und Ihrer Frau am besten aufgehoben. Sollte es vonnöten sein, werde ich das Zuziehen eines Psychologen veranlassen.«

»Das sind doch schon mal andere Töne, Frau Lehmann. Ich dachte schon, Sie würden das Opfer zum Täter machen.« Thüring ging zu seinem Sohn und flüsterte ihm etwas zu. Er wandte sich an Stieffel und nickte. »Ich bin einverstanden. Sie können mit der Untersuchung beginnen.«

Stieffel reichte Leon die Hand. »Ich bin Dr. Stieffel und werde deinen Körper untersuchen, was wichtig für die Ermittlungen ist.«

»Ich weiß Bescheid.«

»Ich muss dich bitten, dich bis auf die Unterhose auszuziehen.« Stieffel sah Valérie an. »Könntest du bitte vor der Tür warten?«

»Mich stört es nicht, wenn die Frau Kommissarin bleibt.«

Leon zog sich kommentarlos aus, nachdem Valéries Anwesenheit geklärt war. Das Neonlicht verbesserte die Atmosphäre nicht.

Valérie beobachtete die Handlungen mit einem mulmigen Gefühl. Noch nie in ihrer Karriere als Oberleutnant hatte sie ein derart dilettantisches Vorgehen erlebt. Es war ungewöhnlich, den Jungen vor Ort zu untersuchen. Sie hätte ihn nach Zürich in die Rechtsmedizin bringen sollen. Dass auch Res Stieffel sich zu einem Hausbesuch hatte überreden lassen, überforderte sie. Am Schluss würde nur das Resultat zählen, egal, auf welchem Umweg man es erlangt hatte. Aber sie würde das hier protokollieren und die Verantwortung übernehmen müssen.

Stieffel besah sich die Hämatome auf dem Rücken und den Armen des Jungen, während Valérie versuchte, aus ihnen die Ursache zu lesen.

»Es ist wichtig, dass du uns von Anfang an erzählst, was genau am Sonntagabend vor einer Woche passiert ist.« Sie setzte sich auf einen Stuhl in der Nähe des Bettes und beobachtete Stieffels Untersuchungen. Dieser nahm seine Lupe zur Hand und besah sich die verdächtigen Stellen. Er sprach seine Feststellungen auf Band.

Leon ließ jeden Handgriff des Gerichtsmediziners über sich ergehen und die Antwort im Raum stehen, bis Stieffel pausierte. »Ich war auf dem Nachhauseweg, als ein schwarzer SUV neben mir anhielt.«

»Wo genau war das?« Valérie erntete Stieffels anklagenden Blick.

»Kannst du mit der Befragung warten, bis ich hier durch bin?«

»Nein, kann ich nicht. Die Zeit drängt.«

»Auf der Höhe des Oberhöfli.« Leon schien den sich anbahnenden Disput zwischen Valérie und Stieffel auszublenden. Er bekundete das Bedürfnis zu sprechen. »Dort, wo sich die Bushaltestelle befindet. Eine Frau mit Sonnenbrille kurbelte das Fenster herunter und fragte mich nach dem Weg zu meinen Eltern.«

»Zu deinen Eltern?«

»Ja, zu Beda und Melina Thüring. Ich sagte, es seien meine Eltern. Daraufhin bat sie mich einzusteigen. Sie kannte meinen Namen und erzählte, sie habe schon viel von mir gehört. Ich fasste Vertrauen und stieg ein.«

»Was hatte sie von dir gehört?« Valérie hob die Hand gegen Stieffel, bedeutete ihm, dass sie weitermachen wollte.

»Sie sprach mich auf meine Graffitis an.«

»Was für Graffitis?«

»Die auf den Fassaden beim Geisterhaus.«

Valérie vermochte sich keinen Reim darauf zu machen. Möglicherweise reichten die Zusammenhänge weiter zurück als gedacht. »Weshalb hast du der Frau vertraut?«

»Weil sie eine Frau war?« Leon druckste herum. »Bei einem Mann hätte ich es mir länger überlegt oder wäre nicht eingestiegen.«

»War sonst noch jemand im Auto?«

»Eine Frau auf dem Fahrersitz, deren Gesicht ich jedoch nicht zu sehen bekam, und eine Frau auf dem Rücksitz. Ich hatte zu keiner Zeit Angst, das müssen Sie mir glauben. Die Frauen waren jung, fast noch Mädchen.« Er hielt inne, schien zu überlegen. »Also die Frau, die mich angequatscht hatte, und die neben mir. Mir wurde es erst komisch, als der SUV nicht in Richtung zu uns, sondern von Schübelbach weg zur Autobahn fuhr. Ich machte die Fahrerin darauf aufmerksam, worauf die Frau neben mir etwas auf meine Nase und den Mund drückte. Von da an habe ich keine unmittelbare Erinnerung mehr. Etwas fehlt. Ich erwachte in einem Zimmer und fand mich auf einem Bett wieder. Die Uhr war mir abgenommen worden.«

»Dein Smartphone?«

»Mein Handy? … Ja, das auch. Aber ich bekam zu essen und zu trinken.«

»Und eine Tracht Prügel«, bemerkte Stieffel, der von den Wunden am Rücken Abstriche machte. Er fuhr mit einem Wattestäbchen über die verletzten Stellen und steckte das Stäbchen in ein Reagenzglas. Dies wiederholte er mehrfach.

Schuler packte die Kleider, die Leon getragen hatte, stückweise in Asservatenbeutel. Diese würden ins Labor kommen und die Fasern nach fremden Spuren abgesucht werden. »Wir müssen auch die Unterhose mitnehmen«, sagte Schuler.

Valérie winkte ab. Sie durften den Jungen nicht überfordern und ihn nicht in eine Situation bringen, die ihm unangenehm war. »Warum hat man dich geschlagen?«

Leons Blick schweifte von Schuler weg zu Valérie. »Die Frauen duldeten keine Widerrede.«

»Du sprichst von den drei Frauen, die dich gekidnappt hatten?«

»Drei Frauen hatten mich weggebracht. Aber es waren insgesamt vier.«

»Vier?« Plötzlich ging die Legende mit den drei Erinnyen nicht mehr auf. Valérie schob den Gedanken weg. Fehlte noch, dass sie sich auf eine griechische Sage verließ.

»Kennst du deren Namen? Sind Namen gefallen? Erinnerst du dich?«

»Nein, aber die eine Frau war älter.«

»Hast du ihr Gesicht gesehen?«

»Nein, sie saß immer nur auf diesem Sessel mit mir zugewandtem Rücken. Aber wenn sie etwas wollte, hofierten sie die anderen. Wenn sie es wünschte, dass man mich schlägt, wurde ich geschlagen.«

Valéries Puls raste. Vielleicht musste sie doch an der Sage festhalten. Die drei Furien, die sich für ihre Mutter rächten. Pina, die Übermutter, die Gepeinigte, die Auferstandene. Dass Leon noch lebte, verdankte er der Tatsache, dazu gedient zu haben, Beda und Melina zu bestrafen. Das ehemalige Direktorenpaar des Kinderheims »Sternenhimmel« hatte die Mädchen weggegeben. Es sollte eigens erfahren, wie es sich anfühlte, sein Kind zu verlieren. Pina Zoccoli: Sie musste die vierte Frau sein, von der Leon sprach. Sie hatte ihre eigenen Töchter angestiftet, die Menschen zu töten, die ihr Unrecht angetan hatten – ihre Vergewaltiger.

Pina Zoccoli, die ihre Töchter dazu benutzt hatte, mit ihrer Hilfe ihre Peiniger zu rächen. Und diejenigen, die bei der Adoption mitgeholfen hatten. In ihr musste sich etwas derart Krankhaftes entwickelt haben, welches sich sowohl in der psychischen als auch in der physischen Gewalt begründen ließ.

Valérie musste sie finden. Sie spürte, dass sie dort draußen war, irgendwo, wo sie den Lauf der Dinge beobachtete und

Genugtuung empfand. Aber sie würde nicht eher mit dem Morden aufhören, bis der Letzte ihrer Peiniger die gerechte Buße erfahren hatte. Die Kastration war Strafe für die schmerzhafte Penetration, der Seemannsknoten Hinweis auf den Ort der Tat und gleichzeitig auf die Fesselung der Mädchen im März 2005.

Valérie überlegte. Der Gewaltakt an der Ärztin hatte eine tiefere Bedeutung. Die Entfernung der Gebärmutter war Sinnbild für das Ablösen der Drillinge von der Mutter. Sie hatten ihr den Uterus entfernt, den Ausgangspunkt des Lebens, die prägende erste Heimat, den Ursprung allen Seins, wie es Vischer interpretiert hatte. Darum hatte Dr. Tobler sterben müssen. Und zuletzt Pius Meile von der Vormundschaftsbehörde. Der Zucker im Tank, der die Maschine ruiniert hatte wie Meile Pinas Vertrauen in ihn. Der Absturz versinnbildlichte den Sturz ins Ungewisse, wenn einem alles abhandenkommt.

»Valérie?« Stieffels Stimme drang allmählich in ihr Bewusstsein.

Valérie hatte sich von ihren Überlegungen überfluten lassen. Ungehindert hatten sich die wirren Gedanken verselbstständigt, ihr kalkuliertes Denken überrollt und sie in ein Gefühlschaos zwischen Unvernunft und Ratio katapultiert.

»Valérie? Alles in Ordnung mit dir?«

Sie schüttelte den Kopf und ihre abstrusen Ideen von sich. »Ein Opfer fehlt noch«, sagte sie leise, dass nur Stieffel es hörte. »Die Erinnyen werden keine Gnade gelten lassen. Im entscheidenden Moment hat Pinas Mutter versagt. Sie hatte ihre eigene Tochter dem Schicksal überlassen, anstatt ihr zur Seite zu stehen. Die drei Schwestern werden sie ebenso töten. Frau Zoccoli muss unter Polizeischutz gestellt werden.«

Erst jetzt nahm sie wahr, wie alle Augen auf sie gerichtet waren.

»Alles gut.« Sie wandte sich erneut an Leon. »Hattest du den Auftrag, Frau Dr. Claudia Tobler einen Blumenstrauß zu überbringen?«

»Ja, man versprach mir, mich gehen zu lassen, sollte ich dieser Bitte nachkommen.«

»Warst du zum Zeitpunkt, als man Dr. Tobler niederschlug, vor Ort?«

»Ja, war ich … es war schrecklich. Da wusste ich, dass mit dieser Frau nicht zu spaßen war.«

»Mit welcher Frau?«

»Hm … Ich kannte sie nicht. Sie trug eine Sonnenbrille und eine Kopfbedeckung.«

***

Sie hätte es längst tun sollen und hatte es immer wieder hinausgeschoben, und wenn man sie nach dem Grund fragte, sie hätte keine plausible Begründung abgeben können. Fabia hatte von Valérie die Order erhalten, Yvonne Hurni zu besuchen und sie noch einmal zu befragen.

Sicher hatte Frau Hurnis Gleichgültigkeit dazu beigetragen, das Gespräch mit ihr zu verschieben. Mehrmals hatte Fabia sie angerufen, die Frau hatte mit Ausreden nicht gegeizt. Offenbar interessierte es sie nicht, was mit ihrem Mann geschehen war. Die Ehe musste seit Längerem zerrüttet gewesen sein. Auch vonseiten der Söhne, die in Lausanne studierten, hatte sie bislang nichts gehört, obwohl sie von einem achtzehn- und einem neunzehnjährigen Mann mehr erwartet hätte als eisernes Schweigen.

Fabia kam es seltsam vor. Sie stand vor dem Haus in Reichenburg, welches etwas Trauriges ausstrahlte, die Töpfe mit den verwelkten Geranien, die verdorrten Sträucher, von denen die letzten Blätter auf den Boden segelten, im bissigen Wind dieses Sonntagnachmittags.

Es war diese Vergänglichkeit, die Fabia zögern ließ. Die vernachlässigte Schale eines Hauses, das in früheren Zeiten gewiss einmal ein trautes Heim gewesen war. Noch zeugten eine Bank und ein runder Gartentisch von Gemütlichkeit und einladender Herzlichkeit.

Fabia drückte die Klingel unter dem Messingschild, das Spuren von Grünspan aufwies. Sie sah sich um, war im Begriff, ein zweites Mal zu läuten. Die Stille hier war beängstigend. Es war, als hätte jemand den Ton abgestellt, die Natur den Atem angehalten. Umso überraschter war Fabia, als die Tür abrupt aufgerissen wurde und eine Frau dastand. Wie eine Furie kam sie ihr vor. Eine ungeschminkte vierzigjährige Frau. Sie war wie von Sinnen.

»Ja?«

Fabia wies sich aus. »Tut mir leid, sollte ich Sie überrumpelt haben.« Sie steckte den Ausweis wieder ein, nachdem die Frau ihn eingehend angesehen hatte. »Frau Hurni, ich habe mehrmals versucht, mit Ihnen einen Termin auszumachen.«

»Ja.«

Nicht gerade redselig, ging Fabia durch den Kopf, bis sie die Alkoholfahne roch. »Darf ich reinkommen? Ich habe noch Fragen.«

»Ja.«

»Fragen zu Ihrem Mann.«

»Bitte.« Frau Hurni ging schwankend voraus.

Fabia schloss die Tür hinter sich und wunderte sich über das gepflegte Innere. Mit dem sauberen Eindruck, den das Entrée ausstrahlte, hielt das Wohnzimmer jedoch nicht mit. Offensichtlich hatte Frau Hurni ihr Nachtlager vom Schlafzimmer hierher verlegt, aus zwei Sofas eine Liege gemacht und ein Duvet darauf ausgebreitet. Auf dem Salontisch, unter normalen Umständen sicher ein Blickfang, lagen aufgerissene halb leere Pizzaschachteln. Der Geruch, der von ihnen ausging, erhärtete den Verdacht, bereits mehrere Tage dort zu liegen. Schnapsflaschen jedweden Inhalts standen herum, die einen leer, andere zur Hälfte gefüllt. Volle gab es keine. Auf welche Art auch immer sie den Verlust des Ehemannes zu bewältigen versuchte, Frau Hurni hatte da ihr ganz persönliches Ritual. Fabia erinnerte sich an den Rapport über den Besuch bei Jessica Diethelms Vater, der in einem ähnlichen Chaos lebte.

»Entschuldigen Sie die Unordnung. Ich hatte bislang einfach keine Kraft, mit all dem Zeug aufzuräumen. Sie denken sicher, dies sei meiner Trauer geschuldet. Aber dem ist nicht so. Ich lasse mich gehen, wie ich es in den letzten Jahren nicht habe tun können. Es ist diese grenzenlose Freiheit, die Abwesenheit eines permanenten Drucks, immer und auf alles vorbereitet zu sein … auf die Freunde meines Mannes, darauf, das Haus picobello sauber zu halten, um den Eindruck einer glücklichen Ehefrau zu hinterlassen. Ich habe bei der Metzgerei, in der ich angestellt war, per sofort gekündigt. Ich werde das Haus verkaufen, wenn meine Söhne damit einverstanden sind. Die Hinterlassenschaft meines Mannes ist so geregelt, dass ich die Hälfte erbe. Meine Söhne können sich ein Leben in Reichenburg nicht vorstellen und ziehen Geld einem Grundstück vor. Bitte, wir können uns gern in die Küche setzen. Dort sieht es einladender aus.« Um zu beweisen, wie ernst ihre Aussage war, warf Frau Hurni auf dem Weg zur Küche zwei Gläser auf den Boden und zertrampelte die Scherben absichtlich. »So, das musste jetzt sein.«

Fabia setzte sich leicht beschämt an den Tisch, auf dem eine Vase mit verwelkten Astern stand. Die Vergänglichkeit machte auch hier keinen Halt. »Haben Sie das Schreiben von der Staatsanwaltschaft erhalten?«

Frau Hurni ging zum Schüttstein und füllte ein Glas mit Wasser. »Möglich. Die Post liegt ungeöffnet im Büro. Alles hat seine Zeit.« Frau Hurni trank das Glas leer. »Was schreibt er denn?«

»Sie haben am Freitag einen Termin nicht wahrgenommen«, wich Fabia aus. »Es geht darum, dass …« Es war nicht richtig, was sie da veranstaltete. Fabia konnte ihr Versäumtes nicht ungeschehen machen, indem sie unprofessionell vorging. Sie hätte zumindest Valérie darüber aufklären sollen, dass sie Frau Hurni außerhalb ihrer Arbeitszeit und ohne ihr Wissen aufsuchte. Etwas wiedergutmachen hieß lange nicht, dass es auch gut wurde. Dass sie jetzt hier war und Frau Hurni über den Verwandtschaftsgrad ihres verstorbenen Mannes mit den Drillingsfrauen aufklären musste, kam ihr auf einmal suspekt vor. Sie durfte es nicht aussprechen, bevor die Ermittlungen abgeschlossen waren. Himmel, wie konnte sie so laienhaft vorgehen?

»Wir haben den Täter noch nicht gefasst«, begann sie mit der nötigen Diplomatie und verwendete absichtlich die dritte Person Singular in der männlichen Form. »Sie würden uns sehr helfen, wenn Sie mir über das, was Sie über die Vergangenheit Ihres Mannes wissen, erzählen würden. Ich werde mir erlauben, das Gespräch aufzunehmen.« Fabia wartete eine Reaktion ihres Gegenübers nicht ab und wählte den Sprachmodus auf dem Smartphone. »Wann haben Sie sich kennengelernt?« Fabia hatte sich über das Alter ihrer beiden Söhne gewundert. Achtzehn und neunzehn. Da mussten Yvonne, geborene Fischer, und Oliver Hurni bereits zusammengelebt haben.

»2001 war es«, sagte Yvonne Hurni. »Wir waren jung, wild und verliebt …«

»Wann haben Sie geheiratet?«

»Nachdem ich mit dem ersten Kind schwanger wurde. Im Sommer 2003. Im darauffolgenden Jahr kam mein erster, ein Jahr später mein zweiter Sohn zur Welt, am 10. März 2005.«

»Hat dies etwas in der Beziehung zu Ihrem Mann geändert?«

»Machen Sie jetzt auf Psychotante, Frau Ulrich?«

»Ich bin auch Mutter, Frau Hurni.«

»Ach, und was wollen Sie mir damit sagen?«

»Dass die frischgebackenen Väter mit der neuen Situation oft nicht umgehen können. Auf einmal stehen sie bei der Frau an zweiter Stelle.« Fabia musste husten. Schon wieder hatte sie den Pfad einer sachlichen Befragung verlassen. Wie würde sie einen neutralen Rapport abliefern können, wenn sie sich von persönlichen Befindlichkeiten steuern ließ? »Befand sich Ihr Mann zur Zeit Ihrer Niederkunft in der Schweiz?«

Frau Hurni fuhr herum. Fabia befürchtete, sie würde sie mit dem nächstbesten Haushaltsgerät angreifen. Sie hatte den

Mixer im Visier, auch Frau Hurni blickte darauf, als könnte sie Gedanken lesen.

Fabia ging in Abwehrstellung.

Frau Hurni senkte ihre Schultern. »Der Dreckskerl ließ mich schon damals im Stich.«

»Ich …« Fabia zögerte. Sie musste es ihr sagen. Vielleicht würde sich das Blatt wenden, wenn Frau Hurni es erfuhr.

»Was?«

»Gemäß DNA-Abgleich war Ihr Mann Vater von Drillingen.«

»Sind Sie jetzt von allen guten Geistern verlassen?« Über Yvonne Hurnis Gesicht fiel die Blässe wie ein Leichentuch. »Sie spinnen!«

»Die Frauen werden im Dezember achtzehn. Haben Sie wirklich keine Ahnung, was Ihr Mann im März 2005 getan hat?«

»Er ließ mich allein. Ja, ich erinnere mich. Er ließ mich allein. Ich litt unter dem Babyblues, und Oliver war nicht da.«

***

Colins Subaru Impreza stand vor dem Haus und versperrte Valérie den Weg in die Doppelgarage. Sie bediente den Toröffner und entdeckte Zanettis Wagen wie gewohnt auf seinem Platz. Zanetti war früh da. Valérie ließ den TT neben Colins Auto stehen und schloss das Tor. Mit einem Schmunzeln stellte sie den Motor ab, griff nach Pistole und Handtasche, öffnete die Tür und stieg aus. Durch das Küchenfenster schimmerte es, ein helles Viereck zeichnete sich draußen auf dem Boden ab. In dieser Jahreszeit brach die Nacht schon um fünf Uhr herein. Valérie schloss die Eingangstür auf und schlüpfte ins Entrée. Ihr Vorhaben, sich ein Lavendelbad einlaufen zu lassen, musste sie auf später verschieben. Aus dem Wohnzimmer vernahm sie Stimmen.

Sie legte die Pistole in die Kommode, würde sie später zum Safe bringen, und ging zur Gästetoilette. Während sie heißes

Wasser über Hände und Arme fließen ließ, betrachtete sie ihr Gesicht im Spiegel. Das feine Augen-Make-up, das sie sich neuerlich aufgetragen hatte, war weg. Sie fletschte die Zähne und klatschte sich Wasser über das Kinn. Sie strich sich durchs Haar. Besser wurde ihr Aussehen nicht, aber das war ihr im Moment egal. Es gab Wichtigeres, als nach einem anstrengenden Arbeitstag nach Hause zu kommen und dabei den Eindruck zu machen, er wäre erfreulich gewesen. Zu viel lastete auf ihr, und das, was sie heute im Beisein von Stieffel, Schuler und Caminada geboten hatte, entbehrte jedweder Grundlage. Valérie zupfte ihre blassen Wangen, um wenigstens einen Hauch Röte daraufzuzaubern.

Colin war da, und sie würde endlich mit ihm reden können, über das, was ihn bedrückte. Valérie stutzte. Hatte er nicht gesagt, er komme allein? Sie vernahm eine weibliche Stimme. Valérie betrat das Wohnzimmer, mit jenem Bammel, den sie schon bei Angela gespürt hatte. Warum wurde man nicht auf solche Situationen vorbereitet? Warum gab es keine Kurse im Verhalten zwischen Mutter, Sohn und dessen Freundin? Bereits zum zweiten Mal wurde Valérie ins kalte Wasser geworfen. Man erwartete von ihr, die neue Beziehung ihres Sohnes auf Anhieb zu mögen, egal, wie sympathisch oder unsympathisch sie ihr sein würde.

Sie saßen dort auf den Sofas und Sesseln, und es sah harmonisch aus. Zanetti und ihm gegenüber Colin und Lea. Zanetti hatte eine Art, auch bei schwierigen zwischenmenschlichen Situationen mühelos eine Coolness an den Tag zu legen. Valérie hätte neidisch werden können. Er akzeptierte die Menschen, wie sie waren, wogegen Valérie manchmal Mühe hatte, vor allem, wenn es um das Umfeld des eigenen Sohnes ging. Lea kam von außen, durchstieß diesen Kokon, in dem Valérie Colin noch immer festhielt. Manchmal vergaß sie sein Alter, dass er seit vier Jahren volljährig war und selbst Entscheidungen treffen konnte. Wenn er seiner Mutter seine neue Freundin vorstellen wollte, war dies ein Vertrauensbeweis.

Valérie ging zum Salontisch, registrierte im Bruchteil einer Sekunde, was sich darauf befand – vier Gläser mit Orangensaft. Hatte sich bei Zanetti der Gesundheitsapostel durchgesetzt?

Oder war dies eine Anspielung? Kein Alkohol während laufender Ermittlungen.

»*Maman*, endlich ... darf ich dir Lea vorstellen?«

Lea erhob sich, ein zartes Geschöpf mit langen dunklen Haaren und jenem Lächeln auf den Lippen, welches auch Valérie schmelzen ließ. Das pure Gegenteil von Angela, ging ihr durch den Kopf. In der Schönheit stand sie ihr in nichts nach. Jung, hübsch und klug und ein ganzes Leben noch vor sich. Aber da war das andere, nicht Greifbare, eine Aura, welche die junge Frau erfasst hatte. Hätte Valérie diesen Zustand beschreiben müssen, sie hätte ihn in Pastelltönen gemalt.

Lea verneigte sich leicht, streckte ihre rechte Hand zum Gruß aus. Diese fühlte sich genauso zart an, wie ihr Wesen Ausstrahlung besaß. Auf jeden Fall attestierte Valérie ihrem Sohn einen guten Geschmack.

So viel Positives musste man mit Vorsicht genießen.

»Guten Abend, Frau Lehmann.« Ihre Augen sprühten unterschwellig Feuer, aber das bildete sich Valérie vielleicht bloß ein.

»Orangensaft?«, fragte Zanetti.

Valérie vermochte sein Schmunzeln nicht zu deuten. »Beginnen wir etwas Neues? Haben wir für heute Abend nicht eine Flasche Chardonnay kalt gestellt?« Sie wechselte mit Colin und Zanetti Blicke.

Plötzlich war dieses beklemmende Gefühl da. Etwas nicht Definierbares, das sich im Wohnzimmer ausgebreitet hatte. Sie musste es im Keim ersticken. »Ich habe gehört, Sie studieren Architektur an der ETH Zürich. Eine Herzensangelegenheit?«

Lea setzte sich wieder. »Sie dürfen mich ruhig duzen ... Ja, meine Tante hat mich darauf gebracht. Sie hat ein eigenes Architekturbüro. Die Idee ist, dass ich bei ihr einsteigen werde, sofern ich den Master schaffe. Bis dahin ist es ein langer Weg. Ein sehr langer«, sagte sie fast traurig.

Valérie entging nicht, wie sie immer wieder zu Colin hinübersah, als läge ihr etwas auf der Zunge, was sie unbedingt loswerden wollte, und als warte sie auf ein Zeichen von ihm.

»*Maman.*«

Sprich endlich aus, was dir auf dem Herzen liegt, bat sie Colin insgeheim, hoffte, er würde ihre Gedanken lesen können. Sie erinnerte sich an Colins Bitte, mit ihr unter vier Augen sprechen zu können. Hatte er es vergessen?

Vielleicht wollten sie hier einziehen. Die Wohngemeinschaft in Wollerau wurde zu anstrengend für ein sich liebendes Paar. Valérie ging ihre Wohnsituation durch. Das Haus bot für zwei Personen großzügig Platz, auch für drei bestand genügend Freiraum für jeden, aber für vier unter einem Dach? Da wurde es eng.

Sie hatte Zanetti in Verdacht, über Colins und Leas Anliegen Bescheid zu wissen, so wie er gegrinst hatte. Und würde er dies gutheißen? Klar, sie waren wegen ihres Jobs selten zu Hause. Irgendwie würden sie nebeneinander vorbeikommen. Alles war machbar, wenn man es wollte.

»*Maman.*« Colin riss sie aus den Gedanken.

Sie sah ihm an, dass er etwas loswerden wollte, was wahrscheinlich nichts mit seiner Wohnsituation zu tun hatte. Es ging um etwas Ernsteres. Seine Augen verrieten es.

»Lea ist schwanger.«

Der Satz schlug wie eine Bombe ein.

Wie im Zeitraffer zogen die Bilder an ihrem geistigen Auge vorbei. Es fühlte sich an, als würde sie ins eiskalte Wasser gestoßen. Unvorbereitet. Gnadenlos.

»Das ist ein Scherz, oder?« Sie musste schwer schlucken.

»Kein Scherz, *Maman*. Lea hat es ihren Eltern noch nicht gesagt. Vielleicht hast du eine Lösung.« Er sah Zanetti an. »Vielleicht ihr beide …«

Valérie fehlten die Worte. Ihr Baby sollte Vater werden? Ihr Kleiner, den sie erst noch geboren hatte? Unmöglich. Und Lea war ja noch so jung. Valérie hatte absolut keine Ahnung von

Töchtern, und alles, was sie über Mädchen und junge Frauen wusste, entsprang ihrem eigenen Sein. Dies war aber kein Gradmesser. Es brachte jedoch nichts, wenn sie heftig reagierte. Colin und Lea hatten sie soeben ins Vertrauen gezogen. Eine Abfuhr hatten sie nicht verdient. Und sie waren am Verzweifeln. Trotzdem: Warum gerade jetzt, in der heißen Phase einer Mordermittlung? Sie brauchte ihren Kopf für die Arbeit, wollte nicht mit neuen Problemen belastet werden. Nicht jetzt!

»Seit wann?« Valérie hatte schon von der Pille danach gehört. Aber für diesen Eingriff war es bestimmt zu spät. Natürlich war es zu spät, wenn Colin von »schwanger« sprach. Die Pille danach musste möglichst innerhalb von zwölf Stunden nach dem Geschlechtsverkehr eingenommen werden. »Wann?«

»Es muss an ihrem achtzehnten Geburtstag passiert sein«, sagte Colin schuldbewusst.

»Im Maiensäß.« Valérie sah ihren Sohn kritisch an. »Ich glaube, Lea kann ganz gut allein für sich sprechen.«

Zanetti, der bis anhin schweigend, aber mit sichtbar ambivalenten Gefühlen dem Gespräch gefolgt war, brachte sich ein. »Das wusste ich natürlich nicht.«

Was Valérie ihm wegen des Ausschanks von Orangensaft nicht abnahm. Oder was war der Grund dafür gewesen? Dass er Kinder auf dem Sofa sitzen hatte?

Kinder! Lea hatte ihr Studium kaum begonnen, Colin verdiente erst seit zwei Jahren einen Lohn, mit dem er allein seinen Lebensunterhalt bestritt. Für Frau und Kind würde es nirgends hinreichen. Valérie spürte, wie etwas sie in den Abgrund zog. Sie wollte sachlich bleiben, es gelang ihr nicht.

»Emilio, sag auch etwas.«

SECHZEHN

Die Mädchen lagen vor ihr. Drei niedliche Winzlinge, alle gleich. Sie hatten Colins Augen und blinzelten sie an. An ihren Körpern klebten Fledermausflügel, und das Fell eines Hundes schien durch. Scharfe Zähne, ein blutender Unterkiefer, von der Zunge überlappt …

Valérie erwachte von ihrem eigenen Schrei. Sie saß auf, öffnete die Augen, tastete nach dem Lichtschalter der Nachttischlampe, knipste sie an. Es blieb dunkel. Sie versuchte, das hier zu begreifen. Ein kehliger Laut kam über ihre Lippen. Unfähig, die normale Stimme zu finden, stand sie auf, tastete sich voran, ging durch einen langen Korridor, an dessen Ende sie einen Tempel erreichte. Dort stand sie, die Göttin der Unterwelt: Persephone. Das grüne Gewand umschlang ihren Körper wie eine zweite Haut. Die Mutter der Erinnyen. Sie hatte ein Gesicht wie Lea …

Valérie spürte Zanettis Hand auf ihrem schweißnassen Körper und vernahm seine Stimme dicht an ihrem Ohr. Sie schlug die Augen auf, orientierte sich, wo sie sich befand.

»Darling, du hast geträumt.«

Durch die Rollläden schimmerte das fahle Licht der einzigen Laterne vor ihrem Haus. Valérie drehte sich um, sah auf den digitalen Wecker. Halb sechs. Sie hatte geträumt, einen Traum der übelsten Sorte, einen Traum im Traum, dessen Kreis zu durchdringen unmöglich war.

Sie holte die Bilder in ihre Erinnerung zurück. Die neugeborenen Drillinge, Colins und Leas Mädchen, die Erinnyen, deren Mutter Persephone. Der Hund, die Fledermausflügel – Bruchstücke des Unheimlichen. Der Traum hatte all das zusammengeführt, was Valérie im Wachzustand nicht zu bewältigen imstande war.

Zanetti nahm sie in die Arme, drückte seinen Körper von

hinten an ihren, umschlang sie mit jener Heftigkeit, von der sie zu Beginn ihrer Beziehung nie genug hatte bekommen können. Eine animalische Kraft, die es ihr erlaubte, sich gehen zu lassen, einfach Frau zu sein. Sie spürte seine Härte und wurde selbst ganz nass.

Valérie wand sich von ihm. Nicht der passende Moment für eine körperliche Vereinigung. Ihr Kopf stand ihr im Weg. Wieder einmal.

Colin und Lea waren am Abend in die WG zurückgefahren. Zanetti hatte, im Gegensatz zu Valérie, mit sachlichen Argumenten zur Lage beigesteuert. Ihr selbst waren sie ausgegangen. Das Gespräch mit Leas Eltern ging vor, und für was auch immer sich Sohn und Tochter entschieden, sie würden sich auf Valérie und Emilio verlassen können.

Worte, die so dahingesagt wurden. Worte, die in erster Linie beruhigen sollten. Valérie verdrängte sie. Alles der Reihe nach. Was geschehen war, konnte man nicht rückgängig machen, höchstens auf ein Wunder hoffen.

Um acht befand sie sich auf dem Sicherheitsstützpunkt und checkte Mails und Berichte ihres Teams. Bei vielen hatte sich der Sonntag als normaler Arbeitstag gestaltet, an dem weiter nach den vermissten Frauen gesucht wurde.

Die Betrachtungsweise hatte sich geändert. Zum jetzigen Zeitpunkt wusste man sehr viel mehr als zu Beginn. Die Vermutungen hatten sich in Wissen umgewandelt, es gab Indizien und Hinweise auf die Mehrfachvergewaltigung auf der Yacht vor Portofino. Motive waren aufgetaucht. Die Polizei fahndete nun nach den mutmaßlichen Täterinnen oder Mittäterinnen.

Valérie verschanzte sich in ihrem Büro und bat ihr Team, man möge sie nur in Notfällen stören. Sie startete den Rechner und ließ einen doppelten Espresso aus der Kaffeemaschine. Was ihr nach wie vor auf dem Magen lag, war die Frage, welche Rolle Robert Kistler spielte. Nach der Hausdurchsuchung in Reichenburg war nichts Verdächtiges zum Vorschein gekommen, womit der Schweinezüchter Kopf und Kragen riskiert hätte. Seine Weste war weiß. Zu weiß. Möglicherweise war Kistler gewarnt gewesen, nachdem Valérie ihn vernommen hatte.

Louis hatte im Rapport den Zustand des Heimkinos beschrieben, das, was ihm negativ aufgefallen war. Schmuddeliges Interieur, erst bei genauem Hinsehen ersichtlich. Abgewetzte Sessel und verdächtige Flecken auf dem Teppich. Für eine Spurensicherung hätte Valérie eine zweite Bescheinigung vorweisen müssen. Louis hatte darauf gepocht, weil ihm die harmlosen Filme verdächtig vorgekommen waren. Die DVDs wiesen keine falschen Covers auf, die Inhalte entsprachen den Titeln und der Beschreibung. Die Resultate waren eingetroffen. In einigen Wohnzimmern ihrer Kollegen war in letzter Nacht Kino angesagt gewesen. Heimat- und Abenteuerfilme. Für viele die perfekte Schlaftablette.

Louis war nach wie vor davon überzeugt, Kistler habe die Pornofilme anderswo hingebracht.

Valérie zweifelte noch. Sie hatte keine Beweise, und sie hätte nicht gewusst, wo suchen. Trotzdem musste sie es angehen. Sie konnte es sich nicht erlauben, einem einzigen Verdacht nicht nachzugehen. Sie sortierte ihre Pendenzen nach der Dringlichkeit. Kistler schob sie nach hinten.

Sie öffnete Google und tippte »Spitäler des Kantons Schwyz« ein. Falls Pina Zoccoli Ärztin war, musste sie irgendwo arbeiten. Ihre Mutter hatte nur gerade gewusst, dass ihre Tochter nach der Matura Medizin studiert und mit dem Staatsexamen abgeschlossen hatte. Was danach aus ihr geworden war, darüber hatte sie nicht berichten können.

Valérie musste subtil vorgehen. Pina Zoccoli war gewiss nicht entgangen, dass man nach ihren drei Töchtern suchte. Somit war sie alarmiert.

Valérie wählte die Nummer des Spitals in Schwyz und verlangte den Direktor. Der Geschäftsführer würde Auskunft geben können. Er war verantwortlich für die Führung und Verwaltung des Betriebs. Er entschied, wer eingestellt wurde, er hatte die Finanzen unter sich. Bei ihm kam alles zusammen. Er war vielleicht der Einzige, der Einblick ins Archiv hatte.

Ende 2005 hatte Pina Zoccoli ihre Kinder geboren. Valérie musste davon ausgehen, dass sie, nachdem man ihr die Mädchen weggenommen hatte, etwa 2008 die Matura machte und mit ihrem Studium begann, welches sie frühestens nach sechs Jahren abgeschlossen und sich zur Fachärztin weitergebildet hatte. Ob sie sich als Chirurgin spezialisiert hatte, war nicht bekannt. Möglich war es, weil bei den männlichen Opfern eine fachgerechte Penis- und Hodenentfernung durchgeführt worden war. Auch die Entfernung des Uterus bei Dr. Tobler war fachgerecht erfolgt. In Stieffels Bericht stand, die »Operationen« seien professionell durchgeführt worden, soweit man von einer »Operation« und von »professionell« sprechen konnte. Gemäß Obduktion beispielhaft. Aber Stieffel untersuchte die *Materie* Mensch, entsprechend waren seine Äußerungen.

Valérie ging noch immer von mehreren Täterinnen aus. Je länger sie darüber nachdachte, umso überzeugter war sie, dass die Haupttäterin Pina Zoccoli war, ihre Töchter hatten ihr assistiert. Nur dies ergab einen Sinn.

»Spital Schwyz, Adelheid Brülhart. Guten Tag. Was kann ich für Sie tun?«

»Valérie Lehmann, Schwyzer Kantonspolizei. Ich suche den Spitaldirektor. Kann ich mit ihm sprechen?«

»Worum geht es?«

»Das möchte ich ihm persönlich sagen.«

»Ja, selbstverständlich … Frau Lehmann, haben Sie gesagt? Ich schaue, ob er im Haus ist. Einen kleinen Moment, bitte.« Es klickte, und aus dem Hörer erklang das Palladio von Karl Jenkins, Cello und Geige. Ein Werk, welches die Vorstellung von Harmonie und Ordnung verkörperte, mit einem Touch von Klassik. Valérie fröstelte, und sie hoffte, der Direktor möge noch lange auf sich warten lassen. Sie hatte eindeutig ein Faible für Moll. Wenn der Fall gelöst war, müsste sie wieder einmal ein klassisches Konzert oder eine Oper besuchen, zusammen mit Zanetti. Es war an der Zeit, ihn in ihre Leidenschaft einzuführen. Was diese anbelangte, hatte sie sie in den letzten Jahren etwas vernachlässigt.

»Betschart.« Der Direktor holte sie abrupt aus ihren Schwelgereien.

»Valérie Lehmann, Schwyzer Kantonspolizei.«

»Hat mir meine Sekretärin bereits mitgeteilt. Wie kann ich Ihnen helfen?« Er klang beschäftigt.

»Es geht um Folgendes: Seit 2020 muss bei Ihnen eine Ärztin mit dem Namen Pina Zoccoli arbeiten.« Sicher war sich Valérie nicht. Es war bloß eine Vermutung.

Auf der anderen Seite der Leitung wurde geschwiegen. Valérie vernahm bloß ein heftiges Atmen und das Tippgeräusch einer Tastatur.

»Pina Zoccoli … ich kann ihren Namen nirgends sehen. Sind Sie sicher, dass sie bei uns arbeitet?«

»Schauen Sie mal unter Proserpina Zoccoli nach.«

»Nein, nichts dergleichen.«

»Vermutlich arbeitet sie in der Chirurgie.« Auch das war Spekulation. Sie musste sich an etwas festhalten, Eckpfeiler aufstellen, zwischen denen sie ein Gerüst aufrichten konnte. Doch schien diese Konstruktion zu wanken.

Wieder verstrichen Sekunden des Schweigens.

»Ich finde den Namen nicht. Ich habe gerade in Einsiedeln und Lachen nachgesehen, mit denen wir vernetzt sind. Weder bei uns in Schwyz noch in Lachen und Einsiedeln ist aktuell jemand mit diesem Namen, auch in der Vergangenheit nicht.«

»Haben Sie unter dem Vornamen Proserpina oder Pina nachgesehen? Es könnte sein, dass sie geheiratet hat.« Ein letzter verzweifelter Versuch. Valérie ahnte, ihr Anruf könnte ins Leere laufen.

»Es gibt eine Bigna, aber sie hat Jahrgang 1977.«

»Die Frau, die ich meine, ist 1989 geboren.«

»Tja, tut mir leid. Vielleicht müssten Sie außerkantonal suchen.«

Valérie legte frustriert den Hörer auf die Station zurück. Sie verließ den Bürostuhl, ging zum Fenster und öffnete es. Am Morgen hatte es aufgeklart, und es war klirrend kalt geworden. Bäume und Sträucher waren von Raureif überzuckert und verwandelten die Gestade in eine Märchenlandschaft. Valérie sog kühle, feuchte Luft ein.

Wenn Frauen mordeten, geschah das in der Regel im Stillen. Oder sie töteten aus einem Affekt heraus. Es steckten andere Motive dahinter als bei einem Mann. Pina Zoccoli musste jahrelang geschwiegen haben. Sie hatte die Demütigungen ertragen und sich in der Ausbildung zur Ärztin von all dem Leid abgelenkt. Trotzdem musste ihr etwas gefehlt haben. Ihre Kinder. Die Verbundenheit zwischen Kind und Mutter konnte man nicht einfach wegstecken. Trotz der gewaltsamen Entstehung dieser Geschöpfe erweckte sie Mutterinstinkte. Es lag in der Natur. Valérie stieß das Fenster zu. Lag sie mit diesen Überlegungen komplett falsch?

Sie ging zurück zum Pult und griff erneut nach dem Telefon. Als sie Caminada nicht erreichte, sprach sie ihm auf Band. »Ich werde eine sofortige Rundumüberwachung von Ceres Zoccoli in die Wege leiten. Sie könnte das nächste Opfer sein.«

***

Louis konnte nicht nachvollziehen, warum sich Zanetti mit einem Beschluss für eine Spurensichtung im Haus von Robert Kistler noch immer schwertat. In seinen Augen reagierte er zu zaghaft. Es mochte daran liegen, dass der Fokus zu stark auf die Morde gerichtet war, aber das eine tun und das andere nicht lassen hätte sie weitergebracht. Es musste irgendwo Bildmaterial vorhanden sein. Es existierten Beweise, dass Jessica Diethelm und Pina Zoccoli missbraucht worden waren. Daran hielt sich Louis fest. Er musste einen Weg finden, Kistler eine Falle zu stellen. Wenn nicht auf dem bewilligten, dann auf einem illegalen Weg und möglichst so, dass Louis bei einer Rückverfolgung nicht in die Bredouille geriet. Er war sich sicher, der Grund allen Übels lag weit in der Vergangenheit. Und Kistler steckte mittendrin.

Carla! Er könnte sie losschicken. Carla, die danach lechzte, außergewöhnliche Interviews zu machen, die ihre Nase in alles steckte, die über den Wasserfall im Muotatal genauso enthusiastisch zu berichten wusste wie empathisch über eine Familientragödie in Merlischachen. Robert Kistler bot genug Stoff, um ihre journalistischen Bedürfnisse zu stillen – seine Schweinemästerei, die einmalig war in der March, die »Metzgete«, die landesweit Liebhaber von Blut- und Leberwürsten anzog, das gigantische Projekt in Tuggen, welches kurz vor der Abstimmung stand. Und Louis würde bei Carla endlich etwas gutmachen können.

Heute Morgen hatte sie ihre gemeinsame Wohnung früh verlassen. Er war erst aufgewacht, als sie die Tür ins Schloss gezogen hatte. Zu unsanft, als dass er sie vom Verdacht, es nicht extra gemacht zu haben, hätte entlasten können. Normalerweise schlief sie länger als er, und wenn sie auf war, verlangte sie es auch von ihm. Heute war sie gnädig mit ihm umgegangen. Sie hatte ihn, während sie sich im Badezimmer herrichtete, schlafen lassen und später am Computer leise in die Tasten gedrückt. In der Regel hämmerte sie auf die Buchstaben ein, Punkt und Komma hallten jeweils wie Schüsse aus einem Luftgewehr. Natürlich hatte er sie gehört, sich aber nichts anmerken lassen. Irgendeinmal war er wieder eingenickt, bis die Tür ins Schloss fiel.

Er sah auf die Uhr. Um elf war eine Teamsitzung auf dem SSB anberaumt, dann würde man sich über das weitere Vorgehen beraten. Scarlett Bruhin, Elodie Grange und Lisette Britschgi galten seit gestern als gesuchte Täterinnen, ebenso Pina Zoccoli, die bis heute niemand zu Gesicht bekommen hatte. Während Valérie wahrscheinlich überall herumtelefonierte, griff nun auch Louis zum Smartphone und wählte Carlas Nummer. Es läutete und läutete, sie hatte den Anrufbeantworter nicht eingeschaltet. Louis wählte erneut. Seine Gedanken schweiften ab zum gestrigen Abend, an dem er erschöpft aus Biberbrugg zurückgekehrt war. Die Sache mit Kistler hatte ihn nicht losgelassen, er hatte sich über ihn aufgeregt und war entsprechend schlecht gelaunt gewesen. Carla hatte ihn verwöhnt und ihn in den siebten Himmel massiert. Es war ein Abend gewesen wie zu den besten Zeiten ihrer Beziehung. Manchmal fragte sich Louis, wie es ihr gelang, stets so fröhlich und beschwingt zu sein, so voller Energie und Lebensfreude. Er seufzte.

Carla meldete sich. »Du störst.«

Damit hatte er nicht gerechnet. »Sorry. Wo bist du?«

»Mit einer Freundin unterwegs.«

»Mit Maura?«

»Ja, wenn du es genau wissen willst.«

Maura, die ihr gerade alles bedeutete. Maura hin und Maura her. Maura, die Carla seit Neuestem zurate zog, wenn Probleme anstanden. Maura, die auch da war, wenn es keine gab.

»Für ein Interview?«

»Nein.« Carla zögerte. »Ich tue heute den ersten Schritt in eine Zukunft mit dir.«

Louis war schwer von Begriff, und einen Moment lang dachte er, das Vorhaben mit ihr vergessen zu müssen.

»Hast du die Stimme verloren?«

Louis hörte jemanden kichern. Wenn Carla und Maura zusammen unterwegs waren, schaukelten sie sich im Lach-Wettbewerb gemeinsam hoch. Dann war alles lustig um sie herum, selbst ein pinkelnder Hund am Gartenzaun.

»Brauchst du eine Gedankenstütze?«

»Ich glaube, ja.« Louis ging ins Badezimmer, klemmte das Smartphone zwischen Schulter und Ohr ein und erleichterte sich.

»Maura und ich sind im Hochzeitshaus in Siebnen.«

»Was?« Fast hätte Louis sein Smartphone fallen lassen. »Das heißt, unsere Hochzeit rückt näher?«

»Du kannst dich mal um das Aufgebot kümmern. Ich denke, im nächsten Frühling ist es so weit.«

»Und unsere Familien?« Louis betätigte die Spülung und stellte sich vor das Lavabo. Er ließ Wasser laufen, wusch sich die Hände und suchte Rasierschaum und Messer. Was mochte Carlas Hundertachtzig-Grad-Wende veranlasst haben?

»Ich verdiene jetzt ja mehr. Es liegt durchwegs drin, deine Verwandtschaft aus Thailand einzuladen plus meine Eltern und Geschwister mit Anhang. Und Maura, das ist klar. Sie wird unsere Trauzeugin sein. Ich habe allerdings eine Bedingung.«

Louis hatte es gewusst. Carla machte nie etwas ohne Gegenleistung. Da hinkte immer noch etwas nach. Seine Glücksgefühle bekamen einen Dämpfer. »Die wäre?«

»Ich darf vor der Hochzeit mit meinen Freundinnen und Freunden auf Mallorca zur Junggesellin-Verabschiedung … also ein Polterabend auf Spanisch.«

»Selbstverständlich.« Louis beruhigte sich, es hätte schlimmer sein können. Bis zum Frühling dauerte es vier bis fünf Monate. Bis dahin floss viel Wasser den Rhein hinunter. Er musste Carla jetzt bei Laune halten. Für ihn stand einiges auf dem Spiel. »Bevor du aufhängst und weiterträumst, ich brauche deine Hilfe. Wann bist du zurück?«

Carla stieß hörbar Luft aus. »Ich weiß nicht, wie lange das hier dauert. Wir haben erst richtig begonnen. Zudem sind wir zum Apéro eingeladen, mit Prosecco und Häppchen. Das können wir uns unmöglich entgehen lassen.«

»Wie wäre es mit dem frühen Nachmittag?«

Louis hörte, wie Carla sich mit Maura beriet. Gekicher drang durch das Smartphone. Louis schäumte sein Gesicht ein und zog mit dem Schaber die erste Spur über die Wange.

»Okay, um drei bei uns zu Hause.« Sie ließ ein paar Sekunden verstreichen, in denen auch Louis nichts sagte. »Gibst du mir ein Stichwort?«

Louis musste lachen. Carla überließ nichts dem Zufall. Mit der Gefahr, ein unkonzentriertes Einkaufen von Hochzeitsdingen auszulösen, sagte er: »Ich möchte dich zu Robert Kistler schicken.«

»Zum Schweinezüchter?«

»Du hast es erraten.«

»Wer kennt den nicht. Gut, du kannst dich auf mich verlassen. Um drei Uhr darfst du mich briefen.« So, wie sie es sagte, klang es zweideutig.

***

Valérie rieb sich das linke Ohr. Es war heiß geworden nach den unzähligen Anrufen. Einen durchschlagenden Erfolg konnte sie nicht verzeichnen. Allein für die Anrufe bei den Universitäten in Basel, Bern, Fribourg, Genf, Lausanne, Neuchâtel und Zürich hatte sie mehr als eine Stunde gebraucht. Erst an der Medizinischen Fakultät in Zürich hatte man ihr mitteilen können, Proserpina Zoccoli habe bei ihnen im Jahr 2015 das Staatsexamen gemacht. Danach verlor sich ihre Spur.

Nach dem langen Sitzen ging Valérie im Raum umher, streckte ihre Glieder und ließ wiederholt einen Espresso aus der Maschine. Nach den ermüdenden Gesprächen gab es nichts Besseres. Das heiße Gebräu vertrieb die Anspannung aus ihrem Körper, pumpte sie voll mit Koffein und putschte sie auf. Sie kannte wenig, was effizienter war. Höchstens ein Glas Champagner oder eine Nacht mit Zanetti. Valérie machte weiter. Andere Spitäler, auch Sanatorien. Sie hatte Zürich, Luzern, Zug und Unterwalden durch, die Hirslanden-Kliniken, private Institutionen. Der Name Proserpina Zoccoli war nicht bekannt. Sie suchte in Basel und zuletzt in der Westschweiz und fragte sich am Ende, weshalb sie nicht im Wallis begonnen hatte.

Sie wählte die Nummer in Saint-Maurice, die Nummer der Klinik Saint-Amé, und bekam nach dreimaligen Verbindungen endlich die Direktorin ans Telefon.

»Je vous prie de bien vouloir m'excuser pour le dérangement.« Valérie stellte sich zum x-ten Mal vor, wiederholte, sie sei von der Kriminalpolizei Schwyz und bräuchte eine Auskunft über Pina Zoccoli. Sie kam sich vor, als hätte sie eine CD

verschluckt, die sie im Wiederholmodus laufen ließ. »Ist es möglich, dass sie in Ihrer Klinik arbeitet?«

Madame la directrice erklärte sich bereit, der Sache nachzugehen. »Sie sagen, die Frau ist bei uns als Ärztin angestellt?«

»Ich weiß nur, dass sie 2015 das Staatsexamen gemacht hat. Wenn sie nicht ins Ausland gegangen ist, müsste sie in einer Schweizer Klinik arbeiten.«

»Docteur Zoccoli ... *mais oui*, das sagt mir etwas. Proserpina, wir nannten sie Pina.«

Valérie vernahm das Geräusch einer Tastatur. Sie übte sich in Geduld. Atmete innerlich aus, vermochte dennoch nicht an einen Durchbruch zu glauben. Valérie war müde und hatte Hunger. Sie war nicht dazu gekommen, etwas Vernünftiges zu essen. Die letzten Tage hatten an ihren Nerven gezehrt.

»Mais alors, voici ...« Die Stimme der Directrice tönte zuversichtlich. »Docteur Proserpina Zoccoli. Ich habe sie gefunden.«

»Sie arbeitet bei Ihnen in Saint-Maurice?« Valérie spürte eine Zentnerlast von sich weichen. Hatte sich ihre Mühe doch gelohnt? »Zufällig auf der chirurgischen Abteilung?«

»*Attendez* ... sie arbeitet nicht mehr hier. Chirurgin, sagen Sie? Nein, sie war Ärztin in der Geriatrie.« Sie seufzte tief. »Sie hat uns verlassen.«

»Wissen Sie, wohin sie gezogen ist?«

»Sie hat ihre letzte Reise angetreten.« Die Directrice machte eine bedeutungsschwangere Pause. »Es war für uns alle ein Schock, war sie doch eine überaus sympathische Frau, sehr einfühlsam und zu ihren Mitarbeitern loyal. Jetzt erinnere ich mich wieder. Pina verstarb am 18. April im letzten Jahr, infolge Suizids. Sie muss eine Überdosis Schlaftabletten geschluckt haben. Am Ostermontagfrüh hat man sie in ihrem Zimmer gefunden.«

Valérie erfasste Schwindel. Das ganze Konstrukt, das sie aufgerichtet hatte, drohte mit dieser Hiobsbotschaft auseinanderzubrechen. »Sind Sie absolut sicher?«

»Das tut mir leid.«

»Wem haben Sie es gemeldet?«

»Der Polizei. Sie war da, der Amtsarzt. Ob Pina Verwandte hat, ist uns bis heute nicht bekannt.«

»Gibt es Fotos von ihr? Eine Website, auf der sie zu sehen ist?« Valérie schöpfte Hoffnung und hegte gleichwohl Zweifel.

»Unsere Internetseiten werden monatlich aktualisiert.«

»Ist ihr Geburtsdatum noch vorhanden?«

»*Naturellement* ... Ihre Daten sind archiviert. Pina Zoccoli wurde am 23. Februar 1989 in Reichenburg geboren.«

»Ein Irrtum ist ausgeschlossen?«

»Ja, das steht schwarz auf weiß vor mir.«

Alles stürzte ein. Die Erinnyen gingen in Flammen auf. Der Zettel mit dem kaum leserlichen Namen »Alekto« verlor seine Bedeutung. Valérie hatte sich daran geklammert, hatte die Hinrichtungen als einen Akt der Vergeltung gesehen. Sie hatte sich von Vischer in die Irre führen lassen, hatte sich vor ihrem ganzen Team lächerlich gemacht.

Sie stand wieder am Anfang.

Sie streckte ihren Rücken. Sie würde von vorne beginnen müssen. Sie konnte sich keinen Lapsus erlauben. Seit rund zehn Tagen arbeitete sie an diesem Fall. Bislang hatte sie keinen Druck von oben erhalten. Caminada musste die Problematik auch sehen. Und Zanetti? Er tat, was er konnte.

»Hatte Dr. Zoccoli psychische Probleme?« Ein naheliegender Gedanke, der sie geradezu ansprang.

»Darüber könnte ihre Psychiaterin Auskunft geben, bei der sie in Behandlung war«, sagte die Directrice. »Ich kann Ihnen ihren Namen und die Telefonnummer geben. Aber sagen Sie nicht, dass Sie sie von mir haben.« Sie ließ ein Lachen vernehmen.

Eine sympathische Frau, ging Valérie durch den Kopf. Eine Frau mit welschem Charme.

Sie war seit eineinhalb Jahren tot, und ihre Töchter waren zurückgeblieben, aufgehoben in fremden Familien. Es hätte keinen Grund gegeben, die Männer zu töten, die Gynäkologin, den Chef der Vormundschaftsbehörde. Die Frau mit dem größten und plausibelsten Motiv war tot.

Der Gedanke kam leise. Die Bluttat hatte einen anderen Auslöser gehabt, von dem Valérie bislang nichts wusste.

Sie versammelten sich im Konferenzsaal. Der Geräuschpegel stieg an, je mehr Leute sich an den langen Tisch setzten. Kaffeetassen wurden herumgereicht, Mandelgipfel verteilt, die Fabia mitgebracht hatte. Dass sie noch Zeit fand, diese zu backen, grenzte an ein Wunder. Ihre Art, den Polizeialltag auszugleichen, antwortete sie, wenn man sie danach fragte. Das Rezept blieb ihr Geheimnis.

Valérie fiel mit der Tür ins Haus. Nach langen Einführungen war ihr nicht. Sie hatte die Schlappe am Morgen zuerst verdauen müssen. Die Puzzleteile, die sich so gut zusammengefügt hatten, verloren mit Pina Zoccolis Tod ihre Bedeutung. Valérie musste sie neu arrangieren. Sie wollte der Leere, die sie seit dem Telefongespräch mit der Direktorin empfand, keine Chance geben. Weitermachen, eine andere Ordnung herstellen, herausfinden, was falsch gelaufen war – sie war es den Hinterbliebenen schuldig, ihrem Team. Sie bat um Aufmerksamkeit und berichtete über die neuen Informationen. Um sicher zu sein, dass Pina Zoccoli vor gut einem Jahr gestorben war, hatte sie sich mit dem zuständigen Standesamt der Gemeinde Saint-Maurice in Verbindung gesetzt. Pina Zoccoli war zuletzt dort angemeldet gewesen. Der Hinschied der Frau war ihr bestätigt worden.

Ihre Leute hingen Valérie an den Lippen, die Augen wurden groß. Hier und da räusperte sich jemand, ein Raunen ging durch die Reihe. Die Euphorie des Vortags war einer Lethargie gewichen.

»Wir müssen den Fokus weiterhin auf die vermissten Frauen richten«, endete Valérie ihre Ausführungen. »Sie gelten als Täterinnen, die DNA ist der einzige Beweis.« Sie wusste, wie kläglich es tönte.

Ihr iPhone blinkte, bevor der schrille Klingelton die Ruhe im Saal störte. Valérie hob es vom Tisch auf, wo sie es bei ihrer Ankunft hingelegt hatte, und erkannte Caminadas Nummer. Schön, wenn er sich auch wieder einmal meldete. Sie nahm den Anruf entgegen. »Neuigkeiten?«, fragte sie mit einem zynischen Unterton, den sie so nicht gewollt hatte.

»Lisette Britschgi ist aufgetaucht.«

Valérie stellte den Anruf auf laut, damit ihn alle hörten. »Wann?«

»Heute Morgen. Frau Gisler, ihre Nachbarin, hat auf die Zentrale angerufen. Sie habe Lisette Britschgi in die Wohnung gehen sehen, als sie durch den Spion schaute.«

Den alten Häusern sei Dank, dachte Valérie. Türen aus den siebziger Jahren verfügten über ein Guckloch, die heutigen Spione waren digital, durften aber nur datenschutzkonform benutzt werden.

»Eine Streife ist vor Ort«, sagte Caminada. »Du solltest schnellstmöglich zur Adresse fahren und eine Festnahme in die Wege leiten. Ich schicke dir gleich den Beschluss. Bitte ohne Aufsehen. Es besteht die Möglichkeit, dass Lisette Britschgi psychisch angeschlagen ist. Frau Gisler meinte, sie habe ihre Nachbarin noch nie so komisch erlebt.«

»Sie war bei ihr?«

»Nein, sie war so klug, uns gleich zu benachrichtigen. Wir hielten sie davon ab, bei ihr zu läuten. Sie wusste, dass Lisette Britschgi gesucht wird. Sie habe es in den Nachrichten gesehen. Es gibt doch noch aufmerksame Zeitgenossen.«

»Hm, seltsam finde ich eher, dass Lisette Britschgi zu einem Zeitpunkt auftaucht, an dem sie als Täterin gesucht wird.« Valérie überfiel ein mulmiges Gefühl. Etwas stimmte nicht. »Es könnte auch eine Falle sein. Wir sollten die Spezialeinheit aufbieten. Ich möchte kein Risiko eingehen, nach allem, was geschehen ist. Die Frau gilt als brandgefährlich.« Das, was sie sagte, deckte sich nicht mit dem, was sie dachte. Sie hatte sich die Fotos der jungen Frauen angeschaut. Es fiel ihr schwer, sie als Monster zu sehen, schon ihrer zerbrechlichen Statur wegen. Aber sie durfte es nicht riskieren, dass sich ihre Leute in falscher Sicherheit wähnten. »Um welche Zeit hat Frau Gisler sie entdeckt?«

»Vor knapp einer Stunde.«

Valérie seufzte. »Okay, lasst uns die Mission starten.«

Eine halbe Stunde nach Caminadas Anruf fuhr eine Eskorte dreier unbeschrifteter Polizeiwagen bei der Verzweigung Reichenburg von der Autobahn. Ihr folgte ein dunkelblauer Camion. Darin saß Max Schilliger vom Einsatzkommando »Luchs«. Nach weiteren fünf Minuten hielten die Wagen in der Bahnhofstraße, Nähe Schürwis, an. Valérie verließ Louis' Kombi. Sie hatte sich die kugelsichere Schutzweste übergezogen. Sie wog gegen die acht Kilogramm und bot gegenüber dem Vorgängermodell von schwererem Gewicht eine maximale Bewegungsfreiheit. Doch acht Kilogramm mehr auf den Rippen zu tragen oder nicht war ein Unterschied, zumal die Weste eng anlag.

Valérie ging zum Streifenwagen am Ende der Häuserzeile, in der Nähe der Kreuzung. Dort fiel der Polizeiwagen nicht gleich auf.

Valérie klopfte an die Scheibe und winkte den beiden Insassen zu.

Der Fahrer kurbelte das Fenster hinunter. »Wachtmeister Züger, mein Kollege Egloff. Guten Tag.« Er machte keine Anstalten, auszusteigen.

»Oberleutnant Valérie Lehmann. Wie ist die Lage?«

»Bis jetzt gibt es keine besonderen Vorkommnisse. Die gesuchte Person befindet sich seit eineinhalb Stunden in ihrer Wohnung.« Er streckte die Hand aus dem Fenster und zeigte auf das Haus, das erste in einer Reihe.

»Züger, sagten Sie?« Valérie richtete sich auf. Die Weste drückte gegen ihre Brust.

»Ja, *der* Züger.« Er grinste schief.

»Wie geht es Ihnen?« Valérie hatte das Bedürfnis, danach

zu fragen. Ihre Kollegen vom Land gingen oft unter, obwohl in den meisten Fällen sie es waren, die zuerst an einen Tatort gelangten und mit den ersten furchtbaren Bildern konfrontiert wurden. »Hatten Sie psychologische Hilfe?«

»Das Angebot hatten wir.« Züger hob seine rechte Hand an die Schläfe und salutierte. »Wir sind hart im Nehmen.«

»Sie können abziehen. Danke für den Einsatz.« Valérie ging zurück, wo sich ihre Leute für den Zugriff bereit machten.

Das Haus, welches in einer Reihe von sieben identischen Häusern stand, wirkte unscheinbar. Die letzten sechzig Jahre hatten der Holzfassade arg zugesetzt und Spuren hinterlassen. Im Treppenhaus roch es nach Scheuermittel mit einer schimmligen Note. Valérie und Louis folgten den Luchsen auf das dritte Stockwerk, welches nur über eine Treppe erreichbar war. Mehr als sechs Mieteinheiten wohnten nicht hier. Auf dem Treppenabsatz, wo sich zwei Türen gegenüber befanden, positionierten sich die Männer der Spezialtruppe, die Glock im Anschlag. Schiller läutete bei »L. Britschgi«.

Valérie wartete auf der Treppe Richtung Estrich, bis die Tür geöffnet wurde. Aber nicht Lisette Britschgi machte auf, sondern Frau Gisler gegenüber.

»Was ist denn los?«

Valérie sah in ein verdattertes Gesicht und reagierte blitzschnell. »Polizei, gehen Sie sofort in Ihre Wohnung und schließen Sie ab.« Mit diesem Zwischenfall hatte niemand gerechnet.

Frau Gisler schlug ohne weiteres Wort die Tür zu. Valerie hörte, wie sie den Schlüssel zweimal umdrehte.

Schilliger gab den Befehl zum Sturm. Wenn Lisette Britschgi gewarnt war, mussten sie jetzt handeln.

Die vordersten zwei Männer rammten die Tür nach innen, was sich als nicht sehr schwierig erwies.

Die Aluminiumtür sprang aus dem porösen Holzrahmen und schlug hart auf dem Boden auf.

»Polizei!«, hallte es durch das Treppenhaus.

Ein Stockwerk tiefer trat jemand vor die Tür.

»Sofort zurück«, rief Louis, der seine Umgebung im Visier hatte. »Gehen Sie in die Wohnung und schließen Sie ab.«

Valérie folgte den Luchsen hinein. Was sich ihr bot, ließ ihre Haut kribbeln. Die Wohnung hatte zwei Zimmer und war in Pastelltönen eingerichtet. Die Nachtvorhänge verbargen den Blick nach draußen. Dämmriges Licht breitete sich aus. Weder im Wohnzimmer noch im Schlafzimmer befand sich jemand. Schilliger stieß die Tür zum Badezimmer auf.

»Heilige Scheiße!«

Valérie erfasste die Situation mit einem Blick. Auf den Fliesen lag ein Frauenkörper, den Valérie als Lisette Britschgi identifizierte, und daneben eine leere Packung Diazepam. Ein Wasserglas war gekippt, der Rest der Flüssigkeit bildete eine Lache. Valérie kauerte nieder, griff der Frau an die Halsschlagader, spürte einen schwachen Puls. »Sie lebt, ruft sofort einen Krankenwagen.« Sie brachte sie in Seitenlage und winkelte ihr rechtes Bein an. Sie klatschte ihr ins Gesicht, versuchte, sie zu wecken. »Sie muss erbrechen. Wenn sie eine ganze Packung geschluckt hat, hängt ihr Leben an einem seidenen Faden.« Valérie öffnete den Mund der Bewusstlosen, schob ihren rechten Mittelfinger zum Anfang ihrer Speiseröhre, tastete die Epiglottis ab und versuchte, sie zu reizen. Kurz kam ihr der Gedanke, Lisette Britschgi könnte zubeißen. Aber sie lag still. Selbst der Reflex, zu würgen, blieb aus.

Valérie wechselte ab zwischen Pulsfühlen und Die-Frau-zum-Erbrechen-Bringen und war darauf gefasst, sie zu reanimieren, sollte der Herzschlag ausfallen.

Schilliger zog mit seiner Equipe ab, auch ein Teil der Ermittler. Zurück blieben Valérie, Louis und Fabia. Louis erstattete Zanetti Bericht, und Fabia forderte Schuler für eine Spurensicherung an.

Zehn Minuten später fuhr vor dem Haus die Ambulanz vor.

***

Louis traf eine halbe Stunde später als vereinbart in der Wohnung in Rickenbach ein. Carla erwartete ihn, ohne wegen seiner Verspätung zu motzen. Das ist ein Fortschritt, ging Louis durch den Kopf. Es blieb ihm wenig Zeit. Er hatte seinen Abgang mit der Ausrede begründet, einen Termin beim Zahnarzt wahrzunehmen. Er könne diesen nicht verschieben. Valérie und Fabia waren nach Biberbrugg zurückgefahren, nachdem man Lisette Britschgi für den Transport ins Spital Lachen bereit gemacht hatte. Ob sie durchkam, stand in den Sternen.

Louis schwang sich im Wohnzimmer auf den Lieblingsstuhl, einen hellbraunen Schmetterlingssessel, den er neulich aus dem Brockenhaus geholt hatte. Carla hatte ihn wegen seiner Geschmacksverirrung ausgelacht.

Carla brachte ihm eine PET-Flasche Mineralwasser und setzte sich auf das Sofa. Sie zog die Beine an, sah umwerfend aus. »Gleich vorweg. Komm nicht auf die Idee, mein Hochzeitskleid anzusehen. Das bringt Unglück.«

»Du hast dein Hochzeitskleid gekauft?« Louis schraubte den Flaschendeckel auf und nahm einen Schluck. »Dir ist es wirklich ernst?« Ein warmes Gefühl durchströmte ihn. Carla. Fünfzehn Jahre jünger als er. Wenn sie in den besten Jahren sein würde, war er ein alter Mann.

»Maura war mir dabei behilflich. Sie hat einen ausgezeichneten Geschmack. Für dich hat's auch großartige Sachen im Hochzeitshaus.«

»Das hat noch Zeit.« Louis stellte die Flasche auf den Boden, sah Carla eindringlich an. Er hatte es sich gut überlegt, sie da mit reinzuziehen. Aber er hatte keine Wahl. Und solange sich die über ihm stur stellten, musste er auf eigene Faust handeln. »Wir sollten über Robert Kistler sprechen.«

»Du bindest mich in eure Ermittlungen ein?«

Sollte er zugeben, wie grenzwertig die Angelegenheit war? Wenn es herauskam, würde er seinen Job quittieren müssen. Er zögerte wieder. Ob es klug war, Carla von seinem Verdacht zu erzählen? Er kannte sie. Sie würde auf eigene Faust ermitteln.

Darum musste er abwägen, was er verlautbaren durfte und was er besser verschwieg. »Mir selbst sind die Hände gebunden. Der Staatsanwalt sieht keinen Bedarf, gegen Kistler zu ermitteln, nachdem wir dessen Haus durchsucht haben. Er hat im Keller ein Kino eingerichtet und sage und schreibe eine ganze Sammlung von DVDs, zwar keine Pornos, aber ich war mir sicher, dass er solche bunkert. Und vor allem ein Video von 2005 hat, auf dem zwei sechzehnjährige Mädchen auf einer Yacht vor Portofino misshandelt und vergewaltigt wurden. Wir haben die Aussage einer Zeugin, die dabei war.«

»Das ist schrecklich. Warum stellt sich die Anwaltschaft quer?«

»Wahrscheinlich denken alle zu eng.« Louis hielt sich diplomatisch zurück. »Kistler hat sich bis anhin nie etwas zuschulden kommen lassen. Ich aber bin mir sehr sicher, er hat Leichen im Keller.«

»Der Schweinezüchter.« Carla stellte ihre Füße auf den Boden, streckte sich. »Sagen wir dem Kerl den Kampf an. Was kann ich tun?«

»Wichtig ist, zu erfahren, ob es da jemanden gibt, der ihm den Rücken freihält, eine Frau, einen Freund, was sein Bruder, der ›Frohmut‹-Wirt, damit zu tun hat. Sie haben das Grundstück in Tuggen gemeinsam gekauft.«

»Stopp! Alles der Reihe nach.« Carla griff nach ihrem Smartphone. »Ich muss mir Notizen machen. Du meinst, Hannes Kistler steckt auch mit drin?«

»In erster Linie geht es um Robert. Wenn du ihn für ein Interview in seinem Haus überreden kannst –«

Carla schnitt ihm das Wort ab. »Du meinst, wenn ich mich in der Höhle des Löwen befinde, könnte ich mich umsehen? Shit, Louis. Ihr wart doch schon drin. Was soll das? Da werde auch ich nichts finden. Wenn solche DVDs existieren, hat er diese außerhalb deponiert. DVDs.« Sie streckte den Zeigefinger an den Mund, dachte nach. »Filme holt man sich heute übers Internet.«

»Habe ich mir auch überlegt. Aber nicht solche. Eventuell über das Darknet. Mit DVDs geht man kein Risiko ein«, äußerte sich Louis sarkastisch und ahnte, Carla könnte ihn als altmodisch bezeichnen.

»Ich brauche Einblicke in eure Ermittlungen«, sagte sie nur.

»Nein, auf keinen Fall.« Louis schoss auf. Fast wäre er über den Stuhl gestolpert. »Das geht dann doch zu weit.«

»Wie soll ich dir helfen, wenn ich nichts weiß?«

»Was du wissen musst, werde ich dir ad hoc mitteilen.« Hitze schoss aus seinen Poren. Welcher Teufel hatte ihn geritten, Carlas Hilfe in Anspruch zu nehmen? Trotzdem musste er jetzt sachlich bleiben. »Was weißt *du* über unseren Fall?«

»Das, was ihr an der Pressekonferenz publik gemacht habt. Das, was als Polizeinotiz in den digitalen Medien erscheint. Sechs Tote, drei vermisste Frauen, ein wiedergefundener Teenager. Von einer Vergewaltigung, die vor über achtzehn Jahren stattgefunden haben soll, war nie die Rede und die Zeilen offenbar nicht wert.« Carla riss die Hände in die Höhe. »Sage jetzt nichts. Ich kann mir etwa vorstellen, was du denkst. Carla wird das Kind schon schaukeln. Carla ist verrückt danach, im Schlamm zu wühlen. Wer weiß, vielleicht gibt es bei Kistler tatsächlich noch mehr Dreck als die Schweinekacke. Ich will sehen, was sich machen lässt. Bald wird über sein Großprojekt abgestimmt. Dort, genau dort könnte ich ihn abholen.«

***

»Alle mal herhören.« Valérie klopfte mit einem Stift an ihr Wasserglas. Es vergingen ein paar Sekunden, bis Schweigen eintrat und alle Augen auf sie gerichtet waren. »Der versuchte Suizid von Lisette Britschgi hat uns in unseren Ermittlungen genauso ausgebremst wie der Suizid ihrer Mutter Pina Zoccoli. Noch befinden sich Lisettes Schwestern Elodie Grange und Scarlett Bruhin auf freiem Fuß, und den Verdacht, dass sie erneut zuschlagen werden, dürfen wir nicht ignorieren.« Valérie wies auf die Pinnwand. Sie hatte die Fotos und Texte darauf neu arrangiert. Das Bild der Hauptverdächtigen war einem hellen Feld gewichen, die gedachten Verbindungslinien verliefen ins Leere. Den Bildern in ihrem Umkreis fehlte der Kern. Pina Zoccoli konnte nicht die Mörderin sein. »Wo haben wir einen Denkfehler gemacht? Wo sind wir vom Weg abgekommen?«

»Ich habe mich mit Pina Zoccolis Vergangenheit auseinandergesetzt«, sagte Fabia. »Mit ihrer Familie, den fünf Brüdern, dem Vater und der Mutter. Ronaldo Zoccoli stammte aus Apulien, kam 1971 mit seinen Eltern in die Schweiz, nachdem die Schwarzenbach-Initiative abgelehnt worden war. Zehn Jahre später ehelichte er Ceres Di Bari, die zur fast gleichen Zeit in die Schweiz eingewandert war, zusammen mit ihren Eltern. Fast im Jahresrhythmus bekamen sie fünf Söhne und eine Tochter. Pina war das letzte Kind der Zoccolis. Es war schwer, die Brüder ausfindig zu machen. Drei von ihnen arbeiten heute im Kanton Tessin, sind Bauarbeiter und Elektriker, haben Familie, einen sauberen Leumund. War verdammt schwierig, sie aufzuspüren. Es brauchte ein paar Anrufe an die entsprechenden Gemeinden. Die Ämter konnten mir dann Auskunft geben. Zwei weitere Brüder sind nach Apulien, zu den Wurzeln ihres Vaters, zurückgekehrt. Dies geht aus einem Schreiben der Gemeinde Reichenburg hervor. Als Ronaldo Zoccoli vor vier Jahren starb, ging eine Todesanzeige an die Medien. Anhand dieser Anzeige fand ich denn auch schnell die Adressen der ältesten drei Söhne. Pina Zoccoli, seine Tochter, war jedoch nicht darauf vermerkt, als hätte es sie nie gegeben.«

Es verwunderte Valérie nicht. Mit der Schwangerschaft und spätestens mit der Geburt war Pina aus dem Stammbaum der Familie Zoccoli gelöscht worden. Dies entsprach auch den Äußerungen von Ceres Zoccoli. Die Tochter hatte Schande über sie gebracht.

»Danke, Fabia.« Valérie wandte sich an Louis. »Du hast die Personenüberwachung von Ceres Zoccoli in die Wege geleitet. Gibt es Neuigkeiten?«

»Sie hat während der gesamten Zeit nur einmal die Wohnung verlassen. Sie hat Einkäufe im Coop getätigt und ist anschließend zur Drogerie gegangen. Ihr hat sich niemand genähert, den man als verdächtig hätte bezeichnen müssen. Ceres Zoccoli ist eine Frau, die man kaum beachtet.« Louis räusperte sich. »Findest du diese Aktion nicht etwas übertrieben?«

»Wir dürfen nicht riskieren, noch mehr Tote beklagen zu müssen.« Valérie sah zu Fabia hinüber. »Was hast du über Ronaldo Zoccoli herausgefunden?«

»Wie erwähnt, er starb vor vier Jahren.«

Valérie beobachtete ihre Kollegin. Ihr musste etwas auf der Zunge liegen. »Was bedrückt dich?«

Fabia kniff den Mund zusammen. »Ich fand die Todesanzeige etwas seltsam. Wo sonst überschwängliche Worte für den Verstorbenen stehen, war eine einzige Zeile: ›Finde den Frieden‹.«

»Die Phantasie der Hinterbliebenen ist unermesslich«, brachte Louis sich ein.

»Ist trotzdem komisch. ›Finde den Frieden‹ tönt so, als wäre Zoccoli zeit seines Lebens unzufrieden gewesen. So etwas schreibt man einfach nicht. Es war auch dieser Satz, der mich nicht mehr zur Ruhe kommen ließ. Ich habe mich mal in unserem Archiv schlaugemacht. Tatsächlich wurde Zoccolis Ableben von unseren Leuten kurz untersucht, weil nicht klar war, ob es sich dabei um einen natürlichen Tod handelte oder nachgeholfen wurde.« Fabia blätterte in ihren Unterlagen. »Am 14. Oktober 2019 wurde eine Anzeige gegen unbekannt bei der Staatsanwaltschaft eingereicht, gestützt durch den Amtsarzt Dr. Mörike, weil der Verdacht bestand, Ronaldo Zoccoli sei durch Fremdeinwirkung gestorben.«

»Wurde dieser Fall behandelt?« Valérie erinnerte sich an Caminadas Vorgänger, der zu der Zeit an einem Burn-out gelitten hatte. Der »Fall Zoccoli« hatte sie nie erreicht. Ob da etwas verloren oder vergessen gegangen war?

»Es sieht nicht danach aus. Ich denke, er wurde als ›nicht gelöst‹ zu den Akten gelegt.«

»Wer tief gräbt, findet Gold … in unserem Fall vielleicht eine wegweisende Richtung. Darf ich dir die Aufgabe übertragen, diesen Arzt zu suchen, Fabia?«

»Das habe ich bereits getan.« Sie sah auf ihr Smartphone. »Im Anschluss an die Sitzung fahre ich zu ihm nach Altendorf, sofern ich ihn erreiche.«

»Danke. Steht da, welchen Beruf Ronaldo Zoccoli ausgeübt hat?«

»Plattenleger. Vater und Söhne arbeiten auf einem Beruf, der mit dem Bau zu tun hat.«

»Und dann kommt die Tochter, die studieren will.« Valérie spürte, wie ihre Konzentration nachließ. »Sie schafft den Master in Medizin und wird Ärztin. Aber ihre Familie nimmt sich das Recht heraus, sie deswegen zu quälen. Ihr die Kinder wegzunehmen ist aus ihrer männlichen Sicht ein Akt der Vergeltung. Endlich haben die Söhne einen Grund, ihre Schwester zu diffamieren.« Valérie stieß Luft aus und fuhr sich mit den Händen übers Gesicht. Eine unnatürliche Hitze flutete ihren Körper. »Nehmt die Söhne ins Visier!«

SIEBZEHN

»Spreche ich mit Herrn Kistler? Mit Robert Kistler?« Carla säuselte ins Telefon.

»Ja. Wer erweist mir die Ehre?«

Carla bekam Hühnerhaut. Kistler war ihr nicht fremd. Der Schweinezüchter aus Reichenburg war multipräsent, nicht zuletzt wegen seiner vorbildlichen Mast. Seit Neustem prangte seine Visage von den Plakaten, die für das »Dorf im Dorf« warben. Eine Werbekampagne, der man die manipulative Aussage schon von Weitem ansah. »Werden Sie Zeuge des nachhaltigen Wohnens«, stand im Kleingedruckten mit den Logos der Firmen, welche das Bauvorhaben unterstützten. »Mein Name ist Carla Benizio. Ich arbeite für den Fernsehsender ›Schwyzer News‹. Man hört und sieht so einiges, was mit Ihren Plänen im Zusammenhang mit der Überbauung in Tuggen zu tun hat. Ich hätte Sie gern vor die Kamera geholt.«

Kistler ließ ein heiseres Husten vernehmen.

Zu viel Bier und Zigaretten, ging Carla durch den Kopf. Ein Husten, das sich ungesund anhörte. Sie sah ihn vor sich, einen korpulenten Mann, dessen charismatischer Auftritt einen das Fürchten lehrte. Redegewandt, von sich selbst überzeugt, laut, und wenn er lachte, krachten die Balken.

»Zum jetzigen Zeitpunkt ein heikles Unterfangen«, sagte er endlich. »Ich kann davon ausgehen, dass Ihnen die Bluttat in Tuggen nicht entgangen ist.«

»Man spricht von nichts anderem, Herr Kistler.« Carla musste ihm den Schmus bringen, ihn weichklopfen und überzeugen, dass es auch Erfreuliches gab in dieser Zeit. »Wenn wir uns nur den schlimmen Dingen zuwenden, könnten wir bald zusammenpacken und auswandern, finden Sie nicht auch?«

»Sie sprechen es an. Ich mag es schon gar nicht mehr hören. Das Leben geht weiter. Tatsache ist, dass wir von positiven Dingen umgeben sind, aber wir lassen nur das Negative zu, weil der Mensch grundsätzlich zum Negativen neigt. ›Schwyzer News‹, sagten Sie? Wissen Sie, was ich an diesem Sender mag? Dass er unseren schönen Kanton ins Wohnzimmer bringt. Wir müssen nicht nach New York, wir haben ein Hochhaus in Brunnen, nicht an den Amazonas, es gibt einen Urwald im Muotatal, nicht nach Lourdes, wir finden eine Mariengrotte in Oberiberg, nicht zu einem Sternekoch nach Paris, es existiert eine Kochschule in Schwyz. Und wenn Sie Ihre Schwiegermutter beseitigen wollen, finden Sie den perfekten Tatort im Moor in Rothenthurm.« Wieder wurde er von einem bellenden Husten heimgesucht. »Das war übertrieben. Ich hoffe, Sie nehmen es mir nicht übel.«

Es verstrich eine Pause, in der Carla bloß ein stoßweises Atmen vernahm.

»Ich werde Sie in Ihrem Vorhaben unterstützen, auf jeden Fall, Frau …«

»Benizio. Carla Benizio.«

»Carla.« Er signalisierte, wie übermächtig er sich ihr gegenüber vorkam. »Es ist eine Win-win-Situation. Ich werde Ihren Sender mit meiner Präsenz noch bekannter machen, und Sie werben für mein Projekt. Wann würde es Ihnen passen?«

Bingo! Sie hatte ihn an der Angel. Narzisst. Carla hatte es geahnt. Er war zu selbstverliebt und zu wichtigtuerisch. Sie kannte sich aus mit solchen Menschen.

»Heute um vier? Ich muss erst noch mit meiner Kollegin sprechen, ob sie Zeit hat, mich zu begleiten … und das Okay von meiner Chefin abwarten. Wohin soll ich fahren?«

»Mögen Sie Blutwurst?«

»Ich liebe Blutwürste.« Ich hasse Blutwürste. Carla wurde übel, wenn sie nur daran dachte. Ihre Mutter hatte früher oft Blut- und Leberwürste auf den Tisch gebracht. Eine günstige Alternative zu teurem Fleisch, und weil Vater sie mochte. Carla hatte wählen können: entweder Blut- oder Leberwurst. Mit viel Überwindung hatte sie eine halbe Leberwurst runtergebracht, nachdem sie die Rosinen rausgepickt und nach dem Verzehr der Wurst einen halben Liter Süßmost hinterhergeleert hatte.

»Dann fahren Sie am besten zum Gasthaus ›Frohmut‹ im Zentrum von Reichenburg, Sie und Ihre Kollegin. Ich lade Sie zum Festschmaus ein.«

***

Louis plagte das schlechte Gewissen. In seiner Verblendung hatte er Carla in einer Angelegenheit losgeschickt, die er ihr niemals hätte zumuten dürfen. Die halbe Nacht hatte er wach im Bett gelegen, während Carla neben ihm tief und fest geschlafen hatte. Sie hatten sich lange über die bevorstehende Hochzeit unterhalten und wollten die Option offenlassen, die Hochzeit in Hua Hin, wo Louis' Mutter herkam, zu feiern. Dies würde die Kosten drastisch verringern, und sie würden ihre Hochzeitsreise gleich anschließen können. Doch alles lag in weiter Ferne, und Louis hatte keine Ahnung, wie seine Mutter reagieren würde, wenn er sie in diese Pläne einweihte.

Valéries TT stand auf dem Parkplatz vor dem SSB. Louis parkte seinen Kombi neben ihrem schwarzen Audi und stieg aus. Die Kälte dieses Novembermorgens kroch durch die Kleider auf seine Haut. Vielleicht spielten die Gene seiner Mutter eine Rolle, dass er die Wintermonate je länger, desto weniger mochte. Louis rannte zum Eingang, stieß die Tür auf und grüßte den Wachmann, der sich mit einem Fremden unterhielt. Louis holte einen Kaffee aus dem Automaten und fuhr damit in die Etage hoch, wo die Büros lagen. Er klopfte an und betrat Valéries Büro.

Sie sah von ihrer Arbeit auf. »Guten Morgen.« Sie wies auf seinen Kaffeebecher. »Warum tust du dir das an? Ich könnte dir einen feinen Arpeggio zubereiten, mit dem perfekten Schaum.«

»Ich kann dich nicht dauernd ausbeuten.« Louis ging zum Fenster und lehnte sich an den Sims.

»Du könntest mich, wenn wir das hier«, sie fuhr mit der

flachen Hand auf ihre Dokumente, »hinter uns haben, zum Ausgleich wieder einmal zu einem Drink einladen.« Sie sah ihn misstrauisch an. »Was beschäftigt dich?«

»Die Durchsuchung bei Robert Kistler. Du glaubst doch selbst nicht, dass der Bonvivant nur harmlose Filme schaut.«

»Bist du damit noch nicht durch? Wir haben im Moment andere Sorgen als die DVD-Sammlung eines Schwyzer Bürgers.«

»Letzthin hat es anders getönt.« Louis schlürfte am Kaffeebecher. Die Brühe schmeckte ihm nicht, und er bereute es, auf Valéries Angebot nicht eingegangen zu sein. »Was, wenn Kistler mit drinsteckt?«

»Wir können ihm nichts nachweisen. Nach der kompletten Durchsuchung seines Hauses sowie seiner Villa, der Personalhäuser und des ganzen Grundstückes ist nichts zum Vorschein gekommen, was ihn belasten könnte. Er mag ein Großkotz sein, aber er ist sauber.«

»Wir sollten eine Gegenüberstellung zwischen ihm und Jessica Diethelm machen. Man hatte sie und ihre Freundin Pina Zoccoli gefilmt.«

»War Robert Kistler dabei? Louis, bitte, lass es gut sein. Du weißt, ich halte viel von deinen Überlegungen. Aber wir haben nun mal nichts in der Hand gegen ihn. Seine Häuser wurden durchsucht, gefunden haben wir nichts. So läuft das nun mal. Die Villa in Tuggen wurde innerhalb von vierundzwanzig Stunden nach der Tat von oben bis unten auf den Kopf gestellt.«

Verdammt! Louis begann trotz der Kälte zu schwitzen. Er musste Valérie einweihen, sie auf seine Seite holen, ansonsten würde er auf verlorenem Posten stehen.

»Hast du die Befragungen der Zoccoli-Söhne organisiert?« Valérie hob die Augenbrauen, sah ihn kritisch an.

Das hatte er zwischen Tür und Angel erledigt. »Fabia hatte lediglich zwei Adressen, welche sie über den Festnetzanschluss gefunden hatte. Die dritte Anschrift erfuhr ich über das Einwohneramt von Locarno. Hat mich eine halbe Stunde gekostet.«

»Und?« Valérie sah ihn erwartungsvoll an. »Läuft da schon etwas? Oder muss *ich* mich bei unseren Tessiner Kollegen um Rechtshilfe bemühen?«

»Dein Anwalt spricht doch perfekt Italienisch.«

***

Dr. Remigius Mörike wohnte an bester Lage in Altendorf. Ihm gehörte das Landhaus, das man von der Straße aus nicht sah. Ein Eisentor grenzte das Anwesen ab.

Fabia parkte ihren Wagen vor dem Tor und stieg aus. Das scharfe Auge zweier seitlich montierter Videokameras erfasste ihre Präsenz. Sie drückte die Klingel unterhalb des Messingschildes, auf dem der Name »Dr. Mörike« eingraviert war. Es klickte in ihrer Nähe, Fabia hob ihre rechte Hand zum Gruß. Aus einer Gegensprechanlage, die in die Mauer eingelassen war, bat sie jemand, die Tür neben dem Tor aufzustoßen. Fabia hatte diese bis anhin nicht beachtet. Sie drehte einen Knauf und öffnete sie. Sie betrat einen mit Kieselsteinen ausgelegten Platz und wunderte sich über die exakte Anordnung immergrüner Sträucher, die den Weg zum Eingang säumten. Alles hier wirkte gepflegt. Der Gärtner hatte die nicht winterfesten Pflanzen mit Vlies eingepackt. Dass die Hausbewohner über Personal verfügten, war offensichtlich. Trotz der kalten, ungemütlichen Jahreszeit schufen selbst die blätterlosen Rosenranken am Spalier ein künstlerisches Arrangement. Hier drin steckte viel Arbeit.

Die auf Hochglanz polierte Relieftür ging auf. Fabia hatte ihn sich anders vorgestellt. Aber sie erkannte ihn sofort. Sie hatte seine Website gesehen, auf der er seine Leidenschaft, die Toskana, in Wort und Bild beschrieb. Nach der Pensionierung vor einem Jahr hatte er sich von seinem Beruf verabschiedet und widmete sich fortan dem italienischen *bella vita*.

Dr. Mörike, der distinguierte Hausherr, gepflegt im Auftreten, kultiviert gekleidet. Er überließ nichts dem Zufall. Sein großer, schlanker Körper steckte in einem exquisiten Anzug. Er trug Hemd und Krawatte, und an den Manschetten blitzten edle Knöpfe auf. Seine fast weißen Haare umrahmten ein gebräuntes Gesicht, für sein Alter wirkte die Haut fast faltenfrei. Schwarze tiefgründige Augen musterten sie.

»Guten Tag, Herr Dr. Mörike. Wir haben gestern miteinander telefoniert. Fabia Ulrich ist mein Name, Kantonspolizei Schwyz.« Sie wies sich aus.

Er hielt die Tür auf. »Treten Sie ein und entschuldigen Sie, dass ich Ihnen für ein Gespräch gestern Abend einen Korb geben musste. Ich hatte Gäste.«

»Sie müssen sich nicht entschuldigen.« Fabia betrat eine Art Palast. Neben den luxuriösen Sofas, Beistelltischen und Schränken – alles in italienischem Design – präsentierten sich Gemälde und Statuen von unermesslichem Wert. Im letzten Moment konnte sich Fabia den Ausruf des Erstaunens verkneifen.

»Bitte nehmen Sie Platz.«

Wie aus dem Nichts und so leise, dass man gleichzeitig eine Fliege hätte husten hören, betrat eine Bedienstete im schwarzen Kleid und weißer Schürze die Bühne. Sie brachte Wasser in einer Karaffe und zwei Kristallgläser auf einem Silbertablett und stellte dieses auf den runden Tisch in der Mitte des Raums. Darüber hing ein Lüster.

Was für Gegensätze der Kanton Schwyz doch bot.

Mörike setzte sich und schlug das linke über das rechte Bein. Der Hosensaum rutschte nach oben. Socken und Sockenhalter kamen zum Vorschein, in dezenter Manier. Welch eine Inszenierung.

»Sie sind wegen Ronaldo Zoccoli hier?« Mörike griff sich an den Kopf, als holte er die Bilder hervor, die er längst vergessen hatte.

»Sie hatten damals den Totenschein ausgestellt.«

»Das ist korrekt. Die Todesart war in meinen Augen ungeklärt. Es gab Hinweise auf einen nicht natürlichen Tod. Die körperlichen Anzeichen waren nicht klar. Der Verstorbene hatte den Tod durch einen Sturz über die Treppe gefunden. Ich kannte Herrn Zoccoli schon lange. Er war ein kräftiger Mann, der zeit seines Lebens auf dem Bau gearbeitet hatte. So einer fällt nicht einfach die Treppe runter. Seine Frau rief mich an und erzählte mir, sie habe ihren Mann gefunden, als sie vom Einkaufen nach Hause kam.«

»Glaubten Sie ihr?« Fabia beobachtete den Arzt, der sich die Sätze offensichtlich zurechtlegte, bevor er sie aussprach.

»Sie zweifelte auch, erzählte aber, ihr Mann habe in der Vergangenheit öfter sehr nervös gewirkt und sei unkonzentriert gewesen.« Mörike fuhr sich über den Mund. »Ich machte einen eklatanten Fehler. Anstatt die Polizei gleich zu kontaktieren, ließ ich den Leichnam zuerst ins Krematorium bringen. Dort kam er im Sarg in den Kühlraum. Mir ließ es aber keine Ruhe. Daraufhin informierte ich die Polizei über meinen Verdacht, worauf eine nachträgliche Beschlagnahmung erfolgte. Nach Abschluss der Ermittlungen gab die Staatsanwaltschaft den Verstorbenen zur Bestattung frei. Was genau passierte, entzieht sich meinem Wissen. Aber das dauerte keine zwei Tage.«

»Sie sagten, dass Sie Ronaldo Zoccoli über mehrere Jahre als Patienten betreuten. Kannten Sie auch seine Familie?«

»Ich kannte auch die Söhne. Er hatte deren fünf.«

»Und seine Frau, war sie auch Ihre Patientin?«

»Nein.«

»Die Tochter?«

Mörike runzelte die Stirn. »Er hatte eine Tochter? Von der weiß ich nichts. Er hat nie von einer Tochter gesprochen.« Mörike kratzte sich am Hals, was ein schabendes Geräusch verursachte.

»Seit wann waren die Zoccolis Ihre Patienten?«

Mörike überlegte. »Ich müsste nachschauen. Er kam vor vierzehn, fünfzehn Jahren zum ersten Mal zu mir in die Praxis.

Aber wie gesagt, ich müsste mir die Patientenakte ansehen. Ist es dringend?«

Fabia stöhnte innerlich auf. Natürlich war es dringend. Aber sie wusste auch, dass solche Akten unter das Arztgeheimnis fielen, und solange Zoccoli nicht direkt mit den Morden in Tuggen, Lachen und am Nuoler Ried zu tun hatte, würde es schwierig werden, einen Beschluss zu bekommen. »Haben Sie Kenntnis von Ronaldo Zoccolis Enkelkindern?«

»Aber sicher. Der älteste Sohn hat früh geheiratet, wohnt aber im Tessin. Er hat zwei Kinder.«

Mörike musste die Familie gut gekannt haben.

»Gibt es weitere Großkinder?«

»Mir sind nur zwei bekannt. Sie kamen zwischen 2008 und 2012 zur Welt.«

***

Endlich hatte Valérie Dr. Lana Marić erreicht. Die Psychiaterin hatte ihre Praxis in Galgenen. Einen Termin bei ihr zu finden war schwieriger, als mit einem Schiff über den Pragelpass zu reisen. Erst als Valérie die Dringlichkeit erklärte, stellte sich die Ärztin für eine halbstündige Besprechung zur Verfügung.

Dr. Marić empfing Valérie in ihrer Praxis. Erdige Töne an Wänden und auf dem Fußboden, Grünpflanzen in Messingtöpfen und dunkelbraune hängende und stehende Leuchtkörper vermittelten zwar etwas Edles und Beruhigendes und dennoch Spirituelles. Beim Empfang stand eine Theke, darauf ein Samowar.

Dr. Marić führte Valérie in ein Behandlungszimmer. Eine Liege am Fenster und zwei bequeme Sessel gegenüber dominierten den Raum, und die süße Note exotischer Räucherstäbchen erfüllte ihn. »Bitte.« Sie streckte den linken Arm aus. »Hier empfange ich in der Regel nur meine Patientinnen. Die Polizei war noch nie hier. Worum geht es?« Die Ärztin war etwa fünfundvierzig, sympathisch, und sie hatte eine angenehme Stimme. Flammend rote Haare fielen ihr knapp über die Schultern, und das Gesicht war von Sprengseln ineinanderfließender Sommersprossen gezeichnet. Ihre Augen sahen aus wie Jade. Unter dem weißen Arztkittel verbarg sich ein kräftiger, gesunder Körper.

Valérie ließ sich auf einem der Sessel nieder. »Pina Zoccoli. Sie war Ärztin in der Klinik Saint-Amé in Saint-Maurice. Wie kommt es, dass Sie ihre Ärztin waren? Saint-Maurice liegt nicht gleich um die Ecke.«

»Genau genommen dreieinhalb Stunden mit dem Auto. Zuletzt fuhr Pina nur noch mit der Bahn.«

»Sie haben sie gut gekannt?«

»Das kann man so sagen. Wir lernten uns an der Medizinischen Fakultät in Zürich kennen.«

Valérie nahm ihren Notizblock zur Hand. »In welchem Jahr war das?«

»2017.«

»Wie kam es, dass sie bei Ihnen in Behandlung war?«

»Um den Respekt gegenüber meiner ehemaligen Patientin weiterhin aufrechtzuerhalten, dürfte ich Ihnen nichts erzählen.« Sie ließ ein paar Sekunden verstreichen. »Ich war geschockt, als ich von ihrem Tod erfuhr.«

»Hat nichts darauf hingewiesen?«

»Alles hat darauf hingewiesen. Und doch nichts. Ich habe Pina als eine starke Frau kennengelernt, die trotz ihres Schicksals einen Weg gefunden hatte. Nach der Geburt ihrer Drillinge stand sie auf, richtete ihre Krone und ging erhobenen Hauptes weiter. Doch daran ist sie schließlich zerbrochen. Anfangs hat das Studium sie am Leben erhalten, die Tatsache, etwas Sinnvolles daraus zu machen.« Dr. Marić' Augen verengten sich, und Tränen kullerten ihr über die Wangen. »Entschuldigen Sie. Es ist immer ein trauriger Moment, wenn eine Patientin geht. Ich war überzeugt, Pina helfen zu können. Aber ihre Seele hielt dem Druck nicht mehr stand.«

Valérie ließ der Ärztin Zeit, sich zu beruhigen. »Hat Frau Zoccoli ihre Töchter je einmal kennengelernt?«

»Nein. Es lag in meiner Verantwortung. Ich riet ihr davon ab, nach allem, was ihr als Sechzehnjährige widerfahren war. Es war ein langer Prozess, sich von dieser Vergangenheit zu lösen, auch die psychische Ablösung von den Töchtern. Lieben heißt Loslassen. Zudem hätte sie beweisen müssen, dass man ihr die Kinder ohne ihre Einwilligung weggenommen hatte.«

»Hat Frau Zoccoli nie mit dem Gedanken gespielt, einen Anwalt beizuziehen?«

»Nein.«

»Pflegten *Sie* Kontakt zu den Mädchen?«

»Ich habe keine Ahnung, wo sie leben. Es war nie meine Aufgabe, Pina mit ihren Kindern zusammenzuführen. Wir arbeiteten am Vergessen.« Ihre Stimme wurde leiser. »Das war ein Fehler.«

»Inwiefern?« Valérie überlegte, dass auch Psychiater sich irren konnten, wollte es aber aus Dr. Marić' Mund hören.

»Es gelang mir nicht, ihren Panzer zu durchbrechen, hinter ihre Schale zu blicken, in den empfindlichen Kern, der trotz meiner Bemühungen und der Medikation nicht heilen wollte. Als ich es erkannte, war es zu spät.«

Valérie musste schlucken. »Ist es überhaupt möglich, dass die Seele imstande ist, eine solch schwere Bürde zu tragen?«

»Es brauchte viel Einfühlungsvermögen für die Patientin«, wich Dr. Marić aus. »Am Ende war es *ihr* Entscheid.«

»Und Frau Zoccolis Mutter? Sind Sie ihr jemals begegnet?«

»Nein, nicht wirklich. Bei Pina war sie stets ein Thema.«

»Negativer Natur?«

»Sagen wir es mal so, eher ambivalenter …« Dr. Marić stieß Luft aus. »Sie war die Einzige in der Familie, die mit Pina Kontakt hatte.«

»Hatte Pina Zoccoli Männerbekanntschaften?«

Es war wie ein Auflachen. Dr. Marić schnalzte mit der Zunge. »Männer? Nach allem, was ihr passiert ist?«

»Frauen?«

»Was meinen Sie?«

»Hatte sie eine Freundin?«

Dr. Marić schluckte. Und wieder kullerten ihr Tränen über die Wangen. »Ich gehe davon aus.«

***

»Bist du sicher, dass du diesen Typ interviewen willst?« Maura ging neben ihr her, im Gepäck ihre Kamera und die dazugehörigen Requisiten – LED-Leuchten in zwei verschiedenen Größen, externes Mikrofon, Klemmhalterungen und Stativ. Nicht immer benutzte sie dafür ihre übergroße Tasche. Dann wandelte sie wie ein behangener Christbaum durch die Gegend, worauf ihr das Gelächter der Leute gewiss war.

Carla öffnete die Tür zum Gasthaus »Frohmut«. »Ich habe dir gesagt, wie wir es machen. Schon vergessen?«

»Ich stelle mir im Moment etwas Erbaulicheres vor, als einem Schweinezüchter hinterherzurennen. Die Werbekampagne im Dorf reicht mir. Jeden Morgen, wenn ich aus dem Fenster schaue, grinst er mich an. Seine Gegner haben ihm bereits Hörner aufgesetzt, schwarze, furchterregende Teufelshörner.«

Die Luft in der Wirtsstube war zum Schneiden. Ein Gemisch aus Gebratenem und menschlichen Ausdünstungen erfüllte den Raum.

»Dort sitzt er«, raunte Maura Carla zu. »Live sieht er ekelerregender aus als auf dem Plakat. Ich wette, für den Werbeauftritt hat man ihn geschminkt.«

»Maura, bitte, reiße dich zusammen.« Carla kannte Mauras Aversion gegen alles Männliche, außer es hieß Louis oder war jünger als fünfundzwanzig.

Robert Kistler sah ihnen entgegen, bemühte sich jedoch nicht, seinen Sitzplatz zu verlassen. Er winkte Carla zu sich und musterte sie ungeniert, als wollte er sie im nächsten Moment ausziehen. Sie nahm Maura beim Arm und ging auf den Tisch zu, auf dem sich ein Zinnaschenbecher mit der Beschriftung »Stammtisch« befand. Seine Verwendung gehörte längst der Vergangenheit an, stammte aus einer Zeit, in der in den Kneipen das Rauchen gestattet gewesen war.

»Setzt euch, Girls.« Auf Kistlers Gesicht breitete sich größtes Wohlgefallen aus.

»Für Sie noch immer Frau«, reklamierte Maura, worauf Carla sie sanft in die Seite stieß.

Es schien, als wäre dieses Interview zum Scheitern verurteilt, bevor es begonnen hatte.

»Wollen Sie zuerst ein Briefing, Herr Kistler, oder möchten Sie beginnen?« Carla versuchte zu retten, was zu retten war. Mauras Bemerkung war Kistler offenbar in den falschen Hals geraten. Er zeigte ihr die kalte Schulter.

»Wir können einen Stock höher in den Saal gehen.« Kistler mäßigte sich. »Dort sind wir ungestört. Oder aber, was *ich* vorziehe, wir bleiben hier und reden ganz entspannt miteinander.« Er rief die Kellnerin an den Tisch. »Maggie, bring uns eine Flasche von der Leutschner Spätlese, du weißt, welche ich meine.«

Maura begann mit dem Aufstellen des Stativs. Sie packte die Kamera aus, installierte die Beleuchtung und montierte das Mikrofon am Kragen von Kistlers Poloshirt. Carla entging nicht, wie angewidert Maura dies tat. Sie würde sie ins Gebet nehmen müssen. So ging das nicht. Sie musste wider Willen neutral bleiben.

Die Kellnerin brachte den Wein und drei Gläser und schenkte ein. Kistler kostete den ersten Tropfen und bestellte in der Folge eine Schlachtplatte. »Wenn wir hier fertig sind, gehen wir zum kulinarischen Teil über.«

Carla erwiderte nichts. Sie entnahm ihrer Handtasche den Fragebogen, den sie vorbereitet hatte. Auch wenn ihre Stärke in der Improvisation lag, wollte sie sich nicht darauf verlassen. Sie hatte das Vorgehen genaustens geplant. Sie würde gemäßigt beginnen und Kistler nach und nach in die Enge treiben. Er würde reagieren, so oder so. Carla war sich absolut sicher.

Gefühlte fünf Minuten später stellte sie die erste Frage.

Kistler winkte ab. »Warten Sie, ich will zuerst den Rotwein positionieren. Ich kenne den Weinhändler gut. Er wird es mir verdanken, wenn sein Pinot noir im Fernseher erscheint.«

»Das geht so nicht«, intervenierte Carla. »Schleichwerbung ist nicht gestattet. Für Werbung bezahlt man bei ›Schwyzer News‹ extra. Damit finanzieren wir zum größten Teil den Sender.«

Kistler verzichtete darauf. Es war ihm offenbar wichtig, den guten Schein zu wahren.

Carla sah direkt in die Kamera. »Sehr geehrte Zuschauerinnen und Zuschauer von ›Schwyzer News‹. Ich begrüße Sie herzlich zu einer weiteren Folge unserer beliebten Sendung ›Porträts der March‹, in der wir Ihnen bekannte Persönlichkeiten vorstellen. Heute einen der erfolgreichsten Schweinezüchter in Reichenburg.« Sie setzte zwei Sekunden aus, holte Luft. »Herr Kistler, Ihnen und Ihrem Bruder gehört das erst kürzlich erworbene Grundstück in Tuggen, mitsamt Villa und den Personalhäusern. Sie haben große Pläne. Falls das Projekt bei der Abstimmung im Januar angenommen wird, wann dürfen wir mit dem Spatenstich rechnen?«

Maura schwenkte die Kamera auf seine Seite.

Kistler räusperte sich. »Natürlich so schnell wie möglich. Leider könnte es eine Verzögerung geben. Der jüngste Vorfall auf meinem Anwesen hat nicht gerade zu einer positiven Entwicklung beigetragen. Und gerade deswegen gilt es, die Häuser und vor allem die ehemalige Mettler-Villa dem Erdboden gleichzumachen.« Er schluckte leer. »Wir werden nach dem Abriss ein Ritual nach alter Schule durchführen, um die schlechten Energien zu beseitigen.« Er hielt die Hand vor den Mund. »Nicht dass wir einen Poltergeist anziehen.« Er nickte Richtung Maura. »Das schneiden Sie dann raus, bitte.«

Maura hob bloß die Schultern, und Carla hoffte, sie möge

ihre Sprüche im Zaum halten. Ihre Aversion gegen alternde Männer kam nicht von ungefähr. Als einzige Tochter eines bald achtzigjährigen Vaters hatte sie zeitlebens darunter leiden müssen. Ihre Mutter war dreißig Jahre jünger als er und hatte unter seiner Fuchtel gestanden.

»Sie haben es bereits angetönt, Herr Kistler, auf Ihrem Grundstück gab es ein Verbrechen mit tödlichem Ausgang. Was können Sie uns darüber sagen?«

»Ich vertraue vollkommen unserer versierten Schwyzer Kriminalpolizei und hoffe natürlich, dass sie die Sperrzone bald freigibt.«

»Welches Gefühl löste dieses Verbrechen in Ihnen aus?«

»War das so abgemacht?« Kistler warf Carla einen giftigen Blick zu. »Nichts Negatives, haben wir gesagt.«

»Es geht darum, gegenüber den Zuhörern authentisch zu wirken.« Carla blieb ruhig, wogegen Maura erwartungsgemäß herumzappelte. Sie hatte geahnt, dass sie es mit einem nicht ganz einfachen Zeitgenossen zu tun haben würde. »Zeigen Sie sich emotional. Es hängt viel davon ab, damit Sie die Abstimmung gewinnen. Okay?«

Kistler nickte, nicht sehr überzeugt.

»Also, noch einmal von vorn.« Carla gab Maura ein Zeichen. »Welches Gefühl löste dieses Verbrechen in Ihnen aus?«

»Es ist schrecklich, was passiert ist. Aber deswegen den Kopf in den Sand zu stecken wäre verfehlt. Im Gegenteil: Wir wollen zeigen, dass es anders geht. Wir müssen lernen, die individuellen Probleme der Mitmenschen zu erkennen. Die Richtung, in die wir uns als Gesellschaft entwickeln, trägt leider nichts dazu bei. Vereinsamung, Egoismus, Hass und Neid. Kaum jemand ist bereit, zum Beispiel die Wohnung zu teilen. Heute bewohnt jeder Zweite eine Wohnung für sich allein. Mit unserem Projekt wollen wir dagegenwirken. Machen wir unser Leben wieder lebenswert, indem wir auf die Bedürfnisse unserer Bürger eingehen. Die Idee mit dem Generationendorf ist erst der Beginn. Wenn wir das Miteinander lernen, anstatt gegeneinander zu sein, werden wir uns in eine positive Richtung entwickeln, und Verbrechen, wie wir sie jüngst erlebt haben, wird es nicht mehr geben.«

Carla hob den Daumen, obwohl sich alles in ihr dagegen sträubte, Kistler für seinen Auftritt zu loben. Er nahm den Mund ganz schön voll. Sie musste an Louis denken, an seinen Verdacht, Kistler verberge sein wahres Gesicht und stecke womöglich mit den Verbrechern unter der gleichen Decke.

Kistler lehnte sich zufrieden zurück. »Unterstützen Sie unser Bauvorhaben«, schob er nach. »Sie werden es nicht bereuen.« Werbung in eigener Sache, was ihn bloß eine Flasche Leutschner kostete.

»Herr Kistler …« Carla ließ ein paar Sekunden verstreichen. Sie wusste, wie riskant ihre nächste Frage war, aber es war die alles entscheidende. Louis hatte etwas in ihr in Bewegung gesetzt. Sollte an dem, was er vermutete, etwas Wahres dran sein, würde Carla Robert Kistler heute überführen. Dazu musste sie ihn provozieren. »Es gibt Gerüchte, die besagen, dass Sie mit den Opfern in Tuggen gut befreundet und am verhängnisvollen Abend mit ihnen in der Villa verabredet waren.«

Über Kistlers Gesicht zog augenblicklich ein roter Schatten. Er war auf die Frage nicht gefasst gewesen, bekam sich jedoch rasch in den Griff. »Wird das aufgenommen?«

»Gewiss. Aber Maura wird die schlechten Stellen herausnehmen.« Sie schenkte ihm ein süffisantes Lächeln. »Um Ihr Projekt voranzutreiben, müssen Sie auch diese Fragen beantworten.«

»Was wird denn über mich erzählt?« Er tat so, als wüsste er von nichts.

»Dass Sie zum Beispiel mit pornografischem Videomaterial hausieren.«

Kistlers Gesicht glich der Farbe des Weins im Glas. »Das ist nicht wahr.« Er blieb trotz seiner Erregung sitzen, griff nach dem Glas und trank es aus.

»Ist auf Ihrem Grundstück, dem ›Dorf im Dorf‹, auch ein

Kino vorgesehen? Werden Sie weiterhin Ihre Freunde zu Spezialvorstellungen einladen, wenn es um Vergewaltigungen an sechzehnjährigen Mädchen geht?« Carla hob ihre Hand, als Kistler Anstalten machte, den Platz zu verlassen. Die Kellnerin in ihrer Nähe brachte den Mund nicht mehr zu, und in Mauras Augen spiegelte sich Genugtuung. »Fürchten Sie um Ihr Leben, weil Sie an dem, was im März 2005 geschah, ebenso Schuld tragen?«

»Schluss jetzt, ich werde Sie anzeigen.« Kistler erhob sich unter Geächze. Er drehte sich zur Kellnerin um. »Bring mir einen doppelten Williams und die Schlachtplatte bestelle gefälligst ab ... was guckst du so?«

Die Kellnerin, von einem plötzlichen inneren Leuchten beherrscht, riss Kistlers Mikrofon vom Kragen. Sie stellte sich vor die Kamera und stemmte die Hände in die Seiten. »Ich kenne die Wahrheit. Ich weiß über das Heimkino Bescheid, schließlich musste ich in der Vergangenheit die Männer bewirten und danach Sessel und Teppiche reinigen. Für mickrige zweihundert Franken pro Vorstellung. Und ich musste eine Verschwiegenheitsklausel unterschreiben ...«

***

Nachdem sie von Louis über Carlas Interview informiert worden war, hatte Valérie keine Minute gezögert, eine erneute Teamsitzung einzuberufen. Nicht nur Louis, auch sie hatte brisante Neuigkeiten. In den letzten Stunden war einiges an Material zusammengekommen, ob alles verwertbar war, würde sich in absehbarer Zeit zeigen. Valérie hatte sich vor der Besprechung lange mit Louis unterhalten. Dass Carla ihren Sturkopf durchgesetzt hatte und Louis mit ihrem Vorgehen gefährdete, schien diese nicht sonderlich zu beeindrucken. Louis hatte sich auf die Seite seiner Freundin gestellt, obwohl ihm die Konsequenzen ihrer Handlung durchwegs bewusst gewesen sein mussten. Nebst der Tatsache, in ihrem Fall einen Riesenschritt weitergekommen zu sein, blieb der schale Nachgeschmack zurück, das Interview vor dem Gericht nicht verwenden zu können. Das Recht, Kistlers Porträt zu senden, war »Schwyzer News« entzogen worden.

Nun aber war eine erweiterte Durchsuchung rund um Kistlers Häuser inklusive der Mästerei begründet. Maggie, die Serviceangestellte, hatte sich bereit erklärt, eine Aussage zu machen. Das Geld habe sie gereizt, hatte sie ihr jahrelanges Schweigen verteidigt. Sie sei sich dessen bewusst gewesen, damit zur Polizei gehen zu müssen. Aber sie habe seit neun Jahren bei Hannes Kistler gearbeitet und sei froh gewesen, überhaupt einen Job zu haben, nachdem sie geschieden worden war und es galt, zwei minderjährige Kinder zu ernähren. Zudem sei sie schlichtweg befangen. Schließlich seien die Kinoabende das Hobby beider Brüder gewesen.

Wahrscheinlich waren sie in ein Wespennest getreten. Es auszurotten würde schwierig sein. Aber Valérie war sich jetzt sicher, die umstrittenen Videos zu finden. Wo, wenn nicht in seinem Haus oder in der Villa oder im Gasthaus »Frohmut«, würde man das Filmmaterial besser verstecken können als unter dem Boden im Schweinestall?

»Es wird eng um Robert Kistler.« Valérie setzte sich auf den letzten leeren Stuhl zwischen Fabia und Louis und sah in die Runde. Ihr Team war komplett, nachdem sich auch Henry Vischer herbemüht hatte. Die Sitzungen mit traumatisierten Polizisten gingen weiter und forderten Überstunden, die Vischer fast nicht zu bewältigen vermochte. Er hatte sich erst noch darüber beklagt, man erwarte zu viel von ihm. Für solche schweren Fälle sei er nicht vorbereitet. Doch wer hätte gedacht, dass dieses Massaker vor allem den Männern dermaßen an die Nieren ging? »Unser Fall dreht sich aber nicht explizit um Robert Kistler. Er ist lediglich ein Rad im Getriebe. Noch suchen wir nach Scarlett Bruhin, und falls Elodie Grange inzwischen in die Innerschweiz gereist ist, auch nach ihr. Ich habe gestern spät mit dem Arzt telefoniert, der Lisette Britschgi behandelt.

Frühestens morgen können wir mit ihr reden. Sie sei zwar über den Berg, jedoch sehr geschwächt. Richten wir den Fokus auf Pinas Mutter: Ceres Zoccoli.« Valérie informierte ihre Leute über das Gespräch mit der Psychiaterin Lana Marić, über die Freundschaft zwischen Pina Zoccoli und ihr sowie über die Therapien, die trotz anfänglicher Erfolge im Drama geendet hatten. »Wir haben es mit einer Frau zu tun, der wir zu Unrecht die Morde in die Schuhe geschoben haben. Pina Zoccoli war zu keiner Zeit eine Täterin. Sie war und blieb von Anfang an das Opfer. Ihr früher Tod ist Alibi genug und könnte gleichzeitig das Mordmotiv sein, nach dem wir so lange schon suchen. Im Frühling vor einem Jahr brachte Pina Zoccoli sich selbst um. Sie wurde nur dreiunddreißig Jahre alt. Sie hatte eine Zukunft als Geriatrie-Ärztin vor sich und zerbrach an den Folgen der Mehrfachvergewaltigung, der völligen Ignoranz ihres Vaters und ihrer Brüder und zuletzt am schlimmsten überhaupt, was man einer Mutter antun kann«, Valérie musste schlucken, der Kloß in ihrem Hals fing an zu wachsen, »indem man ihr ihre Kinder entriss.« Sie machte eine Pause, in der niemand etwas sagte. »Verstehen, was eine Mutter fühlt, kann nur eine Frau, die Kinder geboren hat. Und wer, wenn nicht die Mutter selbst, die Über-Mutter –«

»Ceres«, sagte Vischer.

»Ceres?« Valérie konnte Vischer nicht folgen. »Ceres … Zoccoli?«

»Ceres ist der römische Name von Demeter, der Muttergöttin.«

Valérie spürte, wie eine eiskalte Hand nach ihr griff. Ihr Verstand drohte zu entgleisen. Jemand spielte ihr gerade einen Streich. »Du glaubst nicht, was du soeben gesagt hast, Henry.« Musste sie am Verstand des Polizeipsychologen zweifeln?

»Es ist ein verflixter Zufall, dass die Namen übereinstimmen, eine Begebenheit, die es in hunderttausend Fällen wahrscheinlich nur ein Mal gibt. Ich lasse nichts aus … deshalb bin ich darauf gestoßen. Es ist verrückt, ich weiß.«

»So etwas gehört hier einfach nicht hin. Mit deiner Aussage kommen wir von einer seriösen Polizeiarbeit weg.«

»Ist es sicher, dass Pinas Mutter Ceres heißt?« Offenbar versuchte Vischer, von seiner Bemerkung abzulenken. »Könnte es ein Schreibfehler sein? Oder die Abkürzung von Celeste?«

Louis wies auf das Dokument in seiner Front. »Ceres und Ronaldo Zoccoli … schwarz auf weiß. Es ist einfach ein verdammter Zufall, und Henrys Hirngespinste wegen diesen Erinnyen haben das Ihrige dazu beigetragen. Nichts anderes als eine Wortspielerei. Es gibt Millionen von Namen. Man kann, wenn man sucht, aus allen eine Bedeutung lesen.«

Valérie griff sich an den Kopf. Wenn nicht dieser allumfassende seelische Druck gewesen wäre, hätte sie vor Erschöpfung einschlafen können. Im Augenblick kumulierte sich alles. Ihr Fall, der zu entgleisen drohte, Colins Problem mit dem Vaterwerden, dessen Lösung Lichtjahre von ihnen entfernt war, das Tagebuch ihrer *Maman*, das darauf wartete, von ihr gelesen zu werden, und die Wahrscheinlichkeit, dass danach kaum etwas besser würde. Valérie stöhnte leise auf. Vielleicht ritt sie sich damit sogar noch näher an den Abgrund. Sie sog tief Luft ein, glaubte, ihre Lungen würden zerplatzen oder eine Arterie, ihr Herz. Ja, ihr Herz. Vielleicht würde es plötzlich aufhören zu schlagen. »Möglicherweise sind wir der Auflösung des Falls ganz nah. Sie sah auf ihr iPhone. »Es ist jetzt halb sieben. Wir sollten keine Zeit verlieren. Louis und Fabia, ihr begleitet mich. Henry, du informierst Caminada und Zanetti. Erkläre ihnen die Sachlage. Wir müssen los.«

***

»Nonna, da fahren drei unbekannte Wagen vor.« Scarlett zog den Vorhang wieder zu und wandte sich an ihre Großmutter.

»Ich habe dir gesagt, du sollst dich nicht am Fenster zeigen.« Ceres Zoccoli zitierte ihre Enkelin an den Küchentisch. »Wir müssen reden.« Nun würde alles früher eintreten als vermutet. Sie beobachtete Scarlett und sah ihre Tochter Pina in ihr. Die gleichen Bewegungen, wie sie sich ausdrückte, dieselben Augen, das schwarze Haar. Es riss ihr das Herz aus der Brust.

Elodie saß am Tisch und rührte sich nicht. Das Mädchen war ein Schatten seiner selbst, eine sensible Seele, welche die Veränderung in ihrem Leben, auch wenn sie sie nur unbewusst wahrgenommen, nie verkraftet hatte.

Ceres wischte sich eine Träne vom Gesicht.

Scarlett, Lisette und Elodie – die lebende Erinnerung an ihre Tochter. Proserpina, ihr Mädchen, welches nach fünf Buben wie ein Geschenk des Himmels zu ihnen gekommen war. Proserpina, im Gegensatz zu ihren Brüdern mit Schönheit und Intelligenz gesegnet, hatte man einer schillernden Zukunft beraubt. Die Träume waren geplatzt mit der Vergewaltigung im März 2005. Pina, wie sie alle genannt hatten, war nach dem Ausflug mit Jan, Nils, Oli und Matthi nach Hause zurückgekehrt. Die Jungs hatten sie vor der Tür abgeladen wie einen Sack Kartoffeln. Sie waren nicht einmal mehr in die Wohnung gekommen, wie sie das sonst immer getan hatten. Sie hatten die Schiebetür an ihrem Kleinbus zugezogen und waren davongebraust.

Scarlett setzte sich Elodie gegenüber. Die Mädchen musterten einander, konnten mit ihren Gefühlen noch nicht richtig umgehen. Das würde sich ändern. Ceres hatte die Weichen dafür gestellt. Wichtig war, die Schwestern hatten sich endlich kennengelernt.

Pina war ins Badezimmer gegangen und hatte sich über eine Stunde geduscht. Da wusste Ceres, was passiert war. Pina hatte nicht reden müssen. Ceres hatte es gespürt, und als sie die roten Striemen auf ihrem Körper gesehen hatte, war es klar. Man hatte ihre Tochter vergewaltigt. Gegen eine Untersuchung bei Dr. Tobler hatte sie sich anfänglich gewehrt. Fünf Wochen nach der Reise in den Süden hatte Pina einer frauenärztlichen Konsultation endlich zugesagt.

Es läutete. Ceres erhob sich. Sie musste das Gespräch mit

Scarlett und Elodie verschieben. Lisette hatte dem Druck nicht mehr standgehalten und war zurück in ihre Wohnung gegangen. Ceres hatte nichts mehr von ihr gehört, und sie wusste nicht, ob ihre Sorgen begründet waren.

Sie wandte sich an Scarlett und Elodie. Vielleicht konnte sie das Kommende hinauszögern. Sicher war sie sich nicht. Frau Lehmanns Besuch neulich hatte sie gewarnt. Früher oder später musste sie mit dem Schlimmsten rechnen. Da hatten auch die verfälschten Aussagen nichts genützt. »Versteckt euch im Zimmer.« Ceres wartete, bis ihre Enkelinnen die Tür hinter sich geschlossen hatten. Erst dann öffnete sie die Wohnungstür.

»Frau Lehmann? Sie schon wieder?«

Valérie Lehmanns Gesicht drückte etwas zwischen Strenge und Bedauern aus. Ceres attestierte ihr ein großes Mitgefühl. Wie sie mit ihr geredet hatte, wäre sie durchwegs imstande gewesen, auf ihrer Seite zu stehen. Sie sah nicht bloß schwarz und weiß, sie erkannte die Nuancen dazwischen. Ceres hatte es gespürt. Valérie Lehmanns Aufgabe war es jedoch, nach den Tätern zu suchen. Ungerechtigkeit galt es zu bekämpfen. Die Bösen mussten gefasst und eingesperrt werden – im besten Fall. Die Polizei suchte anhand von Zeugenaussagen die Täter, ermittelte, und ein Strafverfahren wurde eingeleitet.

»Können wir reden?« Valérie Lehmann blieb auf der Türschwelle stehen.

»Reden. Natürlich, warum nicht? Kommen Sie, setzen wir uns ins Wohnzimmer. Wir haben schon einmal miteinander geredet. Danach haben Sie konsterniert die Wohnung verlassen. Haben Sie mir nicht geglaubt? Ich sage Ihnen, wie es gewesen ist. Pina hatte sich das Leben genommen, am Ende einer langen Leidensgeschichte. Ich habe der Ungerechtigkeit die Stirn geboten, mich gewehrt für das Unrecht, das man meiner Tochter angetan hatte. Es gibt nirgends eine Gerechtigkeit für das langsame Sterben. Alles, was auf der psychischen Ebene geschieht, ist nicht beweisbar. Vier Männer haben ihre Seele zerstört, während sie sich ihres Körpers bemächtigt und ihn aufs Schändlichste missbraucht haben. Keine Zeugen. Keine handfesten Beweise. Einer Minderjährigen wollte man nicht glauben, schon gar nicht, wenn sie als überaus schön galt. Das allein war eine Provokation gegenüber den Tätern, grünes Licht dafür, sich zu nehmen, was man wollte. Hunderte Male waren sie in sie eingedrungen, jedes Mal war einmal zu viel gewesen. Sie hatte die Typen oral befriedigen müssen, bis zum Erbrechen.« Ceres Zoccoli stöhnte auf. »Leben für Leben – ich habe bloß für Gerechtigkeit gesorgt, damit die Nachwelt es begreift. Die erste Untersuchung bei Dr. Tobler war entwürdigend. Sie hat nicht begriffen, wie sich ein intelligentes Mädchen wie Pina mit diesen Männern hatte einlassen können. Ihre diesbezüglichen Bemerkungen machten Pina zur Täterin. Dr. Tobler, die als einfühlsame Gynäkologin galt, zeigte ihre diabolische Seite. Nach dem ersten Ultraschall zog sie Ronaldo, meinen Mann, hinzu und damit einen Komplizen. Ronaldo, den ich vor vier Jahren die Treppe hinuntergestoßen habe – Auge für Auge.«

Valérie Lehmann blieb stehen. Ceres sah ihr an, wie sie mit sich selbst focht. Ob sie ihr glauben würde?

»Frau Ceres Zoccoli. Ich verhafte Sie wegen des dringenden Tatverdachts der vorsätzlichen Tötung von Nils Grüniger, Oliver Hurni, Jan Fuchs, Matthias Mettler, Claudia Tobler und Pius Meile. Sie haben das Recht, zu schweigen. Alles, was Sie sagen, kann und wird vor Gericht gegen Sie verwendet werden. Sie haben das Recht, zu jeder Vernehmung einen Verteidiger hinzuzuziehen. Wenn Sie sich keinen Verteidiger leisten können, wird Ihnen einer gestellt. Haben Sie das verstanden?«

Ceres nickte. Sie hatte damit gerechnet und ließ es geschehen.

»Wenn Sie es verstanden haben, Frau Zoccoli, so antworten Sie mit Ja.«

Ceres spürte den Kloß, der sich von der Brust her in den Hals ausweitete. »Ja, ich habe verstanden.«

Als die Tür hinter ihrem Rücken aufging, musste sie sich

nicht umdrehen. Sie ahnte, dass Scarlett und Elodie das Zimmer verließen.

Valérie Lehmann sah an ihrem Gesicht vorbei Richtung Tür. Ihre Überraschung hielt sich in Grenzen.

»Das sind meine Enkelinnen.«

Valérie Lehmann winkte zwei uniformierte Polizisten an ihre Seite. »Legt ihr Handschellen um. Und dann abführen!«

»Es wird alles gut.« Ceres ahnte, dass sie verloren hatte. Schweigend befolgte sie die Anordnung der Polizisten. Sie streckte die Arme aus und sah zu, wie man ihr die metallenen Ringe umlegte.

Klick. Klick.

Wie das Geräusch eines abgemurksten Motors.

Zahn für Zahn.

ACHTZEHN

Das Wort Erfolg wollte in ihrem Kopf keinen richtigen Platz einnehmen. Erfolg war das positive Ergebnis einer Bemühung. Für Valérie ein zweischneidiges Schwert. Sie hatte Bedenken, weil alles zu glimpflich abgelaufen war.

Gestern, Dienstag, am 21. November, war die Hauptverdächtige im Fall Tuggen/Lachen/Nuoler Ried in ihrer Wohnung in Reichenburg festgenommen und abgeführt worden. Ceres Zoccoli hatte keinen Widerstand geleistet. Sie hatte einzig den Wunsch geäußert, ihre Enkelinnen Scarlett, Lisette und Elodie aus der Sache rauszuhalten.

Valérie befand sich heute früh auf dem Sicherheitsstützpunkt. Sie hatte sich mit Henry Vischer verabredet. Sie hatte das Bedürfnis, mit ihm zu sprechen, um auf ihre vielen Fragen endlich Antworten zu bekommen.

Innerhalb von knapp einem Jahr war die mutmaßliche Täterin eines Verbrechens schon wieder eine Frau.

»Kaffee?« Valérie deutete auf ihre Maschine.

»Ich komme gerade vom Tee.« Vischer schlug sein Dossier auf. »Du hast mir den Rapport bereits zugestellt, danke. Ihr habt Elodie Grange und Scarlett Bruhin nicht festgenommen, obwohl die DNA an zwei Tatorten identisch war?«

»Sie dürfen nicht aus Reichenburg weg, werden gerade rund um die Uhr observiert. Ceres Zoccoli hatte ihre Tat gestanden, noch bevor sie in die Zelle geführt wurde. Sie sieht sich als alleinige Täterin.«

»Sie allein hat die Opfer getötet?«

»Das behauptet sie, und es ist nun Gegenstand weiterer Abklärungen. Wir werden ihre Aussage mit unserer Fallanalyse vergleichen. Frau Zoccoli hat aber ausdrücklich gebeten, die Aussage möglichst rasch zu wiederholen. Das geht nicht von einem Tag auf den andern. Gemäß Beweislage und Zoccolis

Geständnis hat Emilio bereits einen Strafbefehl erlassen. Das Gericht überprüft gerade, ob die Anklage und die Akten ordnungsgemäß behandelt wurden.«

»Nun komme ich ins Spiel.«

»Mir fällt es schwer, an Zoccolis alleiniges Agieren zu glauben. Du hast die Tatortbilder gesehen und die Protokolle zum Tathergang gelesen. Etwas geht nicht auf. Am meisten stört mich die DNA der Drillinge, die an zwei Tatorten sichergestellt wurde, Irrtum ausgeschlossen.«

»Sie muss es akribisch geplant haben.«

»Nachdem sie vom Hinschied ihrer Tochter erfahren hatte, muss es in ihr einen Schalter umgekippt haben. Das ist das einzige plausible Mordmotiv. Ich habe dennoch kein gutes Gefühl. Frau Zoccoli hat mich schon einmal mit ihrem Gerede getäuscht. Ich bin ihr auf den Leim gegangen. Wenn ich mir die Tatorte vor Augen führe, fällt es mir schwer, sie als Täterin …« Valérie musste sich räuspern. »Etwas haben wir übersehen. Ich glaube, Frau Zoccoli schützt jemanden.«

»Das ist ein massiver Verdacht, den ich aber nicht widerlegen kann. Ein psychologisches Gutachten steht noch aus. Aber dieses werde nicht ich, sondern ein forensischer Psychiater machen.«

»Ich weiß, das wird dauern, aber so lange können wir nicht warten.«

»Was schlägst du vor?« Vischer vertiefte sich wieder in seine Unterlagen.

»Ich möchte noch einmal von Anfang an alles durchsehen. Vom ersten Tag an, an dem ich nach Tuggen zum Tatort gerufen wurde.«

Vischer sah auf. »Das klingt nach einem Hilferuf und so, als möchtest du mit dieser Durchsicht dein eigenes Trauma aufarbeiten.«

Valérie wandte den Kopf ab. Vischer hatte sie wiederholt gebeten, in seinem Büro vorbeizukommen. Dass sie keine Zeit dafür hatte, nahm er ihr bestimmt nicht ab. »Du täuschst dich.«

Sie richtete den Blick wieder auf ihn. »Mir geht es so weit gut. Meine Müdigkeit ist etwas anderes.«

»Du bist stark, nach allem, was du durchgemacht hast.«

Er kannte ihre Vergangenheit. Sie hatte ihm vieles davon erzählt. Allein das hatte ihr gutgetan.

»Glaubst du, ich weiß nicht, warum du in Martigny gewesen bist?«

»Das eine tun und das andere nicht lassen.« Valérie winkte ab. »Etwas mehr Licht habe ich dadurch in meine Jugendjahre bringen können. Ich werde weiter daran arbeiten, wenn das hier vorbei ist.« Sie wies auf ihren Ordner. Zu Hause lag noch immer *Mamans* Tagebuch. Sie hatte es nicht wieder angerührt. Alles brauchte seine Zeit. Sie schlug den Schnellhefter auf. »Widmen wir uns dem …«

Es klopfte, und fast gleichzeitig ging die Tür auf.

»Louis?« Valérie schaute in ein erhitztes Gesicht.

»Die Durchsuchung der Schweinemästerei in Reichenburg ist beendet.« Louis grüßte Vischer, als hätte er den Polizeipsychologen nicht richtig wahrgenommen.

»Und?«, fragte Valérie.

»Gute Ausbeute.«

»Gut?«

»Für uns. Vier Kartons voller Videomaterial konnten sichergestellt werden. Nach der ersten Durchsicht handelt es sich dabei auch um Filmaufnahmen vom März 2005.«

»Das ändert alles.« Valérie stieß heftig Luft aus. »Verflixt, wir hätten diesen Strang nicht so stiefmütterlich behandeln dürfen. Falls die ›Vereinigung‹ in der Mettler-Villa in besagter Zeit noch mehr Mädchen missbraucht hat, sehe ich gerade eine riesige Welle auf uns zurollen.« Valérie raufte sich die Haare.

»Wir haben das Geständnis von Ceres Zoccoli.« Louis' Stimme übte etwas Beruhigendes auf sie aus. »Und wir kennen den Auslöser für diese Taten.«

Valérie ging in sich. Machte sie gerade einen Überlegungsfehler? Der Auslöser war Pina Zoccolis Selbstmord gewesen.

Sie blätterte die Dossiers durch, bis sie auf das Gespräch mit der Psychiaterin Lana Marić stieß. »Pina Zoccoli nahm sich am Ostermontag, 18. April, vor einem Jahr das Leben. Das könnte der Stichtag für die Planung der Morde gewesen sein.«

»Du sprichst in Rätseln«, sagte Vischer.

Louis sah sie verständnislos an. »Woran denkst du?«

Valérie erhob sich. »Ich muss mit Lisette Britschgi reden. Ich gehe davon aus, sie befindet sich noch immer im Spital.« Sie schlug den Ordner zu. »Das hier muss warten. Henry, begleitest du mich?«

»Ich kann deine Hundertachtzig-Grad-Wende nicht verstehen«, sagte wenig später Vischer, während er sich in Valéries TT die Gurte umlegte.

»Noch wissen wir nichts über Lisette Britschgis Motiv, weshalb sie sich das Leben hat nehmen wollen.« Valérie startete den Motor, gab Gas und preschte vom Parkplatz auf die Einsiedlerstraße.

»Sie ist eine von Pina Zoccolis Töchtern, sensibel wie die Mutter. Von ungefähr kommt das nicht.«

»Und ich habe Pina Zoccoli unrecht getan. Aber das ist auch deine Schuld. Die Geschichte mit den Erinnyen.« Valérie warf Vischer einen zerknirschten Blick zu. »Hast du nicht das Gefühl, du müsstest einmal über die Bücher? Es kann nicht sein, dass du dich an der griechischen Mythologie und anderen hanebüchenen Überlegungen festkrallst und den Bezug zur Realität verlierst. Himmel, ich habe dir sogar geglaubt.«

»So weit hergeholt war es nicht. Erinnerst du dich an den Hundekopf? An die Fledermausflügel? Das konnte einfach kein Zufall sein. Zu Beginn der Ermittlungen mussten wir alles in Betracht ziehen.« Vischer hielt sich am Sitz fest, als Valérie etwas zu rassig in eine Kurve fuhr. »Gibt es Antworten auf den Hundekopf? Woher er stammt? Die Fledermausflügel?«

»Was die unechten Flügel betrifft, ja. Sie stammen von einem Fasnachtsshop. Man kann sie online bestellen.« Valérie überlegte, dass die Spur des Hundes, von dem der Kopf stammte, nicht weiterverfolgt wurde. Irgendwann verlief sie im Sand, nachdem im nahen Umfeld der Toten geforscht worden war. Ein Fehler?

Das Spital in Lachen lag oberhalb der Bahnlinie Zürich–Chur und unterhalb der Autobahn, in unmittelbarer Nähe des Kleinwasserkraftwerks Spreitenbach und des Griesammlers. Ein kleiner See, einer Pfütze gleich, von dessen Existenz wahrscheinlich nur die Einheimischen wussten, war eingebettet, fast verborgen in einem Ring aus Bäumen.

Valérie fuhr auf den Parkplatz vor dem Hauptgebäude, ein Bau aus der vorletzten Jahrhundertwende im Stil des Neoklassizismus.

Sie und Vischer stiegen aus. Auf dem Weg zum Haupteingang konnte sich Valérie nicht sattsehen an dem historischen Haus mit dem Walmdach und dem Türmchen darüber. Es erinnerte an eine Epoche, in der das Leben eine ruhigere Gangart vorgegeben hatte.

Sie betraten den Eingangsbereich. Ein Gemisch aus Kaffee, Scheuermittel und Medizin empfing sie, ein immer wiederkehrendes Odeur in Kliniken.

Beim Empfang wurden sie auf den dritten Stock verwiesen. Sie fuhren mit dem Lift nach oben und erreichten einen Korridor, der sich auf zwei Seiten ausdehnte. »Hier ist es.« Valérie peilte eine Tür an und klopfte. Sie wartete eine Anstandssekunde lang, bevor sie und Vischer eintraten.

Im Zimmer standen zwei Betten, eines davon unbenutzt. Mit Ausnahme einer mit Plastik überzogenen Matratze lag nichts darauf. Vom Bett am Fenster sah ihnen eine junge Frau entgegen.

Valérie ging auf sie zu. »Guten Tag, Frau Britschgi.« Sie reichte ihr die Hand. »Ich hoffe, unser Besuch wurde angekündigt.« Sie zeigte auf Vischer. »Das ist unser Polizeipsychologe Henry Vischer.«

»Und Sie sind Frau Lehmann? Polizistin, sagte man mir.«

»Ja, die bin ich. Wie geht es Ihnen?« Valérie musterte das blasse Gesicht, in das die blonden, kurzen Haare nicht richtig passen wollten.

»Den Umständen entsprechend. Die päppeln mich auf. Frau Gisler, meine Nachbarin, war schon hier, hat mir einen selbst gemachten Kuchen gebracht. Sie sorgt sich rührend um mich. Sie meint immer, ich sei zu dünn.«

»Haben Sie keine Angehörigen?«, fragte Valérie, die Frau Gisler insgeheim zustimmte.

»Meine Adoptiveltern leben nicht mehr.«

Adoptiveltern, dachte Valérie. »Wann haben Sie erfahren, dass Sie adoptiert wurden?«

»Lieber spät als nie«, wich Lisette Britschgi aus. »Immerhin kam ich zu einer blutsverwandten Nonna. Von der wusste ich nichts ... bis«, sie runzelte die Stirn, »bis etwa vor einem Monat. Ich bekam eine Einladung zu ihr nach Hause. Da ich von Natur aus ein neugieriger Mensch bin, ging ich hin.«

»Wann war das?«

»Anfang November. Ich bin zurzeit arbeitslos und war froh um jede Abwechslung.« Lisette Britschgi zog sich am Triangel hoch. »Es war echt schräg.«

»Was war schräg?«, brachte sich Vischer ein.

»Als mir Ceres Zoccoli erklärte, sie sei meine Nonna. Der Schock folgte, als sie mir Scarlett vorstellte, meine Schwester. Sie traf fast zeitgleich ein wie ich.«

»Und Elodie Grange?« Valéries Nerven waren angespannt. Würde sie heute das Geheimnis um die Drillinge lüften? Um die Morde? Und endlich die Wahrheit erfahren?

»Elodie lernte ich später kennen. Sie traf am ...« Wieder sinnierte Lisette Britschgi hinter gekrauster Stirn. »Ich erinnere mich, es war ein Sonntag ... ich glaube, vorletzten Sonntag.« Lisette Britschgi sank zurück ins Kissen. »Meine zweite Schwester. Sie ist gezeichnet von den Drogen. Nonna versprach, sie aus dem Schlamassel zu holen. Sie sei es uns schuldig. Dann erfuhren wir von dieser unglaublichen Geschichte, von unserer

Mutter, die mit sechzehn vergewaltigt wurde, von vier Typen, von denen einer unser Vater ist …«

Valérie sah zu Vischer hinüber, war sich nicht sicher, die nächste Frage stellen zu dürfen, hoffte auf seine Unterstützung. Aber er schwieg beharrlich und war in seine eigenen Gedanken vertieft. »Gehe ich richtig in der Annahme, dass Sie und Ihre beiden Schwestern bei Ihrer Großmutter wohnen durften?«

»Ja, sie hat uns eingeladen. Jede von uns bekam ein Zimmer. Ich hatte keine Verpflichtungen.«

»Wie war das mit Scarlett? Soweit ich weiß, besucht sie die Kaufmännische Berufsschule.«

»Na ja, so genau kann ich es nicht sagen … Es war eine schöne Zeit mit meinen Schwestern. Es gab viel zu erzählen.«

»Und trotzdem haben Sie eine Überdosis Schlaftabletten geschluckt«, sagte Vischer.

Lisette Britschgi kniff den Mund zusammen. »Das war eine Kurzschlusshandlung, eine unüberlegte Dummheit.«

»Die hätte schiefgehen können«, sagte Vischer, »wenn Ihre Nachbarin Frau Gisler Sie nicht im Auge behalten hätte. Was hat diese ausgelöst?«

»Mir fiel auf einmal die Decke auf den Kopf. Was schön begonnen hatte, entwickelte sich zu einem Zwang. Nonna wollte, dass wir fortan bei ihr wohnen bleiben. Sie sprach davon, ich müsse meine Wohnung kündigen und zu ihr ziehen, zusammen mit Scarlett und Elodie. Zudem hatte sie uns die Handys weggenommen. Anfänglich machte es mir nichts aus. Ich verstand Nonnas Beweggründe, dass solche Geräte krank machende Strahlen hätten und so … Ich wollte sie nicht enttäuschen. Ich lernte gerade meine Schwestern kennen. Da verlor das Handy seine Wichtigkeit. Aber jetzt ist alles anders.« Lisette Britschgi stöhnte auf. »Ich bin bald volljährig. Ich habe keine Lust, mich an eine Familie zu binden, die ich im Grunde nie hatte. Man kann nicht von einem auf den andern Tag ein anderer Mensch werden … Ich hatte das Gefühl, alles nicht mehr verkraften zu können, weil diese Frau, also Nonna, mir mit ihrer einnehmenden Gegenwart im Nacken saß.« Sie fuhr mit den Händen ins Gesicht. »Die Frau ist todkrank … ich halte das nicht aus … eigentlich wollte ich bloß etwas länger schlafen.«

Valérie ließ ihr Zeit, sich zu beruhigen. »Noch eine letzte Frage, hatte Ihre Nonna einen Hund?«

Lisette Britschgi legte die Hände auf die Bettdecke. »Nein, sie hatte keinen Hund. Aber meine Mama.«

»Pina Zoccoli?«

»Ja, Nonna hat davon erzählt. Er habe sie bis zu ihrem Tod begleitet.«

»Kennen Sie die Rasse?«

»Ein Deutscher Schäferhund.«

Nachdem Valérie und Vischer aus Lachen zurück waren, hatte sie unverzüglich Louis aufgeboten, mit ihr nach Galgenen zu fahren. Nun stand sie mit ihm in der Praxis von Dr. Lana Marić. Die Assistentin hinter dem Empfangstresen schien die Grün- und Brauntöne zu ergänzen. Sie selbst trug einen kartoffelsackähnlichen Umhang, der möglicherweise ihre überschüssigen Pfunde kaschierte.

»Sind Sie angemeldet?«, fragte sie in einem breiten Berner Dialekt.

Valérie zückte ihren Ausweis. »Jetzt sind wir es. Wo finden wir Frau Dr. Marić?«

»In ihrem Therapiezimmer. Eine Patientin ist bei ihr.«

Valérie ging auf die Tür zu, hinter welcher sie letzthin gesessen hatte.

»Sie können dort nicht rein.«

»Dann muss ich Sie bitten, Frau Dr. Marić herauszuholen und die Patientin nach Hause zu schicken. Es ist dringend.« Sie zögerte. »Seit wann arbeiten Sie hier?«

»Sicher fünf Jahre.« Die Assistentin griff nach dem Telefonhörer und drückte einen Knopf auf der Station.

Valérie hörte das Telefon im Raum nebenan läuten.

»Lana, du solltest zum Empfang kommen. Eine Frau

Lehmann wartet auf dich …« Die Assistentin sah Louis an. »Zusammen mit einem Kollegen … Ja … sie sagen, es eile … hmm … ja. Ich glaube, sie dulden keine Widerrede … Die Patientin? … müsse nach Hause gehen … nein, ich kann's nicht ändern. Gut …« Sie legte auf und wandte sich an Valérie und Louis. »Sie kommt gleich. Wenn Sie solange im Wartezimmer Platz nehmen möchten?«

»Wir werden hier auf sie warten.«

»Hat das Zimmer einen zweiten Eingang?«, fragte Louis leise.

Valérie versuchte, sich den Raum in Erinnerung zu rufen. Zwei Sessel, ein Beistelltisch, eine Liege, ein Schrank, das Fenster. »Nein.«

Es vergingen gefühlt zehn Minuten, bis Dr. Marić die Tür öffnete. Zehn Minuten, in denen Valérie stehen blieb und wiederholt an ihrer Aktion zweifelte. Trotzdem überwog die Überzeugung, das Richtige zu tun.

Dr. Marić verabschiedete ihre Patientin, indem sie ihr in den Mantel half. »Bitte lassen Sie sich einen neuen Termin geben. Wir sehen uns in einer Woche wieder.« Erst jetzt drehte sie sich frontal zu Valérie um. »Was für eine Überraschung. Ich hätte nicht gedacht, Sie so schnell wiederzusehen. Was führt Sie zu mir?« Sie sandte Louis einen abschätzenden Blick zu. »Gehört der zu Ihnen?«

»Das ist Leutnant Camenzind.«

»Ach so, ja … dann sind Sie in Ihren Ermittlungen weitergekommen?« Dr. Marić ging voraus in ihr Therapiezimmer. »Bitte, nehmen Sie Platz. Wenn ich Ihnen helfen kann …«

Valérie blieb stehen. »Wann hatten Sie mit Ceres Zoccoli zum letzten Mal Kontakt?«

Dr. Marić griff sich an die Nase. »An der Beerdigung ihrer Tochter … im Frühling vor einem Jahr.«

»Danach nicht mehr?«

»Nein.«

»Interessierte es Sie nicht, wie es mit Ceres Zoccolis Vorhaben weitergehen sollte?«

»Welches Vorhaben?«

»Ihre Großkinder Lisette, Scarlett und Elodie zu sich zu holen.« Valérie musste jetzt ihre Trümpfe ausspielen, obwohl sie nicht sicher war, welche zu haben. Sie pokerte, aber es blieb ihr nichts anderes übrig. »Sie hat herausgefunden, in welchen Familien ihre Großkinder platziert wurden. Sie, Frau Dr. Marić, haben ihr dabei geholfen.«

»Ja und? Es war ihr Recht, die Mädchen persönlich kennenzulernen. Nach dem Tod ihrer Tochter verständlich, oder?«

»Sie haben mich letzthin angelogen.«

»Warum hätte ich das tun sollen?« Dr. Marić blieb äußerlich vollkommen ruhig. Auf ihrer Stirn aber löste sich eine kleine Schweißperle, die Richtung Augenbrauen rutschte.

»Sie sagten, sie hätten mit den Drillingsmädchen keinen Kontakt.«

»Hatte ich auch nicht. Und das ist bis heute so geblieben.«

Louis stand daneben und notierte Dr. Marić' Aussage auf seinem Tablet. Er sah Valérie zweifelnd an.

»Okay, ich muss das so akzeptieren.« Valérie räusperte sich. Ihr Hals drohte auszutrocknen. »Was geschah mit dem Hund nach Pina Zoccolis Tod?«

»Hund?« Zum ersten Mal veränderten sich Dr. Marić' Gesichtszüge. Um ihren Mund zuckte es.

»Der Deutsche Schäferhund.«

»Er … Er wurde in ein Tierheim gebracht … von mir. Ich habe keine Zeit für Hunde …«

»Wir brauchen die Anschrift dieses Tierheims.« Louis klopfte mit dem Touch-Pen an den Rand des Tablets.

»Ähm … das müsste ich nachsehen.«

»So viele Tierheime wird es nicht geben«, sagte Valérie. »Es kommen welche in Saint-Maurice oder hier in Ihrer Nähe in Frage, nicht wahr?«

»Hören Sie, ich weiß nicht, was Sie mit diesen Fragen bezwecken wollen. Der Hund wurde abgegeben. Somit war für mich die Angelegenheit erledigt.«

Valérie setzte sich in Gedanken eine Sonnenbrille auf. »War es nicht eher so, dass der Hund für Sie eine Art letzte Erinnerung an Ihre Freundin war?«

Dr. Marić schwieg. Sie senkte die Augen, sah aus, als könnte sie sich nicht mehr lange aufrecht halten. Ihr ganzer Körper schien zu beben.

»Wir können es beweisen, dass Pina Zoccolis Hund bis Anfang November in Ihrer Praxis respektive in Ihrer Wohnung war.« Valérie bemerkte Louis' irritierten Blick in ihrem rechten Augenwinkel. »Wir werden Hundehaare finden und diese mit dem Hundekopf am Tatort in Tuggen vergleichen.« Sie machte eine Sprechpause, hoffte, Dr. Marić möge allein auf das Ende der Befragung kommen. Sie musste sich in die Enge getrieben fühlen. Andererseits war ihr nicht fremd, wie man Menschen manipulierte. »Draußen wartet eine Zeugin«, fuhr Valérie dreist fort, »die die Anwesenheit von Pina Zoccolis Hund beweisen wird. Sie wird auch erzählen, dass der Hund allerspätestens vor knapp zwei Wochen von der Bildfläche verschwand.«

Dr. Marić setzte sich auf die Liege am Fenster. »Ich sagte gerade, dass ich den Hund abgegeben hatte.«

Valérie erwiderte nichts darauf. Die Stille im Therapiezimmer vermittelte etwas Gespenstisches.

»Sie sind sehr hartnäckig, Frau Lehmann. Ich könnte meinen Anwalt herkommen lassen. Aber damit würde ich beweisen, dass Sie recht haben.«

Valérie schob einen Stuhl neben die Liege und setzte sich. Es war, als hätte sie mit der Ärztin die Rollen getauscht. »Frau Dr. Marić«, sie nahm ihre Hand, »was Pina Zoccoli passiert ist, geht auf keine Kuhhaut. Sie beschrieben sie als stark, aber ihr Inneres sah anders aus. In Ihnen hatte sie aber eine liebe Freundin, die ihr über diese schwierige Zeit hinweghalf. Aus dieser Freundschaft wurde mehr. Sie haben sich in Pina verliebt. Ihr Tod hat Sie aus der Bahn geworfen, und Sie sannen auf Rache. Unterbrechen Sie mich, wenn ich falschliege.« Valérie fühlte sich wie auf einer Gratwanderung. Links und rechts ging es steil hinunter, taten sich Abgründe auf. »In Ceres Zoccoli fanden Sie eine Komplizin, denn mit dem Tod ihrer geliebten Tochter konnte sie genauso wenig umgehen wie Sie. Dann reifte der Plan.«

Dr. Marić schloss die Augen. Die Tränen lösten sich. Sturzbächen gleich kollerten sie über ihr Gesicht, während sich ihr Körper unkontrolliert schüttelte.

»Ceres Zoccoli hat alles auf sich genommen. Sie hat sechs Morde gestanden, die sie nie ausgeführt hat. Aber ihr Leben geht langsam zu Ende.« Valérie zögerte. Noch war es bloß eine Vermutung. »Frau Zoccolis gesundheitlicher Zustand ist besorgniserregend. Das wissen Sie. Gegen Ihre Aussage, Sie hätten mit Pinas Mutter keinen Kontakt gepflegt, muss sie Ihnen von ihrer Krankheit erzählt haben.«

Endlich öffnete Dr. Marić die Augen. »Sie hat Lungenkrebs im Endstadium. Vielleicht haben Sie sie erlebt, wie sie Blut hustet. Sie hat nichts mehr zu verlieren.«

»Sie ist nicht besonders kräftig. Sie hätte niemals ein solches Massaker anrichten können. Aber Sie, Frau Dr. Marić, haben die Physis dazu. Sie haben wie Pina Medizin studiert, bevor Sie Psychiaterin wurden. Sie kennen sich aus in der Chirurgie. Wenn Sie gestehen, wird sich das auf den Verlauf des Verfahrens gegen Sie positiv auswirken.«

Dr. Marić erhob sich. Sie wischte sich mit dem Ärmel das Gesicht trocken. »Und was ist mit der DNA der Drillinge, die Sie am Tatort gefunden ...« Sie brach abrupt ab.

Valérie sah sie nur an. Die Ärztin war sich offenbar bewusst, was sie soeben zugegeben hatte. »Sagen Sie es mir.«

»Sie haben recht, Frau Lehmann, ohne Pina ergibt das Leben keinen Sinn. Ich habe sie geliebt, habe alles versucht, um sie vor den Geistern der Vergangenheit zu retten. Es ist mir nicht gelungen. Diese Kerle, die sie vergewaltigt hatten, sollten an ihrem eigenen Leib erfahren, wie es sich anfühlt. Ich wusste, wann sie sich trafen, und schlich mich hinein. Sie kannten mich nicht, dachten wohl, ich sei ein Flittchen, das es zu vernaschen galt, eingeladen von einem der Kerle. Sie denken sicher, ich sei zu alt für solche Spielchen. Für geile Männer spielt das Alter einer Frau keine Rolle, wenn sie sie scharf macht. In meiner Handtasche nahm ich vier Injektionen mit Propofol mit. Diese verabreichte ich ihnen, einem nach dem anderen, indem ich mich auf ihre Knie setzte und sie küsste. Das brauchte am meisten Überwindung. Ich hätte kotzen können. Ich küsste sie, während ich die Nadel in den Hals führte. Fragen Sie mich nicht, warum sich keiner gewehrt hat. Es wirkte schnell. Innerhalb von Sekunden hingen sie in den Sesseln wie tote Ratten. Alles andere war ein Klacks. Ich befestigte sie mit den Seilen und hatte danach Zeit, mich der Feinarbeit zu widmen. Man sollte alle kastrieren, die sich an Frauen vergehen.« Dr. Marić lächelte vor sich hin. »Die Pfropfen, eingepfählt, gaben ihnen den Rest …«

Valérie war erschlagen von diesem Geständnis. Sie hatte nicht damit gerechnet, dass Dr. Marić so schnell einbrach. Sie sah zu Louis hinüber, der, so hoffte sie, in der Lage gewesen war, Notizen zu machen. Wenigstens hatte sie einen Zeugen. Sie wandte sich erneut an die Ärztin. »Warum der Hund?«

»Die Schweine saßen ja bereits um den Tisch.«

»Also kein Bezug zur griechischen Mythologie?«

»Ich kann Ihnen nicht folgen.«

»Sagt Ihnen Alekto etwas?«

»Nein, warum fragen Sie?«

»Wir haben bei Lisette Britschgi einen Hinweis auf die Erinnyen gefunden.« Valérie presste die Lippen aufeinander. Jetzt bin ich durchgeknallt, dachte sie. Vielleicht war dieser Name nicht von Belang, obwohl er ziemlich viel in Bewegung gesetzt hatte.

Dr. Marić konnte offenbar nichts damit anfangen. Sie stand nur da, ihre Arme hingen seitlich hinunter. Es schien, als hätte sie endgültig resigniert, war bereit für das, was kommen würde. Der Richter würde entscheiden, wo ihre Zukunft lag. Im Strafvollzug oder in der Forensischen Psychiatrie und somit in der Verwahrung.

»Vielleicht war das ein Fingerzeig von oben.« Louis sah zur Decke, während er die Augen verdrehte. »Zwischen Himmel und Erde existieren Dinge, die wir nicht immer auf Anhieb begreifen.«

Valérie schüttelte den Kopf. Es war an der Zeit, das hier zu beenden. Für sie war *eine* Frage noch nicht geklärt. Doch sie glaubte nicht mehr daran, darauf eine nachvollziehbare Antwort zu bekommen. Sie wandte sich an Dr. Marić. »Und die Fledermausflügel? Warum haben Sie am Tatort in Lachen und in der Cessna von Pius Meile Fledermausflügel deponiert?«

Dr. Marić schloss die Augen. »Nach Ceres' Glauben sind sie die Vögel des Satans.«

Als Valérie die Eingangstür zum Haus hinter sich zuzog, hörte sie Zanetti in der Küche hantieren. Eine Welle von Emotionen überrollte sie. Seit sie Biberbrugg verlassen hatte, fühlte sie sich nicht ganz, so doch von einer großen Last befreit. Dr. Marić hatte sich widerstandslos abführen lassen, unter dem verwunderten Blick ihrer Praxisassistentin. »Mona«, hatte sie beim Verlassen der Praxis gesagt, »schau dich für einen neuen Job um.« Nun saß sie in Untersuchungshaft.

Fast zur gleichen Zeit war Ceres Zoccoli ins Spital Lachen überführt worden, nachdem sie einen Hustenanfall erlitten und sich nicht wieder davon erholt hatte. Die sechs Morde in Tuggen, Lachen und am Nuoler Ried gingen nicht auf ihr Konto. Für den Tod ihres Gatten Ronaldo konnte man sie nicht zur Verantwortung ziehen, da man eine Untersuchung verschlampt und der damals zuständige Major Fischbacher seinen Job bei der Polizei längst quittiert hatte.

Zufrieden war Valérie nicht über diesen Verlauf. Früher oder später musste sie diesen Fall neu aufrollen. Aber das hing von Ceres Zoccoli ab und wie sich ihr Gesundheitszustand entwickelte. Die Frau tat ihr leid. Sie hatte alles auf sich genommen, der Polizei etwas vorgegaukelt, was sie im Grunde nie war – die eiskalte Mutter, die ihre Tochter im Stich gelassen hatte. Im

Schatten ihres Mannes hatte sie für ihr Kind gekämpft und es gleichwohl nicht geschafft. Die lebendige Erinnerung an Pina blieb in ihren Enkelinnen zurück, ein kleines Glück von kurzer Dauer. Vieles bettelte um Antworten. Wie würde sich die Zukunft der Drillings-Frauen gestalten? Es galt, vieles zu klären, was die Adoptionen betraf, auch die Frage nach dem Vermögen, das Oliver Hurni zurückgelassen hatte, die rentable Sägerei, das Haus. Das Erbe würde vermutlich durch fünf Kinder geteilt.

Weniger kooperativ hatte sich Robert Kistler gezeigt. Von den Videos unter dem Festboden in seiner Schweinemästerei wollte er nichts gewusst haben. Der Fall war jetzt bei der Spezialgruppe Sexualdelikte hängig.

Als sie die Tür zur Küche aufstieß, sah sie Colin direkt in die Augen. »Du hier? Es ist Mittwoch.« Sie ging an ihm vorbei auf Zanetti zu und drückte ihm einen Kuss auf die Wange. Sie sah in die Pfanne auf dem Kochherd, in der Miesmuscheln köchelten wie schwarze Flügel auf orangefarbenem Grund. Sie steckte den Finger in die Soße und kostete davon. »Und wo ist dein Auto?«

»Ich bin mit der Bahn hier.« Colin lehnte sich an das Fenstersims.

»Das ist ja ganz was Neues.«

Zanetti holte eine Flasche Weißwein aus dem Kühlschrank. Er öffnete den Drehverschluss. »Heute gekauft, ein Sauvignon blanc. Ich denke, wir haben einiges zu feiern.«

Typisch Zanetti. Er fand immer einen Grund, eine Flasche Wein zu öffnen. Valérie wusste nicht, ob ihr danach war. Der Tag war lang und intensiv gewesen und hatte nicht nur ihre Psyche, sondern auch ihren Körper strapaziert. Sie hatte aber alles aus der Hand geben können. Jetzt waren andere zuständig. Auf Knopfdruck zu entspannen war ihr jedoch noch nie gelungen.

Zanetti füllte drei Gläser.

»Wollte Lea nicht mitkommen?«

»Sie hat im Moment viel um die Ohren mit dem Studium.« Colin griff nach dem gefüllten Glas.

Valérie kam er irgendwie verändert vor. Sie hatten nicht mehr über die Schwangerschaft gesprochen, weil die Zeit dazu fehlte. Hatte sich das Problem etwa von allein gelöst? In den ersten zwölf Wochen war die Wahrscheinlichkeit für eine Fehlgeburt am größten. Manchmal spürten die Schwangeren nicht einmal, wenn sie den Embryo verloren.

Valérie brauchte Überwindung, um die Frage zu stellen. »Hat Lea mit ihren Eltern geredet?« Im gleichen Moment hätte sie sich für ihr undiplomatisches Verhalten rügen können.

»Ja, hat sie.« Colins Gesichtszüge verrieten nichts über seine Befindlichkeiten. »Ihre Eltern würden euch gern bald kennenlernen.«

Jetzt kam der Hammer. Valérie fühlte ihn auf sich niedersausen. Bald schon würden Leas Eltern vor ihr stehen und Schimpf und Schande über sie bringen. Sie dafür verantwortlich machen, ihren Sohn nicht aufgeklärt zu haben. Nein, dies brauchte sie nun wirklich nicht.

Sie nahm das Glas aus Zanettis Hand. Ablenken, ging ihr durch den Kopf. Sich betrinken und vergessen. Manchmal half es. »Worauf stoßen wir an?«

Das Schweigen kam ihr unendlich lang vor. Colin warf Zanetti einen verschwörerischen Blick zu. Dann sah er Valérie an.

»Was?«

»Darauf, dass du bald *Grand-Maman* wirst.«

Die Worte erreichten sie nur zögernd. Großmutter! Valérie schloss die Augen, musste diesen Moment auf sich einwirken lassen. Eine Welle der Liebe überflutete sie. Sie würde Großmutter werden. Wie hatte sie auch so schlecht denken können? Sie nahm einen kräftigen Schluck Wein, stellte das Glas neben den Herd und breitete ihre Arme aus. »Colin, was für ein Glück.«

Colin und Lea. Sie hatten sich für das Leben entschieden. Ein Licht in dieser dunklen Welt. Sie zog ihren Sohn an sich und ließ ihren Tränen freien Lauf.

Anmerkung und Dank

Ihnen, liebe Leserin, lieber Leser, möchte ich einen besonderen Dank aussprechen. Über die Jahre sind Sie mir treu geblieben. Ohne Sie würde mir das Schreiben nur halb so viel Spaß machen.

Bis Sie das Buch, wie Sie es hier sehen, in Händen halten können, braucht es viele gute Geister. Mein Mann ist der Erste, der das rohe Manuskript lesen darf, respektive ich lese es ihm vor, und während dieser Zeit bügelt er. Danke für die Unterstützung.

Eine große Arbeit leistet Irène Kost. In den vergangenen Jahren habe ich viel von ihr gelernt. Danke für die immer gute Zusammenarbeit.

Danke der Korrektorin für den letzten Schliff, den vielen fleißigen Händen für die Gestaltung des Buchcovers – insbesondere Franziska Emons. Die Buchumschläge passen immer hervorragend zum Inhalt.

Ein herzliches Dankeschön gilt meinem Verleger Hejo Emons und dem ganzen Team, das ich hier nicht namentlich erwähnt habe.

Danke, Dr. Herbert Annen, für die letzten Korrekturen, was den medizinischen Bereich in diesem Buch betrifft. Sollte es noch immer Ungereimtheiten geben, übernehme ich die volle Verantwortung.

Danke, Oberstleutnant a. D. Aldo Wicki. Als langjähriger Luftwaffenangehöriger hat er mir einiges über Flugzeuge berichten können. Merci fürs Korrekturlesen.

Mit wenigen Ausnahmen sind die Örtlichkeiten rund um die March im Kanton Schwyz authentisch. Der Inhalt ist selbstverständlich frei erfunden. Die Handlungen und die Personen wie auch das abbruchreife Gebäude in Tuggen, die Schweinemästerei und vieles mehr sind fiktiv.

Die Erfolgsserie der Bestsellerautorin Silvia Götschi

Alle Titel sind auch als eBook erhältlich.

Valérie-Lehmann-Reihe:

Herrengasse
ISBN 978-3-95451-713-8

Klausjäger
ISBN 978-3-95451-988-0

Muotathal
ISBN 978-3-7408-0053-6

Einsiedeln
ISBN 978-3-7408-0318-6

Itlimoos
ISBN 978-3-7408-0509-8

Lauerzersee
ISBN 978-3-7408-0784-9

Etzelpass
ISBN 978-3-7408-1262-1

Kaltbad
ISBN 978-3-7408-1263-8

Allegra-Cadisch-Reihe:

Jakobshorn
ISBN 978-3-95451-260-7

Mattawald
ISBN 978-3-95451-482-3

Bärentritt
ISBN 978-3-95451-777-0

Max-von-Wirth-Reihe:

Bürgenstock
ISBN 978-3-7408-0413-8

Engelberg
ISBN 978-3-7408-0625-5

Interlaken
ISBN 978-3-7408-0929-4

Davosblues
ISBN 978-3-7408-1119-8

Tod an der Goldküste
ISBN 978-3-7408-1407-6

Rosenlaui
ISBN 978-3-7408-1757-2

Weitere Kriminalromane:

Der Teufel von Uri
ISBN 978-3-7408-0179-3

111-Orte-Reihe:

111 Orte im Kanton Schwyz, die man gesehen haben muss
ISBN 978-3-7408-0116-8

111 Orte in Nidwalden, die man gesehen haben muss
ISBN 978-3-7408-0566-1